Fröscheküssen für Anfänger

Hanna Clarin

Fröscheküssen für Anfänger

Bibliografische Information der Deutschen Nationalbibliothek:

Die Deutsche Nationalbibliothek verzeichnet diese Publikation in der Deutschen Nationalbibliografie; detaillierte bibliografische Daten sind im Internet über http://dnb.dnb.de abrufbar.

© 2014, 4.Auflage 2019 Hanna Clarin

Website: https://hanna-clarin.jimdo.com

Titelbild: Niels und Mathieu Labove

Herstellung und Verlag: BoD – Books on Demand, Norderstedt

ISBN: 9783743189690

Für alle Prinzessinnen,

die ihren Frosch gefunden haben,
noch suchen,
wieder suchen
oder nicht mehr suchen.

Und für ihre Frösche -

ob Prinz oder nicht

Klara

Zum gefühlten 375. Mal saß ich in einer festlich geschmückten Kirche, inmitten von festlich geschmückten Menschen, die ich nicht kannte - und lächelte. Lächelte. Lächelte. Lächelte.

Die Strahlen der Spätsommersonne, gebrochen durch die farbigen Glasfenster, ließen die Gesichter des glücklichen Paares erstrahlen.

„Konrad Donnetzky, willst du diese Klara Donnetzky, geborene Müller, die Gott dir anvertraut, als deine Ehefrau lieben und ehren und die Ehe mit ihr nach Gottes Gebot und Verheißung führen, in guten wie in bösen Tagen, bis der Tod euch scheidet, so antworte: Ja, mit Gottes Hilfe."

Konrad drehte sich um. Sein Blick irrte über die Gesichter, suchte und fand das Antlitz, nach dem sein Herz schrie. Das meine. Er tauchte in meine Augen ein und versank in meinem Herzen. Der einige Schlag unserer aufgewühlten Herzen nahm uns die Luft zum Atmen. Er entwand seine Hand aus der ihren, ließ sein bisheriges Leben hinter sich, beflügelt von der explodierenden Kraft seiner neu entbrennenden Liebe. Er stürmte auf mich zu, fiel auf die Knie: „Johanna, als ich dich vorhin das erste Mal sah, wusste ich: Du bist die Frau, die ich immer gesucht habe. Die Frau, mit der ich mein Leben und meine Träume teilen und nie alt werden will. Die Frau meiner Träume und meines Lebens. Johanna, willst du meine Frau werden?"

Meine Augen füllten sich mit Tränen. Das kam doch etwas plötzlich. Ich kannte ihn nicht wirklich. Und er war eigentlich just dabei, meine beste Freundin zu heiraten. Ich konnte doch nicht… Andererseits …

„Ja, mit Gottes Hilfe."

Konrads Antwort schlug mir ins Gesicht und die Flausen aus dem Kopf. Er stand noch immer am Altar, um Klara zu heiraten, er hielt noch immer ihre Hand, er lächelte sie noch immer an. Natürlich.

Und ich hatte einfach zu viele amerikanische Liebesfilme gesehen.

„Klara Donnetzky, geborene Müller, willst du diesen Konrad Donnetzky, den Gott dir anvertraut, als deinen Ehemann lieben und ehren und die Ehe mit ihm nach Gottes Gebot und Verheißung führen, in guten wie in bösen Tagen, bis der Tod euch scheidet, so antworte: Ja, mit Gottes Hilfe."

„Ja, mit Gottes Hilfe."

Klara strahlte ihren Konrad an, ihre Familie, ihre Freunde, den Tag – ihr Leben. Sie war eine wunderschöne Braut: groß, schlank, im figurbetonten, klassischen Kleid - natürlich weiß -, rosa Rosen im blonden Haar und im Brautstrauß, an dem sie sich gerade noch festgeklammert hatte und den sie jetzt, als die Frage aller Fragen beantwortet war, schon fast entspannt hielt. Wäre es nicht Klara gewesen, ich wäre eine leichte Beute des Neides geworden.

Die Spätsommersonne fiel durch die Kirchenfenster und badete die Gesichter des glücklichen Paares in einem sanften, warmen Schein.

Diesen Tag hatte Klara seit unserer Schulzeit in allen Details geplant, und so schien mir der Bräutigam wie ein alter Bekannter, auch wenn mir Klara ihn erst heute vorgestellt hatte. Und irgendwie stimmte das ja auch, denn ich kannte diesen charmanten, freundlichen, fröhlichen, gebildeten und dann auch noch attraktiven, kurz: perfekten Arzt aus Klaras Nachbarwohnung tatsächlich aus stundenlangen Telefonaten mit Klara.

Ihn, der nach kurzer Nachbarschaft seinerseits nach Zehlendorf im Süden Berlins weggezogen war: „Aber nicht wegen einer Frau oder so. Also, nicht dass mich das was angeht. Oder interessiert. Aber, also, eben, zurzeit ist er Single." „Ja, logo, Klara – was immer du sagst!"

Ihn, der selbstverständlich absolut rein überhaupt gar nichts mit Klaras Umzug in seine Nähe zu tun gehabt hatte. Der ihr dann – O Zufall, du launischer Meister des Schicksals! - rein zufällig im örtlichen Reitverein über den Weg gelaufen war: „Was, du wusstest gar nicht, dass ich mit dem Reiten angefangen habe? Aber, Jo, das wollte ich doch schon so lange. Hab ich dir das gar nicht erzählt?" – Alles klar.

Ihn, den sie dann in die Oper eingeladen hatte, als ein Freund dummerweise kurzfristig erkrankt war. – Hatte sie mir eigentlich jemals den Namen dieses Freundes gesagt?

Ihn, bei dem es dann ebenso gefunkt hatte wie bei ihr: „Das war für uns beide so unerwartet!" – Ja, wie gesagt: Alles klar.

Ihn, den sie jetzt heiratete.

Der Konrad, den sie so liebte, dass sie jetzt sogar eine ihrer größten Ängste für ihn überwand. Schon im Musikunterricht in der Schule war sie aus lampenfieberinduziertem Talentmangel an die Triangel verbannt worden, während wir anderen sangen, aber jetzt drehte sie sich um zur Gemeinde: „Liebe Freunde, liebe Familie. Ihr wisst ja, wie ungern ich singe. Vor allem vor anderen. Aber jetzt habe ich den Menschen gefunden, mit dem ich vor nichts und niemandem mehr Angst habe. Und deshalb möchte ich jetzt unser Lied für ihn singen. Konrad, erinnerst du dich? Es lief, als du mich nach der Oper nach Hause gefahren hast, nach unserem ersten Beinahe-Date. Und es beschreibt genau, was ich mit dir fühle. Für dich fühle. Das wird jetzt nicht künstlerisch wertvoll, aber, Konrad, du bist einfach das Beste, was mir je passiert ist."

So sang Klara vor ihrer Familie, vor ihren Freunden, aber vor allem für ihren Konrad, *„Das Beste"* von Silbermond.

Mit jedem schiefen Ton und jedem Taschentuch, das einer Hand- oder Hosentasche entrann, wurde mir glücklicher ums Herz. Und mit jedem Wort trauriger. Ich freute mich für Klara. Natürlich freute ich mich für Klara. Und für Konrad. Für beide. Aufrichtig. Von Herzen. Aber so schön es ist, sich mit und für mir liebe Menschen zu freuen, so gerne hätte ich mich auch mal für mich gefreut. Egoistisch? Natürlich. Ich konnte dieses Gefühl des „Und ich?" hier und jetzt nur schwer unterdrücken. Hochzeiten sind immer ein Meilenstein. Für das Paar. Aber auch uns Zaungästen des Glücks gibt das feierlich-strahlende „Ja" der Protagonisten Anlass zur Gefühls-Zwischenbilanz. Zur Frage, wo wir stehen im Leben und in der Liebe, warum das so ist – und was wir eigentlich wollen.

Ich war 39. Und noch nie wirklich verliebt gewesen. Wenn ich einen Mann sympathisch fand, erwähnte er unausweichlich seine Freundin/ Verlobte/Frau, wahlweise auch den Freund/Verlobten/ Mann. Oder er plante die Auswanderung, die Emigration ins Kloster oder – nein, einen Astronauten in Vorbereitung auf eine bevorstehende Marsmission hatte selbst ich noch nicht kennengelernt. Noch nicht.

Früher war das Leben klar erschienen: Abitur, Studium, Doktorarbeit, Job – und irgendwann auf dem Weg würde mich das Schicksal ganz automatisch zu dem führen, den es für mich bestimmt hatte. Wir würden heiraten oder auch nicht, Kinder haben oder auch nicht, ein Haus oder auch nicht, aber jedenfalls das Leben genießen, in langen und tiefschürfenden Gesprächen die Probleme der Menschheit lösen oder rumblödeln. Wir würden ins Theater, ins Kino, ins Museum oder zum Tanzen gehen, auf der Couch rumhängen, Freunde bewirten, lachen, wandern, radeln, reisen, kochen, singen - einfach alles tun, was mit dem richtigen anderen mehr Spaß macht als allein. Aber dann war unbemerkt ein Jahr nach dem anderen ins Land gezogen und ich blieb allein. Um mich herum wurde geheiratet und Nachwuchs in die Welt gesetzt, aber ich blieb allein. Als vor einigen Jahren ein Computervirus mit dem Titel „I love you" im Büro die Runde gemacht hatte, war ich die einzige gewesen, die ihn nicht geöffnet hatte. Jemand, der mich liebte, das war mir verdächtig vorgekommen. Nun gut, von meinem Chef (der augenscheinlich nichts merkwürdig gefunden hatte an der Vorstellung, dass die ganze Welt ihn liebte) hätte mich ein solches Geständnis auch eher schockiert als erfreut.

Meine Freunde versuchten, mich mit Berichten von Paaren zu beruhigen, die sich im – tja, das war dann wohl im „fortgeschrittenen Alter" gefunden hatten. Allerdings wurden die Zufälle immer zufälliger („Du! Glaubst! Es! Nicht! Da kommt sie am Gipfel an, weit und breit kein Mensch, nur ein Mann sitzt da ans Gipfelkreuz gelehnt. Sie sehen sich an und – Peng!"). Irgendwann würde ich es dann wohl tatsächlich nicht mehr glauben. Und immer noch allein sein. Bald würden nicht mehr meine Freunde, sondern ihre Kinder mich zu ihren Hochzeiten einladen: „Ach, lad doch Tante Johanna ein. Sie würde sich so freuen. Und vielleicht fällt dir ja noch jemand ein, neben den du sie setzen kannst." Nett gemeint.

Die Musik riss mich aus meinen Gedanken. Das Brautpaar schritt den Gang herab. Der Chor sang. Mendelssohn-Bartholdy: „Denn er hat seinen Engeln befohlen, dass sie dich behüten auf allen deinen Wegen, dass sie dich auf den Händen tragen und du deinen Fuß nicht an einen Stein stoßest."

Ich seufzte. Was für ein wunderbarer Gedanke. Konrad würde dieser Engel sein für Klara, genauso wie sie für ihn. So, wie Klara es sich erträumt hatte. Und ich auch. Ich versank in meiner inneren Kitsch- und Selbstmitleidswolke.

Als ich mich von mir erholt hatte, reihte ich mich ein in den Zug der Gemeinde nach draußen – und dort war das Leben wieder perfekt: Die Sonne schien, die Glocken läuteten. Klara war immer noch wunderschön (natürlich). Konrad attraktiv (natürlich). Wobei - wen interessierte schon das Aussehen des Bräutigams bei einer Hochzeit? Solange er Anzug und Krawatte in der richtigen Reihenfolge anzog und sauber hielt, passte das schon. Nicht umsonst heißt es ja erst mal „Braut" – und davon leitet sich dann der „Bräutigam" ab. Mir fiel auf, dass im Deutschen sonst fast immer die männliche Form die Grundform war: Lehrer und Lehrerin, Pfarrer und Pfarrerin, Reiter und Reiterin, Erbe und Erbin. Erst Adam, dann Eva halt. Außer bei der Hochzeit. Da war die Initiative augenscheinlich von Eva ausgegangen. Was wollte mir jetzt das schon wieder sagen?

Ich verschob das Nachdenken auf später und begann, Klara und Konrad beim Abnehmen des Defilees zu fotografieren, eingerahmt in eine Parade von Lächeln, Umarmungen und guten Wünschen.

Ich hatte Klara versprochen, die offiziellen Fotos dem Fotografen zu überlassen, aber Schnappschüsse der Gäste zu machen. Augenscheinlich funktionierte diese Aufgabenteilung auch für den Fotografen, so dass er mich nur dann leicht schubste, wenn ich das Brautpaar fotografierte, „das ist mein Motiv" knurrend. Das war zwar nicht wirklich eine freundliche Geste unter quasi-Kollegen, aber ich verstand auch, dass er mit den Fotos seinen Lebensunterhalt verdiente.

Ich fotografierte gerne bei Hochzeiten, und da ich bei diesen Gelegenheiten niemals eine tragende Rolle wahrnahm, verfügte ich über einen reichen Erfahrungsschatz. Alle Anwesenden sehen zumindest subjektiv optimal aus, alle lachen, sofern sie nicht gerade weinen. Aber selbst das Weinen ist ja bei Hochzeiten von der fotogenen Art. Und hinter der Kamera musste ich mich auch nicht über Fotografen ärgern, die strahlend die erbeuteten Scheußlichkeiten präsentieren und mir sagten, dass sie kaum jemals so ein gutes Foto geschossen hätten wie das von mir beim (zu großen) Biss ins Brötchen. Für mich war die digitale Fotografie zwar technisch ein Fortschritt – jedoch sozial ein Rückschritt. Während die Rechtsgelehrten noch über das Recht am eigenen Bild stritten, stellten sich die Betroffenen gegenseitig hemmungslos im Internet an den sozialen oder zumindest ästhetischen Pranger und fanden das auch noch „social". Auf dass auch die Urenkel noch die Fotos von Uroma in ihrem ersten Vollrausch sehen mögen! Und während vorsichtige Zeitgenossen während ihrer Abwesenheit mittels Zeitschaltuhren Anwesenheit vortäuschten, verkündeten sie der Welt über alle verfügbaren Kanäle, dass sie jetzt mal zwei Wochen im Urlaub seien, im Kino oder eben heute auf einer Hochzeit in Potsdam. Aber ich musste ja nicht alles verstehen. Da war ich wohl zu alt für. Oder zu kompliziert. Oder zu simpel.

Obwohl, als Jacqueline und Bernd gratulierten, geriet ich dann doch ein wenig in Versuchung, einfach zu fotografieren, was mir vor die Linse kam. Ich hatte die beiden am Morgen kennengelernt – nur kurz, aber doch lange genug

„Hallo, ich bin Bernd und das ist meine Frau Schakweline."

Bernd liebte seine Jacqueline augenscheinlich so sehr, dass er keinen Buchstaben ihres wunderbaren Namens unausgesprochen lassen mochte.

„Freut mi…"

„Ich kenne Konrad seit Jahren. Ich manage seine Versicherungen. Feiner Kerl. Hier ist meine Karte. Man weiß ja nie. Sind Sie auch Ärztin?"

„Danke, das ist…"

„Das ist für uns jetzt schon die zweite Hochzeit in

dieser Woche. Und meine Schakweline sieht schon wieder um-wer-fend aus. Sie sticht noch jede Braut lässig aus."

Jacqueline nahm Anlauf, ihn zu unterbrechen, aber Bernd fuhr fort: „Schatz, da brauchst du jetzt gar nicht so bescheiden zu sein. Finden Sie nicht auch, dass sie einfach um-wer-fend aussieht, Frau …? Wie war noch Ihr Name?"

„Ich bin…"

„Na, jedenfalls hab ich ihr schon heute Morgen gesagt: 'Schatz,' hab ich gesagt, sag ich, 'du siehst einfach um-wer-fend aus. Du bist einfach die Geilste.' Sie sieht eben einfach um-wer-fend aus. Sagen Sie, sieht sie nicht um-wer-fend aus?"

Ich hoffte, dass Jacqueline ihren Bernd dann mal um-wer-fen würde. Am besten direkt ins Koma, zumindest für heute.

Mal ganz abgesehen davon, dass Jacqueline geil aussehen oder sein mochte, wie sie wollte (für diese Beurteilung fehlten mir sowohl die wahre Kennerschaft als auch das investigative Interesse), war schon die Frage deplatziert. Es war ihr ja zu gönnen, dass Bernd die Schöpfung als durch seine Frau vollendet ansah, aber so wunderschön wie Klara, die strahlende Braut, konnte keine Jacqueline hier und heute sein. Punkt.

Und jetzt kam dieses um-wer-fen-de Paar also auf Klara zu, Bernd mit gebleckten Zähnen, seine Jacqueline mit Hut. Dunkelblauer Samt. Mit breiter Krempe und Pfauenfeder. Und Vogelschiss. Mittig platziert wie ein Orden, gut sichtbar und noch ganz frisch. Ich tippte Bernd auf die Schulter und deutete auf das mobile Vogelklo. Seine Gesichtsfarbe näherte sich der des Vogelschiss' an, er packte seine Jacqueline am Arm und zottelte mit ihr in Richtung Parkplatz: „Ich hab dir doch gesagt, dass du nicht unter dem Baum warten sollst mit all den Vögeln. Das war doch klar, dass das so kommt. Aber nein, Madame muss ja im Schatten sitzen, in direkter Schusslinie. Ach, was sag ich? Schisslinie! Wegen Madames empfindlicher Haut. Zu blöd zum Sitzen! Du weißt doch, dass ich dem Chef versprochen habe, seiner Frau den Hut morgen mitzubringen. Und wie kriegen wir die Scheiße da jetzt ab? Das ist Samt! Samt! Aber das kannst du schön alleine machen, Madame. Du bist einfach zu blöd!"

Jetzt tat mir seine Jacqueline fast leid. Auf der anderen Seite hatte sie ihn sich ja ausgesucht. Unter Milliarden von Männern auf diesem Planeten. Er war wohl der Preis, den man als Krone der Schöpfung zahlen musste.

Nach und nach händeschüttelte, umarmte und küsste sich das Brautpaar durch die Menschenschlange, und auch ich reihte mich ein. Zuerst Konrad. Er lächelte. Fragend. Nein, meinen kleinen Eskapismus in der Kirche, den konnte er doch nicht mitbekommen haben. Oder doch? Wahrscheinlich wusste er nur nicht mehr, wer ich war. Ich streckte ihm die Hand entgegen: „Ich bin Johanna, Klaras Schulfreundin. Hey, pass gut auf sie auf. Klara ist was ganz Besonderes. Mach sie glücklich!" Er ignorierte meine Hand, umarmte mich und drückte mir einen Schmatz auf die Wange. Sein Bart kitzelte.

„Natürlich! Johanna! Klara hat so viel von dir erzählt. Sorry, dass ich dich nicht gleich erkannt habe. So viele neue Leute. Keine Sorge, ich weiß, was für ein Glück ich hab mit Klara."

Er drückte sie an sich, sie blickten einander an und ihre Blicke verschmolzen. Konnten Blicke verschmelzen? Egal. Auf Hochzeiten wurde ich immer kitschig. Das erlaubte ich mir.

Ich flüsterte Klara ins Ohr: „Ich freue mich so für dich! Werde glücklich."

Sie umarmte mich: „Das bin ich schon. Und beim nächsten Mal tanzen wir auf deiner Hochzeit, Jo."

Das war zu viel, jetzt musste ich heulen.

Desi

Das Brautpaar verabschiedete sich samt Fotograf und blumengeschmückter Limousine in den obligaten Fototermin und die Menge begab sich in die Pause.

Zum Glück waren Bernd und seine Jacqueline noch gerade rechtzeitig zum Gratulieren aufgetaucht. Ohne Hut, Bernd stürmend und Jacqueline gesenkten Blickes. Jetzt tat mir Bernds Jacqueline endgültig leid.

Ich trat zu ihr: „Das war wirklich Pech, das mit dem Vogel. Und dann auch noch auf dem dunklen Hut. Versuch mal Essig und Zitrone. Oder Seifenlauge. Neben der Post habe ich einen Supermarkt gesehen. Und du siehst auch ohne Hut umwerfend aus."

Bernds Jacqueline lächelte: „Danke, das ist lieb von dir. Weißt du, es ist nur, weil Bernd seinem Chef versprochen hat, dass er ihm den Hut leiht. Also der Frau von Bernds Chef natürlich. Und das ist wirklich wichtig für seine Karriere."

„Das ist natürlich doof, aber so ist das Leben. Sometimes, shit just happ...!" Zu spät, ich hatte es so gut wie gesagt. Ich Idiot! Aber Bernds Jacquelines Bassetblick gab Entwarnung: Ein Hoch der Unilingualität!

Trotzdem verdrückte ich mich lieber: „Du, ich sollte noch ein wenig fotografieren. Klara hat mich darum gebeten. Schließlich heiratet sie nur einmal. Und allmählich verflüchtigt sich das Ganze hier ja auch. Also, bis später."

Am Kirchentor fand ich die alleinstehenden Tanten, die zu jeder Hochzeit gehören und die gerade noch die letzten Neuigkeiten austauschten.

„Was, das hast du gar nicht gehört? Doch, doch, ganz plötzlich. Herzschlag und schwupps. Die Glückliche. Für ihre Kinder natürlich nicht so schön. Aber es war eine wunderbare Feier. Sehr würdig und geschmackvoll. Der Pfarrer war wirklich wunderbar."

„War das derselbe Pfarrer, den Lotti hatte? Den will ich dann auch. Ich mag ihn wirklich sehr."

„Aber, Trudy, der Hancock, der steht doch auch schon kurz vor der Pensionierung. Da hoffe ich doch, dass du uns noch ein wenig länger erhalten bleibst. Und außerdem, wenn er dir so gefällt, dann solltest du dafür sorgen, dass er sich vor deinem Tod mit dir beschäftigt und nicht danach. Man hört, er sei Witwer."

Sie kicherten wie die Backfische und mein Foto war im Kasten. Drei fröhliche Tanten. Alles eine Frage der Perspektive und der Geduld. Im Leben und beim Fotografieren. Ach ja, noch so ein Wort mit weiblicher Grundform. Witwe.

Ich schob die noch Anwesenden hin und her und hielt ihnen gnadenlos die Kamera entgegen, bis sie lachen mussten. Richtig lachen. Ich mochte kein Fotolachen, da sahen die Porträtierten immer gleich aus, nur nie wie sie selbst.

Endlich, bei meiner letzten Runde, ein bekanntes Gesicht. Desi, also eigentlich Desideria Wilhelmina Agathe Freifrau von Hirschenstein, eine frühere Kollegin aus der Zeit, als Klara und ich – und eben Desi – noch in derselben Kanzlei in Berlin gearbeitet hatten. Meine Güte, das war jetzt auch schon wieder fünf Jahre her.

„Johanna? Johanna, bist du das? Ich hätte dich ja fast nicht wiedererkannt! Sage mal, hast du abgenommen? Du siehst toll aus."

„Mensch, Desideria!", ich würde sie natürlich niemals Desi nennen, also jedenfalls nicht ins Gesicht: „Wie geht es dir? Ja, hab ich. Sieht man das so?"

„Ja, absolut. Das steht dir ausgezeichnet. In der Tat."

„Du, das war aber auch bitter nötig. Zu viel Arbeit, fast nur Fast Food, kein Sport, kein Schlaf, kein Urlaub. Aber wem sage ich das?"

Nun gut, tatsächlich hatte sich Desi damals auch bei der Arbeit sehr vornehm gezeigt und sich im Verhältnis zum Fußvolk eher zurückgehalten. Aber der Schnee war nicht von gestern, sondern von einem lange vergessenen Winter.

„Johanna, jetzt kann ich es ja sagen: Du hast wirklich zu viel gearbeitet. Also, in jedem Fall: Ich gratuliere. Du siehst sehr gut aus."

„Das ist lieb von dir. Merci! Du siehst ja immer

super aus, da sag ich dir nichts Neues. Und, was macht die Kanzlei? Wer ist denn überhaupt noch da von der alten Truppe?"

Die Frage war berechtigt. Wir hatten schon viele kommen und dem Rausch der Arbeit, dem Hochgefühl der eigenen Unentbehrlichkeit und der Hoffnung auf eine strahlende Karriere erliegen sehen. Auch ich hatte mein erstes Diensttelefon noch voller Stolz entgegengenommen, in dem erfüllenden Bewusstsein, zu den anerkannt Wichtigen zu gehören. Kurz später wünschte ich mir manchmal, weder wichtig zu sein noch zu scheinen. Mein erster Blick am Morgen und der letzte am Abend galten der Mailbox, ebenso wie unzählige Blicke dazwischen. Das Leben war geprägt von ständiger Erreichbarkeit, durchgearbeiteten Nächten, abgesagten Ferien und einer alles vereinnahmenden *Amour Fou* mit dem Mobiltelefon. Bis das hochqualifizierte Arbeitsvieh dann merkte, dass es angesichts von hunderten unbezahlten Überstunden eigentlich weniger verdiente als die eigene Putzfrau. So verließ der Malocher das Hamsterrad, um ersetzt zu werden durch hungrige Nachwuchstalente. Und das Rad drehte sich weiter.

Treffer, versenkt: „Ich glaube, du kennst fast niemanden mehr bei uns. Ein paar von den alten Sekretärinnen sind noch da, aber auch da hat sich viel verändert. Von den Anwälten sind nur noch Schlump und ich da. Und natürlich REX."

REX, also Richard Ernst Xavier, war der Leiter der Kanzlei. Zumeist auf Reisen und sich seiner überragenden Bedeutung für die Menschheitsgeschichte mit jeder Faser seines Körpers bewusst. Wenn er ausnahmsweise doch im Büro war, verbreitete schon seine bloße Anwesenheit Stress und unproduktive

Hektik. Man spürte ihn physisch im gesamten Gebäude, bis in die Empfangshalle – obwohl die Kanzlei im 18. Stock lag. REX, der seine Assistentin Susanne im Stundentakt feuerte und wieder einstellte. Und dann „ihr" *I love you*- E-Mail öffnete. Der verkündete, eine Sekretärin müsse man mindestens einmal im Monat zum Heulen bringen, damit sie „pariere". Und außerdem müsse man sie zumindest am Anfang jeden Tag bis Mitternacht im Büro behalten, damit sie wisse, „wo der Hammer hängt". Ich hatte das so geregelt, dass ich meine Assistentin an ihrem ersten Arbeitstag gefragt hatte, ob sie bis spät arbeiten würde, wenn es nötig wäre. Sie hatte bejaht, damit war das Thema zufriedenstellend erledigt. Ich fragte mich, warum derartige Persönlichkeitsstörungen, wie sie REX sie so facettenreich und reichhaltig verkörperte, augenscheinlich karrierefördernd wirkten. Das war auch einer der Gründe gewesen, weshalb ich die Kanzlei verlassen hatte. So wollte ich nicht werden.

„Es gibt aber auch neue Kollegen. Sogar eine Gräfin. Sehr sympathisch. Es ist ausgesprochen wohltuend, sich mit jemandem von Stand angemessen austauschen zu können."

Halleluja! „Jemand von Stand." Diese Macke unserer Freifrau musste ich jetzt nicht kommentieren.

„Spricht REX denn jetzt wieder mit Schlump?" Zu meiner Zeit hatten die beiden nur schriftlich oder über ihre Assistentinnen miteinander kommuniziert. Das Gerücht besagte, dass sie sich vor einigen Jahren nicht auf die Formatierung der Weihnachtskarte hatten einigen können. Augenscheinlich hatte das Epizentrum dieser Krise in der lebensentscheidenden Frage gelegen, ob der Text zentriert („Das ist einfach elegant" „Das ist alltäglich!") oder linksbündig („Das sieht aus wie ein Geschäftsbrief." „Genau. Weil das an unsere Geschäftskunden gesandt wird.") gedruckt werden sollte. Wie bockige Dreijährige. Ob in besagtem Jahr überhaupt Weihnachtskarten versandt worden waren, entzog sich meiner Kenntnis.

„Durchaus, sie reden wieder miteinander, aber dafür nicht mehr mit den Kollegen in Paris. Und du, wo arbeitest du jetzt?"

„Ich bin immer noch bei der Blau-Weiss Versicherung in Zürich. Im Rechtsdienst. Was eben so anfällt, von der Milliarden-Sammelklage in den USA bis runter zur Kundenbeschwerde, weil die Sonne nicht scheint. Ich weiß am Morgen nie, was ich am Abend gemacht haben werde. Spannend. Und ich habe diesmal wirklich Glück mit meinem Chef. Brillanter Jurist, trotzdem immer freundlich, nimmt sich Zeit, hört zu, diskutiert, lässt mich ausreden, antwortet auf E-Mails, bedankt sich. Kannst du dir das von REX vorstellen? Einfach konstruktives Zusammenarbeiten. Ich wusste ja schon gar nicht mehr, wie das ist."

Desi seufzte: „Ja, mit REX, das ist nicht so einfach. Letzte Woche hat er wieder einmal Susanne gekündigt. Sie ist jetzt wirklich gegangen."

„Was? Susanne ist gegangen? Susanne? Die ist doch mit der Kanzlei verheiratet!" Ich konnte es nicht glauben.

„Ja. Diesmal hatte sie einfach genug. Sie war nach ihrer Krampfadern-Operation am Nachmittag noch ins Büro gekommen, weil REX anwesend war. REX war dann der übliche Egomane und hat keinerlei Rücksicht genommen. Als sie nicht so schnell war wie sonst, hat er sie angeschrien, wer ihr denn ins Gehirn geschissen hätte und ob er denn nur von Krüppeln und Idioten umgeben sei. Verzeih die Sprache, das ist ein Zitat. Wenn sie da sei, dann hätte sie auch zu arbeiten. Susanne hat ihm dann ganz ruhig gesagt, wenn sie mit verwöhnten Dreijährigen hätte arbeiten wollen, wäre sie Kindergärtnerin geworden. Und dann ist sie gegangen."

Desi schien sich gerade die schmerzhafte Frage zu stellen, warum sie nicht ging.

Ich wechselte das Thema: „Aber, sage mal, wie geht es dir denn sonst so, abgesehen von der Arbeit?"

Desi schüttelte den Kopf: „Ich bin immer noch alleinstehend. Wo soll ich schon jemanden treffen? Im Büro? Im Auto? In meiner Wohnung? Bei meinen Eltern? Und wenn man von Stande ist, ist die Auswahl natürlich nochmals wesentlich begrenzter."

Zweimal konnte ich ihre Adelismen nicht durchgehen lassen: „Ach, davon solltest du dich nun wirklich nicht einschränken lassen. So ein Titel heißt ja im Zweifel nur, dass irgendein Vorfahr besser rauben, morden, intrigieren und brandschatzen konnte als der Durchschnitt. So ähnlich wie bei den Australiern, bei denen stammen die wirklich alten Familien auch alle von Verbrechern ab. Schau dich doch lieber nach was Besserem um als nach so einem degenerierten Adelsfuzzi."

Das war jetzt zwar nicht wirklich nett. Aber ich zählte auf die überlegene Selbstbeherrschung der Baronin und wurde nicht enttäuscht.

Tatsächlich, nach einer kurzen Schockstarre: „Und, hast du jemanden gefunden?"

Touché! „Nein, ich bin auch noch Single. Da geht es mir wie dir: In unserem Alter sind nun mal fast alle verheiratet. Jedenfalls die Guten. Und in der Schweiz ist es auch schwerer, jemanden kennenzulernen."

„Schwieriger als in Deutschland?"

„Doch, das würde ich sagen. Echte Freundschaften knüpfen die Schweizer im Kindergarten oder bestenfalls der Schule – also, allerspätestens an der Uni. Das ist natürlich super, wenn du einer dieser alten Freunde bist, aber sonst ist es schwierig. Sie laden auch fast nie mehr als eine Person oder ein Paar ein. Das ist natürlich auch ein Kompliment, dass sie den Abend wirklich nur und gerade mit dir verbringen wollen, aber du wirst halt nie jemanden über gemeinsame Freunde treffen."

„Und wenn du einlädst?"

„Du, das mache ich sowieso. Aber meine Gäste kenne ich ja, also lerne ich auch niemanden kennen, wenn ich sie einlade. Alle finden das toll und kommen gerne, aber sie machen es halt selbst fast nie. Und wenn, dann ist es alle zehn Jahre eine Riesenparty mit allen befreundeten Paaren. Und mir."

„Was ist nur aus den Partys geworden, bei denen man mit einem Glas Wein in der Küche steht, Gott und die Welt diskutiert und sich kennenlernt?"

„Ich fürchte, die finden immer noch statt, nur ohne uns. In unserem Alter sind doch fast alle unter der Haube. Und die paar, die es nicht sind, sind es oft aus gutem Grund."

Desi lachte: „Hast du auch diese Gespräche mit deinen Freunden, wenn sie ihre inneren Adressbücher nach eligiblen Kandidaten durchforsten? Weil du doch so eine wunderbare Frau, nein, so ein wundervoller Mensch bist, dass es einfach nicht sein kann, dass du niemanden findest? Und dann gehen sie einen nach dem anderen durch und immer, wenn der eine jemanden vorschlägt, erwidert der andere, warum der Kandidat nicht an deine Seite gehört, sondern in psychiatrische Behandlung."

„Oh ja, die kenne ich auch. Johannas Resterampe. 'Liebling, Johanna interessiert sich doch für Kunst. Wie wäre es denn mit Anton?' 'Schatz, Anton macht Malen nach Zahlen. Das ist jetzt nicht wirklich Kunst. Und außerdem hat er gar keine Zeit neben all seinem Ausmalen.' Oder: 'Schatz, wie wäre es denn mit Jochen?' 'Ach nee, Jochen? Ich weiß nicht. Der wohnt doch noch bei seiner Mutter, und außerdem, Johanna, wie stehst du denn zu Sadomaso?' Sie haben dann im Ernst eine Antwort erwartet. Ist mir wirklich passiert, kein Witz."

Desi musste lachen: „Mir wurde vor kurzem ein potenzieller Partner ans Herz gelegt, der 'leicht lala im Kopf' sei. Er würde mir auch bestimmt nicht widersprechen. Ich könnte praktisch so weiterleben, als wäre er gar nicht da. Oder wie mit einem Hund." Sie zögerte und prustete heraus: „Aber er war adelig. Uradel. Ein Fürst."

Eine solche Steilvorlage konnte nicht ungenutzt bleiben: „Definitiv ein weiteres Argument zum Heiraten außerhalb des Standes. Geringeres Lala-Risiko."

Jetzt lachten wir beide. Dumm war nur, dass wir selbst zur Angebotspalette auf dieser Resterampe gehörten. Also saß vielleicht genau jetzt ein mit mir befreundetes Pärchen mit einem Single-Freund zusammen: „Fritzfranzkarlferdinand, du bist doch so ein wunderbarer Mann, nein, so ein wundervoller Mensch, da kann es doch einfach nicht sein, dass du niemanden findest." „Schatz, wie wäre es denn mit Johanna?" „Also, Johanna, das geht ja wohl gar nicht. Johanna hat doch …"

Was auch immer dann kam, sagte mir natürlich niemand. Obwohl, es hätte mich schon interessiert, weshalb man mich nicht für – wie hatte Desi das so schön ausgedrückt? – „eligibel" hielt.

Desi verabschiedete sich zum Garderobenwechsel: „Schließlich kann man ja nicht zwei Anlässe im selben Kleid begehen."

Genau das war allerdings mein Plan. Und da mein Kleiderschrank ca. 850 km entfernt in Zürich stand, war dieses grausame Schicksal jetzt auch unausweichlich. Das sollte allerdings überlebbar sein. Wenn schon keine Socke den Bräutigam wahrnahm, sollte ich doch bitteschön völlig unter dem Radar segeln können. Schließlich ging es nicht um mich, sondern um die Braut – na ja, und so ein bisschen um den Bräutigam. Und ich hieß nicht Jacqueline und war auch nicht Eigentum von irgendeinem Bernd. Deshalb musste ich auch nicht um-wer-fend aussehen.

Ich wusste natürlich, dass diese Einstellung für die Partnersuche nicht gerade hilfreich war. Ich war einfach zu uneitel. Wie hatte schon mein Vater so treffend ausgeführt: „Kind, du musst mehr für dein Äußeres tun. Männer können nun mal besser gucken als denken." Da hatte er natürlich recht. Als intelligente Frau musste man doppelt gut aussehen. Und sich ein wenig dümmer stellen als man war. Aber so weit war ich denn doch nicht. Noch nicht. Außerdem ging ich davon aus, dass selbst der optisch orientierteste Mann es irgendwann merken würde, dass auch ein geschminkter und frisierter, ja sogar ein behüteter weiblicher Kopf ein Gehirn zu beherbergen pflegte. Außer vielleicht, wenn dieser Mann Bernd hieß. Aber der war augenscheinlich ein Kapitel für sich.

Egal, jetzt war es für ein neues Kleid zu spät, und wenn heute der Tag der Tage sein sollte, an dem Mister Oneandonly in mein Leben treten würde, dann musste er eben sein Gehirn anschmeißen und nicht den Hormonspiegel.

Schakweline

Während sich die Gäste, deren Eltern ihnen augenscheinlich abends Gutenachtgeschichten aus dem Knigge vorgelesen hatten, sich angemessen für den zweiten Teil des Anlasses aufbrezelten und das Brautpaar seine Liebe für die Ewigkeit in Bits und Bytes, vielleicht sogar auf Zelluloid bannte, schlenderte ich zum Schloss Kartzow – seit einem Schulausflug vor viel zu vielen Jahren der Ort, an dem Klara und ich mit einem Zwillings- oder zumindest Brüderpaar eine rauschende Hochzeit feiern würden. Wir hatten Stunden damit verbracht, unseren großen Tag zu planen. Und heute feierte Klara dort. Konrad war ein Einzelkind. Natürlich.

Nach zwei Stunden gemütlichen Promenierens (zum Glück trug ich keine High Heels) kam ich im Schloss an und fand das bei Hochzeiten übliche Bild: Paare, getroffen von Amors wild umherfliegenden

Querschlägern, deren unter Bergen von Windeln und Ratenzahlungen schon fast vergrabene Liebe gerade neu entbrannte und die eigentlich am liebsten alleine gewesen wären.

Da es keinen Tisch für Singles gab, gesellte ich mich zu einem der eher weniger turtelnden Paare.

Sie: „Schön hier." Schweigen.

Er: „Ja, wirklich schön hier." Schweigen.

Sie: „Die Trauung war auch schön." Schweigen.

Ich: „Hallo, ich bin Johanna, eine Schulfreundin von Klara." Schweigen.

Er: „Ja, war wirklich schön, die Trauung."

Aha, auch eine Antwort. Und eine Leistung, bei drei Leuten das fünfte Rad am Wagen zu sein. Ich verkrümelte mich – was keiner besonderen Anstrengung bedurfte.

Leider verliefen auch meine weiteren Versuche der Kontaktanbahnung ähnlich. Ich schaltete um auf Fotografin und das Wunder geschah: Fotografiere, und die Welt strahlt dich an! Das wirkte doch immer – und klärte die Situation weiter: „Jetzt mal ganz nah zusammen und kuscheln, bitte!" Wer seinen Nachbarn und mich jetzt befremdet anstarrte und sich zu jedem Millimeter der Annäherung mühsam durchringen musste, der war wohl (hoffentlich) nicht miteinander verbunden, bis Gott euch scheide. Der erste Eindruck hatte jedoch nicht getrogen: Paare, wohin das Auge blickte. Klick.

Während das große Turteln im Garten noch anhielt und die wieder endlose Liebe uns umwaberte, stürmte Bernd an mir vorbei zum Torbogen, im Schlepptau Jacqueline, in perfekter (insbesondere sauberer) Abendgarderobe. Sie sah um-wer-fend aus. Wirklich. Mir wäre ein im Rücken so tief ausgeschnittenes Kleid natürlich zu dünn gewesen bei den Temperaturen. Und man wusste ja auch nie, wer schon auf dem Stuhl gesessen hatte, an dessen Lehne sich Jacquelines sexy entblößter Rücken am Abend schmiegen würde. Aber das war ja ihr Ding. Ich war wohl wirklich zu uneitel.

Grund der Unruhe, die schnell die versammelte Gemeinschaft ergriff: Die Limousine des Brautpaars war angekommen. Konrad stieg aus und eilte seiner Angetrauten zu Hilfe – „... dass sie dich auf den Händen tragen und du deinen Fuß nicht an einen Stein stoßest." Und Klara brauchte diese Hilfe, denn der Traum in Weiß, den sie trug, ließ selbst ihr weder viel Atem- noch Beinfreiheit. Egal, Klara strahlte.

Der offizielle Fotograf hatte nach der Privataudienz das Feld geräumt, aber es brauchte ihn auch nicht mehr: Mindestens die Hälfte der Anwesenden zückten ihre Mobiltelefone und blitzten Klara einen Weg durch die einsetzende Dämmerung. Ich gönnte ihr diesen Hollywood-Auftritt. Hatte ich erwähnt? Klara strahlte.

Konrad geleitete seine Klara zu einem mit rotem Samt bezogenen Sessel, ach was, Thron, stellte sich neben sie und legte die Hand auf ihre Schulter. Klara hielt seine Hand, als er vorlas: „Liebe Familie, liebe Freunde, liebe Kollegen! Vor allem: Liebe Klara. Wie ihr wisst, bin ich kein Mann des Wortes. Worte können ohnehin nicht beschreiben, wie glücklich ich bin, dich, Klara, heute hier als meine Frau an meiner Seite zu haben. Ich fasse mich daher kurz: Dies ist der schönste Tag meines Lebens und ich danke jedem einzelnen von euch, dass ihr ihn mit uns teilt – umso mehr, als einige von euch eine so weite Anreise auf sich genommen haben, um Zeugen dieses unerwarteten Ereignisses zu sein. Ja, unerwartet. Vor allem für meine lieben alten Studienkollegen, die mir schon seit Jahren bei jeder passenden und unpassenden Gelegenheit – mit Vorliebe bei den unpassenden – prophezeit haben, dass ein sonderbarer Kauz wie ich wohl alleine bleiben würde und dass das auch gut sei für die Frauen dieser Welt. Tja, Jungs – das hättet ihr nicht gedacht! Besonders danken möchte ich unserer ehemaligen Vermieterin, Frau Brettschneider, die bestimmt nicht wusste, dass Amor bei ihrem Einzug auf Klaras Schulter saß. Dieser kleine Kerl blieb zum Glück hartnäckig, als ich dann kurz später wegzog, und er schubste auch Klara quer durch Berlin, zu mir. Manche Männer brauchen eben nicht nur einen Wink, sondern einen kräftigen Schlag mit dem Zaunpfahl. Und so bitte ich Sie und euch, mit mir das Glas zu erheben und anzustoßen auf Amor, auf das Glück der Kauze, auf meine umwerfende, kluge, fröhliche und einfach perfekte Frau und auf einen Abend, an dem wir alles das feiern wollen. Klara, du bist das Beste, was mir je passiert ist. Ich liebe dich."

Die Menge durchfuhr ein kollektiver Seufzer, die Gläser klirrten, die Taschentücher wurden gezückt, der Abend war eingeleitet. Klara – natürlich, Klara strahlte. Und zitterte. Das Brautkleid war ein Traum, besser gesagt, ein Hauch von einem Traum – und einfach nicht warm genug für einen spätsommerabendlichen Sektempfang im Garten. Ich legte ihr meinen Mantel um, und nach kurzem Protest („Wie sieht denn das aus, Jo!" „Warm und nach einer Braut, die morgen ohne Lungenentzündung aufwacht und am Montag auf Hochzeitsreise gehen kann." "Ja, und du?" "Ich gehe am Montag nicht auf Hochzeitsreise. Stell dich nicht so an, Klara!") verbrachte Klara den Rest des Gartenempfangs mit Hochzeitskleid und Mantel. Wer schön sein will, muss leiden. Wer nicht leiden will, ist innen schön. Und Klara war heute sowieso die schönste Frau der Welt.

„Das nenne ich mal Fürsorge", vernahm ich eine tiefe Stimme hinter mir. Ich drehte mich um. Groß, massiv, graues Haar, Brille, um die sechzig, in der Hand ein Glas Champagner, der Mund erst von einem süffisanten Grinsen, dann von einer Pfeife eingenommen. Nein, den kannte ich nicht.

„Ich kann sie ja nicht krank auf Hochzeitsreise gehen lassen. Das wäre eine grobe Verletzung der Fürsorgepflicht."

Er lachte: „Ach, Sie sind Juristin? Und, was ist die Rechtsgrundlage Ihrer Fürsorgepflicht? Also, wenn Sie die Mutter der Braut sind, dann muss ich Ihnen ein ganz großes Kompliment machen, gnädige Frau."

Ich musste lachen: „Johanna. Johanna Lenné. Ich bin eine Schulfreundin von Klara. Das reicht für eine Fürsorgepflicht. Und Juristin. Sie auch, nehme ich an – also, Jurist?"

„Bergner. Dr. Roland Bergner, ein Freund der Familie Donnetzky. Und, ja, ich bekenne mich schuldig: Jurist."

Wie peinlich, sich als Jurist mit Doktortitel vorzustellen! Das hätte ich nie getan. Nicht meins. Aber seine Stimme: Ein Bass wie ein Wolkenbett – zum Versinken. Leider war jedes sexy Basswort mit einem ausgesprochen unsexy Rauchausstoß verbunden.

„Na dann, sehr erfreut, Herr Dr. Roland Bergner. Bitte recht freundlich!" Klick. „Vielleicht noch ein Foto mit Ihrer Frau?" Ein alter Single-Reflex, ich konnte es einfach nicht leugnen.

„Nein, ich bin nicht…"

„Auch gut. Dann bis später." So sehr interessierte mich sein Status dann doch nicht.

Ich gesellte mich zu Desi, die mit Bernd und seiner Jacqueline smalltalkte. Jacqueline wandte sich mir zu: „Du, vielen Dank nochmal für den Tipp mit dem Zitronensaft und dem Essig. Ich hab den Fleck tatsächlich rausbekommen. Gottseidank." „Keine Ursache."

Ein Kellner bot uns Häppchen an – Frühlingsrollen mit Currysauce. Als Jacqueline zugreifen wollte, schlug Bernd ihr auf die Finger: „Nein, das lässt du schön bleiben. Eine solche Aktion am Tag reicht ja wohl. Ich bin Insurance Manager und nicht Meister Proper. Ich hab keine Lust, mich hier nochmal von dir zum Affen machen zu lassen. Und außerdem wirst du sowieso zu fett. Komm, Schakweline, wir gehen rein und suchen unsern Tisch."

Sprach's, drehte sich schwungvoll um – und rempelte den nächsten Kellner an, mitsamt Hackfleischbällchen. Und mit Cocktailsauce. Es war doch immer wieder erstaunlich, wie flächendeckend sich Flüssigkeiten verteilten. Das galt auch für Cocktailsauce. Bernds Anzug dürfte reinigungstechnisch eine Herausforderung dargestellt haben. Dumm nur, dass Bernd, wie er gerade so überaus zutreffend festgestellt hatte, Versicherungsvertreter war und nicht Meister Proper. Dümmer, dass er jetzt eindrucksvoll bewies, dass er sich auch ganz allein zum Affen machen konnte, indem er nicht wirklich jugendfreie Kommentare ausstoßend durch die Menge zum Parkplatz pflügte. Mir schien fast, als habe auch Jacqueline den Bruchteil einer Sekunde gegrinst, bevor sie Bernd pflichtschuldig folgte. In guten wie in schlechten Zeiten und sogar in solchen mit Bernd.

Zum Essen erschienen die beiden dann etwas verspätet, Bernd wieder in seinem Mittagsanzug. Wenigstens war ich nicht mehr die einzige Unumgezogene.

Desi und ich standen noch ein wenig herum, ließen die Häppchen an uns vorbeiziehen und tauschten unsere spärlichen Informationen zu den Anwesenden aus, als sie sich plötzlich aufrichtete. Die Freifrau hatte Fährte aufgenommen: „Ist das nicht Dr. Bergner?"

„Yup."

„Dr. Bergner, der General Counsel von der Maienwald-Gruppe? Wie kommt denn der hierher?"

„Er sagte, er sei ein Freund von Konrads Familie."

„Was? Du hast mit ihm gesprochen?"

„Mehr oder weniger. Und?"

„Ich glaube, du bist dir der Bedeutung der Situation nicht bewusst. Dr. Bergner ist unser wichtigster Mandant, ausschließlich durch REX persönlich betreut. Erinnerst du dich nicht? Ich wünsche mir seit Jahren, ihn einmal zu treffen."

Dunkel stieg die Erinnerung an lange Nächte, in denen ich Gutachten für die Maienwald-Gruppe verfasst hatte, durch einen dicken Nebel des Desinteresses in mir auf.

„Und außerdem ist er nicht verheiratet. Könntest du mich bitte vorstellen, Johanna?"

„Desideria, ich hab den auch gerade erst kennen gelernt. Was heißt kennen gelernt? Drei Worte haben wir gewechselt, vielleicht fünf. Und wieso muss ich ihn dir vorstellen, du bist alt genug, um das selbst zu tun."

Desis Blick flehte. Alles klar, eine Freifrau wartete darauf, vorgestellt zu werden. Nur Plebs wie ich stellten sich selbst vor – und adelige Damen, die sich nicht trauten. „Also gut. Dann komm halt."

„Herr Bergner, darf ich Ihnen Frau Desideria von Hirschenstein vorstellen? – Frau von Hirschenstein: Herr Bergner."

„Welch angenehme Überraschung. Gleich zwei so charmante junge Damen. Überaus erfreut. Aber das ist halt so: Wo Dr. Bergner ist, da sind die hübschen jungen Damen. Enchanté!"

Was für ein Schleimer. Natürlich musste er seinen Doktor unterbringen. Wie peinlich.

Übertroffen nur von Desi. Sie kicherte: „Herr Dr. Bergner, die Freude ist ganz meinerseits. Ich habe ja schon so viel von Ihnen gehört."

Ach, du Schande! Es fehlten nur noch der Handkuss und die Geigen. Ach ja, rosa Licht und ein Knabenchor vielleicht noch. Ich zückte die Kamera und manövrierte sie näher zusammen. Damit erachtete ich meinen Anbahnungsjob als getan. Klick und weg.

Auf zum Sitzplan! Ein weiteres leidiges Thema bei Hochzeiten. Mit viel Glück landete man an einem Tisch mit anderen Singles, die jedoch mit zunehmendem Eigenalter immer jünger wurden, so dass ich mich manchmal fühlte wie die Gouvernante am Kindertisch. Oder man war die ungerade Zugabe an einem Tisch voller turtelnder Pärchen, die in Erinnerungen an ihre Hochzeit schwelgten oder einen magischen Abend lang schweigend die Hand der Liebe ihres Lebens hielten. Schön für sie. Und heute? Ich saß – wie bitte? – am Tisch des Brautpaares. Wahrscheinlich das einzige Mal in meinem Leben.

Zum Glück kam Klara: „Du, ich hoffe, das macht dir nichts aus. Weißt du, mein Vater ist doch allein, seit meine Mutter tot ist, und da dachte ich, dass du neben ihm sitzen könntest. Dich kennt er doch."

„Klar, Klara. Mache ich gerne. Ich mag Deinen Papa."

Mir waren ohnehin keine, um Desi zu zitieren, eligiblen Junggesellen aufgefallen. Apropos Desi: Sie saß neben dem Doktor. Chapeau, Klara – du kennst deine Freundinnen. Vielleicht würde sich da ja was ergeben.

Herr Müller

Klara hatte mich gebeten, alle Gäste mit dem Plüschfrosch zu fotografieren, den ich ihr vor Jahren geschenkt hatte – zum Üben, damit sie vorbereitet wäre, wenn der Richtige käme. Diese Idee war typisch Klara, und sie hatte sie bis zum Ende durchgezogen: Die Hochzeit stand im Zeichen des Frosches. Auf den Tischen standen Schalen mit Seerosen, umgeben von Fröschen aus Ton, Holz, Porzellan und allem, woraus man Frösche herstellen kann. Für jeden Gast einer zum Mitnehmen.

So lauerten Froggy und ich neben der Tür, sprangen die Eintretenden an und nötigten sie dazu, meinen plüschigen Begleiter zu küssen. Zum Glück konnte dabei niemand ernst bleiben. Nicht einmal der Doktor, der allerdings darauf bestand, nicht alleine fotografiert zu werden. Seit wann war seine Partnersuche mein Problem? Zum Glück lungerte Desi in der Nähe herum und ich schob sie mit ins Bild. Trotzdem machte er einen Schmollmund. So habe er das nicht gemeint. Egal. Klick und basta la pasta. Manche Leute waren einfach high maintenance.

Jedenfalls hatte ich beim Abschluss dieser Übung zwanglos herausgefunden, dass die Herren Müller und Bergner die einzigen alleinstehenden Männer des Abends waren – wenn man von den knuffigen Studenten und Anfangdreißigern absah, die die ebenso knuffigen Halbmodels anschmachteten. Süß! Single-Frauen meines Alters gab es hingegen im Überschuss. Wie immer.

Herr Müller – grauer und weniger groß als in meiner Erinnerung – stand auf: „Guten Abend. Darf ich mich vorstellen? Mein Name ist Horst Müller. Ich bin der Vater von der Klara." Er hatte offensichtlich seine formale Seite hervorgeholt und sorgfältig poliert.

„Guten Abend, Herr Müller. Ich bin's, Johanna. Klara und ich sind doch zusammen zur Schule gegangen."

Herr Müller ließ das Formale fallen: „Mensch, Johanna. Du bist aba jroß jeworden. Lass dir ankieken: Ne richtije Dame biste jeworden. Ick hab dir übahaupt nich wiedaerkannt. Wer hätte dit jedacht?"

„Na ja, mit fast 40 sollte man wohl schon groß sein. Aber ich verspreche ihnen, dass ich mit dem Wachsen aufhöre. Wir haben uns ja ewig nicht gesehen. Wie geht es Ihnen, Herr Müller? Haben Sie den Tag gut überstanden? War das nicht eine schöne Hochzeit? Klara ist so eine brautige Braut."

Herr Müller strahlte mich mit Klaras Lächeln an: „Ja, isse nich wundaschön? Meen Prinzesschen. Et kommt mia vor, wie wennse noch jestern bei mia uffem Schoß jesessen hat. Und jetzt isse ne verheiratete Frau. Dass meene Frau dit nich seh'n kann!"

Ich nahm seine Hand und wir schwiegen ein wenig.

Nachdem jeder Gast seinen Platz gefunden hatte, wünschte der Bräutigam nochmals allen einen schönen Abend, und der Salat wurde serviert. Herr Müller war etwas unschlüssig angesichts der vielen Messer und Gabeln neben seinem Teller, und ich flüsterte: „Von außen nach innen, Herr Müller. Nehmen Sie einfach, was ich nehme. Dann passt es schon." Wir verstanden uns.

Die Rede des Trauzeugen nach dem Salat war gut vorbereitet und schmissig serviert, mit der richtigen Portion Humor, einigen angemessen peinlichen Anekdoten über Konrad und gebührender Bewunderung für Klara. Er hatte das definitiv schon einmal gemacht und genoss den Auftritt.

Als wir dem glücklichen Paar zugeprostet hatten und die anderen sich wieder setzten, blieb Herr Müller stehen und ließ sein Glas klingen.

Klara zischte ihn an: „Nicht jetzt, Papa!"

„Aber, Klara, ick will ooch wat sajen!"

„Ja, Papa, kannst du ja auch. Aber nicht jetzt."

Wenn Blicke töten könnten!

Herr Müller war jedoch immun: „Meene Tochta

will ja nich, dass ihr oller Herr jetz wat sacht, aber dit muss ma jesacht werden, und zwar jenau jetz."

Klara blickte mich flehend an. Ich zog möglichst unauffällig an Herrn Müllers Jackett, aber er war stärker und wild entschlossen: „Also, liebe Klara, lieba Konrad – oder darf ick jetzt sajen: Meene lieben Kinda! Ick bin heute der stolzeste Vata inner janzen Welt. Klara, du machst mir sehr, sehr jlücklich. Konrad is der Mann, den ick mir für dir jewünscht habe, weil ick weeß, dat ihr euch liebt und dass er dir jlücklich machen wird. Und das isset ja, wat sich'n Vata wünscht. Mehr als allet andere."

Er schaute sich um. Ich weiß nicht, ob es Klaras Dolchblicke waren oder das festliche Ambiente; jedenfalls stellte er auf Hochdeutsch um.

„Klara, wir sind ja oft aneinander gerasselt, weil wir beide solche Dickschädel sind, aber ich hoffe, du weißt, wie sehr ich dich liebe und dass ich immer stolz auf dich war, auch wenn ich mir als Vater natürlich oft Sorgen gemacht habe, wenn du auf jeden Baum klettern musstest oder als klitzekleiner Purks vom Zehnmeterbrett springen wolltest und da oben gestanden hast, so klein, dass ich dich kaum sehen konnte. Aber du bist gesprungen. Oder als du mit 18 einfach den Motorradführerschein gemacht hast, dir 'ne alte Kiste gekauft und damit bis nach Griechenland gefahren bist. Das ist meine Klara. Macht den Motorradführerschein, kauft sich sofort eine Maschine und fährt am nächsten Tag nach Griechenland. Ich habe mir solche Sorgen gemacht. Ich meine, so ein hübsches junges Mädchen, ganz allein bei den Griechen."

Klara zischte: „Papi, nicht jetzt!"

Vergeblich, Herr Müller hatte Fahrt aufgenommen. „Aber ich war immer stolz auf dich. Und das bin ich auch heute. Und auf Konrad auch. Ihr beide passt so gut zusammen, und das habe ich mir so für dich gewünscht. Auch deine Mutter wäre ganz furchtbar stolz auf dich, Klara. Ach, Klara, ich vermisse deine Mutter so sehr. Ich weiß, dass du sie auch vermisst, gerade heute. Aber irgendwie ist sie ja auch bei uns. Durch dich, Klara. Sie war eine wunderbare Frau, und wenn ich dich ansehe, dann sehe ich sie vor mir bei unserer Hochzeit. Sie war die schönste Braut, die man sich vorstellen kann. So wie du heute."

Klara hatte aufgegeben und schaute mit resignierter Rührung und Tränen in den Augen zu ihrem Vater.

„Ich bin ja inzwischen ein alter Mann und deshalb habe ich auch das Recht, euch beiden einen Ratschlag zu geben. Geht niemals schlafen, so lange noch etwas zwischen euch steht. Darauf hat deine Mutter immer bestanden, egal, wie sehr mich das genervt hat. Und sie hatte recht. Dann kann man auch alles überstehen. Gemeinsam. Dann werdet ihr zusammen sein, bis der Tod euch scheidet. So wie deine Mutter und ich. Ach, Klara, ich wünschte so, dass sie hier wäre."

Inzwischen hatten die Anwesenden die Taschentücher wieder herausgeholt, ein vielstimmiger Schniefchor erfüllte den Raum und Klara saß, am glücklichsten Tag ihres Lebens, inmitten einer Trauergemeinde. Zum Glück berappelte sich ihr alter Herr wieder: „Und ihr müsst einander nicht nur sagen, dass ihr euch liebt, ihr müsst es auch zeigen. Jeden Tag. Wie sagte schon der alte Jöthe: 'Jenuch jequatscht, jetzt macht ma wat!' Also stoßen wir an auf meine wunderbare Tochter Klara und auf meinen neuen Schwiegersohn Konrad. Und, wat soll's, uff den ollen Jöthe ooch noch. Willkommen in der Familie, Konrad!"

Konrad und Klara umarmten Herrn Müller und die Suppe wurde serviert.

Klara brach in schallendes Gelächter aus: „Nein, das darf nicht wahr sein! Suppe! Wir haben ja noch die Suppe! Das hatte ich völlig vergessen."

Anscheinend konnte sie die Fragen in unseren Augen lesen und sie erklärte: „Ich dachte, der nächste Gang wäre der Rehrücken. Und den sah ich dann vor meinem geistigen Auge zu Brikett verkokeln, weil der doch so empfindlich ist. Deshalb wollte ich, dass du noch etwas wartest, Papi. Ach, Papi, das war so lieb, aber ich konnte kaum zuhören, weil ich immer nur an den doofen Rehrücken denken musste. Papi, ich hab dich so lieb."

Ich war beruhigt und checkte die Fotos der letzten Minuten. Klara sah aus wie Schneewittchens Stiefmutter im Verfluchungsmodus, mit rot leuchtenden Blitzaugen und zusammengekniffenem Mund. Wunderbar, die würden so bleiben.

Konrad ging hinter mir vorbei und sah mir über die Schulter: „Sehr gut, die musst du behalten."

Klara war abgelenkt, ich nutzte die Gelegenheit, Konrad etwas zu fragen: „Sage mal, Konrad, dass da zufällig Silbermond im Auto lief, als du Klara nach Hause gefahren hast. Könnte es eventuell sein, dass das nicht ganz zufällig war?"

Konrad grinste: „Erwischt! Du musst mir aber versprechen, dass du mich nicht verrätst. Also, Klara glaubt ja, dass wir uns ganz zufällig wiedergetroffen hätten. Aber, weißt du, ich hatte mich sofort in sie verliebt, als sie bei uns im Haus einzog, und mich nur nicht getraut, ihr das zu sagen. Bis es zu spät war. Als sie dann auf einmal im Reitverein auftauchte, da hab ich mir geschworen, mir diese tolle Frau nicht noch einmal entgehen zu lassen. Deshalb sind wir uns dann 'rein zufällig' ständig über den Weg gelaufen, bis ich sie weichgeklopft hatte. Und das mit Silbermond, das war leicht. Sie hatte die CD ja rauf und runter gehört, als wir nebeneinander wohnten. Aber, bitte, versprich mir, dass du ihr nichts erzählst. Sie meint, es sei ein Wink des Schicksals gewesen."

Ich hatte eine Gänsehaut. Die beiden waren wirklich für einander gemacht: „Niemals. Versprochen."

Nach dem Essen spielte eine Band – Walzer. Klara, die wunderschöne Braut, tanzte mit ihrem Vater, der sie an ihren Mann übergab – und dann mich aufforderte. Nach einem klitzekleinen Schock genoss ich die Sekunden auf der fast leeren Tanzfläche. Und Walzer konnte ich zum Glück so mehr oder weniger. Ein unerklärliches bisschen war das auch mein Brauttanz.

Die Band wechselte zu der Musik, zu der Klara und ich vor ewigen Zeiten in der Disco getanzt hatten, und ich stand vor der üblichen Frage: „Und nu?" Schnell bevölkerte eine Handvoll Paare (darunter auch Bernd und seine Jacqueline) die Tanzfläche und schwebte in vollendeter, in Jahren des gemeinsamen Lebens und Tanzens erarbeiteter Harmonie über die Bühne. Lauter Gingers und Freds. Schön. Frustrierend. Frustrierend schön. Selbst Herr Müller hatte seine Cinderella gefunden und schwebte mit einer Lady in Lila über das Parkett. Das war doch Ruth – die augenscheinlich den attraktiven Pfarrer Hancock schon fast vergessen hatte. Wie jedes Mal, nahm ich mir vor, einen Tanzkurs zu absolvieren. Wissend, dass dies wie jedes Mal am mangelnden Partner scheitern würde. Alleinstehende Männer waren in Tanzkursen, auch in denen für Singles, eine rare Spezies. Sie waren in etwa so häufig anzutreffen wie Papageien beim Tiefseetauchen. Und das, obwohl ein Tanzkurs der ideale Ort wäre, um Frauen kennenzulernen.

Ich hatte mir dazu meine Gedanken gemacht und fand sowieso, dass es für Männer simpel war, eine Partnerin zu finden. Sie mussten sich nur in die männerfreien Zonen wagen, in denen Frauen Männer zu jagen pflegten: Tanzkurse, Kochkurse, Studienreisen oder überhaupt alles, was mit Kultur zu tun hatte. Vergleichbare Männerbastionen waren wohl Fußballstadien, Harleyclubs oder Männergesangvereine. Oder die virtuelle Welt. Augenscheinlich waren männliche und weibliche Zeitvertreibe ziemlich inkompatibel. Schwierig.

Nach den Halbprofis trauten sich jetzt auch „normale" Paare auf die Tanzfläche. Noch ein Lied abwarten, dann … Bingo! Jetzt gaben die bewegungsfreudigen Frauen mit tanzmuffeligen Partnern ihre Zurückhaltung auf und tanzten miteinander. Wie immer. Manchmal fragte ich mich, wie die Menschheit die Zeiten überstanden hatte, in denen die Paare sich im Rahmen rauschender Bälle mit komplizierten Tänzen kennenlernten, deren Choreografie man heutzutage wohl nur speziell ausgebildeten Berufstänzern zumuten würde. Für unsere Zeitgenossen war es demgegenüber schon zu viel, mit minimalistischen Bewegungen gerade so zu verhindern, dass sie auf der Tanzfläche anwuchsen…

Ich sah Desi neben der Tanzfläche stehen und ging zu ihr: „Und, will Herr Bergner nicht tanzen?"

„Nein. Dr. Bergner hat Knieprobleme."

„Na ja, in seinem Alter … Wollen wir?"

Desi wollte. Wir tanzten, bis ein Gong ertönte: „Wir bitten jetzt alle alleinstehenden Damen auf die Tanzfläche. Die Braut wirft den Strauß."

Es klang wie eine Ladung zum Arbeitsdienst. Trotzdem versammelten sich etwa zwanzig mehr oder weniger alleinstehende Frauen, darunter Desi und ich. Ich drückte mich in den Hintergrund in der Erwartung, dass Klara genau die anpeilen würde, die ohnehin als nächste heiraten würde. Es gab immer eine Cousine oder eine Freundin, die gerade ihre eigene Hochzeit plante, und auf sie würde jede Braut zielen. So kannte ich es und so gehörte es sich meiner Meinung nach. Da ich von einer Heirat in etwa so weit entfernt war wie ein Pottwal vom Spitzentanz, wähnte ich mich sicher. Dumm war nur, dass Klara nicht wusste, was sich gehörte. Oder ihre Wurftechnik war noch schlechter als ihre Gesangstechnik. Jedenfalls kam der Brautstrauß in gerader Linie genau auf mich zugeflogen. In völliger Überrumpelung übernahmen meine Reflexe die Regie. Nach jahrelangem Vereinsvolleyball hieß „Reflex" in diesem Zusammenhang, dass ich das runde Etwas, das da auf mich zuflog, gekonnt in Richtung Absenderin zurückpritschte. Zum Glück hatte Klara nicht Volleyball gespielt, so dass sie die Blumen nicht zurückschmetterte, sondern auffing.

Nach einer Schrecksekunde lachte Klara: „Na, das Schicksal ist sich wohl nicht ganz sicher." Beim zweiten Wurf landete der Strauß in den offenen Armen von Desi. Unser aller Welt war wieder in Ordnung. So halbwegs.

Ich musste mich aber doch entschuldigen: „Du, Klara, das tut mir wahnsinnig leid. Ich hatte einfach nicht damit gerechnet, dass du in meine Richtung wirfst."

Klara schwebte für die Lappalien des Lebens unerreichbar auf Wolke Sieben: „Ist schon okay. Schau nur, Desi ist ganz selig. Du hast also ein gutes Werk getan."

Tatsächlich, Desi drückte die Blumen an sich, schnupperte an ihnen und lächelte.

Ich verdrückte mich von der Tanzfläche, vorbei an dem Doktor – dessen Kommentar mir gerade noch gefehlt hatte: „Sehr saubere Technik, junge Dame! Chapeau! Darf ich Sie anstellen, wenn ich jemals damit rechnen sollte, mit faulen Eiern beworfen zu werden?" Der fand sich wohl wahnsinnig cool. So einen brauchte echt kein Mensch. Ich ignorierte ihn.

Desi erwartete mich schon an der Bar – mit dem Brautstrauß in einem Sektkühler: „Johanna, das darfst du nicht tragisch nehmen. Einige haben es vielleicht ja auch gar nicht gemerkt. Ich habe auch mal einen Strauß fallen lassen. Allerdings war ich noch nie gut in Ballspielen. Aber Hauptsache ist, dass ich ihn heute gefangen habe. Für dich besteht also auch noch Hoffnung. Vielleicht ja bei meiner Hochzeit. Wie findest du eigentlich Dr. Bergner?" Ein kaum wahrnehmbares Lächeln verflüchtigte sich aus ihren Mundwinkeln, bevor es gelandet war.

Auch das noch! „Du, der findet sich so toll, da

muss ich das nicht auch noch tun. Und außerdem ist er doch nicht mal von Stand." Hatte ich das jetzt gesagt?

„Nein, nein, du hast ja recht. Er ist allerdings ausgesprochen charmant und sehr kultiviert. Er spielt Klavier und er hat in Russland studiert, noch unter Breschnew. Und er ist so umfassend interessiert."

„Eben – Breschnew. Nicht Putin, nicht Andropow, nicht Gorbatschow, Tschern – dingsda, wie hieß der noch gleich? Egal. Breschnew! Der ist doch seit mindestens, also mindestens ... was weiß ich, wie lange der schon tot ist!"

Desi nickte nur kurz.

Ich wagte den konstruktiven Gegenvorschlag: „Desideria, es kann doch nicht wahr sein, dass wir alleine auf einer Hochzeit rumstehen und Greise diskutieren. Sag mal, hast du es schon auf dem Internet probiert? Es muss doch Dating-Websites für Adelige geben. Du-und-dein-Prinz-dotcom."

Desi kaschierte kaum, wie angewidert sie war: „Nein. Also, wirklich – nein! Man trifft sich auf Hochzeiten. Oder Beerdigungen. Familienfesten im weiteren Sinne. Aber doch nicht im Internet. Also, jedenfalls nicht der echte Adel. Außerdem glaube ich nicht daran."

„Also, da wäre ich jetzt nicht so negativ. Meine Nachbarn haben sich so kennengelernt. Die haben erst gechattet. Und nach einer Weile haben sie festgestellt, dass sie beide in Zürich wohnten, im selben Kreis, in derselben Straße – und noch besser, im selben Haus. Stell dir das mal vor! Das ist doch Wahnsinn. Die hatten sich seit Jahren im Treppenhaus gegrüßt und mehr nicht. Und jetzt wohnen sie zusammen und ich wohne in seiner alten Wohnung. Du siehst, es kann funktionieren."

„Na ja, nur weil es einmal zu einem Erfolg geführt haben mag, erlaubt das doch nicht zwingend generelle Schlussfolgerungen."

„Nee, nee, das ist nicht nur einmal. Erinnerst du dich an meinen Bruder, Christian? Er wohnte bei San Francisco und suchte eine Frau. Wahrscheinlich der einzige Mann dort, der nach einer Frau suchte, was es natürlich nicht gerade einfach machte. Und seine jetzige Frau war nach einer hässlichen Scheidung nach New York gezogen und saß da mit ihrem Baby und hatte von Männern die Nase gestrichen voll. Na ja, nun ist sie aber Journalistin und musste einen Artikel schreiben über Dating on the Internet. Und dafür musste sie eben Daten on the Internet. Und damit da auf gar keinen Fall was draus wird, hat sie auf genau eine Anzeige von jemandem geantwortet, der in ihrer Heimatstadt wohnte, bei San Francisco, möglichst weit weg. Genau – mein Bruder. Tja, und als sie dann ihre Eltern zu Hause besuchte, führte das eine zum anderen und zum nächsten und jetzt sind sie glücklich verheiratet. Ihre Tochter Larissa ist jetzt ein Teenager und ihre gemeinsame Tochter Leanne wird auch schon sechs."

„Aber wenn das so einfach ist, warum bist du dann noch alleinstehend?"

Ja, warum eigentlich? Gute Frage.

„Du, das weiß ich auch nicht. Vielleicht bin ich ja zu feige und traue mich nicht, mich so auf einer Plattform zu präsentieren. Vielleicht mag mich ja auch niemand. Schließlich bin ich nicht blond und groß und dünn. Und dann die Websites mit Psychotests. Stell dir vor, am Ende bin ich jemand, den ich gar nicht mag. Oder ich mag meinen perfekten Partner einfach nicht."

„Eben, dann sind wir ja einer Meinung. Wie soll ein Computer deinen Partner aussuchen? Wie viele Paare kennst du, die bei einer objektiven Beurteilung diametrale Gegensätze verkörpern, aber als Paar trotzdem funktionieren? Das hätte ein Computer nicht errechnet."

„Na ja, ohne den Computer hätten sich eben auch einige nicht kennengelernt". Allerdings konnte ich Desi nicht ganz widersprechen: „Aber du hast schon recht, es ist merkwürdig, sich vorzustellen, dass die Liebe so mathematisch definiert und verpackt werden kann. Da hat man dann eine Hitliste, und sie sagen dir, dass die Nummer 1 der beste Partner ist, den man für dich finden kann. Das sieht alles so objektiv aus."

„Genau. Wenn jemand oder etwas dir sagt, dass jemand perfekt zu dir passt, dann schaust du dir diese Person an. Und die andere Seite tut dasselbe. Und wenn du für ihn die Nummer 25 bist, hast du halt Pech. Ich glaube einfach nicht, dass ein Programm entscheiden kann, wer der richtige Partner für mich ist. Ich erachte mich als zu komplex für so etwas. Und wer sich nicht verkaufen kann, der hat verloren. Aber das ist in der realen Welt natürlich auch so."

„Genau. Da sag ich nur: Protect me from what I want. Wenn Brad Pitt unrasiert und muffelig neben dir aufwacht, ist er vielleicht auch nicht der Traummann. Da wäre man vielleicht mit Fritze Meier von nebenan viel besser dran. Wobei, bisher ist mir auch kein Fritze Meier über den Weg gelaufen. Wahrscheinlich sitzt der an seinem Computer, lässt zweimal täglich Pizza kommen und ist fest mit dem Sofa verwachsen."

Desi seufzte: „Ja, leider. Und die biologische Uhr tickt. Mann müsste man sein."

„Ja, Männer haben einfach den besseren Deal erwischt. Da tickt gar nichts, allerhöchstens die Waage tickt irgendwann mal aus. Aber das macht nichts, weil sie sich auch mit Wampe ganz passabel finden und auf jeden Fall eine gute Wahl für jedes Top Model. Und wir zählen spätestens ab Dreißig die Haferflocken."

Desi seufzte lauter: „Frauen werden eben alt, Männer bekommen Charakterköpfe. Und die Guten sind sowieso in festen Beziehungen."

„Genau. Männer sind wie Klos: Besetzt, beschissen oder nur für Männer. Aber irgendwo muss es auch die anderen geben, wir müssen einfach besser hinschauen. Wie wär's: In einem Jahr treffen wir uns hier wieder. Wer bis dahin einen Partner hat, bekommt von der anderen den Junggesellinnenabend ausgerichtet."

Desi gab die Freifrau – vielleicht nicht ganz zu Unrecht: „Nein, bei einer so wichtigen Frage wette ich nicht. Und ich feiere auch keinen Junggesellinnenabschied. Wir können uns gerne treffen, aber ohne Wette."

Desi ging also selbstverständlich davon aus, dass sie eine solche Wette gewinnen würde. Das war natürlich inakzeptabel. Für mich galt die Wette: „Also heute in einem Jahr hier im Schloss Kartzow. Ich reserviere gleich den Tisch."

Es war spät oder vielmehr früh geworden. Ich verabschiedete mich von Desi, Konrad und Klara, überredete die Dame am Empfang, mir einen Tisch für zwei – ja, genau, für heute in einem Jahr – zu reservieren und ging schlafen. Vielleicht würde mir ja mein Mr Right im Traum zeigen, wo er sich versteckte. War es nicht so, dass der Traum, den man in der ersten Nacht in einem neuen Bett träumte, wahr wurde? Irgendwie war ein Hotelbett ja auch ein neues Bett. Ich sollte mehr reisen.

Leider funktionierte das mit der Traumbestellung nicht wie erhofft. Statt meinen Traumprinzen zu treffen, fand ich mich auf einer Wiese und küsste und küsste kalte, nasse Froschmäuler, bis ich ganz salzige Lippen hatte. Gab es Salzwasserfrösche? Nein, ich glaubte nicht. Also war das ein Traum – und ich sollte mir doch etwas wünschen können. Bitte, bitte, schick mir meinen Traumprinzen! Tatsächlich! Da, am Horizont – ein Schimmelreiter in gleißender Rüstung! Ich eilte ihm entgegen, über die Wiese, die mit jedem Schritt morastiger wurde, so dass meine anfänglich feengleich schwebenden Schritte sich in einen uneleganten Kampf um Zentimeter wandelten. Zum Glück näherte sich auch der Reiter – aber ich konnte ihn immer schlechter erkennen, da eine Rauchwolke um ihn herum stand, die immer dichter wurde. Es war – Bergner. Ich drehte mich um und watete zurück zu meinen Fröschen. So viel konnte man den Mann gar nicht küssen, dass er ein Prinz würde. Da hatte jeder Hochseefrosch eine bessere Chance. Was, es gab keine Hochseefrösche? Eben!

Tina

Als ich in den Frühstücksraum kam, saßen Klara, Konrad und ihre auswärtigen Gäste schon beim Frühstück. Desi und die anderen Berliner waren wohl noch am Abend abgereist. Schade, ich hätte ihr gerne von meinem Traum erzählt, schon weil sie Bergner ja augenscheinlich ganz nett gefunden hatte. Warum auch immer.

Ich ging zu Klara und Konrad: „Na, ihr beiden? Wie habt ihr geschlafen, so als ganz offizielles Ehepaar mit höchstem Segen?"

„Na ja, nicht viel anders als vorher. Außer vielleicht, dass die Nacht doch sehr kurz war und ich einen ziemlichen Kater habe." Klara war immer noch Klara. Beruhigend.

„Du, ich schick euch dann nächste Woche die Fotos."

„Super. Du, vielen Dank, dass du das gemacht hast. Ich hoffe, du hattest trotzdem Spaß. Sage mal, habe ich das richtig gesehen, dass du dich mit Dr. Bergner unterhalten hast?"

„Na ja, unterhalten ist zu viel gesagt. Ich habe ein paarmal kurz mit ihm gesprochen. Aber ich glaube, Desi hat ein Auge auf ihn geworfen. Obwohl er nicht mal adelig ist."

Klara grinste: „Ach nee! Gut, dass du mir das sagst. Da muss ich dann doch mal nachforschen. Schatz, erinnere mich doch bitte daran, dass ich bei Bergner anrufe. Und bei Desi." Sie drehte sich wieder mir zu: „Und, für dich niemand dabei?"

„Also, die Auswahl war ja nicht wirklich groß, so

lange ich nicht unter die Kinderschänder gehe. Macht aber nichts. Desi und ich werden das Thema jetzt systematisch angehen. Schließlich kann man ja nicht ewig auf fremden Hochzeiten tanzen."

„Wie jetzt? Also, da will ich dann schon noch Details. Übrigens, ich habe gelesen, dass man sich einfach nachts auf den Balkon stellen und seinen Wunsch dem Universum mitteilen solle, dann kümmern sich die Sterne dem Vernehmen nach um den Rest." Sie flüsterte: „Bei mir ging das natürlich nicht, mit Konrad nebenan."

„Und ich hab gar keinen Balkon, bei mir wird das also auch nichts."

Klara lachte: „Wir sind doch zwei unheilbare Nichtromantikerinnen."

„Wobei, jetzt, wo ich darüber nachdenke, vor kurzem hätte die Methode bei mir sogar fast geklappt."

„Was? Los, erzähl!"

„Also, so spannend war das jetzt auch wieder nicht. Du weißt ja, dass ich gerne radle. Im Sommer bin ich wieder mal an der Aare unterwegs und höre hinter mir ein regelmäßiges Schnaufen näherkommen. Da habe ich mir gewünscht, also so für mich und quasi zum Universum, dass das ein richtig sympathischer Mann sein sollte, zum Radeln und Plaudern. Oder so."

„Oder so? Johanna Lenné! Und das hast du mir nicht erzählt? Shame on you!"

„Ich sagte doch, so spannend war das dann nicht. Also, jedenfalls, er kam näher und, voilà, als er fast neben mir war, fragte er, ob er sich mir anschließen dürfte. Es war ein Mann. Sympathisch." Ich hakte die imaginären Checkboxen meiner Wunschliste in der Luft ab: „Zum Radeln. Und zum Plaudern. Aber nicht zum oder so. Wir verbrachten eine halbe Stunde friedlich nebeneinander radelnd und er erzählte mir von sich, seinem Sohn – und seinem Enkel, der gerade in der Facharzt-ausbildung war. Augenscheinlich hätte ich eine Altersbeschränkung mitwünschen sollen."

Klara musste lachen: „Mensch, Jo, wenn du schon mal erhört wirst. Findest den Froschprinz, und es ist nicht mal Prince Charles, sondern Prince Philip. Schon wieder ein Kapitel im Buch der Dinge, die echt nur dir passieren."

Da war was dran. Tatsächlich endeten meine „Männergeschichten" in der Regel in einer Pointe und nicht im Bett.

„Da müssen wir jetzt echt dran arbeiten, Jo. Ich muss mal überlegen, wen wir so kennen. Und ansonsten: Geh raus, halt die Augen offen, aber bleib wie du bist, verbieg dich nicht! Das ist kein Mann wert."

So logisch das schien, so wenig hatte mir diese Strategie bisher geholfen. Vielleicht war die Sache mit den Töpfen und den Deckeln ja nur ein Gerücht und es gab gar keinen Deckel für mich. Oder er quetschte sich auf einen anderen Topf. Oder lag in Timbuktu im Regal. Wahrscheinlich war ich ein Dampfkochtopf, so dass 99,9 Prozent der Deckel sowieso ausschieden. Nun gut, das würde ich hier und jetzt nicht klären können.

Herr Müller stieß zu uns. Ich wechselte zu einem anderen Thema – bei einer Hochzeit gab es ja genug zu bereden.

Nachdem ich Klara und Konrad beim Verladen

der Geschenke geholfen hatte, machte ich mich auf den Weg zu meinen Freunden Tina und Lars.

Die beiden waren ein Idealpaar. Bei den meisten Paaren gab es ja einen Großartigen und einen Glückspilz: „X hat ja so ein Glück, dass er/sie Y gefunden hat. Y ist einfach großartig." Wenn man in dieser Situation der allgemein anerkannte Glückspilz war, war das zwar vielleicht positiv für das Lebensglück, aber das zu hören, dürfte nicht allzu gut für das Ego sein. Tina und Lars hingegen waren beide beides: glücklich und großartig.

Wir hatten uns auf einer Ägyptenreise getroffen – ein Paar (nicht Tina und Lars), zwei Single-Männer, fünfzehn Single-Frauen. Also eine ziemlich typische Zusammensetzung für eine Gruppenreise. Dummerweise hatte sich Ägypten als ausgesprochen nerviges Reiseziel für Frauen erwiesen. Ständig drückten uns die Händler ihre Ware in die Hand und wollten dann mit dem nächstbesten Mann den Brautpreis verhandeln. Ein Mysterium des Orients: Warum merken die Straßenhändler dort nicht, dass wir Westler(innen) einfach in Ruhe schauen und nicht bequatscht werden wollen? Dass das Angebot, für ein, zehn, fünfzig oder hundert Kamele eingetauscht zu werden, normalerweise beim fünften, aber ganz definitiv beim fünfzigsten Mal weder originell noch lustig ist? Und dass wir im Zweifelsfall eher die Flucht ergreifen als in einen Laden voller kleiner Anubisse und Nofretete-Büsten gezerrt zu werden, um dann wahnwitzige Preise für Plunder, den wir nicht brauchen, glorios auf halbwahnwitzige Preise runterhandeln zu können für Plunder, den wir immer noch nicht brauchen? Wobei natürlich erschwerend hinzukam, dass eine Berlinerin nun wahrlich nicht nach Ägypten reisen würde, um eine Nofretetebüste zu kaufen. So hatte sich schnell ein Harem händlerschutzbedürftiger Frauen, darunter Katja, Tina und ich, um Lars versammelt. Und prompt hatte es gefunkt zwischen Lars und Katja. Zu Hause aber, als der Alltag begann, auf ihre Liebe einzuschlagen, verblasste die Liebe synchron zur Urlaubsbräune und zur zwischen ihnen und ihren Leben liegenden Entfernung.

Was nicht verblasste, war die bis dahin unerwiderte Zuneigung von Tina. Sie blieb am Ball, erzählte mir bei unseren sporadischen Telefonaten immer wieder mal von Treffen, dann von Ausflügen, dann vom Urlaub mit Lars – und sandte mir Jahre später eine Hochzeitskarte. Tina war mindestens so großartig wie Lars - und beide waren Glückspilze. Ich freute mich für sie.

Ich bewunderte Frauen mit ausgeprägtem Jagdinstinkt. Dumm nur, dass mir noch nie so ein jagdwürdiges Prachtexemplar in die Schusslinie geraten war.

Nachdem Tina und Lars nach Berlin gezogen waren, sahen wir uns regelmäßig, diesmal am Tegeler See. Tina hatte sichtbare Neuigkeiten – sie war schwanger. Das Kind würde Ende Dezember kommen. Ich freute mich für sie. Und für ihr Kind, das mit der Auswahl seiner Eltern bereits jetzt ein gutes Händchen bewiesen hatte.

Natürlich brachte uns das schnell auf meine Situation. Allein in Zürich.

Tinas Rat war in etwa so ausgeklügelt wie die Sache mit dem Balkon: „Du wirst sehen, wenn du es am wenigsten erwartest, dann sagt es auf einmal

Boom und du weißt, der ist es. Mach dir gar keinen Kopf. Lass es einfach geschehen, dann passiert es schon. Ich hatte in Ägypten auch nicht gesucht."

Das hatte ich schon so oft gehört. Zu oft: „Du, Tina, ich weiß, dass man es nicht erzwingen kann, aber man muss der Liebe eine Gelegenheit geben. Ich bin mir ziemlich sicher, dass der Traummann nicht an der Liane von Haus zu Haus schwingen und dabei zufällig neben mir auf dem Sofa landen wird. Und an die Haustür kommen auch in der Schweiz nur die Zeugen Jehovas. Außerdem bin ich jetzt 39 und hab davon mindestens 35 Jahre nicht aktiv gesucht und „es" am wenigsten erwartet. Und du siehst ja, wo ich stehe. Warum soll sich das ändern, wenn ich es nicht ändere?"

„Ich meine ja nur, dass du nicht krampfhaft suchen sollst. Sieh mal, bei Lars und mir war das auch so. Wir haben uns getroffen und dann hat es gefunkt. Bei mir jedenfalls. Bei Lars hat es ja doch etwas länger gedauert."

„Ja, aber wie lange darf das etwas länger dauern? Nehmen wir mal rein hypothetisch, also wirklich völlig theoretisch an, ich hätte da einen Kollegen, an dem ich sehr interessiert wäre. Intelligent, gepflegt, sportlich, super aussehend, toller Sinn für Humor, an allem Möglichen interessiert und ein Lachen, das mir das Kribbeln den Rücken runterlaufen lässt."

„Gut. Und wie heißt dein hypothetische Prachtexemplar? Also, nur damit die Theorie einen Namen hat."

„Also, theoretisch würde es, also er Urs heißen. Jedenfalls, ich schlage immer wieder mal vor, dass wir essen gehen und das tun wir auch. Ich lade ihn mit anderen Freunden ein, er kommt und ich merke, dass er den Abend sehr genießt. Und dann geht er, wenn alle gehen. Ich besorge Karten fürs Kino am See, wir warten im Sonnenuntergang auf den Film, und wir teilen uns eine Decke, wenn es kalt wird, und wenn ich meine Hand auf seine lege, zieht er sie nicht weg,..."

Tina unterbrach: „Urs, der Bär. Klingt doch alles super, wo ist das Problem?"

„Das Problem ist, dass immer alles nur von mir ausgeht und bei ihm nicht weiter geht. Wenn ich mich nicht melde, höre ich nichts. Monatelang. Er lässt nur geschehen, seine Hand wandert nicht, er ..."

„Und, wie lange geht das schon so?"

„Drei Jahre."

„Hast du ihn mal gefragt, ob er interessiert ist?"

„Er weiß ja, dass ich interessiert bin. Das hab ich ihm nun echt gezeigt."

„Also, Jo, du bist ja im Prinzip ein intelligenter Mensch. Aber ich sag es dir trotzdem noch mal: Du kannst es ihm tausendmal zeigen, das heißt noch lange nicht, dass er auch nur im Entferntesten ahnt, dass du interessiert bist. Männer heiraten nicht, Männer werden geheiratet. Allerdings müssen sie denken, sie seien die Jäger gewesen. Hat er jemals was zum Thema Partnerschaft gesagt?"

„Ja. Er sagt, er liebe seine Freiheit. Deshalb schätze er unsere Freundschaft auch so sehr. Das sei alles so schön unkompliziert."

„Also dann lass das Bärchen in seinem Wald spielen. Er findet dich bestimmt nett und es ist bequem für ihn, dass du ihm seine Freizeit organisierst. Und kaum etwas kitzelt das männliche Ego mehr, als wenn einem eine so attraktive, kluge Frau wie du hinterherläuft. Aber selbst bei Lars kam ja irgendwann mal eine Reaktion. Drei Jahre den einsamen Wolf, also Bär geben – das wird nichts mehr. Und wenn du ihm doch fehlst, dann kommt er schon."

Wo sie recht hatte, hatte sie recht.

„Du, Jo, wir werden mal schauen, wen wir so kennen, und dann organisieren wir etwas."

Ich wusste, dass das mangels Ressourcen nicht stattfinden würde und wechselte das Thema.

Nach einem langen Spaziergang fuhr Tina mich noch zu dem Heim, in dem mein Onkel wohnte. Oder, wie es offiziell hieß, in die Seniorenresidenz. Was auf der einen Seite einen Unterschied machte (es war ein wirklich sehr gut geführtes Heim), auf der anderen Seite nicht (wenn man nur noch im Bett liegt, fällt einem auch die gepflegteste Decke auf den Kopf).

Der Besuch bei Onkel Walter war gewohnt gemischt-gefühlig. Er verschwand zusehends in der Altersdemenz, erkannte mich diesmal aber immerhin. Allerdings war ich wesentlich weniger interessant als der Kuchen, den ich auf dem Weg besorgt hatte. Das Essen kostete ihn so viel Kraft, dass er sofort und zufrieden einschlief. Wie immer. Von dem Onkel, der mich als Kind in die Luft geworfen und stundenlang Hoppe-Hoppe-Reiter gespielt hatte, der mit mir am perfekten Kopfsprung gefeilt hatte, dem in jeder Situation eine zwar lange und umständliche, aber am Ende meistens lustige Geschichte eingefallen war, war nur noch ein zusammengesunkenes Häuflein Mensch übrig. Es tat gut und es tat weh, bei ihm zu sein.

Ich würde wohl mein Leben auch in einem Heim beenden. Hoffentlich würde ich wenigstens ab und an Besuch haben. Meine Nichten würden wohl kaum extra aus Amerika anreisen, um mir beim Kuchenessen zuzusehen. Ein Nachteil der Globalisierung, jedenfalls meine Familie war sehr verteilt. Ich verdrängte die Wolken – dafür war ich dann doch noch zu jung.

Walhalla

Ich war ja nicht in Berlin gewesen, sondern nur bei Berlin. Wahrscheinlich sandte mir das Schicksal deshalb am Flughafen nochmals eine Abgeordnete der Berliner Schnauze.

Besagtes Ansichtsexemplar Berliner Wurstigkeit, ein blondes Vollweib mit den Formen eines Rubensengels, der Stimmgewalt zweier Wagnertenöre und dem kombinierten Kampfgeist aller Walküren, bahnte sich beim Check-In ihren Weg durch die Warteschlange, ihre Mutter im Schlepptau, keifend: „Wir müssen einchecken! Meine Mutter ist behindert. Nun lassen Sie mich doch durch! Haben Sie nicht gehört?! Steh'n Sie nicht im Weg wie angewurzelt! Wir müssen da durch."

Gehört hatten wir Wartenden schon, allein, uns fehlte der Glaube. Die Mutter, eine zerbrechliche Dame mit Stock, suchte verzweifelt ein Loch im Boden und verlegte sich, als dies erfolglos blieb, auf entschuldigendes Lächeln. Da war wohl etwas schief gelaufen in der Erziehung ihres kleinen Sonnenscheins. Das fiel der Frau Mama auch gerade auf. Etwas zu spät.

Da augenscheinlich niemand Lust auf eine physische Auseinandersetzung verspürte, gelangte das ungleiche Paar tatsächlich schnell an den Schalter, nicht jedoch an das Ziel seiner Wünsche. Dank der Wagner'schen Gene kamen wir alle in den zweifelhaften Genuss, der Konversation zu folgen: „Ich werde mich nicht in so einen kleinen Mittelsitz quetschen. Und meine Mutter muss am Rand sitzen. Also, entweder wir sitzen in einer Reihe mit zwei Plätzen oder Sie lassen eben den Platz zwischen uns beiden frei. Das ist mir sowieso am liebsten."

Die Dame am Check-In tat mir leid: „Gnädige Frau, wie gesagt, die Zweierreihen sind leider alle besetzt und das Flugzeug ist ausgebucht. Ich kann also keinen Sitzplatz frei lassen."

„Das ist mir herzlich egal, Schätzchen. Verstehen Sie etwa das unter Kundenservice? Setzen Sie halt jemanden um!"

„Gnädige Frau, ich bin nicht Ihr Schätzchen. Sie können gerne im Flugzeug fragen, ob jemand tauschen will, aber die Passagiere in den Zweierreihen haben auch mehr bezahlt. Für das nächste Mal empfehle ich Ihnen, Businessklasse oder zwei Economy-Sitze zu buchen, wenn Sie mehr Platz brauchen."

„Also, jetzt sagen Sie mir auch noch, dass ich fett bin? Das ist ja wohl das Allerletzte. Ich will jetzt sofort mit Ihrem Vorgesetzten sprechen."

Meine Güte, der Flug dauerte eine Stunde. Das wäre sogar im Stehen zu überleben. Oder vielleicht beim Gepäck? Das wäre doch noch nett, am besten neben einem Stinktier mit Drüsenfunktionsstörung.

Der Gedanke an diese Walhalla (eben die Summe aller Walküren) im Clinch mit besagtem Stinktier war sympathisch.

Die Vorgesetzte erschien, nahm unseren Wonneproppen beiseite und geleitete die beiden nach einem kurzen Gespräch zur Sicherheitskontrolle.

Dort setzte sich das unfreiwillige Unterhaltungsprogramm fort: „Was? Nein, das ist ein Jahrgangswhiskey. Den nehme ich mit in die Kabine... Und, wer bezahlt mir das, wenn ich den jetzt hier lasse? Der hat über 200 Euro gekostet. ... Gut, dann holen Sie jetzt meinen Koffer zurück. Aber wenn die Flasche kaputtgeht, dann kommen Sie für den Schaden auf."

Doch auf dem Fuße nahte das nächste Ungemach, und als der Koffer eintraf, war die nächste Diskussion vorprogrammiert: „Also, erst die Flaschen und jetzt auch noch meine Hornhautfeile? Die habe ich immer im Handgepäck. Die brauche ich. Das darf ja wohl nicht wahr sein. Was glauben Sie, wer Sie sind, junger Mann? ... Gut, dann lasse ich sie hier und hole sie auf dem Rückweg wieder ab. ... Nein, ich packe sie nicht in den Koffer. ... Das geht Sie gar nichts an. Das ist ja wohl immer noch meine Sache, was ich wo einpacke."

Eine Hornhautfeile? Im Handgepäck? Weil man sie unterwegs braucht? Vielen Dank auch für dieses wunderschöne Bild. Und ein Lob der Sicherheitskontrolle. Wo ist Wotan, wenn man ihn mal braucht zwecks Disziplinierung einer schlecht erzogenen Walküre? Schlechte Analogie, Wotan war ja nicht wirklich ein Vorbild, wenn es um gute Manieren geht. Wahrscheinlich kam die Gute nach ihm.

Als ich die Kontrolle passierte, sah ich das Corpus

Disputandi: Eine Eisenfeile mit 15cm Feilenblatt. Doppeltes Igitt! Wobei, wenn sie ihre Körperhygiene mittels Metallbearbeitungswerkzeug betrieb, dann sagte das ja auch etwas aus. Was es aussagte, darüber dachte ich lieber nicht nach.

Die Rächerin der Genervten schien tatsächlich mit dem falschen Fuß aufgestanden zu sein, denn auch im Warteraum fand ich sie heftig diskutierend vor. Diesmal ging es darum, dass ihre Mutter (die in einem ruhigen Eckchen saß und sich wahrscheinlich gerade fragte, ob die süße Kleine wohl als Baby vertauscht worden sei und in was für einer Familie ihre wirkliche Tochter aufgewachsen war), zwingend auf dem Stuhl direkt am Gate sitzen musste, auf dem sich unverschämter Weise ein Mann mit Gipsbein breitgemacht hatte. Er ließ sich nicht vertreiben. Flegel! Walhalla stapfte davon. Vermutlich holte sie jetzt irgendwelche Rachegötter zur Hilfe, führte einen Regentanz auf oder bastelte Voodoo-Puppen.

Inzwischen hatte ich allerdings das Stadium gelassener Belustigung erreicht und verfolgte so auch den letzten Akt: Eine Lautsprecherdurchsage: „Sehr geehrte Damen und Herren, dürfen wir kurz um Ihre Aufmerksamkeit bitten? Leider ist das Flugzeug für den Flug LX971 nach Zürich zu schwer. Wir müssen daher die beiden schwersten Koffer hier lassen und auf dem nächsten Flug morgen früh mitnehmen. Wir bitten die Fluggäste Malischke und Gramlich an den Schalter."

Erraten! Walhalla und ihre Mutter setzten sich in Bewegung. Sie waren not amused. Manchmal sind Gewichtsprobleme doch eine feine Sache.

Im Flugzeug (nein, mein Nachbar und ich hatten

der Abgesandten germanischen Götterzorns nicht unsere Zweierreihe angeboten) entwarf ich den Schlachtplan. Ich würde den Gestirnen in jeder Woche mindestens einmal die Gelegenheit geben, ihrer Lieferverpflichtung nachzukommen und den großen Unbekannten in mein Leben zu spülen.

Also, wo konnte sich Mr Right vor mir verstecken, wie konnte ich ihn finden und vor allem, warum versteckte er sich vor mir?

Ich erstellte eine Liste:

1. Arbeit
2. Zufall
3. Freunde
4. Hobbies: Singen, Radfahren, Reisen (Singlereise?)
5. Speeddating
6. Internetdating / Kontaktforum
7. Zeitungsanzeige

Also, wie standen meine Chancen?

Arbeit. Man hörte ja immer wieder, dass Großunternehmen in Tat und Wahrheit eine einzige Heiratsbörse seien. Nun gut, bis auf Urs, die Einbahnstraße, sah ich da auf den ersten Blick dummerweise mal genau: nichts.

Auch bei genauerer Inspektion blieb die Situation desolat. Die amerikanischen Kollegen waren zum einen weit weg und zum anderen ganztägig damit beschäftigt, wichtig zu sein und als wichtig wahrgenommen zu werden. Meine Schweizer Kollegen waren verheiratet oder in festen Beziehungen und kinderreich. Der einzige Single war Herr Werthuber.

Nach vier Jahren waren wir immer noch beim trauten „Sie". Ich hatte ihn sogar einmal zum Mittag eingeladen, vergeblich auf verborgene Trouvaillen hoffend. Wobei, ich hatte viel gelernt. Und wieder vergessen. Über Panzer. Immerhin. Herr Werthuber war Vorstand in einem Panzerfahrer-Verein und schwelgte eine Stunde in der wunderbaren Vielfalt dieser formschönen und praktischen Gefährte. Wenn ich das richtig verstanden hatte, sollte wohl eigentlich jeder so ein Teil zu Hause haben.

Allerdings passte dieses seltene Hobby doch irgendwie in die Schweiz mit ihrer Milizarmee. Bis zu einem bestimmten Alter rücken die Männer regelmäßig ein, um dann im Bedarfsfall das zu Hause gelagerte Gewehr zu schnappen und den Feind glorreich zu besiegen. Der Krieg sollte halt vorzugsweise nicht ausbrechen, wenn alle im Büro oder beim Wandern waren. Ach ja, und nicht während der Mittagspause.

Ich hatte einmal einen Schweizer Kollegen gefragt, ob das nicht doch sehr gefährlich sei, wenn ein so großer Teil der Bevölkerung eine Waffe griffbereit zu Hause lagerte. Die Antwort war ein Klassiker: „Nein, nein, das ist nicht gefährlich. Die Munition ist schließlich versiegelt, die darf man nicht aufmachen."

Vor meinem geistigen Auge erstand ein Schweizer Rambo – nennen wir ihn Hansruedi - mit Tarnanzug, Kampfstiefeln und rot-weißem Stirntuch, stürmte zum Schlafzimmerschrank, riss das Gewehr an sich und brüllte: „Ich mach euch alle kalt! Alle! Ich bring euch alle um!" Seine Rechte langte nach der Munition, zuckte aber zurück, und er murmelte:

„Scheiße, die sind ja versiegelt!" Woraufhin er das Gewehr wieder sicher verstaute und sich weinend in seinen Kissen vergrub. Oder zum Melken in den Kuhstall ging. Oder zum Traden in die Investmentbank. Was man halt so macht, wenn man nicht an die Munition darf, um jemanden umzulegen.

Egal. Zusammenfassend mangelte es an meiner Arbeitsstelle an tauglichen Objekten der Begierde. Herrn Werthuber musste ich nun wirklich nicht haben.

Also, weiter im Text:

Zufall. Auch der Zufall konnte natürlich zuschlagen. Vorzugsweise aus dem Nichts. Mein Patenkind war ihrem Verlobten in einer Disco begegnet. Zwei Mal. Die einzigen Male, an denen die beiden überhaupt je in der Disco waren. Das war dann schon ein Zeichen gewesen. Wobei mir nach wie vor schleierhaft war, wie sie es bei dem Lärm geschafft hatten, überhaupt zu kommunizieren. Schon die Frage zeigte mir, dass ich hierfür zu alt war. Ich hatte mal eine Ü30-Disco besucht, aber bei ehrlicher Betrachtung war die gemeinsame und angestrengte Demonstration des „Ich-bin-total-gut-drauf" durch die versammelten Ü30-Mitbürger doch eher deprimierend gewesen. In unserem Alter sollte man sowieso gut drauf sein.

Freunde hatten sich auf dem Hamburger Fischmarkt erspäht und auf der Stelle ineinander verliebt. Das hielt auch nach jetzt 20 Jahren noch.

Ein Freund hatte seine Frau kennengelernt, als sie ihn auf der Straße nach dem Weg fragte. Das musste ich allerdings schon wieder aus der Wertung nehmen, in Zeiten des GPS erübrigten sich diese Fragen und suchte niemand mehr den Weg. Jedenfalls nicht mehr im wörtlichen Sinne.

Meine liebste Zufallsgeschichte war die meiner Nachbarin, einer Deutschen in der Schweiz. Ihre Eltern hatten sie nach dem Krieg zu Verwandten hierher geschickt, damit sie wieder einmal etwas Ordentliches zu essen bekäme. Der Onkel war Bäcker. Beim Aussteigen aus dem Zug half ihr ein Mitreisender mit dem Koffer, und sie fragte ihn nach dem Weg zu ihren Verwandten (schon wieder die Wegfrage). Es stellte sich heraus, dass er der Lehrling ihres Onkels war. Und so war der erste Schweizer, den sie traf, ihr späterer Ehemann.

Ich grübelte, wer „mein" erster Schweizer gewesen war. Ja, das war dann wohl der Hoteldiener bei meinem ersten Aufenthalt. Er war in mein Zimmer gekommen, um eine Glühbirne zu wechseln. Danach zeigte er auf mein (Einzelzimmer-)Bett: „Sie reisen allein?" Ich musste bejahen. „Sie sind allein, ich bin allein, wollen wir nicht miteinander schlafen?" Ich lehnte dieses freundliche Angebot dankend ab, hatte aber immer noch einen kleinen, dicken, über 60jährigen, schwitzenden Mann mit eindeutigen Absichten im Zimmer. Als ich ihn in Richtung Tür lenkte, zückte er die Schweizer Allzweckwaffe: „Ich bringe auch Schokolade." Schönen Dank auch. Die Schweiz schien an dieser Stelle ausnahmsweise Tiefpreisinsel zu sein. Ich konnte ihn zwar aus dem Zimmer bugsieren, aber so richtig wohl war mir trotzdem nicht. Als ich ihn am nächsten Tag dem Hoteldirektor meldete, entschuldigte er sich und bat um mein Verständnis. Die Frau des armen Mannes habe gerade versucht, sich umzubringen. Er habe wohl Trost gesucht. Auch dafür schönen Dank auch. Dinge, die nur Jo passieren.

Bei geboten nüchterner Betrachtung musste ich feststellen, dass der Zufall mir erstens nicht hold schien, zweitens nicht bewusst herbeiführbar war und ich drittens weder auf Märkten oder einsamen Straßen herumlaufen noch in Züge ein- und aussteigen konnte, jedenfalls nicht so lange, wie das Glück augenscheinlich brauchte, um mich zu finden. Und das Thema mit dem „Es passiert, wenn du es am wenigsten erwartest" hatten wir ja schon.

Freunde. Die meisten meiner Freunde waren verheiratet oder sonst liiert. Ich war anscheinend wirklich der letzte Restposten. Nicht gerade aufbauend.

Und Freunde von Freunden? Johannas Resterampe? Ich hatte aufgehört, darauf zu hoffen, denn meinen Freunden fehlte ganz klar der Männervorrat.

Andererseits, bei meiner Freundin Stella hatte es geklappt. Sie hatte jahrelang Frösche geküsst und gehofft, dass es einfach nette Männer würden (Prinzen sucht ja heute in Tat und Wahrheit niemand mehr, außer Kate Middleton, aber das ist doch sehr die Ausnahme), und dann doch nur den Fröschen beim Quaken zugehört. Ab und zu hatte sie aber auch jemanden gefunden, der eigentlich ein guter Partner sein würde – nur nicht für sie. Stella und ihre Freundinnen hatten dann eine Deckel-Topf-Party veranstaltet. Bedingung: Jede Freundin musste jemanden mitbringen, der zwar nicht ihr Typ war, aber vielleicht zu einer Freundin passen konnte. Also lauter „eligible" Singles, mit dem besten Prüfsiegel, das man sich denken konnte. Und es hatte geklappt,

Stella hatte ihren Jon gefunden. Obwohl augenscheinlich niemand auf die Idee gekommen wäre, die beiden für ein Blind Date zu vermitteln, passten sie zueinander – vielleicht nicht trotz, sondern wegen ihrer unterschiedlichen Stärken und Schwächen. Stella, die Powerfrau voller Energie und Lebenslust, das Leben mit beiden Händen packend, und Jon, der manchmal ein wenig geistesabwesende Wissenschaftler, der in Stella nicht nur die attraktive Frau sah und liebte, sondern auch ihre Intelligenz, ihren Humor und alles das, was die anderen übersehen hatten. Stella sagte immer, er sei zwar nicht perfekt, aber perfekt für sie. Zwei großartige Glückspilze. Und nur das zählte. Sie lebten jetzt mit Kind und Hund bei London und ich besuchte sie, wenn ich Freunde brauchte, gute Gespräche und eine Ersatzfamilie.

Leider waren auch Stellas Freundinnen inzwischen alle liiert, so dass die Erfolgsgeschichte der Deckel-Topf-Parties beendet war.

Und meine eigene Version dieser Topf-Deckel-Geschichte hatte auch nicht wirklich etwas gebracht. Jahrelang hatte ich Freunde eingeladen und ihnen angeboten, Freunde mitzubringen. Das taten sie dann auch – Freundinnen. Klasse! Zwar wollte ich natürlich meine Geschlechtsgenossinnen nicht diskriminieren, aber ich hatte natürlich gehofft, so doch noch zu einer Home Delivery zu kommen. Da halfen Frauen schlicht und ergreifend nicht.

Der Pool der Freunde und Freundesfreunde war wohl ausgetrocknet.

Chor. Theoretisch eine gute Idee: Man singt gemeinsam, kommt regelmäßig zusammen und lernt sich so ganz langsam kennen. Und vielleicht lieben. Theoretisch. In der Praxis war es allerdings wie im richtigen Leben: A good man is hard to find. Die meisten Chöre litten unter chronischem Männermangel (außer natürlich die Schwulen- und Männerchöre, aber diese Erkenntnis half mir auch nicht wirklich weiter), und jedenfalls in meinem Chor waren die wenigen Männer auch alle besetzt. Und nur wegen der eher theoretischen Chance auf ein Duett würde ich nicht Chöre wechseln und meinen Chor nicht verlassen.

Reisen. Bis vor ein paar Jahren hatte ich darauf gebaut, die Welt irgendwann mit meinem Liebsten zu erobern. Bis mir klar wurde, dass es keinen Sinn machte, auf jemanden zu warten, der vielleicht nie Realität sein würde. Oder Reisemuffel. Oder vielleicht würde mein „Er" ja auch gerade auf einer Reise in mein Leben treten. Bei Lars und Tina klappte das dann ja auch. Wobei das typische Mann-Frau-Verhältnis auf Gruppenreisen dagegen sprach. Selbst auf meiner einzigen Singlereise waren von 21 Teilnehmern 19 Frauen und zwei Männer gewesen, davon einer schwul. Der in jeder Hinsicht Single Mann hatte dann seine Hitliste runtergebaggert, bis Nummer Fünf ihn erhört hatte. Ob die wohl noch zusammen waren?

Es konnte aber auch direkter gehen: Auf einer Reise durch Vietnam und Kambodscha hatte ich Alexandra kennengelernt – wieder so eine starke, zudem auch noch große Frau. Zu groß für die meisten Männer. Lady Diana Syndrom. Sie hatte seit Jahren vergeblich auf Websites wie „TallIsToll" nach dem richtigen Partner gesucht. Als wir den Grenzfluss nach Kambodscha überquerten, stach ihr in der am Ufer wartenden Menge ein Mann ins Auge. Er sah sie unverwandt an und entpuppte sich als der lokale Reiseleiter. Auf der Reise hatte sie dann genug Gelegenheit, einander kennenzulernen und sich zu mögen, aber dass sie zueinander gehörten, merkten sie erst, als sie wieder in Deutschland war. Trotz aller Hürden (jawohl, Kambodscha hat eine andere Vorstellung davon, was man so an Dokumenten braucht als Deutschland) holte sie ihn zu sich, und jetzt waren sie verheiratet. Obwohl er anfangs kaum Deutsch sprach und dauerhaft einen gefühlten halben Meter kleiner war als sie. Das war ein sehr gewagter Schritt für ihn gewesen, denn seine Erfahrung als kambodschanischer Reiseleiter war in Kassel nicht wirklich hilfreich. Wir telefonierten hin und wieder, und sie war immer noch verliebt in ihren Arun: „Endlich ein richtiger Mann, der Prioritäten setzt und nicht bei jedem Pillepalle die Nerven verliert." So konnte das Leben eben auch sein.

Fazit: Reisen war zwar eigentlich eine gute Variante, aber der Männermangel war chronisch und eklatant. Ein Single-Mann konnte es kaum vermeiden, liiert zurückzukehren. Das half mir jedoch nicht wirklich. Und bei meinem Glück waren die meisten Reiseleiter Frauen oder reisebegeisterte Rentner.

Hobbies generell: Weiter: Vielleicht ein Hobby mit Männerüberschuss? Fischen? Extrembügeln? Boxen? Vielleicht der Harley Davidson Verein? Allerdings würde es wohl ziemlich schnell auffallen, dass ich mich gar nicht für die Motorräder interessierte, sondern für die, die drauf saßen. Und leider war mein Verhältnis zu hohen Geschwindigkeiten bestenfalls als belastet zu bezeichnen. Schon das Fahrradfahren führte zu geschwindigkeitstechnischen Herausforderungen. Ich bevorzugte flache Strecken und musste jedes Jahr mindestens einmal die Bremsbeläge wechseln, weil ich selbst eher flach geratene Hügel runterschlich. Einmal hörte ich im Vorbeifahren ein Kind fragen, weshalb das Velo so langsam sei. „Die hat Angst, Kevin!" Doppelt schlimm – inhaltlich und aufgrund der Tatsache, dass ich Frage und Antwort komplett hören konnte, obwohl ich doch gerade bergab fuhr – schlich - stand. Mit anderen Worten: Ich war ein Geschwindigkeitsschisser, so dass typische Männerhobbies wie Motorradfahren, Speed Boot und jegliche Form des Skifahrens nicht wirklich meins waren. In der Schweiz machte einen diese Berguntauglichkeit natürlich zum Außenseiter. Warum hatten mich meine Eltern nur so konsequent im Plattland großgezogen? Am Ende hatten doch immer die Eltern Schuld. Wie dem auch sei, es würde wenig bringen, das Leben gemeinsam mit einem Geschwindigkeitsjunkie und seinen besten Kumpels „Angst" und „Schrecken" zu fristen.

Was gab es denn sonst noch an männlichen Hobbies, vielleicht ein wenig langsameren? Strickenstickenhäkelnknüpfenklöppelnbatikenseidenmalenkerzenziehentöpfern undsoweiter schieden aus. Ich war wohl nicht Feministin genug, um das in einem Mann als Auswahlkriterium zu verwenden. Den Malen-nach-Zahlen Anton nahm ich aus der Wertung.

Vielleicht Schwimmen? Meine Freundin Florina hatte ihren Malte und seinen Sohn Karl beim Schwimmen zum ersten Mal getroffen und sich sofort in beide verliebt, nicht nur wegen ihres breiten Grinsens, sondern vor allem, weil Malte mit Karl so umging, wie sie es sich auch für ihre künftigen Kinder wünschte. Und dann, als Malte ihr nicht nur von seiner verstorbenen Frau, sondern auch von seiner Arbeit als Ingenieur bei der Bahn erzählte, war alles schiefgegangen: Karl war ausgerutscht und hingefallen, hatte sich den Arm gebrochen und war ins Krankenhaus gebracht worden, noch bevor sie die Telefonnummern ausgetauscht hatten. Normalerweise wäre es das gewesen. Aber was ist schon normal, wenn man einfach weiß: „Der ist es!"? Florina engagierte einen Privatdetektiv, der ein Inserat in der Mitarbeiterzeitung der Bahn schaltete: „Gesucht wird Malte, Ingenieur in der Abteilung Schienenfahrzeuge. Sie haben am 15.07.2007 in der Badi Enge etwas vergessen. Bitte melden unter …." Undsoweiter. Das hatte Florinas Problem gelöst, half mir hier und jetzt aber auch nicht weiter. Es war September, die Badesaison so gut wie vorbei.

Zeitungsanzeige. Wie wäre es mit einer Zeitungsanzeige? So wie bei Detlef und Bettina, ebenfalls Reisebekannten. Detlef hatte im Anzeigenteil des lokalen Käseblatts vergeblich nach einem neuen Motorrad gesucht und dann blind auf die Seite mit den Bekanntschaftsanzeigen getippt: „Fröhliche Kratzbürste sucht ebensolchen Schrubber, der ihr gewachsen und an einer dauerhaften Kooperation interessiert ist." Als er ihr einen Monat später endlich schrieb, hatte Bettina die ersten Antworten bereits „abgearbeitet", und so fiel Detlefs Brief schon zeitlich aus dem Rahmen und direkt auf fruchtbaren Boden. Inzwischen waren die beiden seit 22 Jahren verheiratet – und kratzten, bürsteten und schrubbten einander und die Welt inzwischen mit einer solchen Perfektion, Liebe und Inbrunst, dass es eine Freude war, ihnen zuzusehen. Gut, vielleicht sollte ich das mal probieren.

Außerdem blieben noch Speeddating, Internetdating und ganz generell das Internet als Kontaktbörse. Wenn ich nach Hause käme, würde wohl mein Computer mein bester Freund werden. Hoffentlich nur übergangsweise.

Das Flugzeug landete. Erst zu Hause bemerkte ich, dass ich unser Schnuckelchen gar nicht durch den Zoll hatte gehen sehen, mit Whiskey und allem. Schade, das wäre vielleicht noch lustig gewesen.

Jörg

Zurück in Zürich, nahm ich meinen Jahresplan in Angriff. Zum Glück war es bei der Arbeit verhältnismäßig ruhig. Normalerweise hatte ich 12-Stunden-Arbeitstage. Wenn bei uns das Geschäft losging, schlummerten unsere US-Kollegen noch friedlich. Bis sie dann im Büro eintrudelten, hatten wir die wirklich brennenden Fragen schon geklärt. Es folgten einige Stunden einvernehmlicher Koexistenz, und letztlich hielten sie uns so lange auf Trab, dass wir kaum vor ihnen das Büro verließen – nur eben dass es in New York sechs Stunden früher war. Leider war es für sie völlig normal, uns für 8 Uhr abends zu endlosen Telefon-Konferenzschaltungen aufzubieten. Ja, das „internationale Arbeitsumfeld" war in der Realität wesentlich weniger glamourös als ich es mir in meinen Studentinnenphantasien vorgestellt hatte.

Trotz allem fand ich es spannend, mit meinen ausländischen Kollegen zusammenzuarbeiten. Dabei amüsierte es mich immer wieder, wie sehr sie den jeweiligen nationalen Stereotypen entsprachen (natürlich ganz anders als wir Deutschen – wir waren ja alle anders); von den Franzosen, die auf Geschäftsreisen vorzugsweise in benachbarten Zimmern logierten, über die Engländer, die meinen jährlichen Alkoholkonsum locker an einem Abend bewältigten (wobei ich zugegebenermaßen nicht viel trank) und die Italiener, die Meister im Beherrschen des selbst kreierten Chaos, bis zu den Amerikanern, die immer „-er" waren als alle anderen: lauter, größer, wichtiger, gestresster, fordernder, teurer, produktiver im Erstellen von Präsentationen, aber auch offener.

Für mich als Juristin war ein Land, das mit einem so merkwürdigen Rechtsystem wie dem amerikanischen existieren konnte, automatisch merkwürdig. Ich konnte mich zur Not ja immer auf mein As, das Schweizer Recht, zurückziehen – und da war dann alles kantonal unterschiedlich. Ich Glücksschweinchen. Das amerikanische Recht hingegen schien mir doch an manchen Stellen suspekt. So ist es nicht nur der Staat, der die Gesetze festlegt, sondern jeder kann eine absurde Frage vor Gericht bringen, und der Entscheid gilt dann für alle. Angeblich durfte man sich auf den Strassen von San Francisco nicht, wenn man „hässlich" war. Wer auch immer das definieren konnte. Gerade in Zeiten botoxgeblähter Millionärsgattinnen und Schauspielerinnen (und ihrer männlichen Entsprechungen) war diese Frage ja durchaus im Fluss.

Natürlich war meine Arbeit auch ein Grund für meinen Single-Status, wobei dieses Bewusstsein in Wellen kam und ging. Bis zu Klaras Hochzeit hatte ich mich eigentlich bequem im Singleleben eingerichtet. Es hatte ja auch seine unbestreitbaren Vorteile; man war flexibel, konnte machen, was und wann man wollte. Wenn nur dieses dumme, leere Herz nicht wäre. Alles andere ließe sich richten. Ich hatte mich damit arrangiert, dass mir niemand in voller Männlichkeit den Abfluss reparieren, das Zimmer streichen oder das Regal montieren würde. Stattdessen hatte ich den Kurs „Reparaturen im Haushalt" absolviert, der mich tatsächlich autark(er) gemacht hatte. Stromstecker wechselte ich inzwischen in wenigen Minuten. Aber ganz komplett war mein Leben ja auch mit einem reparierten Schnappschloss nicht wirklich, so dass meine Zufriedenheit doch erschütternd leicht zu erschüttern war. Zum Beispiel durch eine Hochzeit.

Egal, ich versicherte mir selbst, dass ich nicht krampfhaft auf Männerjagd gehen, sondern nur Gelegenheiten schaffen würde. Konkret: Ich buchte den Kurs „Haushalten für Singles". Das konnte nie schaden. Und dort müsste doch nun wirklich Männerüberhang herrschen.

Als ich am folgenden Samstag den Kursraum betrat, zeigte sich schnell, dass Männer wohl besser haushalten können als Frauen – oder das zumindest meinen. Na ja, oder es war ihnen einfach egal. In jedem Fall: Zehn Frauen, drei Männer.

Ich begann ein Gespräch mit meinem Nachbarn: „Hi, ich bin Johanna. Und, was bringt dich hierher?"

„Freut mi, ich bin Jörg. Ich bin gerade nach Zürich gezogen. Meine Frau ist mit den Kindern noch in Berlin geblieben. Und hat Angst, dass ich völlig verkomme und sie mich dann wieder zu einem halbwegs zivilisierten Wesen erziehen muss. Ich kann also ohne falsche Bescheidenheit behaupten, dass ich zum Wohle der Zivilisation hier bin. Und du?"

„Das ist ja ein Zufall. Ich wohne schon seit einer Weile in Zürich, aber ich bin auch aus Berlin. Ich hoffe, dass ich noch ein paar Tricks lernen kann. Waschenbügelnputzen ist nicht so ganz meine Erfüllung."

Die Kursleiterin unterbrach uns: „Ich sehe, dass Sie schon dabei sind sich vorzustellen. Warum machen wir das nicht gerade gemeinsam? Also, mein Name ist Eggerswiler. Und für mich ist Waschenbügelnputzen eine Passion. Ich hoffe, dass das heute etwas auf Sie abfärbt."

Ich und meine vorlaute Klappe! Zum Glück schien Frau Eggerswiler mir das nicht übelzunehmen.

Nach Jörg und mir stellte sich sein Tischnachbar vor: ein vielleicht dreißigjähriger Bub mit Mittelscheitel, Hornbrille, beige-braun kariertem Hemd, braunem Pullunder und ebensolcher Cordhose. Er murmelte leise in seine Hände, die er so knetete, dass schon das Zusehen Solidaritätskrämpfe hervorrief: „Ich bin der Marcel. Mein Mami hat gesagt, dass ich den Kurs machen soll. Weil, wenn sie mal nicht mehr ist, dann kann ich dann wenigstens für mich sorgen."

Das würde wohl mehr als einen Tageskurs in Haushaltskunde brauchen.

Auch die Vorstellung des letzten Ritters der Tafelrunde war nicht erbaulicher: „Meine Freunde haben zusammengelegt und mir den Kurs zum Geburtstag geschenkt. Und da hab ich mir gedacht, dann kann ich ihn auch machen. Aber brauchen tu ich den nicht."

Ein kurzer Blick auf den Zustand seiner Kleidung, seinen Haarmopp und überhaupt auf ihn offenbarte der unvoreingenommenen Betrachterin allerdings durchaus, warum seine Freunde auf diese gloriose Idee gekommen waren. Sie waren wirkliche Freunde und die Fortbildung war nötig. Bitter nötig. Allerdings setzte sie nicht ganz am richtigen Ort an. Aber einen Kurs „Körperhygiene für Anfänger" gab es wohl nicht.

Den Rest des Tages hörten wir von beiden nichts mehr.

Der Kurs war interessant, missionierte mich aber nicht zum Putzteufel. Die Erkenntnis des Tages kam mir beim Hemdenbügeln, als Frau Eggerswiler mich unterbrach: „Nein, also an der Rückenpasse legt man ein Hemd heutzutage nicht mehr auf. Das hat man im 2. Weltkrieg so gemacht."

Nicht nur, dass ich nicht einmal gewusst hatte, dass es für den Bereich oben hinten am Hemd ein eigenes Wort gab. Nein, ich fühlte mich plötzlich als Ewiggestrige – und wesentlich älter als 39. Und schuld war meine Mutter, die die schöne neue Welt des Bügelns verpasst und mich im Bügelgeiste des 2. Weltkriegs großgezogen hatte. Nicht, dass ich irgendeinen Unterschied im Ergebnis gesehen hätte, aber plötzlich zur Antikbüglerin abgestempelt zu werden... Bitter. Ich trug es mit Fassung.

Nachdem wir uns durch den Tag geputzt und gebügelt hatten und in ein neues und besseres Leben mit Glanz und Gloria (und absolut glatten Rückenpassen) entlassen worden waren, schlug Jörg vor, noch etwas trinken zu gehen. Er kenne noch niemanden und vielleicht könnte ich ihm ja ein paar Tipps geben.

In der Bar angekommen, begann ich pflichtbewusst, ihm Adressen aufzuschreiben: „Also, wenn du Leute kennenlernen willst, dann schau doch mal in die Meetup. Die organisieren Sachen. Was weiß ich, in die Bar gehen oder Fußball spielen oder so. Was machst du denn gerne?" Mann, ich war echt eine Kennenlern-Expertin. Solange es um Freundschaft ging.

„Turnen. Aber weißt du, ich glaub, ich hab schon gefunden, was ich suche." Komisch, er sah so gar nicht nach einem Turner aus. Nun ja, wie auch immer. „Warum legst du nicht das Papier weg und wir reden ein bisschen. Was machst du denn so?"

Da sollte noch einer schlau draus werden. Erst wollte er Tipps, dann nicht mehr. Und da sagten die Männer, wir Frauen seien das wankelmütige Geschlecht. Ja, klar. War aber auch egal. Ich hatte nichts Großes vor, da konnten wir auch noch plaudern.

„Ich bin Juristin. Bei der Blau-Weiss Versicherung. Und was machst du?"

„Ich bin Psychiater. Primär Paartherapien. Wobei

ich das, ehrlich gesagt, ziemlich unnötig finde."

„Wie, du bietest Paartherapien an, obwohl du sie unnötig findest? Wie passt das denn zusammen?"

Er lachte: „Ich finde schon das Paarsein unnötig. Dieses Beziehungsmodell hat sich überholt. Und deshalb ist auch die Therapie, die das Modell retten soll, sinnlos."

Augenscheinlich waren die Fragezeichen in meinen Augen gut sichtbar. Er fuhr fort: „Ich schreibe gerade ein Buch. 'Me, myself and I'. Es zeigt, dass die menschliche Psyche nicht für die Zweisamkeit ausgelegt ist. Die monogame Beziehung ist so wesensfremd für uns, dass sie überproportional viel Energie frisst und uns an der Selbstentfaltung hindert. Deshalb ist sie primär ein Herrschaftsinstrument, erst von der Kirche, jetzt vom Staat. Allerdings ein gut verbrämtes. Emotionale und intellektuelle Freiheit gibt nur die Polygamie. Wenn du ganz ehrlich bist, wie viele Menschen kennst du, die in einer Beziehung wirklich glücklicher sind, als sie es alleine wären?"

Das passte nun so gar nicht zu meiner gegenwärtigen Gemütsverfassung: „Also, da kenne ich einige. Gerade letzte Woche hat eine Freundin von mir geheiratet. Und die beiden sind sehr glücklich."

„Und, was meinst du, wie lange das so bleibt? Spätestens wenn die Kinder kommen, begibt er sich auf Wanderschaft, während sie zu Hause angekettet ist und ihn am liebsten rausschmeißen will. Dabei ist die Reihenfolge der Ereignisse beliebig, das Ergebnis bleibt gleich. Letztlich rennen die Menschen erst gegen ihr eigenes Haltbarkeitsdatum an, wenn sie einen Partner suchen und dann gegen das ihrer Beziehung, wenn sie ihn halten wollen. Aber irgendwann ist auch das Maximalhaltbarkeitsdatum überschritten, selbst wenn man die Milch in den Kühlschrank stellt."

Stinkstiefeln konnte ich auch: „Das klingt nach einem schweren Fall von Déformation Professionnelle. Zu dir kommen ja nur die, die ein Problem haben, und zwar ein massives. Das heißt aber noch lange nicht, dass das Modell falsch ist. Wenn du das für dich anders machen willst, steht dir das frei, aber das ist nicht die nächste Stufe der gesellschaftlichen Entwicklung, sondern einfach deine Privatsache."

„Und trotzdem bist du Single. Also, wie kannst du so leben, wenn du meinst, dass das Leben erst mit einem Partner vollkommen und glücklich ist? Du musst dich doch ständig todunglücklich und unvollständig fühlen."

Das ging ihn schon mal ´ne Runde gar nichts an. Ich nahm die nächste Abzweigung: „Na ja, zur Not gehe ich in einen Kurs „Haushaltsführung für Singles", lerne, wie man für eine Person kocht und dann passt das schon."

Er lächelte im Vollbewusstsein seiner vermeintlichen Überlegenheit: „Ganz ehrlich, du brauchst keinen Partner. Du brauchst ab und zu 'nen strammen Kerl im Bett zum Turnen. Das ist alles."

„Nein, das sehe ich einfach anders. Sex ist doch nicht Bettgymnastik, sondern das Ergebnis von Anziehung plus Vertrauen plus Zuneigung – in welcher Reihenfolge auch immer."

„Es ist Bettgymnastik. Mehr nicht. Unsere Gesellschaft hat das einfach mystifiziert, tabuisiert und glorifiziert. Was du suchst, ist nicht ein Seelenverwandter, sondern ein Turnpartner. Das, was wir für

Liebe halten, ist in Wirklichkeit nur die Erwartung oder der Austausch von gutem Sex. Du solltest es ausprobieren. Wir sind im besten Alter dafür."

Er schien sehr konkrete Vorstellungen zu haben, mit wem ich es ausprobieren könnte. Letztlich war das aber irrelevant, da ich weder „es" noch ihn testen würde: „Ich frage mich, ob deine Frau das auch so sieht."

Er winkte ab: „Ach, du meine Güte! Nein, die ist so altmodisch, die kapiert das nicht."

„Na, dann wird ihr dein Buch ja Freude bereiten, das ist bestimmt sehr lehrreich für sie. Du, ich muss jetzt auch los, ich bin noch mit einer Freundin zum Telefonieren verabredet." Wir hatten uns ohnehin alles gesagt.

Der Haushaltskurs war augenscheinlich nicht der Ort, an dem ER sich versteckte. Und es würde auch ziemlich dämlich wirken, wenn ich den jetzt jede Woche machen würde.

Was war noch auf der Liste?
Speeddating.

Zu Hause schmiss ich den Computer an. Die Website versprach lauter junge, schöne, lachende Menschen in ansprechender Umgebung, offensichtlich just in dem Moment verewigt, in dem Amors Pfeile sie getroffen hatten und sie sich auf den Weg machten in die strahlende, natürlich gemeinsame Zukunft.

Nächste Abfahrt des Zugs in die Glückseligkeit am Freitag. Ich meldete mich an. Mal schauen.

Kaum hatte ich allerdings meine Anmeldung abgesandt, wurde mir mulmig. Gehörte ich jetzt endgültig zu den auf normalem Wege nicht mehr vermittelbaren Restposten?

Ich rief Florina an.

Wie immer, brachte Florina die richtige Perspektive in die Situation: „Du, das machst du genau richtig. Du weißt doch, Malte und ich wären auch nicht zusammen, wenn ich damals nicht zugepackt hätte. Manchmal muss frau eben raus aus der Wohlfühlzone. Das Schlimmste, was dir passieren kann, ist, dass du einen langweiligen Abend hast. Das wäre weder das erste noch das letzte Mal. Aber ich wollte dich sowieso anrufen. Hast du morgen Abend Zeit? Malte und ich treffen ein paar Freunde im Il Centro. Hast du Lust? Um sieben?"

„Ja, klar. Und vielen Dank, du bist echt ein Engel. Das habe ich jetzt gebraucht."

„Supi, also bis dann!"

Am Sonntag erwachte ich zu strahlendem Sonnenschein und entschied mich zu einer Radtour. Dankenswerterweise sind die Velorouten in der Schweiz so idiotensicher ausgeschildert, dass ich meinen Gedanken nachhängen konnte – und in denen spielte der Traummann dann überraschenderweise schon nach wenigen Minuten gar keine Rolle mehr.

Bei der Kirche in Klosterfelden legte ich einen Zwischenhalt ein, und da ich alleine war, übte ich ein wenig für das nächste Chorkonzert. Zu Hause tat ich das nie, um die Nachbarn nicht zu stören. Auf der Straße wäre ich mir beim Singen komisch vorgekommen. Leere Kirchen hingegen waren dafür gebaut, besungen zu werden. Beim Singen war ich ganz ich, ganz bei mir. Und es machte mir auch nichts, dass es Millionen gab, die besser sangen als ich. Sollten sie in die Fernsehshows gehen, um ihr Talent zu beweisen. Hier und jetzt war nur ich.

Sonnenschein, Velofahren, Singen – ich war glücklich. Der Traummann musste warten.

Selbst als ich am Nachmittag noch die Hochzeitsfotos durchschaute und an Klara schickte, brachte mich das nicht aus diesem wunderbaren Zustand des Om.

Am Abend im Il Centro erwarteten mich Florina, Malte – und fünf Frauen. Plus zwei freie Plätze, einer für mich und einer für „Hans kommt später. Er ist noch im Fitnessstudio."

Ah ja, der männliche Teil würde also erst später dazu stoßen, weil er noch sein Sixpack definierte. Prioritäten sind eben dafür da, dass man sie setzt. Und die Anwesenden gehörten demnach nicht dazu. Vor meinem geistigen Auge tänzelte ein Testosteron evaporierendes, solariumgebräuntes Muskelpaket durch den Raum, behindert nur durch seine überbordende Manneskraft, sich bei jedem Schritt in eine andere Pose schmeißend und seinen wohlgeformten Bizeps, Trizeps und alles, wo er halt so rankam, küssend.

Der wahre Hans war dann ein eher schmächtiges, blasses Kerlchen. Wobei neben meiner Vorstellung auch Schwarzenegger als Hänfling erschienen wäre. Vermutlich war Hans also einfach Durchschnitt und hatte uns nicht zur Perfektionierung eines Astralleibes, sondern zum Spannungsaufbau warten lassen. Kein glücklicher Schachzug.

Hans setzte sich, checkte das Angebot und begann, sein Gegenüber anzubalzen: Tanja – groß, blond, attraktiv, Beine bis zum Boden. Dass er hierbei auf keinerlei erkennbare Regung eines irgendwie gearteten Interesses stieß, bemerkte er nicht. Oder er ignorierte es geflissentlich. Das blieb dann auch so – was aber nicht weiter tragisch war, denn wir Verschmähten hatten einen wesentlich lustigeren Abend als das arme Objekt der Begierde, das immer wieder vergeblich versuchte, uns, vor allem ihre Tischnachbarin in die Kommunikation einzubeziehen. Auch Florinas Versuche einer Umleitung wurden ignoriert. Hans war eingelotet.

Und worüber reden fünf Single-Frauen und ein Pärchen bei gutem Essen und Wein? Über Gott, die Welt, alles dazwischen und irgendwann natürlich – Männer, konkret: unglaubliche Dates. Wenn es dafür eine Weltmeisterschaft gäbe, würde ich mir gute Chancen auf den Titel ausrechnen. As hatte zwar seine Nachteile, aber ein Vorteil dabei war, dass man immer etwas zu erzählen hatte.

Während wir durch unsere Sammlung gingen, beichtete Florina uns, dass sie und Leo alle Singles aus ihrem Bekanntenkreis zusammengerufen hätten, um Hans bei der Partnersuche zu helfen: „Er ist so ein guter Kerl, wisst ihr? Aber es scheint, dass das wohl ein Schuss in den Ofen war."

Die letzte Bemerkung verstand ich erst, als Hans Tania fragte, was sie denn am Wochenende vorhabe. Die Antwort war ernüchternd: „Da kommt mein Verlobter aus München."

Hans' Kinnlade fiel so abrupt nach unten, dass ich fürchtete, sie würde auf dem Tisch aufschlagen. Das Objekt der Begierde war nicht Beute gewesen, sondern Mitorganisatorin der Jagd, weshalb sie auch ihre Nachbarin so konsequent feilgeboten hatte. Tja, schlechtes Briefing, würde ich mal sagen. Hans' umgehend eingeleitete Versuche, zu retten, was zu retten war, zeigten, dass nichts zu retten war.

Too bad, so sad.

M1 – M10

Zu meiner Überraschung rief Hans mich ein paar Tage später an. Er suchte Gleichgesinnte zum Wandern oder fürs Kino, und Florina habe erwähnt, dass ich mich da auskannte. Wir könnten ja mal zu Abend essen.

Ein Abend schien mir jedoch eine zu dehnbare Angelegenheit. Ich schlug ein Lunch am Samstag vor, und Hans ging sofort darauf ein: „Ja, klar. Lass uns doch in das Selbstbedienungsrestaurant in dem Kaufhaus Ecke Bahnhofstrasse gehen, da kann der, der zuerst kommt, schon mal anfangen."

Wieder einer dieser „Hat er das jetzt wirklich gesagt?" - Momente. Er hatte ja schon vorher nicht wirklich formidable Umgangsformen bewiesen, aber sich in einem Selbstbedienungsrestaurant zu verabreden, um dann schon mal alleine anzufangen, das war fortgeschritten. Da ich keinerlei romantische Intentionen hegte, musste ich natürlich zu spät kommen, um ihm die Chance zu geben, das durchzuziehen. Es war ja kein Date, also konnte es ruhig ein soziales Experiment sein.

Am Freitag hatte ich aber erst einmal Spannenderes vor: Speeddating in der Honolulu-Bar.

Wissenschaftliche Erkenntnisse besagen ... vieles.

Unter anderem, dass man statistisch sieben Dates brauche, um den Richtigen zu finden. Beim Speeddating sollte ich gemäß Website zehn Dates an einem Abend haben, also würde ich wohl frisch verliebt nach Hause gehen. Und wenn nicht, dann würde ich mich auf Churchill berufen und keiner Statistik glauben, die ich nicht selbst gefälscht hatte.

Als ich in der Bar ankam, wurde ich umgehend in den Damen-Warteraum geführt, „damit Sie die Herren noch nicht sehen." Das hätte ich zwar nicht so schlimm gefunden an einem Abend, an dem es um das Kennenlernen ging. Aber die Organisatoren würden schon wissen, wie man das machte. Augenscheinlich war ein gewisser Alkoholisierungsgrad wenn nicht unabdingbar, so doch förderlich. Der Prosecco wurde großzügig ausgeschenkt.

Als sich je zehn Männer und Frauen versammelt hatten, wies uns der Conférencier in die hohe Kunst des Speedflirtings ein.

Die Damen würden sich jeweils an einen Tisch mit einer Nummer setzen. Die Herren würden einen herzförmigen Anstecker mit einer Nummer erhalten, sich zu einer Dame setzen und dann alle sieben Minuten den Tisch und damit die Gesprächspartnerin wechseln. Auf den Tischen lagen Listen mit möglichen Gesprächsthemen, „wobei es beim Dating kein Richtig und kein Falsch gibt, sondern nur die Chance, außergewöhnliche Menschen kennenzulernen." Wie immer.

Ich musste also nur warten, dass mir meine gebratene Taube in den Mund, der Tarzan auf den vorgewärmten Stuhl fliegen würden. Das ließ sich gut an.

„Nach jeder Runde schreiben Sie die Nummer Ihres Gesprächspartners auf und kreuzen an, ob Sie ihn wiedersehen wollen oder nicht. Am Ende des Abends werten wir die Zettel aus, und wenn beide einander wiedersehen wollen, senden wir beiden ein SMS mit der Telefonnummer des jeweils anderen. Ab morgen können Sie aber auch auf unserer Website nachschauen. Alles klar? Gut, dann darf ich die Damen bitten, sich zu setzen und los geht's."

Ich setzte mich und mutierte zu Nummer F8.

M8 setzte sich zu mir: „Salli, ich bin der Dominik." Augenscheinlich war ihm die Situation so fremd wie mir: „Das ist mein erstes Mal. Ist irgendwie merkwürdig, das Ganze. Findest du auch?"

„Ja, ich finde es auch komisch. Ein wenig wie im Supermarkt. Nur dass das Schnitzel sich den Käufer nicht aussucht." Dominik verzog keine Miene.

Es folgte der übliche Smalltalk zu Beruf, Hobbies und Nichtfamilie – unverbindlich und nett. Wir brauchten zwar nicht auf die vorgegebenen Fragen zurückzugreifen, aber es schlug auch kein Blitz ein, ich spürte keine Schmetterlinge und die Welt drehte sich nicht schneller als zuvor. Aber kann man das nach sieben Minuten erwarten? Ich fand, man könnte nicht und kreuzte an, dass ich ihn wiedersehen wollte. Vielleicht würde man sich ja beim zweiten Mal weniger verkrampft begegnen.

Bei Nummer M9 erging es mir genauso. Sieben Minuten waren zu kurz, um mir ein Bild zu machen über den Rest meines Lebens – mit oder ohne ihn? Vielleicht, weil ich noch nie die Liebe auf den ersten Blick erlebt hatte. Oder nicht mehr daran glaubte. Oder war vielleicht genau umgekehrt das Problem, dass ich tief in meinem Herzen eben doch noch an die Liebe auf den ersten Blick glaubte? Oder war ich zu unentschlossen? Wusste ich, was ich wollte?

Immerhin, ich stellte schnell fest, dass ich M10 nicht wollte. Das war ja auch schon mal was. Er war Kinderarzt. Auf meine zugegebenermaßen nicht allzu originelle Floskel „Ach, das ist bestimmt ein schöner Beruf, mit Kindern zu arbeiten!" schlug er mir um die Ohren, wie sehr ihn diese kleinen verwöhnten Bratzen nervten. Und ihre ewig googelnden und mit exotischen Diagnosen und Therapien aus dem Fernsehen aufwartenden Eltern. Und sein Beruf. Und eigentlich überhaupt alles. Was für ein Wonneproppen!

Obwohl, ein wenig konnte ich ihn verstehen. Die Krankenhausserien mit antiseptischen Krankheiten, telegenen Kinderengelchen und dankbaren Eltern, die dem großen Retter tränenden Auges und stumm vor Ergriffenheit um den Hals fielen, waren halt keine Dokumentarfilme. Frustrierend, aber wahr. Ich hatte meinen Berufswunsch „Tierärztin" begraben, als ich gemerkt hatte, dass unser Hund vor nichts so viel Angst hatte wie vor dem Tierarzt. Da war ich so sechs oder sieben gewesen. Dass M10 das nicht gemerkt hatte, war dann doch eher überraschend. Und wenn er so genervt war, musste er halt was ändern an seinem Leben. Und damit meinte ich nicht, dass er sich eine Partnerin suchen und die dann anblöken sollte.

Auch M1 flog noch vor der Landung von der Landepiste. Er fläzte sich über den Stuhl, grinste mich an und legte los: „Also, ich bin der Alex. Nicht verheiratet, keine Kinder, jedenfalls nicht dass ich wüsste. Ich bin Mechatroniker. Aus Klosterfelden. Das kennst du nicht, oder?"

Tatsächlich war ich ja nun gerade dort gewesen, aber M1 war zu sehr mit sich beschäftigt für eine Kommunikation: „Primarschule, Sekundarschule, Berufsfachschule, Berufsmatur – alles schön eins nach dem anderen. Und dann fahre ich Motocross. Man lebt ja nicht nur für den Beruf. Letztes Jahr bin ich sogar in Deutschland Rennen gefahren. Also, Amateurrennen natürlich. Aber immerhin. Aber wegen den Boxenludern musst du dir gar keine Sorgen machen, ich mag lieber eine, bei der was dran ist. So wie bei dir."

War das jetzt ein Kompliment? Eine Gemeinheit? Oder einfach nur Geblubber? Ich schaltete ab, bis er mich anstieß: „So, meine dreieinhalb Minuten sind um. Jetzt bist du dran."

Ach, du meine Güte! Tatsächlich genau dreieinhalb Minuten. Eine auf dreieinhalb Minuten getrimmte Biographie hatte ich nicht vorbereitet. Ich versuchte es trotzdem: „Ich bin Johanna. Juristin. Aus Berlin, aber jetzt wohne ich schon seit einer ganzen Weile in Zürich. Und ich liebe die Schweiz, vor allem die freudige Erwartung am Sonntagmorgen am Hauptbahnhof, wenn alle sich auf den Weg machen in die Berge. Ich sage immer, ich lebe an einem Ort, wo andere gerne mal Urlaub machen wollen. Obwohl Berlin auch toll ist. Kennst du Berlin?"

„Also, Berlin ist absolut super. Ich war da mal mit Kollegen – so geil! Gott, waren wir besoffen! Der Alkohol kostet ja echt nix." Gottseidank, ich konnte wieder in den Standby-Modus wechseln. Die verbleibenden drei Minuten klärte mich M1 über die Vorzüge meiner Heimatstadt auf, was ich mit geistesabwesendem Nicken quittierte. Auch das ging aber an Alex vorbei.

Ich schielte auf die Fragenliste: „Glaubst du an die große Liebe?" „Wenn ich mir von dir die Augen verbinden ließe, was würdest du mit mir anstellen?" „Was war das Schlimmste, was du je getan hast?" „Was war der schönste Tag in deinem Leben?" „Wie sieht dein perfekter Tag aus?"

Dumm nur, dass mich das alles in Bezug auf M1 so gar nicht interessierte. Aber das machte letztlich auch nichts. M1 war sich selbst genug.

Auch M2 lebte in seiner eigenen Welt. Er trug eine wattierte, aber enganliegende rosa Jacke mit Porsche-Emblem. Es gibt ja nur ganz wenige Männer, die können Rosa tragen. M2 gehörte nicht dazu. Er knallte seinen Schlüssel auf den Tisch. Mit dem Porsche-Schlüsselanhänger zuoberst. Ja, ich hatte begriffen: Er war ein ganz Cooler. Ich tat ihm den Gefallen: „Hallo, ich bin Johanna. Ich sehe du bist ein Porsche-Fan."

„Ey, logisch. Steve. Ja, ich hab `nen Porsche. Absolut geile Kiste. Boah, du glaubst gar nicht, wie die Weiber da drauf abfahren. Da weiß man nie, ob die Tussen wirklich dich wollen oder einfach den Porsche. Was hast du'n für'n Auto?"

Er lag völlig richtig, ich konnte tatsächlich nicht glauben, dass Frauen auf so was abfahren konnten: „Ische 'abe gare keine Auto" zitierte ich einen alten Werbeklassiker, was an Steve allerdings vorbeirauschte.

Er nahm meine Hand und blickte mir verständnisvoll in die Augen – war jemand gestorben? „Na ja, es kann sich halt nicht jeder ein Auto leisten."

Ich bemächtigte mich meiner Hand: „Du, wenn

ich ´nen Porsche will, dann gehe ich in den Laden und kauf mir einen. Will ich aber nicht. Was machst du denn sonst so, außer Porsche fahren?"

„Investmentbanker. Aber echt, du musst mal Porsche fahren, dann merkst du erst, was dir fehlt. Das ist wie bei richtig gutem Sex. Den kann man sich auch nicht vorstellen, wenn man ihn nicht erlebt hat. Apropos: Kennst du die Blondine am nächsten Tisch? Kannst du mir da ´nen Tipp geben, wie ich bei der landen kann? Was hat die denn so erzählt, bevor ihr reingekommen seid? Weißt du, meine Letzte, die war total prüde. Echt nervig. Ich hab ihr dann das Kamasutra zu Weihnachten geschenkt, so ein richtig teurer Bildband, total geil. Aber die blöde Kuh war einfach zu dumm, das hinzukriegen. Mein Gott, was habe ich mich abgemüht! Und sie hat immer nur gesagt: 'Schatz, warte mal eine Sekunde, ich muss kurz checken, ob das jetzt so richtig ist.' Scheiß drauf! Dabei müsste sie eigentlich wesentlich lockerer damit sein, schließlich ist sie Tierärztin. Ihre Praxis ist in der…"

„Du, Steve, das geht mich nichts an."

Egal, Steve amüsierte sich noch ein bisschen über seinen augenscheinlich gelungenen Witz.

Porsche, Sexgelaber, Investmentbanker. Blitzten da auch noch Halskettchen und Armband? Nee, echt jetzt? Warum müssen manche Leute einfach jeden blöden Stereotyp erfüllen? Ich fühlte mich bei dieser Diskussion des Sexuallebens nicht wohl. Bei einem ersten Nochnichtmaldate. Und ich wollte auch nicht als Material für die nächste Lästerrunde enden. Mal ganz abgesehen davon, dass ich augenscheinlich Quasimoda war, mit der man über die anwesenden, interessanten Frauen reden konnte. Da half nur

Flucht – wenn nicht aus dem Raum, dann aus dem Thema.

„Sag mal, Steve, was für Filme guckst du denn so?" Das sollte eigentlich deutlich signalisieren, dass ich das Kamasutra hier und heute nicht durcharbeiten wollte.

„Also, ich steh total auf Action Filme, so Lethal Weapon und Rambo und so. Aber weißt du, nochmal zu meiner Ex, die war auch total undankbar. Ich meine, weil ich ihr doch das super Buch geschenkt habe. Das war total teuer. Mit den Bildern und so. Da darf man doch wohl auch was erwarten. Und sie hat dann einfach gesagt, dass das alles zu kompliziert ist und wenn sie ins Yoga will, geht sie nicht ins Bett, sondern ins Fitnessstudio. Total frigide, die blöde Kuh."

Positiv war zu bemerken, dass er immerhin nicht Porno-Cineast war. Ich war mir ziemlich sicher, dass er das sonst gesagt hätte. Negativ, dass meine Ablenkungsstrategie nicht funktioniert hatte. Noch zwei Minuten. Hatte jemand die Uhr manipuliert? Alle Uhren?

„Rambo und Lethal Weapon. Ein Bekannter von mir mag die auch. Er ist aus Korea. Reist du gerne?"

„Absolut. London, New York, Thailand. Boah, in Thailand, da geht vielleicht die Post ab! Die Frauen da stehen total auf Europäer, da hab ich natürlich super Karten. Ich kann mich gar nicht wehren, das ist einfach so geil. Kostet ja auch so gut wie nichts. Das kann man gar nicht vergleichen mit den Preisen von den Nutten hier. Sage mal, hattest du schon mal ´nen Dreier?"

Gong, bitte erlöse mich! Womit habe ich den Typen verdient?

„Das ist mir jetzt echt zu persönlich. Ich kenne dich doch gar nicht."

Endlich – der Gong! Glockenheller Klang der Erlösung. Steve brummte: „Noch so ´ne frigide Zicke" und trollte sich. Porsche-Man lief definitiv nicht in meiner Wertung.

Auch M3 war Deutscher – und sehr viel davon, rein von der Masse her. Jedenfalls mehr als sein Hemd vertrug. Nicht nur, dass es über dem Bauch spannte, die Leibesfülle hatte auch zwei Knöpfe weggesprengt, was nicht nur den Blick freigab auf Regionen, die ich nicht wirklich sehen wollte, sondern auch die Reste des Mittagessens neben den leeren Knopflöchern betonte. Tomatensauce. Guten Appetit!

M3 war Versicherungsmathematiker und freischaffender Theaterkritiker, und leider erfüllte auch er die entsprechenden Klischees. Zynismus und Scharfzüngigkeit, gepaart mit einer unterentwickelten Sozialkompetenz, das war keine wirklich gelungene Kombination. Er berichtete mir im Detail von all den Idioten, die ihn umgäben und klagte mir sein Leid, wie schwer es sei, jemanden zu finden, der ihm intellektuell auch nur einigermaßen gewachsen sei. Und wenn es jemanden gäbe, dann sei es bestimmt ein Mann, denn Frauen würden ja eh nur über Schuhe, Schminke und Kleidung reden. Und was er beruflich machte, würden sie nicht verstehen.

Nun gut, er war natürlich der lebende Beleg dafür, dass man sich auch zu wenig für Kleidung interessieren konnte, und die meisten Frauen würden ihn wohl erst einmal in die Autowaschanlage schicken. Ohne Auto. Aber das musste ja nicht ich ihm sagen, so sehr interessierte er mich nicht. Auch dass es zwischen den beiden Polen „Versicherungsmathematik" und „Schminktipps" durchaus lohnenden Gesprächsstoff gab, blieb mein kleines Geheimnis.

Aber er sollte auch nicht ganz dumm sterben: „Du, ich kenne eure Wahrscheinlichkeitsmodelle, also im Prinzip jedenfalls. Ich arbeite auch bei einer Versicherung. Aber das Leben ist halt doch oft Schmetterlingseffekt, Sheldon."

„Okay, das ist jetzt Zufall, dass du das kennst. Aber warum nennst du mich Sheldon? Ich heiße Ernst."

Aha, er hatte keinen Fernseher. Statt diese höhere Lebensform in die Niederungen der Trivial-Nonkultur herabzuzerren, fragte ich ihn, welche Theaterinszenierung ihm denn in letzter Zeit gefallen habe. Auch das stellte sich als Fehler heraus. Um es kurz zu machen: Gar keine. Die Inszenierungen waren langweilig, die Schauspieler unfähig und die Stücke beliebig. Und sieben Minuten waren lang.

Da war ich ja an einen echten Sonnenschein geraten! Vielleicht würde ich es ja trotzdem schaffen, ihn zum Lächeln zu bringen: „Erinnerst du dich noch an die schwarz-graue Naziphase im deutschen Theater? Das war so in den Achtzigern, frühe Neunziger. Dunkle Bühnenbilder, die Bösen trugen schwarze Ledermäntel und Nazistiefel. Egal, was man sah – alles schwarz, grau, Leder. Und jeder Regisseur fand das Konzept wahnsinnig originell und sich echt genial. Irgendwann war der Spuk dann vorbei. Zum Glück. Dachte ich. Und dann ging ich mit einer Freundin in die Zauberflöte und erzählte ihr vorher noch von dieser theatralischen Lack-Leder-Phase.

Der Vorhang ging auf und alle trugen hellgrüne Judoanzüge. Wir mussten so lachen!"

M3 musste nicht lachen.

Ich versuchte es weiter: „Wobei das sowieso ein witziger Abend war. Erst mal mussten wir draußen warten. Und dann saßen vor uns zwei Männer mit Hörgerät. Wir waren schwer beeindruckt, dass sie trotz ihrer Behinderung in die Oper gingen. Da trat der Dirigent auf die Bühne, begrüßte den Ministerpräsidenten von Norwegen im Publikum und entschuldigte sich für die Verspätung und die Sicherheitsmassnahmen. Da schwante uns natürlich, dass die Herren vor uns nicht hörbehindert, sondern Bodyguards waren. Wir lachten, bis sie sich umdrehten, und dann erklärte ich ihnen auch, warum. Wirklich witzig."

Na, könnte ihm dieses Bekenntnis meiner Trotteligkeit ein Lächeln entlocken? Nein. Stattdessen eine Tirade über die Einfallslosigkeit der Regisseure. Wie kann man sich so intensiv mit etwas beschäftigen, was einem offensichtlich keinen Spaß macht?

Jedenfalls würde ich mich nicht weiter mit M3 beschäftigen, aus genau diesem Grund: Er machte mir keinen Spaß.

Immerhin schien ich in sein Beuteschema zu passen, und so verabschiedete er sich mit der Mitteilung: „Hat mich echt gefreut, dich kennenzulernen. Ich date gerne Frauen deines Alters, das ist einfach entspannter. Kinder sind kein Thema mehr, und man kriegt nicht dauernd irgendwelche tickenden biologischen Uhren um die Ohren geschlagen."

Yup, das war genau das, was ich hören wollte. Was jede Frau hören wollte. Allerdings konnte ich schon irgendwie nachvollziehen, dass es nicht gerade erfüllend sein konnte, ständig als potenzieller Samenspender einer visuellen Tauglichkeitsprüfung unterzogen zu werden.

Allmählich wandelte sich meine Grundeinstellung von freudiger Erwartung in bange Befürchtung. Wie viele standen mir noch bevor? Vier. Das sollte zu überstehen sein.

Mit M4 - Toni - verstand ich mich auf Anhieb, obwohl er äußerlich nicht mein Typ war. Er sah aus wie mein alter Physiklehrer. Aber dafür konnte er ja nichts, also blendete ich die Optik aus.

M4 war Recycling-Berater und liebte seinen Job. Auch seine Begeisterung steckte an – alte Plastikbecher waren spannend. Zumal auch ich versuchte, wenigstens absolut sinnlosen Müll zu vermeiden. So kämpfte ich seit Jahren auf verlorenem Posten gegen die Unsitte meiner Kollegen, Wegwerfbecher zu benutzen, als ob Porzellan und Glas noch nicht erfunden wäre. In meinem missionarischen Eifer hatte ich ihnen zu Weihnachten Porzellanbecher geschenkt. Die jetzt als Stiftehalter verwendet wurden: „Weißt du, Jo, das mit den Porzellanbechern ist so umständlich, die muss man ja ausspülen."

So saß ich hier mit Toni und schwärmte von Wanderungen in den Bergen, von langen Velotouren, von der Rigi, dem Rhein, der Aare und natürlich dem Matterhorn. Er erzählte mir von der Kuh (im Sinne von „Muh"), die ihn auf einer Wanderung begleitet hatte, ich ihm vom Blaubeerpflücken im Tessin. Und das alles ohne Einmalgeschirr.

Als der Gong uns trennte, musste ich es loswerden: „Du, Toni, das hat jetzt richtig Spaß gemacht. Vielen Dank! Ich war schon leicht am Verzweifeln."

Auch er kreuzte „Will ich wiedersehen" an: „Ja, mir auch. Aber wieso Verzweifeln?"

„Na ja, mit einigen bin ich überhaupt nicht warm geworden. Einer hat nur über seinen Porsche und Sex geredet. Das war richtig unangenehm."

„Ach, Stefan? Das ist mein bester Freund. Dann wird das mit uns wohl nichts. Schade." Er änderte die Bewertung in „Will ich nicht wiedersehen" und ging.

Mist! Ich Idiot! Warum konnte ich meine große Klappe nicht halten? Und warum waren die Schweizer nur so verdammt loyal? Nun, für eine theatralische „Ich-kann-ohne-dich-nicht-leben"-Szene war es wohl doch etwas zu früh.

Konnte es schlimmer werden? Ich hatte genug, fand aber, dass ich nicht einfach so gehen konnte.

M5, René, war dann allerdings eine echte Überraschung: Er lächelte. Schon das gab Extrapunkte. Ich war inzwischen sehr leicht zufriedenzustellen.

René versprühte sein Lächeln und seine Begeisterung freigiebig, als er von seiner Arbeit als Journalist erzählte – und von seinen heutigen Begegnungen. Anscheinend waren auch unter den Damen echte Charaktere, und wir lachten gemeinsam, aber nicht zu laut über unsere Erlebnisse. Auch er liebte Reisen und erzählte so plastisch, dass es mir vorkam, als sei ich dabei gewesen. Sieben Minuten waren zu kurz, und ich hätte ihn am liebsten gebeten sitzenzubleiben. Das ging zwar nicht, aber immerhin ein ganz definitives „Will ich wiedersehen."

M6. Der Name war Programm, so dumm es sich anhörte. Nach „Grüezi, ich bin der Chris. Und, wie findest du's? Ziemlich öde Veranstaltung, oder?", kam er zur Sache: „Sag mal, hast du nachher noch was vor? Ich wohne hier gleich um die Ecke. Ich denke, uns fällt schon was ein, damit der Abend noch einen Höhepunkt hat."

Das hatte mir gerade noch gefehlt. Ich hatte nicht gedacht, dass sich Steve so leicht toppen lassen würde. Ich verkrümelte mich unter Hinweis auf ein dringendes Bedürfnis, und ließ mir nicht nur sieben Minuten, sondern auch die Chance auf die Verlängerung mit M6 entgehen.

Ich wollte nach Hause.

Aber einer fehlte noch. Und tatsächlich, M7 hatte mir gerade noch gefehlt: Grüne Cordhose, braungrün kariertes Hemd, bis oben zugeknöpft, mit Lederschlips, drüber ein brauner Pullunder. Der Bekleidungszwilling von Mamis Schatzi aus dem Haushaltskurs. Ich hatte mich gefragt, wo solche Kleidung herkam und ob man sie kaufen konnte oder selbst knüpfen musste, aber augenscheinlich war das ein echtes Business.

M7 – Francis – war eines dieser Exemplare, die man in Kuppelshows für die gekauften Schauspieler hält, weil sie einfach nicht echt sein können. Aber Francis war echt. Bestimmt wäre er ein lieber Kerl gewesen, wenn seine Schüchternheit es ihm erlaubt hätte, mir in die Augen zu sehen oder auf zumindest eine meiner Fragen anders als mit einem gehuschten „Weiß nicht" rauszurücken. Er lächelte mich an wie das Kaninchen die Schlange. Ich gab schnell auf. Ich wollte ihn ja nicht quälen, sondern nur kennenlernen, und dabei fühlte er sich augenscheinlich absolut unwohl. Francis weckte mütterliche Instinkte, aber ich suchte ja nicht eine Mission, sondern einen Partner.

Der letzte Gong. Diese Erfahrung wäre gemacht. Auch gut. Ich hoffte, dass ich René wiedersehen würde. Tatsächlich kam er am Ausgang auf mich zu, strahlend. Aber was sollte die Kamera? „Du, Johanna, ich muss dir was gestehen. Ich hab dir doch gesagt, dass ich Journalist bin. Was ich dir nicht gesagt habe, ist, dass ich an einer Insider-Reportage über Dating arbeite. Du, und dich fand ich jetzt so nett, dass ich mir gedacht habe, vielleicht willst du der Aufhänger sein. Dann wäre die ganze Geschichte über dich und deine Suche nach der großen Liebe. Mit Foto! Ach ja, da kann ich dir auch gleich meine Frau vorstellen. Da hinten kommt sie gerade. Schaaaaatz!"

Mir war schlecht. Absolut schlecht. „Nee, lass man, das ist nicht nötig. Und ich will auch nicht in die Zeitung. Ich muss los." Was für ein Abschluss!

Ich war froh, dass weder er noch sonst jemand mir in das Tram folgte. Meine Augen standen unter Wasser, das musste niemand sehen. Eine halbe Stunde später sandte mir „Dein fröhliches Speeddating Team – dort, wo die Liebe Knall auf Fall zuschlägt" ein SMS mit Renés Nummer. Ich löschte es.

Hans

Der Vollständigkeit halber checkte ich am Morgen, ob nicht doch auch jemand anders sich gewünscht hatte, mich wiederzusehen. Aber wieder lachte mir nur René mit seinem investigativen Interesse entgegen. Die Galionsfigur der Partnerlosen zu werden, das hatte mir gerade noch gefehlt.

Am liebsten hätte ich M8 und M9 an den Kopf geworfen, dass ich sie auch nicht so toll gefunden hatte, ihnen aber trotzdem eine Chance gegeben hätte. Weil sich das nämlich so gehörte. Ich fühlte mich wie in den Kuppelreportagen, in denen bierbäuchige, speckhaarige Männer in durchgeschwitzten Hawaiihemden, die kaum einen Satz mit mehr als drei Wörtern basteln können, eine Frau suchen. Vorzugsweise eine Olga aus Kasachstan. Selbige möge ihnen dann in Stürmen hemmungsloser Begeisterung und wollüstiger Hingabe um den Hals oder, besser noch, zu Füssen fallen, weil Horst sie immerhin aus Kasachstan erlösen würde in seine Ein-Zimmer-Hausmeister-Kellerwohnung in Hundsloch. Besagte Olga ist Molekularbiologin mit Modelqualitäten, deren einziger Fehler im Leben war, im falschen Teil einer ungerechten Welt geboren worden zu sein.

All das hätte ich jetzt gerne jemandem an den Kopf geworfen. Aber da war ja niemand. Ich hatte mich auf dem silbernen Tablett serviert und war liegen geblieben.

Ich musste mich abreagieren und ging ins Fitnessstudio. Normalerweise wunderte ich mich, dass in den Kursen so wenige Männer waren – heute war mir das sehr recht, diese Hälfte der Menschheit fand ich gerade ausgesprochen verzichtbar.

Auch den Adonis, der in der letzten Reihe kickte und powerte und in den Pausen jeweils seine Aphrodite ancharmte, beachtete ich nur am Rande. Pärchen! Aber irgendwie war es auch schön, zwei Menschen in so selbstverständlicher Harmonie zu sehen, mit sich und der Welt im Reinen.

So hatte ich mich dann zum Mittag schon wieder abreagiert und auch seelisch erholt. Eigentlich hatte ich keine Lust auf die Verabredung mit Hans, aber da ich auch an jedem anderen Tag keine Lust auf ihn haben würde, fand ich mich pünktlich mit der geplanten Verspätung von zwei Minuten ein. Und, Bingo, ich erspähte Hans zufrieden seine Cannelloni mümmelnd. Ganz augenscheinlich war er zu früh gekommen, was auch die Frage der Bezahlung abschließend und in seinem Sinne geklärt hatte. Ich wollte ja kein Date mit ihm, aber es wäre doch nett gewesen, ein Minimum an sozialen Umgangsformen aufzubringen. Bezahlt hätte ich schon selbst. Oder ihn eingeladen, um mich nicht verpflichtet zu fühlen. Männer! Besetzt, nur für Männer oder eben – Hans.

Das Essen war dann so schnell vorbei wie Hans erschienen war. Ich gab ihm ein paar Tipps und Internetadressen zum Leute-Kennenlernen, aber das langte nicht einmal für eine Viertelstunde. Die ältere Dame, die neben uns am Kantinentisch berichtete dann detailliert von ihrer letzten Krebs-Vorsorgeuntersuchung. Was sagte das jetzt über mein Liebesleben aus, dass ich den Erfahrungsbericht einer Darmspiegelung einem Nicht-Date mit Hans vorzog?

In diese Stimmung passte dann auch ein eher bizarres Erlebnis im Fahrstuhl auf dem Weg nach Hause. Als ich eingetreten war, hörte ich eine Stimme: „Fahren Sie nur!"

Ich schaute mich um, obwohl ich ja wusste, dass der Fahrstuhl leer war: „Wo sind Sie?"

Die Stimme insistierte: „Hier oben. Kein Problem.

Fahren Sie ruhig!"

Tatsächlich, die Stimme kam von oben. Nicht ganz von oben, eher vom näheren Oben. Jemand musste auf dem Fahrstuhl sitzen oder hocken oder was man da oben eben tat.

Eine solche Situation ungewöhnlicher Fahrstuhlnutzung kannte ich nur aus dem Film, und dort endete es eigentlich niemals gut: „Also, ehrlich gesagt, finde ich das keine gute Idee. Können Sie nicht runterkommen?"

„Kein Problem. Machen Sie nur. Ich mache das öfter. Normale Wartung."

Jetzt war es also schon so weit, dass Männer nicht mal mehr im selben Fahrstuhl fahren wollten wie ich. Irgendwie passte das. Ich drückte den Knopf, und – Heureka! – mein Mitfahrer war noch am Leben, als wir im Erdgeschoss ankamen.

Abends fand ich einen Brief von Klara in der Post. Sie bedankte sich für die Fotos von ihrer Hochzeit und lud mich zu ihrer Halloween-Party ein. An einem Donnerstag in sechs Wochen, dann könnte ich noch ein langes Wochenende dranhängen und Freunde sehen. Das war jetzt genau das Richtige. Gute Freunde sind eben für einen da, auch wenn man gar nicht weiß, dass man sie braucht.

Ich rief Klara an: „Hey, Süße! Wie geht es dem Ehepaar Donnetzky?"

„Super! Du, ich hatte es nicht gedacht, aber irgendwie fühlt es sich doch ganz anders an, wenn man sagt: 'Das ist mein Mann Konrad.' Er ist so ein Schatz. Weißt du, wenn wir uns irgendwo treffen und ich ihn dann seinen Ehering sehe, finde ich es so schade, dass er verheiratet ist und ich nicht mit ihm flirten kann. Und dann fällt mir wieder ein, dass er ja mein Mann ist und ich mit ihm flirten kann, wie ich will. Und das macht mich einfach nur glücklich. Nur dass er zu viel arbeitet. Aber wem sage ich das, du bist ja auch nicht anders. Aber, sage mal, wie sieht es aus - kommst du zur Party? Die meisten, die kommen, kennst du schon von unserer Hochzeit: Desi, Jacqueline und Bernd, Roland. Alle Netten eben. Wir sind bestimmt 30 Leute."

„Klar! Das kann ich mir doch nicht entgehen lassen. Und, musst du schon als Kürbis gehen?"

„Ach, hör auf! Warum fragen mich nur alle? Wir haben geheiratet, weil wir wollten und nicht weil wir mussten. Außerdem muss man heute auch dann nicht mehr heiraten, wenn man muss. Und, ganz ehrlich, bei Konrads Arbeitszeiten, da hat der Storch dann auch Feierabend. Gegenfrage: Als was kommst du?"

„So weit habe ich mir noch keine Gedanken gemacht. Vielleicht als Quasimoda. Oder unsichtbar. Da muss ich mich dann nicht mal verkleiden."

„Hör ich da einen Unterton? Erzähl!" Klara kannte mich eben, und ich nahm die dargebotene Schulter dankbar an.

So erfuhr Klara vom Haushaltskurs, dem 3,5 Minuten Dater M1, von Porsche-Man M2, vom Moppelzyniker M3, vom Wanderer mit Porsche-Anschluss M4, von unserer literarischen Hoffnung M5, der Sex Machine M6, vom schüchternen M7 und vom Sozialwunder Hans. Und davon, dass die 7-Date-Regel bei mir nicht zutraf.

Klara war gebührend mitfühlend. Sie bestätigte, dass es wirklich nicht an mir gelegen habe, sondern am Angebot: „Wer weiß, vielleicht ergibt sich ja was auf unserer Party. Das einzig Doofe ist, dass wir an dem Abend die Bude voll haben werden. Kannst du woanders schlafen?"

„Ja, klar. Und mit dem Sichwasergeben: Der einzige, den ich auf eurer Hochzeit abgeschleppt habe, ist grün, aus Plüsch und baumelt an meinem Rucksack. Vielleicht sollte ich als Prinzessin gehen, dann kann ich ja schauen, ob ich diesmal einen Nichtfrosch zum Küssen finde."

„Au ja, eine Prinzessin haben wir noch nicht. Versprich, dass du als Prinzessin kommst!"

„Das war ein Scherz. Ich bin nicht zur Prinzessin geboren. Mein Vater hat schon immer gesagt, dass ich zwar vielleicht mal eine Gesandte werde, aber nie eine Geschickte. Und eine Elegante schon gar nicht."

„Sage mal, dein Vater konnte aber auch ganz schön gemein sein. Na ja, wahrscheinlich fand er das lustig. Das ist wohl einfach so. Schöne Grüße übrigens von meinem Papi, er hat sich so gefreut, dass ihr nebeneinander gesessen habt."

„Ja, das war wirklich schön. Dein Papi ist ein Lieber. Nur an seinem Timing beim Redenschwingen kann er noch arbeiten. Auf der anderen Seite, nochmal muss er ja nicht ran als Vater der Braut. Wie geht's ihm denn so?"

„Erinnerst du noch die ältere Dame im lila Kleid? Die mit dem großen Strohhut? Konrads Tante Ruth. Mütterlicherseits. Du, die beiden kommen jetzt zusammen, sie sind noch in der Schnupperphase. Also, nicht sie und Konrad, sondern sie und mein Vater. Und glücklich wie die verliebten Teenager. Ich wusste doch, dass Witwer in seinem Alter nicht lange auf dem Markt sind."

"Au, das freut mich für ihn. Schön, dass er nicht mehr alleine ist." Wieder einmal Fremdfreuen. Warum fand jeder quasi im Handumdrehen die große Liebe, einige sogar mehrmals, während ich noch immer nach der ersten Liebe suchte? Wäre ich nicht auch mal dran? Nun gut, das Leben war nicht fair und Herr Müller konnte wahrlich nichts dafür, dass ich meinen Deckel nicht fand. Trotzdem begann es zu nagen.

"Und, wie geht es dir dabei? Ist das nicht irgendwie merkwürdig, wenn dein Vater mit einer anderen zusammen ist?"

"Du, die beiden sind sehr glücklich. Das freut mich natürlich. Aber am Anfang war das für mich schon komisch, ihn so mit einer anderen Frau zu sehen. Wahrscheinlich in etwa so wie es für ihn war, als ich den ersten Mann mit nach Hause gebracht habe. Und jetzt kommen halt bei mir die Beschützerinstinkte hoch und ich hoffe nur, dass sie ihm nicht doch wehtut. Und irgendwie fühle ich, dass es mich vielleicht gar nicht geben würde, wenn er sie vor meiner Mutter getroffen hätte. Ich fühle mich ein wenig wie ein Fehler. Auch wenn das natürlich völlig daneben ist. Aber wenn es klappt, ist es ja super für ihn. Und es macht auch vieles leichter. Zum Beispiel hat er mir bereits mitgeteilt, dass er Weihnachten mit Gisela verreisen wird. Insofern müssen wir uns dann auch nicht mehr zerreißen. Das ist ganz angenehm. Apropos, was machst du denn zu Weihnachten?"

"Du, nichts Besonderes." Seit dem Tod meiner Eltern war Weihnachten ein heikles Thema.

"Wie, nichts Besonderes? Bist du nicht bei deinem

Bruder? Du, komm doch zu uns. Konrads Familie kommt, aber die kennst du ja jetzt auch alle. Sie würden sich sehr freuen, dich zu sehen. Sie fanden dich total nett."

„Ach, Klara. Du bist doch einfach ein Schatz. Das ist wirklich lieb von dir, aber Weihnachten ist nun mal Familie. Ich möchte euch das Fest nicht vermiesen. Ihr könnt ja nichts dafür, dass ich alleine bin. Weißt du, letztes Jahr war es eigentlich ganz schön. Ich war am Abend im Gottesdienst im Grossmünster. Wobei, es war schon merkwürdig, für die Menschen zu beten, die alleine sind und selbst dazu zu gehören."

„Also, ich finde, da übertreibst du. Sag einfach Bescheid, wenn du deine Meinung änderst. Aber was ist mit Silvester? Jetzt sag nicht, dass du da auch alleine warst!"

„Nee, da bin ich dann bei so einem Silvesterdinner in einem Hotel gewesen. Einfach um den Scheiß-Moment zu vermeiden, wenn jeder um Mitternacht den Menschen küsst, der ihm am meisten bedeutet im Leben und du als Single alleine dastehst, bis die Paare wieder im normalen Leben angekommen sind. Ich war mal beim Silvesterfeuerwerk am Zürichsee – 100.000 Paare in Lippenbekenntnissen fast jeder Art. Und ich." In den entscheidenden Momenten war man als Single eben allein.

„Au, Scheiße. Ja, das Gefühl hatte ich schon wieder ganz vergessen. Das hab ich auch immer gehasst. Und, war wenigstens die Party im letzten Jahr einigermaßen okay?"

„Na ja, sie hatten mir gesagt, dass sie einen Singletisch machen würden. Und dann war alles war auf

Paare getrimmt. Mit Preis für das schönste Paar, das beste Tanzpaar und was weiß ich. Die Singles hatten sie schön verteilt. An jedem Tisch einer. Das Paar neben mir bestand dann zwecks Romantik auf einem separaten Tisch, so dass die Stühle auf meiner einen Seite frei blieben. Und auf der anderen turtelte ein Pärchen. Der einzig halbwegs lustige Augenblick war, als sich das Pärchen lautstark wunderte, weshalb es in der Umgebung so wenig Silvesterfeuerwerk gab. Na ja, sie hatten wohl nicht gesehen, dass das Hotel neben dem städtischen Friedhof lag."

Klara kicherte nur kurz: „Also, das müssen wir besprechen, wenn du da bist. Das kommt nicht in die Tüte, dass du Weihnachten alleine und Silvester auf dem Friedhof feierst. Und wenn du nicht zu uns kommst, dann kommen wir zu dir. Aber jetzt komm erst mal zu Halloween. Du, Jo, ich muss. Tschüssi – und bis bald, Principessa! Du hast es versprochen."

Ich rief bei Tina an – Deal, ich würde bei ihr und Lars übernachten. Meine Stimmung hob sich. Jetzt noch ein Anruf bei meinem Bruder Christian. Ich schüttete ihm mein Herz aus.

„Jo, komm zu uns! Wir freuen uns. Immer. Du bist Teil unserer Familie und die Kinder haben auch schon gefragt, ob du nicht kommen kannst. Wir lieben dich."

Zum Glück konnte er nicht sehen, dass ich kurz vor dem Heulen war: „Und ich liebe euch. Ich vermisse dich. Euch. Warum wohnt ihr nicht wenigstens an der Ostküste? Dann könnte ich auch mal für ein langes Wochenende kommen. Oder eben zu Weihnachten. Aber San Francisco – du weißt doch, Urlaub liegt zu Weihnachten nicht drin. Da haben die Leute mit Kindern Vorrang. Das ist eben so. Und für drei Tage, das geht nicht, wenn ich davon zwei Tage im Flieger sitze."

„Wieso haben Leute mit Kindern Vorrang? Die haben doch ihre Familie bei sich. Singles müssen reisen, um bei Ihren Liebsten zu sein, nicht Familienväter. Meinst du nicht, dass du da was machen kannst?"

„Nein, geht nicht. Weihnachten ist Familienzeit."

„Mist. Und deine Freunde?"

„Ja, die haben mich auch eingeladen. Aber das will ich nicht. Weihnachten ist Familie. Und ich habe eben keine eigene Familie. Ja, ich weiß, ich habe euch, aber du weißt, was ich meine. Und ihr könnt ja nichts dafür, dass ich allein bin."

„Jo, überleg dir das nochmal. Ich bin sicher, dass Klara oder Stella oder Florina dich wirklich gerne dabei hätten. Du hast uns und du hast sie, und du weißt, dass du immer willkommen bist. Das meinen wir so und das ist auch bei deinen Freunden so. Du musst nicht alleine sein. Ich kann dir keinen Partner herzaubern, aber trotzdem: Du hast eine Familie, und zwar uns. Sag, willst du eben mit Larissa sprechen?"

Er holte seine Tochter ans Telefon und wir redeten über die Schule, darüber, dass Jungs furchtbar doof waren (auch in Amerika), während Meerschweinchen wirklich klasse waren, und über ihr letztes Konzert. Christian wusste halt, wie man mich aufheiterte.

Eine Stunde später und in wesentlich besserer Laune buchte ich meinen Flug für das lange Wochenende in Berlin. Christian hatte recht. Ich war nicht allein. Jedenfalls nicht ganz.

Obwohl und weil das Speedflirting suboptimal gelaufen war, machte ich mich am Sonntag auf in die wunderbare Welt des Online-Datings. Zwar vermeldeten die nationalen und internationalen Medien, dass das inzwischen gesellschaftlich akzeptiert sei, aber ich kam mir trotzdem vor wie ein Sonderangebot auf der Suche nach einem Abnehmer. Obwohl ich ganz normale Menschen ohne offensichtliche Defekte kannte, die ihre Partner so kennengelernt hatten. Ich gab mir einen Ruck. Einen Versuch war es wert. Definitiv. Wahrscheinlich. Wahrscheinlich definitiv.

Aber vor den Erfolg hatte das Internet die Inquisition gesetzt, und ich musste mich durch einen einstündigen Psychotest kämpfen. Über viele Fragen, die jetzt mein Glück lenken sollten, hatte ich mir noch nie Gedanken gemacht. War ich ein Morgen- oder ein Abendmensch? Ich fand mich eigentlich rund um die Uhr ausgeglichen, freundlich und einfach sympathisch. Nun gut, vielleicht war ich an dieser Stelle ein ganz kleines bisschen voreingenommen. Wie viel würde es mir ausmachen, wenn mein Partner rauchte? Auch da fand ich die Antwort nicht einfach. Rauchen ist ja nicht gleich rauchen. Eine Zigarette auf dem Balkon tangierte mich eher peripher. Eine im Wohnzimmer angezündete Pfeife, von der man dann tagelang etwas hatte, war eine ganz andere Geschichte, zumal Pfeifenraucher auch noch glaubten, dass es für alle anderen wahnsinnig gemütlich sei, von ihnen eingenebelt zu werden.

Man hatte sich kollektiv an den geliebten, weihnachtsmännlichen Großvater erinnert zu fühlen und zu genießen. Ich empfand das nicht. Aber immerhin, ich sah den Zusammenhang zwischen diesen Fragen und dem Funktionieren einer Partnerschaft.

Bei anderen Fragen war ich doch etwas alarmiert, dass davon meine künftige Glückseligkeit abhängen sollte: „Schlafen Sie bei offenem oder geschlossenem Fenster?" Na ja, je nach Lärmpegel und Temperatur draußen eben. „Welchen Einrichtungsstil bevorzugen Sie?" Na ja, gemütlich halt.

Richtig unheimlich waren dann die reinen Psychofragen: „Welches Quadrat ist dunkler?" „Welche Form spricht Sie mehr an, der Kreis oder das Oval?" Die hätte ich gerne mal entschlüsselt gesehen. War ich als Liebhaberin des Kreises eine Langweilerin? Oder als Ovalinteressierte eine potenzielle Massenmörderin? Das würde ich wohl nie erfahren.

Das Ergebnis überraschte mich. Demnach war Chiffre CHM7K5KW ein ganz anderer Mensch als ich - kein Kopfmensch, sondern ein vom Herzen getriebenes Gefühlsbündel. Blödsinn! Ich fand, ich war Kopfmensch. Und ich gedachte auch nicht, die ewig dem Partner nachgebende, kompromissunfähige Suse zu sein, von der ich da gerade las. Ich stand im Beruf meine Frau und würde das ja wohl auch im Privatleben tun. Ich hätte das Oval ankreuzen sollen!

Wenn ich selbst mich in der Beschreibung nicht wiederfand, dann würden mögliche Interessenten wohl kaum die beschriebene Person in mir wiedererkennen. Nicht gut. Und warum fand das Programm in seiner ewigen Weisheit, dass ich als unabhängigkeitsliebender Mensch ganz zwingend einen Klammerer an meiner Seite brauchte? Das würde aller Voraussicht nach weder ihn noch mich glücklich machen. Auf der anderen Seite – ich hatte mich entschieden, dem eine Chance zu geben. Das waren eben die Spielregeln. Und vielleicht war es ja auch an der Zeit, eine andere Seite an mir kennenzulernen.

Aber erst mal musste ich die Seite beschreiben, die ich kannte: Hobbies, Musik, Sportarten, das war ja alles noch einfach. Aber Themen wie „Drei Dinge, die ich nicht missen möchte", „Eigenschaften, die ich an Menschen nicht mag", „Mein perfekter Tag", „Mein Wohlfühlort", „Eine Person, die ich gerne treffen möchte", „Als was / wer möchten Sie wiedergeboren werden?", „Mein liebster Urlaub", „Eine Charakterschwäche", die waren dann schon sehr persönlich. Also musste ich entweder einen Seelenstriptease hinlegen, mich auf dem silbernen Tablett servieren – oder mich bedeckt halten und in der Masse untergehen. Ich bemühte mich, das Mittelfeld zu treffen.

„Drei Dinge, die ich nicht missen möchte" – Das war einfach. Mein Velo, meine Fotos und meine Brille. Bei meiner Kurzsichtigkeit hätte ich wohl sonst nur eine kurze Lebenserwartung und müsste mich dem erstbesten visualbegabten Kerl an den Hals schmeißen (so ich ihn denn glücklich als Mann erkannt hätte und nicht auf einen Bär reingefallen wäre – diese Unterscheidung war ja nicht in allen Phasen der Menschheitsgeschichte offensichtlich). Das würde die Wahl allerdings erleichtern.

„Dinge, die ich an Menschen nicht mag" – Arroganz, ständiges Unterbrechen, Egoismus. Angeblich störten einen ja gerade die eigenen schlechten Angewohnheiten bei anderen am meisten. Waren das meine Schwächen? Nee, fand ich nicht.

„Mein perfekter Tag" – Einfach. Früh aufstehen, aufs Velo oder in die Wanderstiefel, den ganzen Tag fahren (auch allein) oder wandern (immer gemeinsam), zwischendurch in einer Kirche Halt machen, um ein wenig zu singen, gut essen mit Freunden.

„Mein Wohlfühlort" – Die Berge. Für ein Kind des nordostdeutschen Plattlandes war ich schon ausgesprochen berg-affin.

„Eine Person, die ich gerne treffen möchte" – Wenn ich jetzt „Papst" schrieb, konnte das ebenso schräg aussehen wie „Leonardo di Caprio" oder „Angelina Jolie". Auch wenn ich sie alle wirklich interessant fand. Also Leonardo da Vinci.

„Als was / wer möchten Sie wiedergeboren werden?" – Zum Glück hatte ich mir darüber schon Gedanken gemacht. Als Amsel. Singt schön, steht nicht auf dem mitteleuropäischen Speisezettel und Schwarz macht schlank. Und wer hat schon seinen eigenen Beatles-Song?

„Mein liebster Urlaub" – Namibia. Schlafen unter einem Himmel funkelnder Stecknadelköpfe. Bei Sonnenuntergang die Elefanten am Wasserloch beobachten, die Giraffen, die stundenlang sondieren, bevor sie zu trinken wagen, die Zebras, die bei der leisesten Unruhe in alle Richtungen fliehen. Und den Grund der ganzen Vorsicht: die Löwen, die neben dem Wasserloch liegen und die Schmusekätzchen geben.

„Eine Charakterschwäche" – Wollte ich das sezieren und schon vor dem ersten Date auf den Tisch legen? Nicht, dass ich mich perfekt gefunden hätte; aber ich dachte einfach nicht ständig darüber nach, wie toll oder nicht toll ich war. Sollte ich etwas völlig Belangloses schreiben? Nein, das wäre Etikettenschwindel. Als würde Jack the Ripper sagen, er sei dann schon manchmal ein wenig unhöflich. Also, was würde mich an mir nerven, wenn ich nicht ich wäre? „Ich bin ziemlich extrovertiert und das ist bestimmt manchmal anstrengend." Das war zutreffend und sollte langen. Schwere Geburt.

„Wie attraktiv finden Sie sich?" - Na ja, wie man sich halt so findet. Ein paar Kilo zu viel, aber sonst ganz okay. „Okay" war leider keine verfügbare Kategorie, es gab nur „Äusserst attraktiv", „Sehr attraktiv", „Attraktiv", „Sympathisch" oder „Keine Angabe". Ich hoffte, dass „Sympathisch" der Code für „Ganz okay" war.

Nach der Pflicht wandte ich mich dem zu, was hoffentlich die Kür sein würde: Dem Männermarkt.

Ein vermutlich beeindruckendes Rechenzentrum hatte eine Liste mit Partnervorschlägen erstellt. Mit Punktewertung. Der Grand Prix d'Eurovision de La Liaison. „Johanna – Sept Points". Ich konnte die Männer nach Punktewert sortieren, nach Wohnort, Alter und und und. Erschreckenderweise fanden sie sich mehrheitlich „Äusserst attraktiv". Ich wusste gar nicht, dass ich in the land of male beauty lebte.

Die Punkte hatten etwas Surreales. Nachdem Generationen von Dichtern, Musikern und Philosophen versucht hatten, dem Wesen und dem Geheimnis der Liebe auf den Grund zu kommen, brauchte es wohl unsere Generation, um die Poesie durch einen Wert zu ersetzen. „107". Effizient. Ernüchternd. Ich war nicht mehr Jo, ich war CHM7K5KW. Und ich war nicht fröhlich, freundlich, kratzbürstig, aufgeschlossen oder nervig, ich war je nach Gegenpartei eine 122. Oder eine 103. Oder eine 58.

Wenn es eine 122 gab, sollte ich dann eine 105 überhaupt ansehen? Oder würde gerade die 53 die Liebe meines Lebens sein, weil ein Computer eben nur ein Computer ist? Und wenn ich die 121 war, würde mir dann jemand, der auch eine 122 „zur Auswahl" hatte, antworten? Wie weit ging die Skala überhaupt? Die Illusion grenzenloser Verfügbarkeit eligibler Partner.

Ich wollte mich nicht von den Zahlen drangsalieren lassen und schaute mir die Profile an - Alter, Beruf (meistens „Finanzbranche" – ich war in Zürich), Kinder, Hobbies, Beziehungsstatus... Erstaunlich viele waren „Getrennt lebend". Waren die nur auf ein Abenteuer aus? Oder hofften sie, direkt von der einen in die nächste Beziehung zu hopsen, ohne Zwischenstopp bei sich selbst? Wäre es nicht besser, erst mal das Alte abzuschließen? Was würden sie tun, wenn es sich mit der Partnerin doch noch einrenkte? Nein, die Notlösung für den Fall, dass es nicht klappte mit der Noch-nicht-mal-Ex wollte ich nicht sein. Ein Klick und sie waren aussortiert.

Umgekehrt bekamen die Väter einen Pluspunkt. Für mich war schon immer klar gewesen, dass ich Kinder haben würde. Allmählich wurde die Zeit dafür jedoch knapp – auch wenn ich früher über Frauen mit laut tickender biologischer Uhr gelächelt hatte. Stella meinte zwar, ich sollte die nötige Zutat einfach einkaufen. Oder schauen, was oder wer in der Disco so rumlief. Ein gangbarer Weg, aber nicht meiner. Ich wollte Kinder, aber ich wollte sie mit jemandem, den ich liebte und achtete, mit dem ich die Freude und auch die Last teilen würde. Alleinerziehende Mütter schienen ums Überleben zu kämpfen, um Schlaf und die Luft zum Atmen. Das wollte ich nicht. Natürlich wusste man nie, ob eine Beziehung halten würde, aber zumindest wollte ich die Chance auf eine altmodische Familie. Und wenn schon Kinder da waren, umso besser. Oder wollte ich zu viel?

So klickte ich mich also durch das Angebot. Als ich so in den Leben der anderen herumwühlte, hätte ich am liebsten die Rollläden runtergezogen. So wie ich, hatten auch diese Männer versucht, auf einem fast öffentlichen Marktplatz darzustellen, was sie ausmachte. Das erforderte Mut. Vor allem gegenüber sich selbst, denn man gestand sich ja ein, dass man in der freien Wildbahn eben keinen Partner fand, warum auch immer. Und auch sie hatten gerungen. Mit unterschiedlichem Erfolg. Sie waren alle gerne mit Freunden zusammen, wanderten, fuhren Velo (meistens auch noch Ski), gingen in Konzerte und ins Kino und suchten jemanden, mit dem sie lachen, diskutieren und ins Bett gehen konnten. Wie ich. Klar, es waren ja alles Männer, die ausweislich den Computern zu mir passen sollten.

Aber auch die Selbstbeschreibungen waren relativ uniform. Statistisch gesehen, war ich, also „Du", extrem populär. Die Person, die die meisten treffen wollten, war „Du", der perfekte Tag war der „mit Dir" verbrachte, und das, was niemand missen wollte, war auch „Du", also ich. Aber der einzelne konnte ja nicht wissen, dass das quasi eine Standardantwort war. Bestimmt waren auch meine Antworten nicht so überschäumend einzigartig, wie ich mich fand. Aber das würde ich nie erfahren. Hoffentlich.

Also arbeitete ich mich dann letztlich doch die Punktewertung runter. Wie wohl alle.

Ich entschied mich für vier Männer:

- ein kommunikativer, lebenslustiger Chemiker in Bern, der klassische Musik ebenso liebte wie gutes Essen und lange Wanderungen mit seinem Hund;
- ein Arzt mit Kind in Zug, der meine Liebe für das Kino und das Reisen teilte, vor allem in Asien und Afrika;
- ein Musiker aus Zürich, der gerne kochte, fotografierte und den Dalai Lama treffen wollte;
- und ein Lehrer aus Basel, der viel Velo fuhr, im Chor sang und am liebsten als Vogel wiedergeboren würde.

Ich schloss den Vertrag mit der Datingplattform ab, um den Männern Nachrichten senden zu können. Ohne Geld gab es hier nur die Köder. Der Vertrag lief ein Jahr und verlängerte sich bei Nichtkündigung automatisch. Was wollte mir das jetzt sagen über die Erfolgsaussichten? Dass ich in einem halben Jahr ohnehin nie jemanden finden würde? Oder dass ich umgekehrt sowieso niemanden finden würde, wenn ich nicht in einem halben Jahr fündig würde? Ich beschloss, den Vertrag morgen zu kündigen, damit er nicht lautlos in die Verlängerung ging, wenn ich hoffentlich bereits im Liebesglück schwelgte.

No risk, no fun – ich schrieb an alle vier. Nur kurz, das richtige Kennenlernen würde dann schon noch kommen. Außerdem lud ich Fotos von mir auf die Website, damit sie wussten, wie ich „Sympathisch" definierte. Und jetzt lag es nicht mehr bei mir.

Aus rein investigativem Interesse schaute ich auch, wen das System denn so als nicht zu mir passend kategorisiert hatte. Und ich musste zugestehen, Computer bzw. ihre Programmierer waren doch nicht ganz blöd. Mit einem 25jährigen, der als einziges Hobby „Sex" angab, als Lieblingsort „Mein Bett – ode überal wo mann Sex haben kan" und als hervorstechende (Pardon) Charaktereigenschaft „dauergeil", würde ich wohl nicht wirklich ins Geschäft kommen. Da waren die 49 Punkte, die man uns zugeteilt hatte, schon sehr hoch gegriffen. Umgekehrt erhöhte dies meine Zuversicht, dass meine vier Kandidaten vielleicht tatsächlich die Richtigen sein würden. Oder jedenfalls einer. Das würde ja langen.

Der Arzt war gerade online. Brutal ehrlich, das Ganze. Wenn man einmal dabei war, gab es kein Schummeln. „Ich habe gar nicht gesehen, dass du mir geschrieben hast" oder: „Du, mein Computer war kaputt", das ging nicht. Und auch die Sex Machine würde sehen, dass ich seine Seite angeschaut hatte. Zum Glück würde er meine Gedanken nicht lesen können.

Wenn man vom Teufel spricht – schon erhielt ich die freudige Nachricht, dass Mister 49 Points meine Seite aufgesucht hatte. Und, Bingo, wenige Sekunden später sandte mir der Junge mit der horizontalen Lebensgestaltung eine Nachricht. Meine erste Nachricht auf einer Dating Plattform! Nicht von einem meiner Wunschkandidaten, aber der innere Tusch war trotzdem unüberhörbar.

„He du! ich habgesehn das du mich ausgecheckt hast. wir hamm ja auch total fiele punkte. wolln wir nuns treffen? bei mir?"

Lang lebe die Autokorrektur! Dass für ihn 49 Punkte „fiel" waren, sprach ja denn doch für die Frauenwelt der Schweiz. Ich lehnte dankend ab – dafür hielt die Plattform dankenswerterweise die passenden Plattitüden bereit: „Ich bin zu dem Schluss gekommen, dass wir nicht wirklich zueinander passen." Peng.

Ich hatte fast den ganzen Tag vor dem Computer zugebracht. Das Online Dating fraß meine Zeit, noch bevor es begonnen hatte. Als ich gerade ausschalten wollte, wurde es jedoch spannend: Eine Nachricht von Martin, dem Arzt. Rein optisch war er nicht mein Typ – Kategorie blonde Hungerharke. Aber das war ja nicht entscheidend. Ich wollte doch gerade wirklich den Menschen kennenlernen, nicht nur die Hülle. Er hatte einen ganzen Lebenslauf geschickt. Zwei Seiten! Spannend. Er liebte klassische Musik, Malerei, gutes Essen, war rumgekommen in der Welt, und ich mochte seinen Schreibstil. Witzig, locker – und so liebevoll, wie er seine Tochter beschrieb, war er auch ein guter Vater. Mein Herz schlug höher und ich war gespannt. Natürlich, das war seine Standardantwort, sonst hätte er sie mir nicht so schnell senden können. Aber das war mir eigentlich egal. Irgendwie musste man ja anfangen.

Ich antwortete sofort. Erzählte von mir, hakte nach und hoffte, dass auch ich sein Interesse würde wecken können. Die Spiele hatten begonnen!

Martin

Ich träumte, ich sei in einem chinesischen Terrakottakrieger gefangen. Ich pulte ein Steinchen aus meinem Tonärmel und sah darunter meinen Arm, meilenweit entfernt. Ich knispelte auch einen kleinen, herzförmigen Edelstein aus meiner Rüstung, aber darunter war nur Ton.

Als ich am Morgen aufwachte, fragte ich mich nur kurz, was mir dieser Traum sagen wollte, bevor ich meine E-Mails prüfte. Martin hatte noch nicht geantwortet. Nun gut, es war ja auch schon ziemlich spät gewesen.

Aber ich hatte meine erste Anfrage erhalten. Pedro, ein Spanier in Genf, hatte geschrieben. Investment Banker und Model. Mit Fotos. Schwarzweiß, in einem sehr coolen Retro-Design. Meine Güte! Man sah, dass er Model war. Ein wenig jung, ich schätzte ihn auf höchstens 30, konnte aber daneben liegen. Schliesslich leben Models davon, dass man ihr Alter nicht schätzen kann, und er hatte dummerweise vergessen, sein Alter anzugeben. Immerhin, das „Äusserst attraktiv" war, gemessen an normalen Standards, ein Understatement.

Für die Antwort wollte ich mir dann doch lieber etwas Zeit nehmen, ich würde am Abend schreiben.

Mein Arbeitstag war zum Glück nicht ereignisreicher als normal – E-Mails, Telefonkonferenzen, Meetings, alles immer eilig. Das Übliche.

Am Nachmittag schneite allerdings eine Überraschung auf meinen Tisch: Ein Dossier aus dem Konzernarchiv. Es ging um eine Lebensversicherung aus dem Jahr 1927. Unsere Archivare hatten die Akte tatsächlich gefunden. Das hatte ich nicht einmal zu hoffen gewagt. Durchschlagpapier, handschriftliche Briefentwürfe und Aktennotizen in Sütterlin. Briefwechsel, die sich über Wochen und Monate hinzogen. Sitzungsprotokolle statt Meeting Minutes. Und keine PowerPoint Präsentationen.

Leider war die Qualität der Kommunikation in den vergangenen Jahrzehnten gesunken, meiner Meinung nach überproportional zur steigenden Quantität. Ich erhielt Kopien von Kopien von Kopien von E-Mails, die mit mir und meinen Aufgaben nicht wirklich etwas zu tun hatten. Vor lauter Kommunizieren kam ich oft gar nicht mehr zum Arbeiten. Und alles war dringend. Einige Kollegen sandten ihre E-Mails standardmäßig mit dem Vermerk „Eilt – Besonders dringend!". Auch die Einladung zum Mittag im nächsten Monat.

Wie wohltuend sich dieses Dossier hiervon abhob: Eine Zeit, in der nur Bankbeamte noch langweiliger waren als Versicherungsvertreter. Allerdings auch alle männlich.

Vielleicht war damals das Leben ja insgesamt einfacher. Man lebte in seinem Dorf, kannte die möglichen Partner oder zumindest die Familien von Kindheit an. Wenn die Zeit dann reif war, kamen die Familien zusammen und besprachen den Rest. Das war doch wesentlich überschaubarer als Millionen von Singles mit Punktwertung auf einem virtuellen Heiratsmarkt.

Wahrscheinlich funktionierte dieses Modell allerdings auch nur im Zusammenspiel mit den damaligen Geschlechterrollen: Der Mann, der Geld nach Hause brachte, das beste Stück Fleisch bekam und den Kindern gar nicht oder nur strafend gegenübertrat. Die Frau, die Hof, Haus, Herd, Kinder und Mann betreute und daneben oft auch noch auswärts arbeiten gehen musste. Und die Kirche, die die Ehe als Kitt für diese Lebens- und Wirtschaftsgemeinschaft propagierte, nicht als Versprechen immerwährender Glückseligkeit.

Jetzt waren die Rollen im Fluss. Während wir Frauen uns immer neue Bereiche eroberten, waren die vermeintlichen Gewissheiten männlicher Existenz nach und nach weggebrochen, ohne durch neue ersetzt zu werden. Dass die Jungs jetzt auch mit Puppen spielen und die Männer bügeln durften, war kaum ein Mehrwert im Vergleich zu den Möglichkeiten, die wir Frauen aus den gesellschaftlichen Umwälzungen der vergangenen Jahrzehnte gewonnen hatten. Wenn ich Mann wäre, würde mich das verunsichern. Um das Ganze zusammenzuhalten, brauchte es wahrscheinlich auch eine neue Art Kitt.

Wobei es in der Schweiz noch einige Männerinseln gab, in Zürich vor allem die Zünfte, deren Mitglieder heutzutage natürlich nicht mehr Bürstenbinder, Fasszieher, Posamenter, Leinenweber oder Gerwer waren, sondern Banker und andere Dienstleister. Am dritten Montag im April schmissen sie sich zum Sechseläuten in mittelalterliche Klüfte und paradierten zu Fuß, Pferd oder Wagen durch die Bahnhofstrasse. Um 6 Uhr abends verbrannten sie dann einen Pappmaché-Schneemann, den Böögg, über 3m hoch. Je schneller dessen Kopf, gefüllt mit Feuerkrachern, explodierte, desto besser würde der Sommer. Quasi eine öffentliche Exekution Light. Die Frauen durften Blumen kaufen und dem stolz geschwellter Brust mitmarschierenden Göttergatten überreichen.

Eine Kollegin war einmal „zum Sechseläuten" eingeladen worden. Was sie als Date verstanden hatte, entpuppte sich jedoch spätestens dann als Desaster, als der stolze „Schuster" sie aufforderte, bei der abschließenden Feier im „Damensaal" Platz zu nehmen, während er mit seinen Kollegen feierte. She was not amused und das Date war in jeder Hinsicht das Letzte.

Ich hatte mich in der Akte und in meinen Gedanken verloren. Als ich aus dem Büro kam, war es natürlich dunkel – nur das Licht aus den verwaisten Sitzungszimmern erleuchtete den Gehweg. Ich kämpfte kurz mit mir: Sollte ich es ignorieren? So wie meine Kollegen? Nein, ich ging nochmals hinein und löschte die Festbeleuchtung. Warum fiel so etwas immer nur mir auf? Oder warum kümmerte es nur mich? Ich musste an Toni denken, den Umweltberater vom Speedflirting. Er würde mich bestimmt nicht so albern finden, wie ich mich gerade fühlte. Mist, dass ich meine große Klappe nicht hatte halten können. Rückblickend, in der Kälte einer dunklen Nacht vom verlassenen Büro in mein ebenso verlassenes Heim stiefelnd, erschienen er und die anderen Speeder mir in einem gnädigeren Licht. War ich zu wählerisch oder hatte ich die falschen Kriterien? Aber mich hatte ja auch keiner gewollt. Was stimmte mit mir nicht?

Zu Hause brachte mich zum Glück ein E-Mail von Martin auf positivere Gedanken. Er hatte sich über meine Nachricht gefreut – das wollte ich auch stark hoffen. Mit einem Treffen würde es aber noch dauern, denn er war gerade für eine Woche bei einem Lehrgang in Sydney, lernte viel, traf Kollegen und genoss das gute Essen, die Sonne und den blauen Himmel. Gerade nach diesem innerlich und äußerlich grauen Tag wünschte ich, ich wäre auch dort.

Ich schrieb ihm eine Nachricht mit einigen Gedanken zu der uralten Akte. Und zum Wetter in der Schweiz.

Jetzt zu Pedro. Seine Selbstbeschreibung war sympathisch. Ursprünglich aus Barcelona, jetzt in Genf. Er wollte Kinder, so lange er noch jung genug war, um mit ihnen zu toben und sie zu genießen. Noch hatte er kein einziges graues Haar.

Ich schrieb zurück:

„Lieber Pedro

Ich habe mich sehr über Deine Nachricht gefreut. Auch ich bin (glücklicher) Expat in der Schweiz, albeit from Germany and in Zurich. Aber Genf und Barcelona mag ich auch sehr. Eine Stadt, die am Wasser liegt, ist automatisch schön. Gehst Du im Sommer auch im See baden? Bei uns in Zürich macht man das sogar in der Mittagspause. Ich liebe diese entspannte Atmosphäre.

Dein Job als Investmentbanker ist bestimmt sehr anstrengend. Und dann noch Model – wow! Ich bin schwer beeindruckt. Und ich bin auch beeindruckt, dass Du so einen klaren Kinderwunsch hast. Das geht mir genauso. Ich bin begeisterte Tante und liebe Kinder. Hast Du Nichten oder Neffen?

Wie wäre es, wenn wir uns treffen? Bist Du einmal in Zürich oder in der Nähe? Ich bin ab und zu in Genf – also, das kriegen wir hin. Und bis dahin freue ich mich, Dich schriftlich besser kennen zu lernen.

Herzliche Grüsse

Johanna"

Pedro antwortete prompt. Leider müsse er derzeit nicht nach Zürich. Er habe sich gerade die Haare gewaschen. Die übrigens pechschwarz seien. Andere Männer seines Alters würden sich ja die Haare färben, er nicht.

Was mir herzlich egal war. Ich schrieb ihm zurück, dass bei mir die grauen Haare schon anfingen, weil ich nun mal 39 sei, und da sei das normal.

Eigentlich wollte ich damit das Thema beerdigen. Als er im nächsten E-Mail wieder sein Haarpflegeprogramm präsentierte, kam mir das doch spanisch vor. Ich wusste ja, dass ich zu uneitel war, aber wie oft kann sich denn ein Mann die Haare waschen und weshalb war das so wichtig?

Im Internet fand ich heraus, dass es in Genf nicht wirklich viele Investment Banker namens Pedro gab. „Mein" Exemplar war in Tat und Wahrheit über 50. Die Fotos stammten aus seiner Zeit als Model vor fast 30 Jahren. Inzwischen war er ein gutaussehender, grauhaariger Mann.

Das musste ich mit Klara besprechen.

Ich schilderte ihr die Sachlage. „Weißt du, für mich ist das Alter überhaupt kein Problem und er sieht wirklich sehr gut aus. Warte, ich schick dir ein aktuelles Bild. Hast du's?"

Klara pflichtete mir bei: „Also, ein bisschen was hat der schon von George Clooney."

"Genau. Und die Frauen der Welt sind sich einig, dass George Clooney sich auch tunlichst nicht die Haare färben sollte. Aber wenn das für Pedro so ein Problem ist, dann verbringe ich mein Leben damit, seine Komplexe auszubaden. Ich versteh das sowieso nicht. Geheimratsecken, Halbglatze, Glatze – das ist nur ein Problem, wenn man eins draus macht."

Klara lachte: „Du glaubst gar nicht, wie recht du hast! Erinnerst du dich noch an unseren Hund? Hasso? Ständig ist er uns abgehauen, weil irgendwo eine Hündin läufig war. Wie oft wir den aus dem Tierheim abgeholt haben!"

„Ja, klar erinnere ich mich an Don Hasso. "

„Als er dann älter wurde, bekam er auf seinem Schwanz eine kahle Stelle. Die Tierärztin erklärte uns, das sei eine Schwanzglatze. Am Schwanzansatz befänden sich Drüsen, die bei sexuell hyperaktiven Rüden so anschwellen könnten, dass dann einfach kein Platz mehr sei für Haare. Demnach wäre also eine Glatze wirklich kein Grund zur Sorge."

Jetzt musste auch ich lachen: „Jedenfalls wenn man ein Hund ist." So hatte ich das noch nie betrachtet. Pedro bestimmt auch nicht.

„Aber, Spaß beiseite, Jo. Wie viel Vertrauen kannst du in einen Mann haben, der dir von Anfang an etwas vormacht? Ich meine, was für Fotos hast du denn geschickt? Und willst du wirklich mit jemandem zusammen sein, der so ein Problem damit hat, älter zu werden, obwohl er schon so viel älter ist als du? Das passt überhaupt nicht zu dir."

Guter Punkt. Meine Fotos waren zwei Monate alt und nicht mal gnädig-unscharf. Ich verabschiedete mich von Pedro.

Mit Martin hingegen entwickelte sich eine regelrechte Brieffreundschaft. Er schrieb von seinen Reisen, vom Sonnenaufgang in Angkor Wat, dem Holi-Fest in Indien, vom Wandern in Schottland; von dem Glück, Menschen helfen zu können und immer wieder von seiner Tochter. Ich erzählte von meinen Nichten, von meiner Radtour entlang der Elbe, von Chorkonzerten und Afrika. Und mit jedem E-Mail fühlte ich mich ihm näher. Die Schmetterlinge erwachten.

Auch der Chemiker aus Bern meldete sich. Beat. Beat war nicht so auskunftsfreudig wie Martin und schlug nach 43 Wörtern vor, sich am Samstag zu einem Spaziergang in Bern zu treffen. Wie hatte Herr Müller so schön gesagt? „Jenuch jequatscht, jetz macht ma wat!" Jöthe eben.

Wenn ich Beat treffen würde, wäre das ein Betrug an Martin? Er wusste ja, dass ich auf der Dating-Plattform unterwegs war. Ich sagte mir, dass es mich nicht stören würde, wenn er anderen Frauen schrieb. Noch nicht. Und es war noch nicht einmal klar, ob sich das Ganze jemals weiter entwickeln würde. Die Neugier überwog und ich sagte zu.

Zwei – ja, was? Verehrer wohl nicht. Interessenten? Anwärter? Fische an der Angel? Fische im

Teich? Jedenfalls zwei Wasauchimmer! Den Rest der Woche tänzelte ich summend durchs Büro, bis meine Assistentin Lilo mich fragte, ob ich im Lotto gewonnen hätte. Nein, hatte ich nicht. Noch nicht.

Auf der Fahrt nach Bern konzentrierte ich mich darauf, ruhig zu sein. Mit wechselndem Erfolg. Schließlich könnte diese Begegnung mein Leben verändern.

Vielleicht würde ich endlich auch diesen Blitz spüren, der mir den Boden unter den Füssen wegreißen würde. Mir würde schwindelig werden und ich würde in Scarlett O'Hara-Manier zu Boden sinken. Natürlich sehr theatralisch und vorzugsweise mit einem leichten Seufzen. Ich wusste zwar nicht, warum immer alle seufzend in Ohnmacht fielen, aber es schien doch das eindeutige Zeichen erfolgreichen Liebeswerbens zu sein. Hach ja!

Oder Beat würde sich als wahnsinniger Wissenschaftler herausstellen, der in seiner Freizeit an Frankensteins Monster bastelte und mehr an meiner Leber als an mir interessiert wäre. Unwahrscheinlich, aber immer noch wahrscheinlicher als die Möglichkeit einer theatralischen Seufzerohnmacht meinerseits. Ich hatte eine sehr stabile Konstitution.

Oder Beat wäre in Wirklichkeit Pedro und wir würden zusammen zum Friseur gehen. Haare färben.

Beat wartete auf dem Bahnhofsvorplatz mit Wummy, seinem Bernhardiner. Ein lustiges Bild: Großer Wummy, schmächtiger Beat, dazwischen eine Nabelschnur. So ungefähr. So viel Hund zum Knuddeln! Wummy war mir auf Anhieb sympathisch.

Während wir uns durch die samstäglichen Einkaufsströme zur Aare durcharbeiteten, definierte Beat den für die Anbahnung einer Partnerschaft zur Verfügung stehenden Spielraum. Seine Partnerin müsste zu ihm nach Finsterhennen bei Bern ziehen. Sie müsste einen Job haben, bei dem sie nicht reiste, nach ihm aus dem Haus ginge und vor ihm daheim wäre. Schließlich würde er nicht heiraten, um dann doch allein zu sein. Aber da er ein moderner Mann sei, dürfte sie gerne auch besser verdienen als er. Nach der Geburt der beiden Kinder würde sie allerdings bis zu deren Einschulung zu Hause bleiben. Danach sollte sie wieder arbeiten, damit man sich etwas leisten könne. Also, jedenfalls so lange seine Eltern noch alleine zurechtkämen. Später würde sie seine Eltern pflegen, die praktischerweise im selben Haus wohnten.

Der Mann hatte einen Lebensplan.

Finsterhennen?! Irgendwie passte Beat in einen Ort mit übellaunigen Hühnern. Ich hingegen sah mich weder in einem solchen reglementierten Leben noch mit einem Mann mit Alleinentscheidungsanspruch. Ich war sprachlos.

Beat nahm dies als Zustimmung.

Nun gut, ich sollte erst einmal mehr über ihn in Erfahrung bringen. Dabei könnte ich dann auch seine fixen Vorstellungen hinterfragen. Er beantwortete meine Fragen ausgiebig, schwärmte von Wummy, erzählte von seiner Arbeit, seinen Geschwistern, den Eltern und seinen Reisen: „Ja, ich bin halt schon sehr viel rumgekommen. London, Paris, München, Davos, Arosa, Konstanz – also, in Deutschland bin ich schon ziemlich viel, schon zum Einkaufen. Zahnbürsten sind dort wahnsinnig billig. Ich fahre immer mit dem Auto, dann kann ich den ganzen Kofferraum vollladen."

„Mit Zahnbürsten?" Er schien sehr dentalorientiert.

„Nein, ich kaufe doch nicht nur Zahnbürsten."
Schön. Wenigstens das.

„Und, was machst du so, wenn du unterwegs bist? Ich meine, was interessiert dich so?" fragte ich.

„Na ja, so dies und das. Mich interessiert vieles. Letzten Monat war ich in London, da war ich in der Oper."

Na, das war jetzt eine angenehme Überraschung. „Wow, ich liebe die Oper auch. Und, was hast du gesehen?"

„Na ja, ich war nicht in der Oper. Also, ich habe das Gebäude angesehen."

Ich brauchte nur wenige Minuten, um mich von dieser unerwarteten Antwort zu erholen. Unerwartet, aber zugegebenermassen einzigartig.

Während wir so in der Herbstsonne am Fluss entlangliefen und ich ihn befragte, entwickelte sich seinerseits keine Neugier. Weder kam das übliche „Und du?", noch irgendeine Eigeninitiative. Ich kam mir immer mehr vor wie die Gastgeberin einer Talkshow. Das Ganze verbunden mit einem Hindernislauf. Es hatte geregnet und Beat pflegte Pfützen eng zu umrunden. Was mich, bei ihm eingehakt, dummerweise direkt in die Pfützen lenkte. Mühsam. Ich klinkte mich aus.

Nach einer Weile war ich am Ende meiner Fragen angekommen. Jetzt hätte ich die Spickzettel vom Speeddating gebraucht. Ohne diese Zusatzmunition jedoch war ich ausgeschossen.

Also begann ich, ungefragt selbst zu erzählen:

„Du hast doch geschrieben, dass du klassische Musik magst. Wir führen bald Orffs Carmina Burana auf. So kraftvoll, ich liebe das." „Ja, das Stück passt zu dir." „Oh, vielen Dank." „Das war nicht als Kompliment gemeint."

Na, super! Wummy hatte sich hinter uns verträdelt, ich drehte mich um und schlug den Rückweg ein. Beat folgte. Der Abschied war kurz, freundlich und endgültig. Schade, ich mochte Wummy. Aber ich konnte ja nicht einen Mann heiraten, nur weil ich mich in seinen Hund verliebt hatte.

Die Frage stellte sich ohnehin nicht sehr schnell nicht mehr. Während ich nach Zürich fuhr, strich Beat mich von seiner Kontaktliste: „Sorry, du bist einfach nicht mein Typ." Nun gut. Dieses ius primae finis war wohl eine besondere Art Heimvorteil.

Letztlich gab es eben auch beim Internet-Dating ein erstes Date. Nur verschärft dadurch, dass man sich immer gleich fragte, ob man mit dem Lachen, dem Redeschwall oder dem Wasweißichwasstört bis dass der Tod euch scheidet leben mag. Schließlich geht es ja nicht um ein bloßes Kennenlernen, sondern um die potenzielle Anbahnung einer Lebensbeziehung. Und so trifft man sich, Amor ist mal wieder im Urlaub oder anderweitig beschäftigt und das Date verläuft genauso ergebnislos wie im wirklichen Leben. Wobei, das Computersystem war ja zu dem Ergebnis gekommen, dass Beat für mich der Mann der Männer sei. Passte nun er nicht zu mir oder ich nicht zu ihm? Oder passte ich nicht einmal zu mir? Hatte das Programm einen Virus? Oder waren wir doch das ideale Paar und nur zu blind, das zu sehen?

Nun gut, nicht jeder erkannte, was für ihn gut war. Auf dem Heimweg traf ich meine Nachbarin. Ich schätzte sie auf weit über 80, von langen Jahren harter Arbeit gebeugt. Sie schleppte ihre viel zu schweren Einkäufe nach Hause. Ich nahm ihr die Tragetaschen ab und begann eine kurze Unterhaltung, die jedoch eine etwas unerwartete Wendung nahm, als ich ihr vorschlug, sich doch einen Handwagen zuzulegen. Ich würde den meinen doch sehr schätzen.

„Nein, nein, das haben mir meine Kinder auch schon vorgeschlagen. Aber das kommt nun wirklich nicht in Frage, so ein Omawagen ist wirklich nur was für alte Leute. Was sollen denn die Nachbarn sagen?"

„Nun ja, ich vermute, sie würden gar nichts sagen. Höchstens, dass das eine wirklich gute Idee ist."

Den Rest des Weges verbrachten wir schweigend. Ich entschied, ihr nicht mehr zu helfen.

Zum Glück hatte Martin geschrieben. Er würde am Mittwoch zurückkommen. Das folgende Wochenende würde seine Tochter bei ihm verbringen, aber am Sonntagabend könnten wir uns in Zug treffen. Natürlich sagte ich zu.

Auch vom Lehrer aus Basel hatte ich eine Nachricht. Guillaume wollte sich heute zu einem Drink treffen, weil man nur so feststellen könne, ob die Chemie stimme. Da musste ich ihm recht geben. Trotzdem, dass jemand Beats 43 Wörter unterbieten würde, hätte ich nicht gedacht.

Guillaume hatte auch gleich seine Fotos freigeschaltet. Das hätte er vielleicht lieber gelassen. Wollte ich sehen, wie er mit offenem Mund und verdrehten Augen debil in die Luft starrte, als flöge gerade ein rosafarbener Elefant vorbei? Oder wie er nach einer augenscheinlich fröhlichen Nacht den Cocktail konsumierte, der nun definitiv zu viel war? Okay, zum Glück gab es auch ein Foto beim Wandern, aber dass es ein Velo gab, das nicht unter ihm zusammenbrechen würde, das wagte ich dann doch zu bezweifeln. Wo hörte denn da der Kopf auf und wo fing der Körper an? Gab es einen Hals? Immerhin wusste ich jetzt, weshalb er auf eine Wiedergeburt als Vogel hoffte. Wenn es ein Kontinuum zwischen den Leben gäbe, würde er allerdings Emu sein, nicht Kolibri.

Jetzt war ich wieder im Clinch mit mir. Sollte ich ihn treffen oder nicht? Immerhin hatten Martin und ich jetzt etwas Konkretes abgemacht. Auf der anderen Seite waren wir bei nüchterner Betrachtung noch immer meilenweit davon entfernt, eine Beziehung zu haben. Schmetterlinge hin, Schmetterlinge her. Ich entschied, dass ich völlig frei sei bis zum ersten Date. Das führte zur zweiten Frage: Wollte ich Guillaume treffen? Schließlich ging es hier um mich, und auch ich durfte wollen oder nicht. Seine physische Präsenz auf den Fotos bedrängte mich. Ich konnte mir nicht vorstellen, mich in ihn zu verlieben. Also nahm ich mir die Freiheit und sagte ab. Und fühlte mich gut dabei, auch wenn ich gerade gegen meine Überzeugung, dass nur die inneren Werte zählten, verstoßen hatte.

Ich hatte ja Martin. In einer Woche würde ich ihn treffen. Und sehen, wohin die Schmetterlinge flogen.

MomInZurich

Martin und ich schrieben uns täglich – mein Höhepunkt des Tages. Die neuen Partnervorschläge interessierten mich nicht mehr. Ich hatte ja Martin.

Bis zum Samstagmorgen.

„Liebe Jo

Leider muss ich Dir für morgen absagen. Meine Tochter hatte gestern so hohes Fieber, dass wir sie ins Krankenhaus gebracht haben. Als wir an ihrem Bett saßen und sie so dalag, klein und zerbrechlich, realisierten meine ehemalige Frau und ich, dass uns mehr verbindet als trennt. Nicht nur, aber auch unsere Tochter. Wir wollen es daher nochmals miteinander probieren. Es tut mir leid, dass ich Dich nicht kennenlerne, aber ich weiß, Du verstehst das.

Ich wünsche Dir noch alles Gute bei Deiner Suche. Ich weiss, dass Du den Richtigen finden wirst.

In herzlicher Verbundenheit

Martin"

Ein Mann wie ein Klo. Besetzt. Die Schmetterlinge verpuppten sich und lagen schwer im Magen.

Ich redete mir ein, dass wir uns vielleicht ja gar nicht sympathisch gewesen wären. Das würde ich nie erfahren. So war eben das Leben. Also, auf ins Fitnessstudio – Samstag schien sich zu dem Wochentag zu entwickeln, an dem ich ein Ventil brauchte.

Auch der Adonis in der letzten Reihe war wieder da, allerdings mit einer anderen Aphrodite, die er trotzdem genauso vertraut und verliebt umarmte. Was war das denn jetzt? Da hatte ich mich daran ergötzt, Zeugin einer glücklichen Paarbeziehung zu werden und dann das? Gab es denn keine wahre Liebe mehr unter den Menschen? In der Umkleidekabine überlegte ich, ob ich sie aufklären sollte, dass ich ihn vor gerade mal zwei Wochen mit einer anderen gesehen hatte, verkniff es mir aber. Ich kannte sie ja nicht einmal.

Als ich aus der Umkleidekabine kam, stand er da und sprach mit Aphrodite 1. Aphrodite 2 überholte mich – und umarmte beide. Das aufziehende Gewitter in meinem Kopf klarte erst auf, als des Rätsels Lösung, Adonis 1, sich dazu gesellte. Zwillinge! Zwei Adonisse! Zu-schön-um-wahr-zu-sein im Doppelpack. Ich trollte mich.

Am Nachmittag nahm ich mein nächstes Projekt in Angriff: Seit Jahren war ich Mitglied auf einer Internet-Plattform für Ausländer in der Schweiz, schickte Ausflugstipps und beantwortete Fragen. Vielleicht war ja mein Mr Right tatsächlich ein Mister. Oder ein Monsieur. Oder so. Also los:

"Single? Nichts vor am Samstag, 19. Oktober? Lust darauf, andere Singles kennenzulernen?

Dann kommt doch am Samstag, 19. Oktober um 19 Uhr in die Bar am See direkt beim Bellevue. Den Link und eine Karte füge ich bei, damit ihr es leichter findet. The more the merrier.

Ich werde eine Jeansjacke mit einem Smiley-Button tragen, damit ihr mich erkennt. Bitte sagt mir vorher Bescheid, wenn ihr kommen wollt, damit wir genug Platz haben und ich nach euch Ausschau halten kann.

Also: Bis zum Samstag!"

Absenden!

Ob sich jemand anmelden würde? Oder ganz viele? Männer? Frauen? Würden am Ende Tausende kommen, wie bei einem Teenager, der den falschen Knopf auf Facebook gedrückt hatte? Mir wurde ein wenig schlecht. Warum fiel mir das erst jetzt ein?

Ich entfloh der Spannung und zur Seilbahn Rigiblick. Eine Seilbahn mitten in der Stadt, wo sonst findet man das? Ich fuhr zum Wald und lief zum Zoo, genoss den Blick über Zürich und den See bis hin zu den Bergen. Mein Ruhe- und Rückzugsort. Schade nur, dass die Sonne nicht hinter den Bergen unterging, sondern genau in der entgegengesetzten Richtung. Aber man kann eben nicht alles haben. Wirklich störend waren nur die turtelnden Pärchen, die sich süße Botschaften ewiger Zuneigung entgegenflüsterten, Händchen hielten, sich küssten und Zwei waren. Meine Güte, mussten denn überall Geigen im pink gefärbten Himmel tanzen?

Bei Sonnenuntergängen musste ich immer an eine Freundin aus New York denken. Ein neuer Verehrer war mit ihr zur Küste gefahren. Sie picknickten und kuschelten und er wurde immer nervöser – bis es dunkel war und er grummelte, so habe er sich das nicht gedacht. Er war aus Kalifornien, und für ihn hatte die Sonne gefälligst spektakulär im Meer zu versinken. Dieses Schauspiel bekommt man an einer Ostküste leider nicht geboten, da hilft auch kein Kuscheln.

Jedenfalls kam ich geerdet nach Hause und checkte mein E-Mail. Fünf Leute konnten leider nicht, fanden aber die Idee gut und hofften, bei einem nächsten Mal dabei zu sein. Fünfzehn würden vielleicht dabei sein. Zwei hatten zugesagt. Ein Anfang.

Andere Antworten vertrieben mich jedoch aus meinem inneren Zen-Garten.

Eine „Tinkerbella" schrieb: *„Sage mal, das ist ja wohl das Letzte, dass du so öffentlich einen Kerl suchst. Kannst du uns nicht einen Ort lassen, wo unsere Männer nicht angebaggert werden??????? Wenn du das im realen Leben nicht auf die Reihe kriegst, lass uns wenigstens damit in Ruhe!!!"*

Und „MomInZurich" doppelte nach: *„Wer gibt dir das Recht, mich auszuschliessen, nur weil ich verheiratet bin und Kinder habe? Dieses Forum ist für alle, nicht nur für Singles. Ich gehe auch gerne aus und lerne neue Leute kennen, und nur weil ich Kinder habe, muss ich noch lange nicht meine Abende zu Hause am Herd verbringen. Überall geht es nur um Singles, davon habe ich die Nase voll. Auch wir Mütter haben Rechte."*

„CoolGuy" fand, er müsste mir mitteilen: *„Den ganzen Tag Anzeigen für Dating, das kotzt mich sowieso an. Ich habe echt keinen Bock, jetzt auch noch auf dem Forum darüber zu lesen. Lass mich gefälligst in Ruhe!"* Augenscheinlich war er nicht cool genug, um meine Nachricht einfach zu ignorieren.

Und so weiter. Insgesamt hatte ich mehr solche E-Mails erhalten als Reaktionen zur Sache.

Und wieder einmal war ich sprachlos.

Woher kam bloß diese Aggressivität? Wenn MomInZurich etwas organisieren wollte, würde ich sie nicht daran hindern und, wenn ich eingeladen wäre, vielleicht auch kommen. Aber wenn ich nur Geige spielende Nilpferdbändiger aus Wanne-Eickel oder ganzkörpertätowierte Eistruhenverkäufer vom Nordpol einladen wollte, war das mein Ding. Und wenn mich ein E-Mail störte, dann löschte ich es und lebte mein Leben weiter.

Um die Wogen zu glätten, antwortete ich:

„Hallo, zusammen

Ich habe einige ziemlich negative Reaktionen auf mein E-Mail zum Single-Abend erhalten. Ich wollte niemanden verletzen und entschuldige mich, wenn ich das doch getan habe. Ich wollte einfach andere Singles ansprechen, um gemeinsam etwas zu unternehmen. Das nächste Mal organisiere ich etwas für alle.

Damit ich niemanden mit ungewollten und irrelevanten E-Mails zuschütte, bitte ich diejenigen, die Interesse an Treffen von Singles haben, mir ein E-Mail zu schicken, damit ich eine separate Mailingliste erstellen kann. Dann werde ich die anderen auch nicht mehr nerven. ☺

Nochmals: Sorry, wenn ich jemanden verletzt habe, das war nicht meine Absicht."

An MomInZurich schrieb ich direkt:

„Liebe MomInZurich

Vielleicht hast Du meine Antwort an alle gesehen, aber ich möchte mich auch noch direkt bei Dir melden. Ich finde es super, wenn Du eine glückliche Beziehung hast und Mutter bist. Ich bin Single und wünsche mir eine Familie – also das, was Du hast.

Deshalb versuche ich, andere Singles zu treffen. Ich hoffte, dass alle anderen dafür Verständnis haben oder es zumindest tolerieren würden. Diese Annahme hat sich als falsch herausgestellt. Ich werde dies jetzt offline nehmen und nicht mehr über die Mailingliste dafür einladen.

Geniesse Deine Beziehung, Deine Kinder und das Glück, das Du hast, während ich es noch suche. Und entschuldige bitte, wenn ich Dich verletzt habe. Das war absolut nicht meine Absicht."

Ich hoffte, dass dies die Angelegenheit bereinigen würde. Sonst würde ich damit leben müssen, dass auf diesem Planeten ein Mensch mehr herumlief, der mich nicht mochte. Wenn das mein gesamter Nicht-Fanclub wäre, wäre es immer noch eine gute Quote.

Ich rief Nandika an, eine Bekannte aus dem Fitnessstudio. Gedankenübertragung, sie wollte mich ohnehin für den nächsten Tag zum Essen einladen. Natürlich sagte ich sofort zu – ohne die anschließende Diskussion zu erahnen: „Sehr gut, Jo! Wen bringst du denn mit?"

„Mitbringen? Wie, mitbringen?"

„Na ja, einen Mann. Wir müssen schließlich gleich viele Männer und Frauen am Tisch haben."

„Wieso müssen wir das denn?"

Nandika seufzte. Das war augenscheinlich eine sehr dumme Frage gewesen. „Für die Energieflüsse. Für das Hatha müssen die einander entgegengesetzten Energien ausgeglichen sein. Also ein Mann – eine Frau. So wie Yin und Yang bei den Chinesen."

Nandika war begeisterte Yoga-Anhängerin – oder hieß das Yoganerin? Yogistin? Yoda? Egal: „Nandika, das tut mir echt leid, aber du weißt doch, dass ich Single bin. Und ich kann ja nicht einfach jemandem den Mann ausspannen, damit das Karma stimmt. Zumal es dann ganz andere Negativstimmungen gäbe."

Stille am anderen Ende. War ich so ein Exot?

„Hatha, nicht Karma. Kennst du denn wirklich *niemanden*? Du musst doch *irgendwen* haben, den du mitbringen kannst."

Meine Güte, *irgendwen* wollte ich nun schon gar nicht mitbringen. „Nandika, das tut mir wirklich leid, aber da ist schlicht und ergreifend niemand. Wirklich nicht. Ich kann ihn mir nicht aus den Rippen schneiden, ich kann ihn mir nicht backen, ist nun mal so. Wenn das das – Hatha stört, dann kann ich nicht kommen."

Tiefes Schnaufen. Nandika kontaktierte ihr Omm, um diesen Schock zu verarbeiten. Ich wollte sie ja nicht ärgern, aber wo sollte ich denn so auf Befehl einen Mann herkriegen?

„Also gut, wir werden versuchen, ob wir jemanden organisieren können. Und wenn dir jemand einfällt, dann sag Bescheid. Mach's gut!"

Na, holdrio! Ich beendete diesen skurrilen Abend und ging ins Bett. Allein. Natürlich.

Ich wachte auf, als jemand aus dem Wohnzimmer rief, aber ich verstand nicht, was er sagte. Außerdem, was machte der mitten in der Nacht in meinem Wohnzimmer? Ich sprang aus dem Bett, rannte zu ihm und wachte von einem Knacksgeräusch auf. Mein kleiner Zeh tat weh. Im Wohnzimmer war niemand. Es war zwei Uhr. Ich ging wieder ins Bett.

Nandika

Sonntag. Hoffentlich ein ganz normaler Tag und am Abend ein ganz normales Essen bei Nandika.

Ich stand au. Nein, es würde wohl kein ganz normaler Tag werden. Mein kleiner Zeh schmerzte, und es war auch nicht mehr wirklich ein kleiner Zeh, sondern eher eine blau/rote Zwetschge. Na, super!

Ich schlafwandelte schon, seitdem ich denken konnte, und hatte mich daran gewöhnt. Meistens war das kein Problem. Wenn ich Gesellschaft hatte, warnte ich sie und bat sie, mich bei Bedarf einfach wieder ins Bett zu schicken. Sonst schickte ich mich selbst. Alles eine Frage der Übung.

Zum Glück passte der Fuß noch in den Wanderstiefel, so dass ich wenigstens zum Unfallarzt humpeln konnte. Hier nicht der dringendste Fall zu sein, war absolut in Ordnung. Ich wartete gerne und hatte Lesestoff und Hausschuhe dabei.

Ich hatte mich also relativ kommod eingerichtet, als nach einigen Stunden ein Arzt, frisch einer amerikanischen Krankenhausserie entsprungen, sich meiner annahm. Es fehlte nur, dass er in Zeitlupe den Gang entlangschwebte, aber den Gefallen tat er mir nicht. Auch wenn ich so wesentlich besser hinter ihm hätte her schlurfen können.

Der wahrgewordene Serientraum schaute sich meinen Zeh mit der gebotenen Sensibilität an und verordnete Röntgenaufnahmen, die er dann kurz später mit den Worten „Och jööh – wie haben Sie denn den kaputtgekriegt?" und einem strahlenden Lächeln quittierte.

Ich murmelte was von „Sport". Das hörte sich angemessener an als: „Ich bin beim nächtlichen Halluzinieren in den Türrahmen gesemmelt."

„Da kann ich auch nur die beiden Zehen zusammenbinden und Ihnen was gegen die Schmerzen mitgeben. Sie sollten ein paar Tage nicht so viel laufen, aber das wird schon wieder. Warten Sie, ich schreibe Ihnen ein Rezept. ... Ach, Sie wohnen ja gleich bei mir um die Ecke. Lustig."

Sprach's, drückte mir das Rezept in die Hand und entfleuchte. Adieu, du Gott der Lädierten!

Ich humpelte nach Hause und legte den Fuß hoch.

Als ich bei Nandika anrief, überraschte sie mich mit der freudigen Nachricht, dass sie ein männliches Pendant für mich gefunden habe, ihr abendlicher Mikrokosmos also hathiert sein werde. Nun gut, da konnte ich nicht wirklich absagen. Also: Hoch den Fuß, rein die Pille!

Wenigstens hatte ich zu tun: Internet Dating und mein Single-Treffen. Die Ausbeute war ernüchternd. Zwar hatten über 60 Singles im Prinzip und mal ganz grundsätzlich Interesse. Aber so im konkreten Fall und mal ganz speziell hatten nur fünf zugesagt. 32 würden das spontan entscheiden. Klar, es machte ja auch keinen Unterschied, ob ich Platz für sechs oder für 38 Leute brauchte.

Was war so schwer daran, in seinen Kalender zu schauen und zu entscheiden? Klar, manchmal ging das nicht. „Ich bin im 9. Monat schwanger und vielleicht dann gerade im Kreißsaal." Da war das Zögern zwar nachvollziehbar, aber dann wäre ein Barbesuch ohnehin nicht wirklich eine gute Idee. Aber dass inzwischen das unverbindliche Vielleicht die Standardantwort war, das empfand ich als rücksichtslos. Wieder einmal fragte ich mich, ob die moderne Kommunikation ein Segen oder ein Fluch war. Die meisten Vielleichts würden nicht einmal etwas Spannenderes unternehmen, sondern einfach mit ihrem Sofa verschmelzen. Außer natürlich, wenn Tarzan oder Jane neben ihnen landete. Aber das hatten wir ja schon.

Zudem gab es weitere unfreundliche E-Mails von Nicht-Singles. Unter anderem von MomInZurich:

"Woraus schliesst du, dass ich glücklich bin? Das ist eine typische Single-Vorstellung, und wahrscheinlich der Grund, weshalb du Single bist. Die Ehe ist kein Wolkenkuckucksheim. Eine Beziehung heißt nicht Glücksgarantie, sondern Arbeit, Kompromiss und Opfer bis zur Selbstaufgabe. Ständig. Jeden Tag. „Glücklich bis an ihr Lebensende" gibt es nur im Märchen.

Und dann wird man auch noch von allem ausgeschlossen, was Spass macht, weil die feinen Singles lieber unter sich sind als sich in die Niederungen des wahren Lebens herabzulassen, in denen wir Mütter eure Rentenzahler heranziehen, Windeln wechseln, Brei aufwischen und 1000 Mal dieselbe Geschichte vorlesen.

Aber ich glaube nicht, dass du das verstehst. Single eben. Jemanden wie dich will ich sowieso nicht kennenlernen."

Augenscheinlich hatte ich eine Sinnkrise ausgelöst und musste froh sein, wenn sich MomInZurich nicht vom Hochhaus stürzte. Zum Glück war Zürich im Allgemeinen eher flach bebaut.

Mal schauen, was beim Internet-Dating so los war. Der Musiker hatte sich immer noch nicht gemeldet. Aber ich hatte zwei Anfragen. Mit Fotos. Die erste kam von - Jörg, dem Turner aus dem Haushaltskurs. Status „ledig". Der Kurs war keinen Monat her, so schnell lassen sich auch die Deutschen nicht scheiden. Auch in seinem E-Mail kein Wort dazu, dass er verheiratet war und nur eine Turnpartnerin suchte. Was für ein – ach, was sollte ich mich aufregen? „Ich bin zu dem Schluss gekommen, dass wir nicht wirklich zueinander passen." Und Tschüss!

Und dann Jodok aus Wintersingen. Ein Ort, der im Winter sang, das war ja schon mal sympathisch. Gemäß Internet 619 Einwohner. Nett. Allerdings schon etwas weit zum Pendeln. Aber was machte ich mir darüber jetzt schon Gedanken? Erst mal schauen, was er schrieb:

„Liebe Unbekannte

Ich habe Dein Profil gesehen und mich in Dich verliebt. Die Sterne haben uns zusammengeführt, jetzt liegt es an uns, uns auf das Abenteuer einzulassen und den Weg gemeinsam zu gehen. Ja, ich glaube an die Liebe auf den ersten Blick. Ich bin ein sehr sensibler Mensch. Mein Herz wurde immer wieder gebrochen und ich suche die eine, die es vom Boden aufhebt, zusammensetzt und bewahrt. Könntest das Du sein?

Ich warte sehnsüchtig auf Deine Antwort.

Dein Jodok"

Bisschen starker Tobak, so für ein erstes E-Mail.

Ich kannte mich gut genug, um zu wissen, dass ich sehr direkt sein konnte. Und ironisch. Manchmal sarkastisch. Jedenfalls nicht die ideale Kost für sensible Gemüter.

Ich antwortete:

„Lieber Jodok

Vielen Dank für Deine offene und herzliche Nachricht. Als sensibler Mensch voller Gefühl verdienst Du eine ebenso sensible Partnerin. Leider bin ich nicht das, was Du suchst, dafür kenne ich mich zu gut. Ich wünsche Dir aber noch viel Erfolg bei der Suche.

Herzliche Grüsse

Johanna"

Ich fand, das hatte ich nett geschrieben und machte mich auf den Weg zu Nandika, der puren Energie hathierter Paare und derjenigen von Samuel, des zum Ausgleich meines Yins gefundenen Yang-Trägers, eines Kollegen aus Nandikas Büro.

Zur Begrüßung quetschte er meine Hand, als wollte er beweisen, dass er auch genug Yang für – na, sagen wir mal eine Single-Reisegruppe hätte. Ein energischer Händedruck ist ja was Feines, aber man sollte die Hand des Gegenübers nicht durch einen Schraubstock mangeln. Ich kannte das eigentlich nur von Männern, die ein besonderes Bedürfnis hatten, ihre Männlichkeit in jugendfreier Weise unter Beweis zu stellen. Und lädierte Extremitäten hatte ich für diesen Tag eigentlich genug.

Nach diesem Kraftakt war Sam augenscheinlich zu erschöpft, um sich dann auch noch der Konversation zu widmen. Erst beim Abschied fragte er, ob wir uns wiedersehen könnten. Komisch. Um mich kennenzulernen, hätte er ja mit mir reden können. Ich fand ihn nicht wirklich unsympathisch, eher neutral. Er hatte mir schlicht nicht die Chance gegeben, ihn kennenzulernen, und ich stand nicht wirklich auf die großen Rätselhaften. Sam bemerkte mein Zögern: „Ach, weil ich so klein bin? Ich dachte, du wärst anders."

Das hatte ich gar nicht bemerkt, wir hatten ja fast den ganzen Abend gesessen. Oder war ich unbewusst getrieben durch Vorurteile? Also blieb mir keine Wahl. Wir verabredeten uns für den Dienstag. Vielleicht würde er ja bei einem – ja, es war wohl ein Date, gesprächiger sein. Und wenn nicht, dann wäre es eben ein langweiliger Abend. Samuel war zufrieden.

Samuel

Am Dienstagabend trafen wir uns also am Paradeplatz – Sam hatte darauf bestanden, spontan zu entscheiden, wo wir hingingen. Es regnete und ich fand „spontan" ausgesprochen blöd, zumal Sam mit fast einer halben Stunde Verspätung eintrudelte und weit und breit kein trockener Sitzplatz zu kriegen war. Und eine alte Frau mit dem Hinweis auf meinen gebrochenen kleinen Zeh aufzuscheuchen, schien nicht adäquat. Schließlich war ich keine Walküre. Obwohl – mit dem Verband passte mein Zeh nicht mehr in die Wanderschuhe, so dass ich mit Flipflops durch den Oktoberregen schlappte. Wenigstens konnte das Wetter den Schuhen nichts anhaben. Nur meiner Gemütsverfassung.

Sam erschien, umarmte mich kurz – was mir im Verhältnis zu einer erneuten Handquetschung das geringere Übel schien – und strahlte mich an: „Hallo, Jo. Hey, cool. Das klappt ja prima. Ich war noch kurz mit einem Kollegen eins trinken. Super, dass du das mit der Zeit so easy nimmst. Das mag ich."

Ich quälte mir ein Nicken heraus. Aber woher er wissen wollte, dass ich das so easy nahm, war mir schleierhaft. Ich fand es respektlos. Zumal ich weder das Date noch das Treffen im Freien wollte.

Um Kälte und Nässe rasch zu entfliehen, schlug ich ihm Restaurants in der Nähe vor, aber Sam lehnte alle ab: „Zu teuer." „Zu schlicht." „Zu Schickimicki." „Nein, ich mag kein italienisches Essen." „Afrikanisch, das kriege ich woanders besser." Ja, ich wäre auch lieber zu Hause. „Indisch? Das hatte ich zum Mittag." „Schweizer Küche? Das ist doch langweilig. Nein, ich möchte was Besonderes." Ich fand das Date eigentlich auch so ziemlich speziell. Aber nicht speziell gut. „Fisch geht gar nicht, ich bin allergisch." Das wurde ich allmählich auch. „Vegetarisch? Na, wohl kaum. Ein Mann braucht Fleisch." Vielleicht zur Steigerung der Entschlusskraft? Ich erweiterte meinen Radius. Endlich, der Chinese im Bahnhof Stadelhofen fand seine gnädige Zustimmung.

Dort gab es allerdings zwei chinesische Restaurants: „Nur, dass wir uns richtig verstehen, Sam: Welcher Chinese?"

„Das kleine Restaurant im Durchgang, wo es auch Takeaway gibt. Die chinesische Nudelpfanne ist mein absolutes Lieblingsgericht. Kennst du die?"

Also nicht das chinesische Restaurant, sondern der Take-away. Auch gut, das würde die Sache beschleunigen. „Nee, die hatte ich noch nicht. Gut, das ist dann mal wieder was Neues. Das Tram sollte gleich kommen."

„Ach, lass uns doch laufen. Ist ja nur eine halbe Stunde."

„Sam, mir tut der Fuß weh und es regnet. Ich möchte nicht laufen. Ich lad dich auch ein, kein Problem."

„Komm, das macht dir doch nichts aus. Und du nimmst doch bestimmt Schmerzmittel."

Mithin stakste ich eine halbe Stunde durch Regen und Dunkelheit, an meiner Seite der mysteriöse Schweiger. Also Smalltalk: „Und, wie bist du in die Schweiz gekommen? Arbeit, Liebe oder Skifahren?"

„Ich war in einem Internat bei Genf. Von da kenne ich die ganzen Söhne von total wichtigen Leuten. Die sind jetzt alle selbst total wichtig. Also, zum Beispiel ..."

Es folgte eine Auflistung all der total wichtigen Männer in Sams Umlaufbahn. Wenn es mich gekümmert hätte, hätte ich mich wohl total unwichtig gefühlt. Nicht nur, dass ich keinen dieser total wichtigen Männer kannte, geschweige denn ein Mann war, ich hatte noch nicht mal von ihnen gehört und vermochte deshalb weder ihre Wichtigkeit noch die daraus zweifelsohne abzuleitende Wichtigkeit von Sam gebührend zu würdigen. Mein Zeh tat weh. Total.

Im Takeaway bestellte Sam zwei Portionen seines Nudelgerichts: „Das ist echt total lecker!"

Draußen führte eine ältere Dame ihren hüpfenden

Hund durch den Regen. Er hopste so schnell hin und her, dass ich mehrmals genauer hinschauen musste, um zu sehen, dass ihm das rechte Hinterbein fehlte. Das schien ihn aber nicht zu stören, er hüpfte und wedelte und erschnüffelte anscheinend den idealen Fleck, um das Bein zu – Moment, das ging ja gar nicht mit nur einem Hinterbein. Ich stupste Sam an: „Schau mal, der Hund da hat nur ..."

„Furchtbar, diese Köter. Schau dir nur die alte Frau an, wie sie hinterherläuft, um seine Scheiße wegzumachen. Der lebt wie ein Prinz und in Afrika verhungern die Kinder. Wenn man all das Geld nach Afrika schicken würde, dann würde es dort keinen Hunger mehr geben. Zum Kotzen."

In der Zwischenzeit hatte der Hund die ideale Stelle gefunden. Er ging in den Handstand, winkelte fein säuberlich das vorhandene Bein ab und tat, was Hunde tun. Ich unterdrückte mein Schmunzeln. Sam war nicht die richtige Gesellschaft für fröhliche Momente.

Trotzdem musste ich die beiden verteidigen: „Sam, wenn sie keinen Hund hätte, würde ja das Kind in Afrika noch lange nichts zu essen kriegen. Seit ich denken kann, spenden wir für Afrika, und viele Staaten dort sind eigentlich reich. Und trotzdem verhungern Kinder. Ich finde, man muss erst mal herausfinden, warum das so ist. Mich würde echt interessieren, wie du das siehst."

„Das verstehst du nicht. Das ist ein extrem komplexes Thema. Das sagt mein Vater auch immer. Wo wohnst du eigentlich?"

„Ich habe eine Wohnung im Uniiviertel. Aber wenn das so kompliziert ist, dann hilf mir doch, damit ich es verstehe."

„Wie viele Zimmer?"

Aha. Temporäre Partialtaubheit. Schade, diese Diskussion hätte mich interessiert. „Drei Zimmer."

„Sehr gut. Bei mir in die WG kann mein Vater ja nicht einziehen, er ist immerhin 83. Aber in deiner Wohnung kann er ein Zimmer haben, das ist perfekt."

Ich hatte augenscheinlich wesentliche Teile des Abends verpasst. Insbesondere den Teil, in dem wir einander sympathisch fanden, uns Hals über Kopf verliebten und auf einem weißen Einhorn auf Wolke Sieben in Richtung Regenbogen schwebten. Schade, der Teil wäre mir noch wichtig gewesen: „Wie? Dein Vater wohnt bei mir?"

„Jo, bei uns, nicht bei dir. Bei uns in der Familie ist das so. Wir halten zusammen. Daran wirst du dich schon noch gewöhnen. Noch eins: Deine Kleidung, das musst du ändern. Das ist alles viel zu billig. Ich kaufe nur Armani. So, wie du jetzt angezogen bist, so kann ich dich meinem Vater jedenfalls nicht vorstellen."

Das kam aus einer unerwarteten Ecke. Ich trug zwar kein Armani, fand mich aber durchaus angemessen gekleidet. Für das Geld, das Sam auf standesgemäße Kleidung verwendete, sollte man viele Kinder und noch mehr Hunde ernähren können – so es denn echter Armani war. Oder eine genügend große Wohnung für Sam und seinen Vater finanzieren. Immerhin kannte ich jetzt den Ausweg. Ich musste nur das Lumpenlieschen geben und würde ihn los sein. Perfetto!

Das Essen kam, und Sam hatte augenscheinlich Hunger. Knapp zwischen, eigentlich eher während zwei Bissen fragte er: „Und, was hältst du von Papst Benedikt?"

Holla? Jetzt soll ich auch noch Religion diskutieren? Das ging schon mal gar nicht.

In den nächsten zehn Minuten (gefühlt) starrte Sam mich schweigend, bohrend und ausdauernd an, so dass ich etwas erwidern musste. „Also, ich denke, er ist ein Mann mit Überzeugungen. Ich bin aber nicht katholisch, deshalb habe ich zum Teil eine andere Meinung." War das diplomatisch genug?

„Na ja, wenn du erst mal konvertiert bist, wirst du sehen, was für ein fantastischer Mann er ist. Ich lese alles von ihm. Los, frag mich was!" Sam lehnte sich zurück und faltete die Hände hinter dem Kopf.

Glatteis! „Weißt du, ich diskutiere nicht gerne über Religion. Ich finde das heikel."

„Ach, komm, sei kein Hasenfuß! Wir sind doch Freunde. Mich interessiert wirklich, wie du denkst."

„Na gut, wenn du willst: Was hältst du von seiner Meinung zum Thema Verhütung? Insbesondere in Zeiten von AIDS und Hunger in Afrika?"

Sam zögerte nicht: „Wenn Gott dir ein Kind schenkt, nimmst du es an. Verhütung ist Sünde."

Die Vision wurde immer kompletter, aber nicht attraktiver: In einer Dreizimmerwohnung mit Sam, seinem greisen, pflegebedürftigen Vater und in jedem Jahr einem Kind mehr. Dazu ein Mann, der seine Zeit mit wichtigen Freunden verbrachte. Das Ganze allerdings stilvoll in Armani. Und ohne Hund. Halleluja, preiset den Papst!

Zum Glück waren wir fertig, da konnte ich den Abgang einleiten. Ich rief die Kellnerin und sie legte Sam die Rechnung hin. Er rechnete, legte 17 Franken auf den Tisch und sagte: „Das sind dann 16,80 Franken für jeden. Ich habe aufgerundet."

Ich legte 20 Franken dazu: „So, wir können dann."

„Und dein Wechselgeld?"

„Ich habe auch aufgerundet. Das passt schon." In der Schweiz gab man zwar keine amerikanischen Trinkgelder, aber so knauserig, das war dann doch daneben.

Wir verließen das Restaurant. Es regnete immer noch. Sam versuchte, mich zu küssen. Ich versteifte. Ihn würde ich nur küssen, wenn mir vorher jemand das Rückgrat gebrochen hätte. Er gab auf.

Wir verabschiedeten uns mit einem kurzen Winken (Handschlag schied ja auch aus) und ich fuhr nach Hause. Sam würde ich wohl nicht wiedersehen, und das war auch kein Verlust.

Lilo

Mittwoch. Die Mitte der Woche. Und auch ansonsten begann der Tag ausgeglichen. Nandika rief mich in der Mittagspause an, um zu fragen, wie es mit Sam gelaufen sei. Ich sagte nur, dass der Funken nicht übergesprungen sei. Da könne man halt nichts machen.

Am Nachmittag jedoch kam meine Assistentin Lilo mit einem wunderschönen Strauß roter Rosen zu mir. Mir schwante Schlimmes – zu Recht. Im Umschlag fand ich ein Foto vom Papst: „You're simply the best! Dein Sam", und ich war mir ziemlich sicher, dass er an dieser Stelle mich meinte und nicht Benedikt. Was sollte das? Und überhaupt – ich ranzte Lilo an: „Lilo, warum hast du die angenommen? Ich kriege nie Blumen. Schon gar nicht ins Büro. Wenn ich Blumen bekomme, dann ist das ein Fehler, und dann verweigerst du die Annahme. Und überhaupt, wo hat der Kerl meine Adresse her?"

Mist, ich hatte wohl erwähnt, wo ich arbeite.

„Er hat hier angerufen und wollte dich sprechen. Und du warst nicht da, und da habe ich … aber die sind doch so schön. Und er hat doch gesagt, dass ihr verlobt seid und dass er dich überraschen will," stammelte Lilo.

„So ein himmeltruuriges Arschloch!" Das tat gut. Aber Lilo war den Tränen nah. Um Himmels Willen, das wollte ich nicht! „Du, Lilo, ich bin nicht verlobt. Und ich heirate eher den Papst als den. Aber das hätte ich nicht an dir auslassen dürfen. Tut mir wirklich, wirklich leid. Und ich verspreche dir, dass ich es dir sofort sage, wenn ich mich jemals verloben sollte. Aber nie mit dem."

Ich verteilte den Strauß an meine Kollegen, einschließlich Lilo. So verbreiteten die Blumen von Samuel Prince denn doch noch die Liebe unter den Menschen.

Nachts um 11 rief er mich dann an. Na, klasse!

"Hi, Jo"

"Hi, Sam"

"Und, gab es heute was Besonderes?"

"Ja, vielen Dank für die Blumen. Sie sind wirklich schön."

"So wie Du. Wann sehe ich dich wieder?"

"Na ja, weißt du, Sam, ich hab zur Zeit echt viel um die Ohren."

"Und nächste Woche?"

"Nein, ich meine wirklich viel. Ich bin viel mit meinen Freunden unterwegs."

"Aber ich *bin* ein Freund." Er hatte eine ganze Flasche Weichspüler über seine Worte gekippt.

"Sam, die Bezeichnung *Freund* benutze ich nur sehr selten. Und ich glaube nicht, dass wir Freunde sind." *Breaking up was never easy, I knew,* aber wir waren ja noch nicht mal zusammen gewesen! Mir fehlte einfach die Übung in diesen Beziehungskistendingern.

"Heißt das, du willst mich nicht wiedersehen?"

„Ich fürchte ja."

„Meinst du für immer?" Warum musste er es so hart machen?

„Ich fürchte ja."

Er legte auf.

Und wieder war ich um eine Erfahrung reicher, aber nicht wirklich weiter.

Am Donnerstag teilte mein Chef mir dann mit, dass ich am Freitag in London anstelle eines erkrankten US-Kollegen einen Vortrag über US amerikanische Class Actions halten müsste. Nun denn… Ich rief bei Stella und Jon an und hatte Glück: Sie waren zu Hause, ich würde also das Wochenende bei und mit ihnen verbringen. Ich freute mich auf sie. Und auf Cordelia, mein Patenkind.

Am Abend ging ich wieder ins Internet. Nein, der Zürcher Musiker hatte immer noch nicht geantwortet. Er war auch seit Wochen nicht mehr online gewesen. Aber ich hatte eine Anfrage von Andreas, Banker aus Zürich. Er sah nett aus, wenngleich weder die Fotos noch seine Nachricht irgendein Feuer der Leidenschaft in mir erbrennen ließen. Na ja, das war vielleicht auch zu viel erwartet. Ich schlug vor, dass wir uns auf einen Kaffee treffen sollten. Ich wollte nicht nochmals wochenlangen Seelenstriptease betreiben und Traumbilder erschaffen, um dann noch vor dem richtigen Kennenlernen abserviert zu werden. Letztlich zählte eben doch die Chemie, egal, wie oft alle Beteiligten beteuerten, dass es nur auf die inneren Werte ankäme. Ich wollte Butter bei die Fische.

Klara hatte ihre Hochzeits-Danksagung geschickt. Ihre Party war ja schon in zwei Wochen. Meine Freunde wohnten über ganz Berlin zerstreut, das erforderte generalstabsmäßige Vorbereitung.

Ich setzte ein E-Mail ab:

„Meine Lieben!

Gewisse Dinge kommen immer wieder: Ostern, Dinner for One, der Urlaubsstau, die Wintererkältung, Immobilienblasen – und ich! Das nächste Mal bin ich zu Halloween in Berlin, also am 31. Oktober und dem Wochenende danach. Ich hoffe, dass ihr mich irgendwie in die Agenda quetschen könnt. Sagt mir doch Bescheid, wie und wann es bei euch klappt. Wenn ich die Stadt schon heimsuche, dann sollt ihr mir nicht entkommen.

Ich freue mich auf euch!

Einen dicken Knuddel aus –li-Land

Euer Johanna-li"

So, wie die USA das -er-Land waren, war die Schweiz bei mir und meinen Freunden das –li-Land. Ich liebte es, dass die Schweizer konsequent Dialekt sprachen, auch wenn viele es nicht goutierten, wenn ich mich daran versuchte. Immerhin glaubten manche Deutsche, es sei Schwizertütsch. Mein Lieblingswort war dabei „Füdli". Das klang doch viel netter als das hochdeutsche „Gesäß" oder schlimmere Varianten, und wenn ich mir manche Hinterteile ansah (meins konnte ich insofern rein technisch schlecht beurteilen), war es schon ein Zeichen ausgesprochener Liebenswürdigkeit, dass die Schweizer bei diesem Anblick auf ein Wort mit „-li" kamen.

Klara rief sofort an: „Hey, super, dass du das Wochenende bleibst. Dann müssen wir uns auf jeden Fall nochmal sehen. Perfekt! Wir müssen dich doch mal unter die Leute bringen. Und wer weiß, vielleicht ergibt sich ja was."

„Dooooorooooo! Das hatten wir doch schon. Ich bin unvermittelbar." Schließlich hatte ich ihre Freunde schon auf ihrer Hochzeit kennengelernt.

„Was soll denn das jetzt heißen? Nur weil du bisher nur Pfeifen getroffen hast? Das ist ja wohl nicht dein Ernst! Die willst du doch gar nicht. Du kommst jetzt zu uns und dann schauen wir weiter. Principessa, nicht wahr? Also, ciao, mia cara – Konrad wartet, wir wollen noch los."

Typisch Klara. Dummerweise fiel mir erst jetzt ein, dass ich noch gar kein Kostüm hatte. Weder Prinzessin noch sonst etwas. Zum Glück waren Prinzessinnen ja auch nicht mehr das, was sie mal gewesen waren. Wann lief der gemeine Hochadel schon noch in voluminösen Rüschenkleidern mit Puffärmeln à la Dornröschen herum? Meine Referenzgröße in Sachen Adel, Desi, würde wohl in Ohnmacht fallen, wenn sie ein solches Kleid tragen müsste – in eine sehr elegante, seufzende Ohnmacht natürlich. Nein, puffärmelige Rüschenscheußlichkeiten in Bonbonfarben gab es nur noch bei amerikanischen Hochzeiten, bei denen die Bräute augenscheinlich ein unstillbares Verlangen zu überkommen pflegte, ihre Brautjungfern in möglichst unvorteilhafte Kleider zu stecken.

Ich schweifte vom Thema ab – also, woher sollte ich das Kleid nehmen?

Tina! Sie hatte sich in Ägypten ein Kostüm für ihren Bauchtanzkurs gekauft, babyblau, mit Glitzersteinen und bauchfrei. „Prinzessin" musste ja nicht zwingend eine europäische Prinzessin sein, und bauchfrei war bei Tina derzeit nun wirklich nicht angesagt. Ich rief sie an und die Kostümfrage war geklärt.

Fehlte nur noch Desi – wie zu erwarten, erwischte ich sie im Büro. Wir verabredeten uns für den Freitag zum Lunch. Ich würde sie im Büro abholen. Ich könnte danach noch meinen Onkel besuchen. Am Sonnabend ließ ich mir Zeit für Tina, dann irgendwann noch mal zu Klara – das lange Wochenende in Berlin ließ sich gut an.

Cordelia

Zunächst einmal ging es jedoch nach London. Mein Vortrag verlief reibungslos, ebenso wie der anschließende Smalltalk. Wobei – was sollte beim freundlich-oberflächlichen Gespräch schon schief gehen? Und in jedem Fall war mir eine unverbindliche Freundlichkeit lieber als eine tief empfundene Unfreundlichkeit oder Abneigung.

Den Nachmittag hatte Lilo mit Meetings zugepflastert. Sie hatte sich anscheinend vorgenommen, mich bei der gesamten Versicherung einzuführen. Und sie hatte auch Recht: Eine solche Gelegenheit zu persönlichen Gesprächen musste ich nutzen, auch wenn London sich ausnahmsweise von der sonnigen Seite zeigte. Ältere Kollegen schwärmten immer von ihren Geschäftsreisen, mit Stadtbesichtigungen, feinen Restaurants und den besten Hotels. Diese Zeiten waren lange vorbei. Ich sah auf Reisen das Flugzeug, den Flughafen, die U-Bahn, Geschäftsräume und Hotelzimmer, manchmal sogar noch ein Restaurant. Trotzdem war ich gerne unterwegs, erlebte die Kollegen live, lernte ihre Mentalität und Arbeitsweise vor Ort kennen und war einfach mal raus aus meinem Trott. Und diesmal würde ich ja tatsächlich noch das Wochenende bleiben. Auch wenn das am Abend fast anderthalb Stunden Fahrt zu Stella und Jon bedeutete. Für Londoner war das ein ganz normaler Arbeitsweg. Mann, ging es mir gut in der Schweiz!

Cordelia war natürlich schon im Bett, aber als sie mich hörte, kam sie doch nochmals die Treppe herunter und schmiss sich mir in die Arme. Sie baute sich mit der vollen Präsenz einer Vierjährigen vor ihren Eltern auf, stemmte die Fäuste in die Seite, wie es nur Vierjährige und Heinrich VIII können, und stellte fest: „Well, Aunt Jo is not here just for you, you know. So, tonight you can have her, but tomorrow, she is mine."

Ich liebte diese kleine selbstbewusste Person, aber zum Glück schickte Stella sie sofort zurück ins Bett. Sonst hätte es noch spät werden können. So hingegen konnten auch wir Erwachsenen schlafen gehen.

Wir hatten ja noch zwei Tage Zeit zum Reden.

Als ich am Morgen in die Küche kam, war Cordelia schon beim Frühstücken. Sie wollte keine Minute verlieren und fand, dass auch wir uns ruhig mehr beeilen könnten. Als das nicht half, verkrümelte sie sich.

Kindererziehung war für mich der stärkste Ausdruck der eigenen Persönlichkeit. Einige (ehemalige) Freunde kreisten um ihre Kinder, bis sie in der Elternrolle nicht nur auf-, sondern untergegangen waren. In der Schweiz hieß es ja „das Mami", und wenn ich mir diese Freundinnen ansah, wusste ich auch, warum. Die Terminkalender ihrer Kleinkinder waren prall gefüllt, und wenn sie mal nicht die Kinder bespaßten, waren sie nur müde. Ich hatte mal gelesen, dass Wissenschaftler glaubten, dass Kinder so programmiert waren, dass sie nachts schrien, um ihre Eltern davon abzuhalten, Konkurrenz zu produzieren. Das schien mir plausibel.

Andere Eltern, so wie Stella und Jon oder Florina und Malte, blieben vollständige Menschen, auch wenn sie sich natürlich nach dem Rhythmus der Kinder richteten. Es war aber nie ein Problem, sie zu besuchen. Inzwischen kannte ich alle Kinderspielplätze in ihrer Umgebung und zog auch mal alleine mit den Kindern los – mit Erziehungsrecht. Wobei Cordelia inzwischen anfing, auch mich zu erziehen und mein Englisch zu korrigieren. Fair ist fair - zumal ich meistens ohnehin Deutsch mit ihr sprach, so wie Stella.

In der gebotenen Kürze klärte ich Stella erst einmal über meine Bemühungen der letzten Wochen auf. Ich zeigte ihr sogar „meine" Kandidaten vom

Internet-Dating, was sie mit der Bemerkung quittierte: „Jo, was erwartest du? Die guten Männer sind alle in England. Was meinst du, weshalb ich hierher gezogen bin. Nicht wahr, mein Schatz?"

Jon antwortete, wie es sich für einen Gentleman gehörte: „Of course, my love. Whatever you say."

„Ja, aber ich bin nun einmal gerne in der Schweiz. Und nur auf die vage Hoffnung hin, hier den Mann fürs Leben zu finden, ziehe ich nicht um. Du bist ja auch wegen der Arbeit umgezogen. Und Jon war dann die absolute Luxus-Zugabe."

„Bene. Also, Jo, jetzt gehen wir das professionell an. Ich schreibe eine Anzeige auf MeinSingleFreund.com. Da musst du dich nicht selbst anpreisen, sondern das macht deine Freundin für dich. Also ich. Und wenn du das nächste Mal kommst, spitze ich alle meine Freundinnen an für eine Topfsucht-Deckel- Party. Aber das musst du mir dann schon früher sagen."

Während ich also mit Cordelia zum Spielplatz pilgerte, machte sich Stella daran, mich zu vermarkten. Zwei Stunden später lieferte ich ein verdrecktes, aber glückliches Paket Cordelia zu Hause ab. Stella zeigte mir ihr Werk:

„Jo ist eine wunderbare Frau, eine loyale, warmherzige Freundin und eine Bereicherung für unser Leben. Sie ist temperamentvoll, intelligent und nicht nur mit einer eigenen Meinung, sondern auch mit einem unschlagbaren Sinn für Humor ausgestattet, der es ihr erlaubt, in jeder Situation das Komische zu sehen. Mit ihr wird das Leben nie langweilig. Ob man nun wandern will, ins Museum, in die Oper, die Disco oder auf große Reise, ob man kochen, singen oder einfach nur rumhängen will, mit Jo

macht es mindestens doppelt so viel Spaß. Sie ist eine erfolgreiche Juristin, liebt Kinder, und unsere Tochter, ihr Patenkind, liebt sie. Es gibt nichts, was sie nicht für ihre Freunde tun würde. Wer sie zur Freundin hat, hat das große Los gezogen, und der Mann, der sie einmal heiratet, ist ein absoluter Glückspilz."

Ich umarmte sie. Stella rettete die Situation: „He! Ich hab's geschafft! Jo sprachlos! Das schreib ich mir in den Kalender. Sag mal, weinst du? Hör auf! Ich meine jedes Wort. Lass dich nicht unterkriegen, die Männer sind einfach zu dumm, um zu sehen, was sie an dir haben könnten. Du, ich hab es Jon übersetzt und er meinte, wenn er nicht schon verheiratet wäre, würde er sofort antworten. Und, soll ich es hochladen? Hier, das ist das Bild dazu."

„Puh, das kann dann jeder sehen, der auf die Seite geht, oder? Auch Kollegen und Nachbarn und meine Familie und alle, nicht?"

„Ja. Natürlich. Und?"

Ich gab mir einen Ruck: „Du hast recht. Sie wissen ja, dass ich Single bin. Ja, bitte." Mir war heiß.

Stella rief: „Cordelia, kommst du bitte mal? Tante Jo braucht einen ganz dicken Kuss von dir." Cordelia lieferte prompt und mit Überschuss.

Ich wollte nicht alle fünf Minuten nachschauen, ob ich Antwort hätte. Normalerweise unternahmen Jon und ich jeweils stundenlange Spaziergänge, und das Grün der Wiesen tat mir ebenso gut wie unsere langen Diskussionen über Geschichte, Politik, das aktuelle Tagesgeschehen und natürlich Stella und Cordelia. Aber mein Zeh tat wieder weh, also gingen wir ins Kinderkino. Cordelia war selig.

Am Sonntag prüften Stella und ich den Posteingang. Drei Antworten. Eine aus Ghana von einem Mann, der sich in mein Lächeln verliebt hatte und ganz dringend jemanden brauchte, der ihm das Geld für seine Krankenhausrechnungen lieh. Die zweite war aus den USA: „Hi, I saw your profile. Do you want to meet? Bill." Was war das denn jetzt? Das konnte ja wohl nicht ernst gemeint sein. Ob der mein Profil überhaupt lesen konnte? Wahrscheinlich schrieb er einfach an jede neue Frau. Na, toll. Der Dritte im Bunde war Michael, Informatiker aus Baden. Er schickte auch den Link zu seiner Website mit: Eine Raupe, die an einer Rose hochkrabbelte, ein Herz in das oberste Blatt knabberte, sich verpuppte und als Schmetterling mit einer herzförmigen Zeichnung schlüpfte. Wirklich süß. Liebevoll gemacht. Talentiert. Viel Arbeit. Ziemlich verzweifelt. Hatte der Mann auch ein Leben?

Zum Glück hatte ich Stella bei mir. Allmählich fragte ich mich, ob ich zu skeptisch sei, aber sie schüttelte den Kopf: „Nee, der sitzt dann nur am Computer. Du kannst ihn ja mal zum Essen treffen, aber ich würde nicht allzu viel erwarten. Letztlich ist es ganz einfach: Je mehr Männer du triffst, desto größer die Chance, dass irgendwann der Richtige dabei ist. Also, warum nicht, schau ihn dir einfach mal an." Halleluja, ich tickte noch richtig.

Ich prüfte noch schnell mein anderes Liebes-Postfach. Thorsten, der Zürcher Banker, fühlte sich von meinem Vorschlag eines Treffens bedrängt. Das ging ihm alles viel zu schnell und er brach den Kontakt ab. Hoppala, jetzt war ich auch noch Stalkerin.

Nach der Morgensichtung ließen wir Dating Dating sein und fuhren an die See zum Durchlüften.

Stella und Jon liefen Hand in Hand den Strand entlang, Jon wirbelte erst seine Stella, dann seine Cordelia herum, Cordelia jauchzte, Stella war glücklich. Am liebsten hätte ich mich auch in seine Arme geworfen, einfach um zu spüren, wie das ist, gefangen zu werden, umarmt zu werden, geliebt zu werden. Aber es wäre nicht dasselbe gewesen. Und außerdem sehr peinlich. Zum Glück war ich ohnehin gehandicapt. Ob ich wohl auch so jemanden finden würde?

Mein Telefon klingelte. Eine Schweizer Nummer.

„Hallo! Hier ist Hans. Du, rate mal, wo ich bin!"

„Hallo, Hans. In Zürich, nehme ich an."

„Ja, genau! Ich liege hier ganz alleine im Bett und habe so gar nichts zu tun," schleimte er mit einer Stimme, die er wohl sexy fand. „Was machst du denn so?"

Ach, du Scheiße! Das konnte er doch jetzt nicht im Ernst meinen.

„Du, ich bin in England, mit Freunden am Strand. Ich hoffe mal, dass das Wetter bei euch auch so schön ist, damit du noch rauskannst. Ez schöns Tägli denn no!"

Augenscheinlich waren die guten Männer tatsächlich besetzt.

Der Abschied von Stella, Jon und Cordelia fiel schwer, wie immer. Warum mussten die Menschen, die ich liebte, so über den Globus verstreut sein?

Auf dem Flug nach Hause zog ich Zwischenbilanz. Die Suche nach dem Traummann war ein Wochenend-Vollzeitjob. Bisher war nicht viel herausgekommen. Die meisten Deckel waren verbeult. Ich wahrscheinlich auch. Immerhin, dass es mit Toni nicht geklappt hatte, war Pech gewesen. Und dass Martin und René gebunden waren, war nicht meine Schuld. Ich musste wohl einfach weiter durch den Teich waten und Frösche küssen.

Tim usw.

In den folgenden Tagen erhielt ich mehrere Dutzend standardisierte Antworten aus aller Welt von MeinSingleFreund.com, bei denen ich beim besten Willen nicht sah, was die Absender dazu gebracht haben mochte, mir zu schreiben. Augenscheinlich folgten viele ausschließlich dem Gesetz der großen Zahlen und liessen einen Sprühregen von E-Mails wahllos auf die weibliche Welt niederprasseln. Der Umstand, dass sie auf der anderen Seite des Globus lebten, machte ihnen augenscheinlich nicht wirklich etwas aus. Oder es war gerade der Grund ihrer Bemühungen, denn mehrere sahen dem Krebstod ins Auge, wenn nicht eine liebende Seele ihre Behandlung bezahlen würde. Oder sie wollten schon immer mal die Schweiz besuchen. Oder sie hatten einen moribunden Onkel. Diejenigen, die in realistischer Entfernung lebten, schienen einen ähnlichen Prozess durchlaufen zu haben wie ich und schlugen sofort ein Treffen vor.

Ich beschränkte mein Jagdrevier auf Zürich und verabredete mich mit Michael, dem Herrn der Raupen, und mit einem der Desillusionierten zum Mittag, aber beiden Seiten waren die Beziehungssynapsen wohl durch ständige Testläufe ausgelaugt und nicht mehr in der Lage, irgendetwas oder irgendwen zu kontaktieren. Den Rest der Woche nahm ich mir frei vom Dating, die Auszeit hatte ich mir verdient.

Schließlich hatte ich für den Samstag die Singlenacht geplant. Es meldeten sich tatsächlich zehn Singles an, weitere 45 würden vielleicht kommen. Inzwischen war ich gelassen genug - oder war es bereits Gleichgültigkeit? -, es zu nehmen, wie es kam. Am Nachmittag erhielt ich dann noch Emails wie: „Wie komme ich denn zum Bellevue? Ich habe kein Auto." Die Hälfte der Zürcher Tramlinien hält dort, das sollte also machbar sein. „Ich trinke keinen Alkohol, kann ich trotzdem kommen?" „Bitte schick mir deine Telefonnummer, damit ich dich anrufen kann, wenn ich mich verlaufe." „Wie heißt die Bar?" „Wie ist die Adresse?" „Um wieviel Uhr geht es los?" „Kann ich meinen Verlobten mitbringen?" oder „Jeg taler ikke tysk. Kan jeg stadig komme?"

Singles waren anscheinend high maintenance – und zu bequem, das Einladungs-Email zu lesen. War ja auch lang.

Um 19 Uhr fand ich mich in der Bar am See ein, mit Jeansjacke und Smiley-Anstecker. Ich besetzte einen großen Ecktisch. Und wartete. Nach einer halben Stunde tauchten die ersten beiden auf – eine Finnin und eine Deutsche. Und dabei blieb es dann auch. Nett, aber weder zahlenmäßig noch von der Durchmischung der Geschlechter her das, was ich mir und sie sich erhofft hatten. Wahrscheinlich hatten die Zürcher Sofas an diesem Abend gut gespeist und die anderen verschluckt. Nach zwei Stunden verlagerten wir uns in eine Disco.

Die Tanzfläche war noch verwaist. Das Jungvolk würde frühestens ab Mitternacht auftauchen – dafür war ich zu alt. War ich überhaupt mal so jung gewesen? Nein, sich durch den Abend zu langweilen, bloss um dann richtig loszulegen, wenn man müde wurde, das hätte ich auch früher ziemlich blöd gefunden.

Zwar waren wir Frauen in der absoluten Mehrheit, aber zum Glück hatten wir je drei Tänze mit den Profitänzern frei, deshalb hatten wir ja diese Disco ausgesucht. José und ich schwebten über die Tanzfläche – genauer gesagt, ich fühlte mich wie Ginger Rogers und José musste da eben durch. Er hielt sich wacker und war wohl auch Kummer gewohnt. Pünktlich nach drei Tänzen musste ich meinen Galan jedoch mit Dank entlassen und mich von meiner Wolke herunterbegeben in die Niederungen der rauen Wirklichkeit. Der altbekannte Nachteil der Paartänze: Sie waren für Paare konzipiert.

Ich ging auf die Pirsch. Ja, der könnte was sein. Alleine an einem Tisch, mitwippend. Und das im Takt! Gute Basis! Ich fragte ihn, ob er mit mir tanzen wolle, er verneinte, ich verzog mich. Auch bei den nächsten beiden ging es mir nicht besser. Das ging ja noch mehr aufs Ego als Speedflirting! Drei Körbe in drei Minuten. Ich strebte zum Wunden Lecken in unsere Sitzecke und traf auf: „Jörg! Hallo, na, das ist ja eine Überraschung!" Jörg aus dem Haushaltskurs.

Er lächelte, wobei ich rückblickend sagen muss, dass es kein erfreutes Lächeln war: „Hallo, äh, Johanna, richtig?"

Die Frau an seiner Seite musste die Polygamie-Verweigerin sein: „Ach, dann sind Sie Jörgs Frau? Er hat mir schon von Ihnen erzählt. Ich dachte, Sie wären am Wochenende immer in Deutschland. Freut mich, Sie kennenzulernen!"

Jörg verdrehte die Augen. Sie starrte mich an, starrte Jörg an, wand sich aus seinem Arm und dampfte davon.

Jörg holte tief Luft: „Woher nimmst du das Recht, dich in mein Privatleben einzumischen? Natürlich ist das nicht meine Frau. Schönen Dank auch, dass du mir die Tour vermasselt hast. Die hatte ich schon so gut wie in der Kiste, jetzt darf ich nochmal von vorne anfangen!"

Mir ging eine ganze Lichterkette auf. Sie hatte geglaubt, dem Mysterium ewiger Liebe auf der Spur zu sein. Er wollte turnen. Und so einer war Psychologe! Ich drehte mich um und ging ebenso wortlos wie sie.

Ich fand meine Begleiterinnen bester Laune vor: „Und? Wie läuft's?"

„Dreimal abgeblitzt. Und das während einem Tanz. Das ist doch nicht normal. Und dann habe ich auch noch so ein Arschloch in flagranti beim Betrügen erwischt. Also, nicht in flagranti in flagranti, aber schon ziemlich in flagranti."

Mette lachte: „Was heißt abgeblitzt? Weisst du denn nicht, wie das hier funktioniert? Wenn die Männer deine Aufforderung ablehnen, müssen sie dich zu einem Drink einladen. So läuft das hier. Also haben sie nicht die Aufforderung abgeschlagen, sondern dich zum Tanzen eingeladen. Sie wollten dich alle besser kennenlernen. Das ist doch super. Und was war das mit dem in flagranti? Ich verstehe nur Bahnhof."

Ja, ich auch. Wenn es hier gar nicht ums Tanzen

ging, warum war das eine Diskothek? Und warum sagten die Männer nicht, dass sie mich einladen wollten? Dann wäre ich auch Jörg nicht in die Arme gelaufen. Was auch gut gewesen wäre. Das war mir alles zu kompliziert. Ich gab den beiden eine Kurzversion von der Begegnung mit Jörg und trollte mich nach Hause. Der Abend war doch sehr anders gelaufen als geplant.

Auf dem Heimweg erhielt ich ein SMS: „Bin in der Bar. Wo seid ihr? Was soll das? Tim" Noch so ein Prince Charming. Ich antwortete nur kurz, dass der Abend vorbei war.

Ich brauchte schon wieder Urlaub vom Dating und ging nicht nur alleine ins Bett, sondern auch voller Vorfreude auf einen Sonntag mit Klara, Stella und meinem Bruder am Telefon.

Dermaßen moralisch gestärkt, wurde ich am Abend doch wieder rückfällig und überlegte: Wo versteckten sich die guten Singles? Und wovor und warum? Und warum war von all den „Vielleichts" nicht einer gekomen? War es zu viel verlangt, dass sie sich festlegen mussten? Oder war das "Single-Label" zu abschreckend? Also gut, ich würde es noch einmal versuchen - ohne Anmeldung. Ich schrieb an alle, ob Singles oder nicht:

„Wer hat Lust, die Picasso-Ausstellung im Kunsthaus zu besuchen? Wir treffen uns am Sonntag, dem 10. November um 11 Uhr in der Eingangshalle des Kunsthauses, am Tresen rechts neben dem Eingang. Ich werde ein Schild mit der Aufschrift „Expats Forum" halten, damit Ihr mich erkennt. Bitte besorgt eure Tickets selbst.

Das Kunsthaus liegt bei der Haltestelle Kunsthaus, auf den Tramlinien 3, 5, 8 und 9. Buslinie 31. Anbei der Plan.

Das Kunsthaus bietet auch eine Führung für Kinder, so dass für Kinderbetreuung gesorgt ist.
Wenn wir wollen, gehen wir danach noch essen. Keine Anmeldung erforderlich."

Und, tatsächlich, der Sturm der Entrüstung blieb aus. MomInZurich meldete sich nicht, ich erhielt sogar ein paar nette Emails – quasi Anmeldungen. Mal schauen.

Ein wenig aus dem Rahmen fiel lediglich eine Antwort, zumal ich ja gerade nichts von Dating geschrieben hatte:

„Johanna
Wie geht es dich ... ich hoffte sehr gut? Du hast wunderschön Lächeln, Engel. Was für schöne Frau du bist. Bitte, kann ich dich besser lernen kennen Engel? Ich bin Chemisch Engineer und Witwe seit drei Jahr. Mein Pastor hat gesagt dass ich soll mitmachen. Dein Profil passen und ich möchte Freund für dir sein.
Ich gehe jetzt in Bett. Bitte schreib mir. Ich bin excited von dich lesen. Du bin wunderschön und ich hoffe wir Freunde für immer, weil ich zu lange Witwe.
Earl Thomas"

Ich hätte ja sogar noch darüber hinweggesehen, dass ich gar kein Foto veröffentlicht hatte und dass mein Profil („Berlinerin in Zürich") nicht wirklich half, die Höhen und Tiefen meiner engelsgleichen Seele zu erkunden. Aber dass der gute Earl gemäß seinem Online-Profil auch Mitglied war in der Gruppe „Gay single men in New York", das war doch nicht mal mehr grenzwertig.

Egal, ich blieb in dieser Woche datingtechnisch im Schongang. Zum Glück war die anfängliche Flut sinnloser Anfragen von MeinSingleFreund abgeebbt, so dass ich mich selbst etwas umsah. Es kam mir aber vor, als würde ich immer wieder dasselbe Profil lesen. Ich musste wohl meine Auszeit noch etwas ausdehnen, um wieder aufnahmefähig zu sein.

An einem Abend beschloss ich, mir etwas Gutes zu tun und mich zu bekochen. Die Kassiererin im Supermarkt inspizierte mich: „Sie waren doch heute in der Tageszeitung, nicht? Im Kunstteil, gleich auf der ersten Seite. Oder? Das sind Sie doch, nicht wahr?"

Ich verneinte.

„Doch, ich bin mir sicher. Also, fast sicher. Also, nur dass Sie nicht erschrecken, wenn Sie angesprochen werden."

Ich kaufte die Zeitung, aber natürlich konnte ich sie nicht sofort inspizieren. Das hätte dann doch zu mediengeil ausgesehen. Auf dem Weg nach Hause überlegte ich. Ich war nicht berühmt, ich kannte keine Journalisten, ich... Daniel! Hatte er mich doch zum Aufhänger für seinen Speeddating-Artikel gemacht? Mir war schlecht.

Zum Glück war der Weg nach Hause nicht zu lang. Ich liess alles fallen und suchte. Kein Foto von mir. Gottseidank! Auf dem Feuilleton prangte das Bild von einer Andrea irgendwas. Nun gut, die Frisur kam vielleicht hin, auch die Baskenmütze. Aber sonst? Ich las: „Andrea irgendwas, der Autor ..." Was? DER Autor? Jetzt werde ich mal mit einer Berühmtheit verwechselt, und dann ist es ein Mann? Zur Kassiererin zurückzugehen, hätte das Ganze auch nicht gerettet. Meine 15 Minuten Ruhm waren nicht mal meine. Wobei, immer noch besser als die Symbolfigur der Ungeliebten zu sein.

Ich las weiter und fand – Daniels Artikel: „Einsames Herz in Zürich". Er hatte tatsächlich einen Teilnehmer als Aufhänger genommen. Francis. Daniel arbeitete alle Aspekte der Francis'schen Sozialinkompetenz wohlwollend, aber genussvoll heraus. Francis suchte jetzt schon seit fünf Jahren und hatte (genau wie ich) Speeddating, Hobbykurse und Internet absolviert, hatte aber auch Zeitungsinserate aufgegeben und den Fernseh-Astrologen konsultiert (so weit war ich zum Glück noch nicht). Alles ohne Erfolg. Wenn er schon die sieben Minuten Speeddating nicht mit Leben füllen konnte, wie wollte er dann ein echtes, ganzes Date überleben? Vielleicht würde sich ja auf den Artikel hin eine Übermutter melden und ihn adoptieren. So sehr ich ihm das gönnen mochte, so verletzt war ich, dass mich das Leben in eine Schublade steckte mit den Francis dieser Welt. Andererseits, wenigstens war ich nicht erwähnt. Nur als Teil der indifferenten Masse: „Auch im heutigen Speeddating wollte keine der zehn Frauen Francis wiedersehen. 'Ja, das verletzt mich dann schon', sagt Francis, der sich eine Zukunft mit der einen oder anderen gut hätte vorstellen können, und seufzt."

Am liebsten hätte ich ihn aufgemuntert. Aber abgesehen davon, dass ich seine Telefonnummer nicht hatte, hätte ich auch nicht gewusst, wie ich ihn hätte trösten sollen. Es blieb dabei: Dating war ein Scheißspiel. Manchmal auch für Männer.

Der Sonntag versprach, ein sonniger Tag zu werden, wahrscheinlich einer der letzten der Saison. Ich schloss mich einer öffentlichen Wanderung auf dem Weg der Schweiz am Urnersee an. Nein, ich gab mich keiner Illusion hin, dass Mr Right sich dort verstecken könnte. Das typische Publikum war entweder weißhaarig oder genau im richtigen Alter – und mit Frau und Kindern unterwegs. Meistens lief ich mit älteren Witwen, die mir von ihrem Leben berichteten. Und einige hatten wirklich von einem vollen Leben zu erzählen.

Auch diese Regel kannte jedoch ihre Ausnahme – wie es sich gehört. Heute gesellte sich ein Mann zu mir: Boris, seines Zeichens Psychologe und Vater zweier Kinder. Und natürlich verheiratet. Aber nett.

Wir kamen unweigerlich auf das Thema Singles zu sprechen, und es beruhigte mich, dass er doch sehr andere Ansichten vertrat als Jörg: „Wissen Sie, viele meiner Patienten fragen sich schon, ob etwas mit ihnen nicht stimmt, weil sie so lange Single sind, obwohl sie glauben, alles zu tun, um den richtigen Partner zu finden. Aber letztlich läuft es immer auf dasselbe hinaus: Unbewältigte Themen in der Kindheit. Oder man will es einfach zu sehr. Oder einfach Pech. Immerhin, wenn man bisher nur Pech hatte, hat man noch eine Chance. Sonst muss da ein Profi ran."

„Dann hoffe ich mal, dass ich eine Pechmarie bin."

„Um das herauszufinden, gibt es zwei Möglichkeiten: Entweder, wir sehen uns mal rein professionell oder Sie probieren meine Pechvogel-Strategie: Gehen Sie ins Fitnessstudio, schauen Sie sich um und sprechen Sie jemanden an. Man hat Zeit und ein gemeinsames Interesse, und es ist ausgesprochen unverbindlich. Und außerdem denken Sie nicht bei jedem Mann nach, ob er der richtige Partner sein könnte, sondern lassen Sie die Dinge einfach passieren. Wenn er nicht der Richtige ist, dann hat er vielleicht einen Freund oder einen Bruder, und der ist es dann."

Nun gut, für diesen zweifelsohne lieb gemeinten Rat hätte auch ein Blick in eine Frauenzeitschrift genügt. Aber leider war dieser Rat ebenso offensichtlich wie offensichtlich falsch. Im Fitnessstudio war ich regelmäßig, aber die Männer dort waren sämtlich verstöpselt, vor allem in den Ohren. Und einen Freund oder Bruder abstauben zu können, das hatte ich auch jahrelang gehofft. Ich bedankte mich und schwenkte das Gespräch um auf seine Kinder.

Bernd

Meinen Flug nach Berlin hatte ich auf den Donnerstagnachmittag gelegt, um am Morgen gemütlich packen zu können. Natürlich wurde daraus nichts. Das Leben, besser gesagt das Büro rief. So packte ich meinen Koffer mit einer Hand, hielt das Telefon in der anderen und schrieb Notizen aus den Telefonaten mit der ... wie auch immer. Klar, ich würde ja auch mehr als einen ganzen Arbeitstag weg sein.

Am Ende war ich erleichtert, als ich es gerade rechtzeitig zum Flieger schaffte und mein Geschenk des Tages genießen konnte: Keine E-Mails. Keine Telefonate. Einfach Ruhe, lesen und vielleicht sogar ein wenig denken.

Die Flugbegleiterin las meine Gedanken und beendete die Sicherheitsansage: „Bitte schalten Sie jetzt alle elektronischen Geräte ab. Genießen Sie eine ganze Stunde ohne E-Mail, Telefonate und Internet!"

Die Welt würde sich weiterdrehen. So, wie sie sich auch vor der Einführung der totalen Kommunikation gedreht hatte. Selige Zeiten des Durchschlagpapiers! Schade, dass der Flug so kurz war. Und in der Bordzeitung wurde gedroht, auf Langstreckenflügen WLAN einzuführen. Wieder eine verlorene Oase.

Immerhin, ich hatte sogar Zeit, mein Horoskop zu lesen und war bass erstaunt: „Wenn Sie Single sind, werden Sie die Liebe Ihres Lebens treffen." Na, das war doch mal was. Es schien mir zwar unwahrscheinlich, dass alle Wassermänner der Welt just heute den Jackpot der Lebenslotterie knacken würden, aber immerhin, ein netter Gedanke.

In Berlin fuhr ich zuerst zu Tina, in alter Gewohnheit mit der S-Bahn. Trotz der Nachrichten über Jugendliche, die ahnungslose Passanten in S-Bahn Stationen verprügelten, welche sogar den Weg von Berlin nach Zürich fanden. Tatsächlich war die S-Bahn gut besucht und das Gefühl der Unsicherheit wich.

Mir gegenüber saß ein Mann in den Fünfzigern, das lange graue Haar mit einem Tuch gebändigt. Ich aß einen Apfel, und er begann, mein Kauen zu synchronisieren.

Er sprach mich an: „Sie glauben gar nicht, wie gut es tut, eine Frau zu sehen, die gerne isst. Endlich mal keine Hungerharke. Eine Frau muss doch Frau sein." Seine Hände legten sich um einen imaginären Busen.

Ich entschied auszusteigen. Sofort.

„Oh Gott, wie gerne würde ich das auspacken, was ich da gerade sehe. Darf ich mal streicheln?"

Hatte er das gerade wirklich gesagt, in einer S-Bahn an einem Donnerstag um 15 Uhr, zu einer völlig Fremden? Ja, seine Hand berührte mein Knie. Und ich hatte keinen Platz zum Ausweichen.

Ich hob meine Stimme: „Lassen Sie mich bitte in Ruhe, ich will das nicht. Und außerdem muss ich jetzt raus."

Niemand reagierte.

Ihn schien das nicht zu berühren: „Na, dann nehmen Sie doch einfach meine Karte mit. Sie können mich jederzeit anrufen, dann können wir uns treffen und ein wenig streicheln. Tut ja keinem weh. Und wenn's mehr wird – tut ja auch keinem weh. Rufen Sie einfach an. Jederzeit. Oder ich kann auch kommen. Und ein Freund von mir hat ein Ferienhaus in Spanien. Da können wir auch mal hin."

Was für ein widerlicher Bock. Er steckte mir seine Karte in die Manteltasche, aber ich war zu beschäftigt damit, meinen Koffer, meinen Rucksack und mich aus dem Zug zu bugsieren, um ihn abzuwehren. Zum Glück war der Kerl kein Gentleman, der mir mit meinem Gepäck geholfen hätte. Er blieb sitzen.

„Wenn Sie Single sind, werden Sie die Liebe Ihres Lebens treffen." Schönen Dank auch, Fortuna! Netter Versuch. Horoskope waren auch nicht mehr das, was sie nie gewesen waren.

Auf dem Bahnsteig wurde mir schlecht und ich fing an zu zittern. Es hielt an, bis ich bei Tina war. Ich erzählte ihr, was mir widerfahren war und wir ekelten uns gemeinsam. So etwas passierte auch nur mir.

Tina hatte das orientalische Kostüm schon rausgelegt und ich zog mich um. In meiner Erinnerung war es ein wenig stoffreicher gewesen, aber nun ja, Hauptsache, es passte. Das Quatschen verschoben wir auf den Abend oder den Morgen. Wir hatten ja Zeit.

Ich zögerte, ob ich ein Taxi nehmen sollte, aber letztlich weigerte ich mich, mein Verhalten zu ändern wegen eines Perverslings. Hoffentlich war er inzwischen zu Hause angekommen und tat was immer solche Typen tun mochten, wenn sie zu Hause waren. Ein Gedanke, den ich nicht vertiefen wollte.

Auf dem Weg zur S-Bahn sprach mich ein Mann an: „Weeste, wo die Trinkbar is?" Augenscheinlich hatte er beim Trinken schon mal vorgelegt.

„Tut mir leid, ich bin nicht von hier."

„Ach, dann kennste ooch keenen in die Jejend? Willste nich mitkommen? Wia könn doch zusammen suchen und uns dann betrinken."

Hatte er das jetzt echt so gesagt? Und warum wurden alle Verrückten ausgerechnet an dem Tag auf die Straßen gelassen, an dem ich in Berlin war? Und woher konnte der Horoskopeschreiber das wissen? Fragen über Fragen. Ich lehnte die freundliche Einladung dankend ab.

Klara hatte nicht zu viel versprochen: Ihre Wohnung hatte sich in eine Gruselhöhle mit Gerippen, Spinnweben, Kürbissen und Kerzenlicht verwandelt. Sie hatte sogar eine sehr kurz berockte Kellnerin engagiert, die jeden freundlich anlächelte und stumm Drinks anbot.

Manche Leute wussten einfach, wie man eine Party schmeißt.

Ich war umgeben von Hexen, Vampiren und Zombies, aber auch von weniger furchteinflößenden Kreaturen – und einem Zweimeterfrosch mit Krone, dessen Furchtpotenzial ich nicht wirklich einordnen konnte.

Viele Gäste kannte ich von der Hochzeit. Desi war standesgemäß als Draculas, nein, Graf Draculas Tochter erschienen. Sie sprach gerade mit Jacqueline, einer absolut makellosen Morticia Addams. Bernd hingegen zeigte eine eher missglückte Version des dazugehörigen Gomez, aber eines musste ich ihm lassen: Er hatte kein Problem damit, Jacqueline strahlen zu lassen.

Klara, besser gesagt die Schneekönigin, war in ihrem Element, wuselte herum und stellte sicher, dass sich alle wohlfühlten, meistens mit der Kellnerin im Schlepptau. Und in deren Schlepptau dann wiederum ein sichtlich angeheiterter Gast, der vom spärlich bedeckten Füdli der Kellnerin magisch angezogen zu sein schien. Egal, wie oft sie ihn abwehrte, seine Hand langte doch immer wieder in dieselbe Richtung. Die Arme tat mir leid, aber als ich zu ihnen ging, um mich einzumischen, gab sie mir ein Zeichen, dass ich mir keine Sorgen machen müsse. Ich wünschte dem Kerl, dass ihm mal jemand nachstieg, hatte aber auch keine Lust, dieser Jemand zu sein. Da war mir die Gefahr zu groß, dass er sich geschmeichelt fühlen und die vermeintliche Chance ergreifen würde.

Ich suchte nach Konrad – vielleicht war er ja der Frosch. Der war allerdings doch etwas sehr groß und massiv. Außerdem ging er auf jede Frau zu, breitete die Arme aus, rief: „Aaaah! Prinzessin! Endlich!"

und versuchte, die Betroffene zu küssen. Das war nun beim besten Willen nicht Konrad. Aber die Stimme kam mir bekannt vor. Tiefe, sehr tiefe Stimme, groß, massiv und nervig... Der Doktor! Ich entfernte mich unauffällig – aber nicht unauffällig genug, denn er rief hinter mir her: „Nun laufen Sie doch nicht weg, orientalische Schönheit! Ihr Frosch wartet."

Ach, du Schande! Der hatte mir nun wirklich noch gefehlt. Obwohl – irgendwie war es rührend. Klar kalkuliert, aber doch charmant. Ich drehte mich um und küsste ihn noch aus der Drehung heraus aufs Froschmaul. Damit hatte er augenscheinlich nicht gerechnet; er geriet aus dem Gleichgewicht und hielt sich an mir fest, um nicht hinzufallen. Ich musste lachen, er wohl auch. Das war noch schwierig zu sagen, unter der Maske.

„Und, wo bleibt mein Prinz?"

„Ja, das hat wohl nicht geklappt. Aber glauben Sie nicht, dass das für mich leicht wäre. Au contraire, meine Liebe. Das Leben als Frosch ist in der Tat hart. Ständig wird man von Möchtegern-Prinzessinnen abgeknutscht, hofft, bangt, wartet – und dann wieder nichts."

„Ich würde sagen, die Prinzessin ist schon richtig, der Frosch ist halt kein Prinz."

„Nun gut, das lasse ich mal so stehen. Ich freue mich jedenfalls, Sie zu sehen. Sagen Sie, von Fliegen allein kann ich nicht leben. Haben Sie schon gegessen? Ich vermute mal, das Buffet ist in der Küche."

Wie üblich, war die Hälfte der Partygemeinde in der Küche gestrandet. Wir bahnten uns unseren Weg durch die Massen – ich im Fahrwasser vom Doktor, so ein Gigantofrosch war noch praktisch.

Mit dem Buffet hatte sich Klara selbst übertroffen. Alles war gebührend blutig-eklig angerichtet, wie man es für einen bekömmlichen Abend in geist- und vampiriger Gesellschaft erwartete. Klara hatte sogar daran gedacht, für die gewichtig Herausgeforderten Gemüse zu schnipseln. Eine echte Freundin.

Der Frosch häufte seinen Teller voll und zog die Maske ab. Zum Vorschein kam ein doch leicht derangierter, stark verschwitzter Dr. Bergner.

Er probierte und lächelte: „Delikat. Spaghettigehirn. Noch besser wäre natürlich echtes Schweinshirn. Ich liebe Bregen. Überhaupt Innereien. Aber leider kriegt man das ja kaum noch zu kaufen. Und, meine Prinzessin, sind Sie jetzt extra aus der Schweiz angereist?"

„Ja, natürlich, wenn Klara und Konrad feiern, kann ich mir das doch nicht entgehen lassen. Apropos, haben Sie Konrad gesehen?"

„Nein, da muss ich Sie enttäuschen. Aber was halten Sie denn von Gehirn? Also, so eine leckere schwäbische Hirnsuppe?"

Es gab auch Dinge, die ich nicht probieren musste: „Mir ist Gehirn im Kopf lieber als auf dem Teller. Aber wer's gern hat, mag's leiden."

Er schien enttäuscht und hakte nach: „Also, die meisten Frauen ekeln sich ja vor Innereien. Würden Sie es denn probieren? Wie ich sehe, knabbern Sie ja nur Grünzeug. Ich hätte Sie nicht für so lustfeindlich gehalten."

Meine Güte, der war hartnäckig. „Wie gesagt, ich bevorzuge Gehirn im Kopf. Und ich esse, was ich möchte. Und jetzt möchte ich eben das."

„Aha!" rief er triumphierend: „Dann sind Sie also

auch so eine Etepetete-Frau, die alles Natürliche eklig findet und nur anonymes Fleisch essen, bei dem man nicht sieht, was es ist? Sie wissen ja gar nicht, was Ihnen entgeht. Reisen Sie mal in die Mongolei, die essen den ganzen Schafskopf, mit Hirn und Augen und allem. Sehr schmackhaft. Die Einheimischen waren ganz enttäuscht, dass ich alles gegessen habe und für sie nichts übrig blieb. Sie hätten mal sehen sollen, wie die mich bewundert haben. Die Augen sind nämlich eine Delikatesse, aber die normalen Touristen lassen das natürlich liegen. Bei uns hat man ja früher auch ratzfatz alles gegessen, nicht nur das Filet. Aber, wie gesagt, das geht jetzt leider alles verloren."

Er hatte sich in Fahrt geredet und erwartete augenscheinlich Stürme der Bewunderung oder einen Ausbruch des Ekels. Oder vielleicht auch beides. So wichtig war mir das Ganze aber gar nicht und ich verstand auch nicht, warum er mich unbedingt als Freundin oder Feindin der Innereien schubladisieren wollte: „Wenn Ihnen das schmeckt, ist das ja gut. Chacun à son goût."

Er schien enttäuscht, fing sich aber rasch wieder: „Und, was machen Sie so den ganzen Tag in Zürich?"

„Ich bin Juristin, bei einer Versicherung."

„Das erwähnten Sie. Und sonst?"

„Das Übliche halt: Freunde sehen, Kino, Theater, Konzerte, Wandern, Radfahren. Und ich singe in einem Chor. Und Sie, was machen Sie so, wenn Sie nicht arbeiten oder hinter unschuldigen Prinzessinnen her hüpfen?"

„Das Übliche halt: Kochen, Radfahren, Konzerte, Klavier spielen, gärtnern – was man halt so macht als älterer Herr mit wenig Freizeit." Er zwinkerte mir zu und erwartete offensichtlich Widerspruch.

Wenn's ihm denn so wichtig war – ich entschied, ihm die Freude zu machen: „Na, na, Sie tönen ja, als seien Sie ein Greis."

Augenscheinlich hatte ich den richtigen Knopf gedrückt; seine kleinen Augen leuchteten: „Weil Sie das Wort „Greis" erwähnen: Wussten Sie, dass Immanuel Kant ab seinem 50. Geburtstag tatsächlich noch mit „werter Greis" angeredet wurde? Das war ein Ehrentitel. Heute würden sich die Betroffenen das verbitten. Aber Sie haben recht, in diese Klasse gehöre ich wahrlich nicht."

Was für ein Pfau! Vermutlich sollte ich beeindruckt sein, dass er en passant Kant ins Spiel brachte. Auf der anderen Seite konnte ich die schöne Steilvorlage nicht vergeben: „Nur zur Sicherheit: In welche Klasse gehören Sie nicht: In die der Universalgelehrten oder in die der werten Greise?"

Dieser Knopf war augenscheinlich nicht der Rechte. Er schnippte leicht pikiert zurück: „Wir sprechen über das Alter, nicht über das Genie."

Hieß das jetzt, dass er sich für ein nicht-altes Genie hielt? Ich steuerte in ruhigere Fahrwasser: „Na, dann ist ja gut. Aber Sie sagten, dass Sie gerne kochen. Was kochen Sie denn so am liebsten? Nur Innereien?"

Das war das jetzt wieder der richtige Knopf. Er schwärmte von Rehrücken und Rinderfilet, geschmorten Täubchen und Jakobsmuscheln, von italienischen Trattorias und chinesischen Hinterhof-Restaurants, zeigte Fotos seiner Kreationen. Ich mochte Menschen, die sich so begeistern konnten, und er wurde mir geradezu sympathisch. Auch sein Enthusiasmus für sein hyperleichtes Rennfahrrad war ansteckend. Er fuhr jedes Wochenende, bei Wind und Wetter, möglichst schnell. So angefressen war ich nicht; ich war eher die Dampflok unter den Radfahrern: Stetig und ausdauernd.

Ich hatte gar nicht bemerkt, wie die Zeit verging, als Klara einen Gong schlug: „Liebe Gäste und Halloween-Fans! Wie es sich für eine anständige Kostümparty gehört, haben auch wir keine Kosten und Mühen gescheut und einen Preis ausgesetzt für das beste Kostüm. Ich bitte um Nominierungen!"

Ich schlug Morticia Addams vor – Jacqueline wuchs zwei Zentimeter. Auch Gräfin Dracula wurde genannt, ebenso die Wirtschaftskrise und der Immobilienhai. Die hatte ich gar nicht gesehen. Der Froschkönig brachte Scheherazade ins Spiel und lachte mich an. Oh, das war ja ich. Ich freute mich, sagte aber natürlich nichts.

Und dann ließ Klara die Bombe platzen: „Nicht nur, aber auch weil ich seine loyale, liebende Ehefrau bin, ist mein Favorit natürlich mein über alles geliebter Konrad."

Ich war anscheinend nicht die einzige, die Konrad noch gar nicht gesehen hatte, denn alle schauten sich fragend um. Bis der Froschkönig rief: „Ja, und wo ist er?"

Der Kellnerin trat vor, und seine Stimme klang so gar nicht weiblich: „Herr Doktor Bergner, liebe Gäste: Herzlich willkommen! Und eins sag ich euch: Nie wieder Frau. Diese Schuhe bringen mich noch um."

„Ihrem" Fan entfuhr ein leises, aber in der Stille deutlich hörbares „Shit", bevor wir in Applaus ausbrachen. Keine Frage, das war das beste und entbehrungsreichste Kostüm des Abends – nicht nur, dass Konrad seinen Bart geopfert hatte, er hatte auch noch Stöckelschuhe und Verehrer geduldig und im wahrsten Sinne wortlos ertragen.

Die Abstimmung erübrigte sich. Trotzdem war es lieb, dass der Frosch mich nominiert hatte. Aber der Preis war ohnehin mehr für Konrad attraktiv als für mich: Ein Kuss von Klara.

Jacqueline gesellte sich zu mir, während Desi den Doktor mit Beschlag belegte.

Jacqueline war interessiert: „Hey, Johanna, das war ja lieb, dass du mich vorgeschlagen hast. Ist das ein Verehrer, der dich vorgeschlagen hat? Dr. Bergner, nicht wahr?"

„Also, für einen Verehrer hätte er einen ganz schön kurzen Atem. Sieh mal, jetzt steht er bei Desi. Viel wichtiger: Jacqueline, du siehst wirklich – wie würde Bernd sagen: um-wer-fend aus. Aber ihm scheint es nicht so gut zu gehen. Hat er was?"

Jacqueline zögerte, konnte sich aber nicht zurückhalten: „Wir haben uns gestritten. Wieder einmal. Wieder über seine Schlangen. Ich weiß gar nicht, ob ich das erwähnt habe, aber Bernd züchtet Schlangen."

„Schlangen! Nee, das hast du nicht erwähnt, das würde ich definitiv erinnern. Das ist ausgefallen. Ich muss gestehen, dass ich mich mit Schlangen nicht so wohl fühle."

„Das geht mir genauso, ich hab auch Angst vor den Viechern. Ich habe so versucht, sie sympathisch zu finden, aber ich kann es einfach nicht. Ich will sie nur noch aus dem Haus haben."

„Das verstehe ich. Ich weiß auch nicht, ob ich

mich damit so anfreunden könnte."

„Weißt du, es wäre ja in Ordnung, wenn er sie wenigstens selbst versorgen würde, aber er kann nicht sehen, wenn sie essen, und deshalb muss ich sie immer füttern. Aber ich finde das auch nicht lustig, wenn ich so eine arme kleine Maus in das Terrarium schmeißen muss. Vor allem, weil ich die Ratten und die Mäuse ja selbst züchte. Und dann wirfst du sie da rein und die Maus hat gar keine Chance und die Schlange würgt sie runter und dann liegt sie wieder da und verdaut. Und du weißt, dass die arme kleine Maus da drin ist."

Jacqueline war den Tränen nahe: „Ich habe so eine Angst, dass eine mal nachts aus dem Kasten kommt und mich erwürgt. Ich weiß, dass das nicht passieren kann, aber das hilft mir nicht, wenn ich nachts wach liege. Die Biester sind ja richtig groß, seine Boa ist 2 Meter. Zuckerschnute."

„Zuckerschnute? Na, goldig. Ist das nicht illegal?"

„Nein, da braucht man nur eine Genehmigung vom Veterinäramt und man muss zeigen, dass man sich auskennt. Und Bernd kennt sich ja aus. Er kann eben nur nicht füttern."

„Also, dass du die füttern musst und auch noch das Futter großziehen, das finde ich schon ziemlich daneben. Das würde ich auch nicht wollen. Oder können. Man hat doch auch eine Beziehung zu dem Tier. Also zur Maus, meine ich."

„Eben. Aber Bernd sagt, ich würde es einfach nicht schön finden wollen. Wenn ich ihn lieben würde, dann würde ich auch das lieben, was ihn glücklich macht. Aber ich kann doch nichts dafür, dass ich Angst habe."

Ich nahm sie in den Arm: „Was für ein Idiot.

Wenn du Angst hast, hast du Angst und das ist einfach kein Hobby für dich. Punkt. Das hat nichts mit Liebe zu tun. Sonst könntest du ja auch den Spieß umdrehen und sagen, dass er die Viecher abschaffen würde, wenn er dich lieben würde. Entweder, er muss eben wegschauen, wenn er sie füttert oder er muss die Tiere irgendwem schenken und dann Besuchsrecht vereinbaren."

„Bernd sagt, das sei eben die natürliche Auslese. So sei das in der Natur. Aber ich habe trotzdem Angst, wenn die mich anstarren. Die machen ja nie die Augen zu. Und wir waren seit 15 Jahren nicht mehr im Urlaub. Geht ja nicht, wer soll sich denn um die Schlangen kümmern?"

„Also, ich würde jetzt nicht sagen, dass es viel mit Darwin zu tun hat, wenn man in einem Glaskasten liegt und mit Futter beworfen wird. Wenn Bernd so scharf ist auf das Recht des Stärkeren, dann soll er halt stark sein und sie selbst füttern, aber es kann doch nicht sein, dass du die Drecksarbeit machst und dann auch noch in ständiger Angst lebst. Ich würde eine schöne Reise buchen, nur für dich allein, ihm die Mäuse hinstellen und dann soll er machen. Fahr einfach mal weg, du musst da raus."

Jacqueline seufzte, aber bevor sie antworten konnte, hörte ich eine tiefe Stimme hinter mir: „Aber, aber, Prinzesschen, wer mischt sich denn da in anderer Leute Paar-Angelegenheiten ein? Noch dazu als Single." Er lächelte. Süffisant. Nervig.

Ich wusste nicht, was der Doktor gehört hatte, aber er war auf jeden Fall ein ungehobelter Kerl. Ihn hatte schließlich niemand nach seiner Meinung gefragt. Ich bemühte mich, locker zu bleiben: „Aber,

aber, Doktorchen, wer mischt sich denn da in anderer Leute Unterhaltungen ein? Hat Ihnen Ihre Mutter nicht beigebracht, dass man nicht lauscht?"

Er lächelte nicht mehr. „Ich habe nicht gelauscht, ich habe nur zufällig gehört, was Sie gesagt haben. In der Sache muss ich Ihnen allerdings zustimmen. Ich denke auch, dass ein Paar nicht immer zusammen sein muss. Gerade als Mann braucht man doch seine Freiheit."

Na, dann waren wir uns ja jedenfalls partiell einig: „Da muss ich Ihnen auch aus weiblicher Sicht zustimmen, auch wenn ich mir nicht ganz sicher bin, ob wir da dieselbe Freiheit meinen. Jedenfalls empfinde ich die Vorstellung, wie ein Siamesischer Zwilling durchs Leben zu torkeln, als beängstigend. Und, Jacqueline, wenn du ständig Angst hast wegen seines Hobbies, dann kann das die größte Liebe erwürgen. Aber du musst für dich entscheiden, wie schlimm es für dich ist. Schließlich muss es ja auch gute Seiten geben."

„Ja, das stimmt. Ich muss mir das wirklich gut überlegen. Danke. Aber, sage mal,..."

Jacqueline wurde jäh unterbrochen, als jemand die Musik auf volle Lautstärke drehte. Zeit zum Tanzen! Jacqueline, Desi, Klara, Konrad, ich – und die Wirtschaftskrise und wer sonst noch so herumlief. Der Doktor sah zu.

Um Mitternacht wurde ich müde, wie es sich für eine echte Prinzessin geziemte. Als ich mir die Straßenschuhe anzog, stand Bergner neben mir und meinte: „Ich wollte auch gerade gehen. Darf ich Sie noch irgendwo absetzen? Oder sind Sie motorisiert?"

Um diese Zeit war das Angebot einfach zu gut,

um es abzulehnen: „Nein, ich habe kein Auto. Wenn Sie mich bei der Bahn absetzen könnten, wäre das tatsächlich sehr lieb."

„Wo müssen Sie denn hin?"

„Ich übernachte bei Freunden in Tegelort."

„Na, das liegt ja quasi auf dem Weg. Ich wohne in Heiligensee. Also, dann erlauben Sie mir, Sie nach Hause zu bringen. Die Bahn ist um diese Uhrzeit einfach nicht der richtige Ort für eine Prinzessin."

Merkwürdiger als meine S-Bahn-Bekanntschaft konnte er nicht sein. Und er schien ein zwar arroganter, aber interessanter Gesprächspartner zu sein. Gerade wenn man müde war und mehr hören wollte als reden.

Ich hatte mich nicht getäuscht. Auf dem Weg zu Tina berichtete er von seinen Reisen – nach Frankreich und Italien, Spanien und Ägypten, von seinen beiden erwachsenen Kindern und seiner verstorbenen Frau. Und wirkte tatsächlich sympathisch.

Die Fahrt verging fast zu schnell. Als ich ihm zum Abschied die Hand reichte, zog er mich zu sich, hielt meinen Kopf mit der anderen Hand und küsste mich. Auf die Wange.

Tina und Lars schliefen bereits, als ich in die Wohnung kam. Zum Glück war ich zu müde, um noch lange zu überlegen, ob das jetzt ein richtiger Kuss gewesen war und schlief schnell ein.

REX

Zum Glück verlief die Nacht ereignislos. Ich

konnte da ja nie so ganz sicher sein und musste meine Gastgeber immer warnen.

Als ich aufwachte, war es schon fast neun und Tina und Lars waren, wie es in Berlin so schön hieß, „auf Arbeit". Ich machte mich fertig - in meiner Familie schlurfte man nicht im Schlafanzug in Richtung Tag, man erschien fertig gestriegelt am Frühstückstisch, ob allein oder nicht. Preußischhugenottisch eben.

Ich rief kurz bei Klara an, um ihr Feedback zum Abend zu geben, vor allem natürlich zu Konrads Kostüm, und wir verabredeten uns für den Abend. Kinsey erwähnte ich nicht. Danach machte ich mich auf ins nächste Fitnessstudio.

Zum Mittag traf ich Desi im Büro. Die Empfangsdame im Parterre war angespannt: REX war da. Der Choleriker, der so mit sich beschäftigt war und so viel Wind um alles machte, was ihn anging, dass er nicht einmal merkte, dass er anderen die Luft zum Atmen nahm. Oder dem das einfach herzlich schnuppe war. Als ich auf dem Weg zu Desi an seinem Büro vorbeikam, rief er mir durch die geöffnete Tür zu: „He, Sie, bringen Sie uns mal Kaffee!"

Er hatte mich schon nicht gekannt, als ich noch in derselben Kanzlei gearbeitet hatte. Natürlich konnte er mich da auch jetzt nicht einordnen. Aber immerhin war ich Frau und damit augenscheinlich des Kaffeekochens mächtig.

„Guten Tag, Herr Xavier. Ich bin potenzielle Mandantin, nicht Ihre Untergebene. Einen schönen Tag noch."

Sein Besuch erhob sich: „Lass nur, Richard, ich kümmere mich darum."

Es war – Bergner. Sein kleiner Mund grinste so

breit, wie das halt ging, als er vor mir stand: „Na, Prinzesschen, das war ja mal ein Auftritt. Chapeau! Sagen Sie, haben Sie heute Nachmittag schon Pläne? Ich esse noch zu Mittag mit Xavier, aber vielleicht danach? Ich bin da." Sagte es, bat eine Assistentin, Kaffee zu bringen und entschwand zu REX. Ohne eine Antwort abzuwarten.

„Ich bin da." Er würde ja wohl kaum sinn- und ziellos im Büro rumlungern und auf mich warten. Komische Ansage.

Desi hatte recht gehabt, ich kannte kaum noch jemanden, so dass meine Begrüßungsrunde schneller als erwartet in Desis Büro endete.

Desi schleuderte mir ihre Neuigkeiten entgegen: „Weißt du noch, auf Klaras Hochzeit? Ich glaube, ich gewinne unsere Wette! Ich habe heute ein Date."

Eigentlich hatte sie sich ja geweigert zu wetten, aber eine Schwebende sollte man nicht unnötig erden: „Echt jetzt? Erzähl!"

„Noch ist es kein ganz richtiges Date, aber ich bin mir sicher, dass es eins wird. Und mehr kann ich nicht verraten." Sie kicherte wie ein Backfisch.

Desi blieb auch beim Essen standhaft. Also erzählte ich von meinen Abenteuern der letzten Wochen: vom Speedflirting, vom Internetdating, dem Haushaltskurs und den „normalen" Dates. Als ich mir selbst zuhörte, schien es, als hätte ich meine Zeit nur mit der Männerjagd verbracht. Aber von nix kommt eben nix.

Als ich Desi im Büro absetzte, lief ich dem Doktor in die Arme. Wortwörtlich.

„Hallo, Principessa! Na, das klappt ja primstens. Also, wo wollen wir hin auf ein Käffchen?"

„Ich habe nur Frau von Hirschenstein begleitet und muss jetzt auch wieder los. Ich werde erwartet."

„Ach, das ist aber schade. Das hätte jetzt so schön gepasst, mein nächster Termin ist erst in drei Stunden. Wo müssen Sie denn hin?"

Ich erklärte, dass ich meinen Onkel besuchen wollte.

Bergners Antwort überraschte mich: „Ein früherer Kollege lebt auch dort. Darf ich Sie hinfahren? Dann kann ich ihn sehen, während Sie bei Ihrem Onkel sind. Bitte, das können Sie mir nicht abschlagen. Ich werde mich auch benehmen. Gut sogar."

Na, dann würde er halt mitkommen.

Nach ein paar Minuten im Auto meinte er: „Sind Sie mir sehr böse, wenn ich ein wenig geflunkert habe? Ich muss nochmal kurz telefonieren. Sagen Sie nichts."

Er wählte: "Frau Bromstedt, könnten Sie mich bitte mit Frau von Hirschenstein verbinden?"

Desi!

„Frau von Hirschenstein, hier ist Dr. Bergner. Ich muss unseren Termin leider absagen. Mir ist etwas dazwischengekommen. Bitte machen Sie doch etwas Neues ab. Frau Bromstedt weiß Bescheid."

Desis „Ja, selbstverständlich, Herr Dr. Bergner" war sehr kurz.

Mir war schlecht. Er war ihr „Beinahe-Date" gewesen. Und jetzt saßen wir hier im Auto auf dem Weg zu Onkel Walter. Mist! Mistmistmist! Warum musste er mich in so eine blöde Situation bringen? „Sie hatten gesagt, dass Sie keine Termine hätten. Ich hätte auch die U-Bahn nehmen können."

„Nun machen Sie sich mal keine Gedanken. Das ist nun wirklich kein Problem. Ich bin schließlich der

Mandant. Und sie ist die Meisterin der adeligen Contenance."

Er grinste mich an; „Jetzt habe ich Zeit und wir machen unsere Besuchstour."

Bergner war ein merkwürdiger Mix: Freundlich zu mir, respektlos zu Desi, fürsorglich zu seinem alten Kollegen. Sehr von sich angetan, aber seine Kinder gingen ihm über alles. Und per Du mit REX.

Die anschließende Darbietung von „Mein Navi und ich" offenbarte dann auch noch unfreiwillig komisches Talent. Nachdem er die Ansagen mit Kommentaren wie „Was soll das denn? Meine Güte, das Ding ist wirklich Schrott!" oder „Nach rechts? Wieso nach rechts? Wir müssen geradeaus!" ignoriert hatte, fanden wir uns in der Berliner Pampa wieder. Was wiederum mit „Wo hat sie mich denn jetzt schon wieder hingeführt? Ich frag mich manchmal wirklich, wer diese Dinger baut" quittiert wurde.

Irgendwann stießen wir auf ein Hinweisschild in Richtung Autobahn. Von dort kannte ich zum Glück den Weg und übernahm die Navigation.

Im Heim verliess uns Bergner kurz, um seinen ehemaligen Kollegen aufzusuchen, aber als er ihn nicht finden konnte, entschied er, meinem Onkel und mir Gesellschaft zu leisten. Er blieb stiller Zuschauer und hackte nicht einmal auf seinem Telefon herum. Was ich ihm hoch anrechnete. Das hätte nicht zur Umgebung gepasst. Onkel Walter freute sich, mich zu sehen, grüßte auch meinen Begleiter, schlief aber schnell wieder ein. Zumal ich keinen Kuchen dabei hatte, um seine Aufmerksamkeit zu fesseln.

Der Doktor bot an, mich noch weiter zu chauffieren, aber das war mir zu viel: „Das ist lieb, aber als Cabby sind Sie überqualifiziert. Das kann ich einfach nicht annehmen."

„Fehlqualifiziert vielleicht, aber nicht überqualifiziert. Überqualifiziert wäre Michael Schumacher."

„Das stimmt zwar, aber das geht trotzdem nicht."

„Gut, dann nehmen Sie wenigstens meine Karte. Rufen Sie mich an, wenn Sie einen Cabby brauchen. Ich bin da." Er strahlte mich an. Schon wieder dieses „Ich bin da".

„Danke, das ist sehr freundlich. Ich bin mir aber sicher, dass Sie an Ihrem Wochenende etwas Spannenderes zu tun haben als durch Berlin zu kutschieren."

Ich reichte ihm die Hand zum Abschied. Er drückte sie fest, aber nicht unangenehm.

Auf dem Weg zu Klara versuchte ich, Desi zu erreichen, um zu schauen, wie es ihr ging, aber sie nahm nicht ab. Das war auch gut. Ich wusste ja selbst nicht, was passiert war.

Klara brachte mich dann auf andere Gedanken – die Höhle aufräumen, Reste essen und über Dinge reden, die nichts mit Dates, Singles und Männern zu tun hatten. Das brauchte ich. Sie fragte auch nur kurz, was denn da mit Dr. Bergner laufe; sie hatte gesehen, dass wir gemeinsam die Party verließen. Ich erwiderte, er sei so nett gewesen, mich nach Hause zu fahren, weil es ja für ihn auf dem Weg gelegen habe. Unseren heutigen Ausflug erwähnte ich nicht.

Noch bevor Konrad nach Hause kam, musste ich mich auf den Weg zu Tina machen. Ich hätte ihn gerne ohne Bart gesehen – und ohne Schminke. Nun gut, das würden wir am Sonntag nachholen. Wir verabredeten uns auf dem Trödelmarkt an der Straße des 17. Juni. Bis dahin wäre es sowieso erst ein Dreitagebart.

Rodolfo

Am Samstag widmeten Tina, Lars und ich uns erst einem ausführlichen Frühstück. Tina wirkte zufrieden wie eine Katze, die es sich im Wäschekorb bequem gemacht hatte. Es fehlte nur, dass sie schnurrte. Die beiden gingen die Schwangerschaft sehr entspannt und gemeinsam an. Lars bestand er darauf, dass wir uns aus seinem Haushalt raushielten: „Jo, wir sehen dich so selten, entspann dich einfach. Ihr habt genug zu bequatschen, tut einfach so, als ob ich gar nicht da wäre."

Nun gut: „Sag mal, Tina, was ist eigentlich aus deinem Chef geworden? Wie hieß er doch gleich? Ricardo?"

Er war mir in lebhafter Erinnerung geblieben, obwohl ich ihn nie getroffen hatte: Italiener, streng katholisch, verheiratet, vier Kinder. Typ Latin Lover mit Extraportion Stil. Er lud die Kolleginnen zum Essen ein und baggerte, als gäbe es kein Morgen, ging aber niemals weiter. Hierbei konzentrierte er sich immer auf die Singles in seinem Team, die dann klaglos seine Arbeit machten, während er im trauten Heim Frau und Kinder genoss. Sein spezielles Mitarbeiterinnenbindungsprogramm.

„Rodolfo. Rodolfo de Cropolati. Ja, der ist immer

noch mein Chef. Allerdings sehe ich ihn selten, seitdem ich im Berliner Büro bin. Das macht aber nichts. Als ich ihm damals von unserer Verlobung erzählte, war es sowieso vorbei mit Lunches und Käffchen und Drinks. Allerdings auch mit den unbezahlten Überstunden, in denen ich seine Arbeit machte. Und ich saß in den Besprechungen auch nicht mehr neben ihm, da saß und sitzt jetzt die Chefin Rechnungswesen."

„Single?"

„Klar. Jetzt ist sie seine Cheferledigerin. Und so wie sie arbeitet, wird sie das auch bleiben, da hat sie gar keine Zeit, jemanden zu treffen. Und solange sie ihm die Arbeit macht, bleibt Rodolfo Chef. Ich bin so froh, dass ich Lars gefunden habe."

Dem konnte ich nur zustimmen: „Ein Hoch auf die Ägyptischen Straßenhändler und ihre Aufdringlichkeit! Und natürlich auf Lars."

Lars ertönte aus dem Off: „Vor allem auf Lars!"

„Ja, natürlich, mein Bärchen. Aber ich kann ja nicht alle Duracell-Hasen, die Rodolfo um sich versammelt, nach Ägypten schicken. Und Lars ist besetzt. Für erfolgreiche Frauen ist es halt schwer, jemanden zu finden. Aber wem sage ich das? Die meisten Männer trauen sich doch nicht ran an jemanden, der mehr zu sagen hat als 'Ja, Schatzi!' und der das auch tut. Außer natürlich, sie gleicht diesen Makel durch äußere Werte aus."

„Ich habe gerade gelesen, dass zwei Drittel der deutschen Frauen zehn Punkte ihres IQ für ein besseres Aussehen aufgeben würden. Wobei nicht klar war, ob sie den Verlust des IQ als Verlust oder als Sonderbonus empfunden hätten."

„Krass! Es gibt halt kaum richtige Männer. Ich

glaube, ich habe den letzten vom Markt genommen. Nicht wahr, Lars?"

„Ja, Schatzi!"

Wir mussten grinsen: „Also, für die Antwort kriegst du ausnahmsweise keinen Punkt, mein Liebling."

Ich musste lachen: „Also, von mir schon."

Lars gesellte sich zu uns: „Jedenfalls, Tina erzählt, dass Rodolfo dieses Spielchen tatsächlich immer noch durchzieht. Flirtet, bis sich die Balken biegen, würde aber nie weiter gehen. Wenn du Single bist und das alles ist, was du kriegen kannst, dann arbeitest du dich für das bisschen Aufmerksamkeit kaputt. Auch wenn du weißt, dass das alles ist."

„Na ja, immer noch besser als wenn es mehr würde. Letzten Endes wird er doch immer bei seiner Frau bleiben und ein Reserverad ist eben ein Reserverad."

Lars hakte nach: „Hast du noch nie an eine Affäre gedacht? Ich meine, nicht, dass das bei mir ein Thema wäre, aber für viele Männer wäre das doch der logische Schritt."

„Nee, eigentlich nicht. Ein verheirateter Mann, der interessiert mich gar nicht. Ich will was Richtiges, nichts Halbes. Und ich will auch keine andere Frau unglücklich machen. Also, klar, Flirten macht Spaß und ist völlig okay, aber so wie Rodolfo das einsetzt… Ein Kollege hat mir mal allen Ernstes vorgeschlagen, ich sollte mir doch einen Hengst suchen und die Freiheit als Single genießen, ich Glückliche. Und er meinte keine Reitstunden."

„Lass mich raten – er war verheiratet und hatte einen bestimmten Hengst im Auge?"

„Ich denke schon. Ich habe mich dann verabschiedet und herzliche Grüße an seine Frau ausgerichtet."

Lars lachte: „Und das bei den Eidgenossen. Ich dachte, die wären so überkorrekt."

„Nun ja, die Ausnahme, die Regel usw."

Ich wechselte das Thema: „Sagt mal, was habt ihr denn zu Weihnachten vor? Ägypten klappt ja diesmal wohl nicht." Sonst waren sie zu Weihnachten immer nach Ägypten gereist. „Den eigenen Fußstapfen folgen", wie Tina es nannte. Lars' Umschreibung („Erinnerungen an die letzten Tage in Freiheit auffrischen") fand Tina nicht so lustig wie er. Bei seinen Freunden war das aber bestimmt ein Brüller, immer wieder.

„Nein, wir sind mitten in den Verhandlungen mit unseren Eltern. Die Nahost-Friedensverhandlungen sind nichts dagegen. Inzwischen hoffe ich, dass ErSie am Heiligabend geboren wird, dann wäre es geklärt. Für dieses Jahr jedenfalls. Und du?"

„Mal schauen. Ich weiß noch nicht."

„Echt, du hast noch nichts vor? Sonst könntest du zu uns kommen und unsere Eltern würden dann eben auch alle hierher kommen müssen. Aber mit ErSie… Das ist jetzt blöd."

„Du, das ist kein Thema. Ich find schon was." Ich wollte nicht traurig sein. Ich sah wieder einmal, was mir im Leben fehlte, aber eben auch, was ich vielleicht haben könnte. Irgendwann und mit viel Glück.

Während die beiden ihren Wochenendeinkauf planten, machte ich mich auf ins Fitnessstudio. Die beiden brauchten auch Zeit für sich.

Im Fitnessstudio traf ich auf einige bekannte Gesichter vom Vortag. Vielleicht waren das ja auch

Singles. Theoretisch wäre das ja eine sehr gute Gelegenheit, um zwanglos ins Gespräch zu kommen. Da hatte Boris schon recht gehabt. In der Praxis hingegen waren alle verstöpselt und hörten Musik oder sahen fern. Oder sie unterhielten sich lautstark, vorzugsweise auf Russisch. Berlin hatte sich schon sehr verändert seit meinem Wegzug.

Nun gut, die Lautstärke war heute in der Tat nötig, denn der Stöhner war wieder da – ein durchtrainiertes Kraftpaket, das sich seine Übungen mit wohligen Äußerungen grenzenloser Sinnenfreude versüßte: „Yeah, Baby, that's it! Yeah, that's so good. Uuh – yeah – keep going, Baby. Uuuh, Baby, you're so good!"

Jetzt mal ganz abgesehen davon, dass sich „Baby" nicht wirklich als Spitzname für dieses Muskelpaket aufdrängte und dass lautstarke Selbstgespräche an sich peinlich waren, handelte es sich hier auch nicht wirklich um ein Selbstgespräch, sondern eher um einen einstündigen sportinduzierten Solokoitus non interruptus auf hemmungsfreier Intensitätsstufe. Schön für ihn. Schlecht für den Rest der Menschheit, also jedenfalls den anwesenden. Fremdschämen mal nicht vor dem Fernseher. Trotzdem: Irgendetwas machte ich falsch. Ich holte meine Chornoten hervor, verstöpselte mich auch und lernte Carmina Burana. O Fortuna!

Als ich danach ein paar Runden schwamm, näherte sich Stöhni dem Schwimmbecken. Er sah entspannt aus. Wiederum schön für ihn. Aber egal wie elegant er auch ins Becken glitt, ich musste mich doch fragen, wie weit er seine Manneskraft gerade schleuderte. Und da ich mich ohnehin auf den Weg machen, um Tina und Lars beim Kino zu treffen, floh ich in die Umkleidekabine, wo ich selbstgnadenlos feststellen musste, dass die anwesenden Russinnen, frisch dem Bade entstiegen, immer noch gestylter aussahen als ich, wenn ich mich eine gefühlte Ewigkeit aufgebrezelt hatte. Einige hatten's halt. Und ich liess es bleiben.

Tina hatte eine Romantic Comedy ausgesucht. Der Film lief nach dem üblichen Muster, Jane Austen sei Dank: Frau sucht große Liebe, verliebt sich in das Arschloch, während der Richtige in der Ecke rumlungert und wartet, um sie zu retten, wenn sie endlich erkennt, dass das Arschloch eben ein solches ist und sie in seine starken und offenen Arme fällt. Oder Held und Heldin bekämpften einander wie Godzilla und King Kong, bis sie einander in die Arme fielen. Dass das im richtigen Leben nicht so lief, war das eine. Dass ich mir jetzt noch mehr so vorkam, als ob etwas mit mir nicht stimmte, war das andere. Wenn alle jemanden fanden, selbst die beiden aus dem Film, Herr Müller, Steve und wasweißichwer, warum dann nicht ich? Vielleicht war ich ja doch einfach zu wählerisch.

Am Abend checkte ich kurz mein E-Mail. Eine Nachricht von Samuel Prince.

Wortreich legte er dar, dass wohl irgendetwas schiefgelaufen sei. Er habe zwar beim besten Willen nicht die geringste Ahnung, was das sein könnte, aber es sei offensichtlich ein Missverständnis. Ihn habe noch nie eine Frau zurückgewiesen, und wir würden objektiv ausgesprochen gut zueinander passten. Er hätte auch schon mit seinem Vater gesprochen, der von unserer Verbindung sehr angetan sei und zu Weihnachten in die Schweiz käme, um mich zu treffen und uns seinen Segen zu geben. Also sollten wir uns doch möglichst rasch treffen, um das kleine Missverständnis aus dem Weg zu räumen.

An Selbstbewusstsein mangelte es ihm jedenfalls nicht, das war ja schon mal was.

„Lieber Sam

Vielen Dank für Dein Mail. Ich schätze Deine Offenheit sehr. Du bist ein toller Mann, aber die Liebe und das Leben gehen eigene Wege, und in meinem Fall führt dieser Weg leider nicht in Deine Richtung. Ich bin mir aber sicher, dass Du bald jemanden findest, der Dich so liebt, schätzt und würdigt, wie Du es verdienst.

Ich wünsche Dir alles Gute in der Liebe und im Leben

Johanna"

Ich wollte ihn ja nicht runterziehen, sondern nur etwas beenden, was meinerseits nie begonnen hatte. Auch Tina und Lars fanden, das sei kein Verlust.

Nofretete

Am Sonntagmorgen traf ich mich mit Klara und Konrad an der Siegessäule. Konrad sah tatsächlich etwas derangiert aus, so ganz ohne Bart. Hätte ich es nicht gewusst, hätte ich ihn wahrscheinlich nicht erkannt.

Ich mochte den Tiergarten in aller Herrgottsfrühe, wenn nicht Grillqualm, sondern Morgennebel auf den Wiesen lag und nur ab und zu ein Jogger den

Weg kreuzte. Wir hatten alle Zeit der Welt zum Reden.

Ein lautes Schnaufen hinter uns, wenngleich regelmäßig und langsam näherkommend, schien mir jedoch nicht der rennenden Zunft zuzuordnen. Als es uns fast erreicht hatte, ertönte es: „Principessa, sind Sie das?"

Nee, echt jetzt? Wir drehten uns um – jawoll, der Doktor. Wo kam der jetzt her? Und warum? Klara las die Frage in meinen Augen und zuckte mit den Achseln.

„Dachte ich's mir doch, dass Sie das sind. Einen wunderschönen guten Morgen. Klara. Konrad." Er lächelte in die Runde und versuchte, seinen Atem unter Kontrolle zu bekommen.

„Guten Morgen, Herr Bergner. Das ist jetzt eine Überraschung."

„Ja, Principessa, wer hätte das gedacht? Ich wollte den Tiergarten im Morgennebel genießen. Auf so charmante Begleitung hätte ich natürlich nie zu hoffen gewagt."

„Von Heiligensee kommen Sie extra hierher, um spazieren zu gehen?", entfuhr es mir.

Er nickte. Klara lud ihn ein, sich uns anzuschließen. Nun gut, jetzt war er mal da, und so ließ ich Klara und Konrad ein wenig Zeit zu zweit und unterhielt mich mit ihm.

Auf dem Floh- und Kunstmarkt war noch nicht viel los, die Touristen saßen wohl noch an den Hotelbuffets. Die Verkäufer waren noch dabei, ihre Stände aufzubauen. Mir konnte es recht sein, ich wollte ohnehin nichts kaufen. Ich hatte alles, was ich brauchte und mehr, zumal ich seit Jahren nicht umgezogen war. Es war immer wieder erstaunlich, wie sich Kram ansammelte. Dekoratives fand ich nur schön, wenn es in anderen Heimen Staub ansammelte, nicht bei mir. Auch Klara und Konrad wollten nur schauen. Wir versicherten einander, dass die Zeiten der Flohmarktschnäppchen für uns endgültig vorbei seien.

Letztlich wurden wir aber doch rückfällig. Es begann zu nieseln, mithin schien der Kauf eines Hutes fast schon unausweichlich – zumal mich das erstandene Exemplar an Jacqueline und damit an Klaras Hochzeit erinnerte. Auf dem Rückflug nach Zürich würde ich mich über dieses Teil natürlich ärgern oder es in der Gepäckablage vergessen. Aber so war das Leben. Klara und Konrad erstanden glücklich LPs aus seligen Kinderzeiten. So hatte nur der Doktor noch nicht zur Umsatzsteigerung beigetragen. Das konnten wir natürlich nicht auf uns sitzen lassen, und ich fand das ideale Kaufobjekt: Zwei Froschkönig-Kaffeebecher. Denen konnte auch er nichts mehr entgegensetzen, und so hatten wir letztlich alle glorreich Dinge erworben, deren Überleben beim nächsten Umzug nicht als selbstverständlich vorausgesetzt werden durfte.

Aus Nieseln wurde Regen, aber trotzdem füllte sich der Markt. Es wurde ungemütlich. Klara und Konrad fuhren nach Hause - und ich hatte noch den halben Tag Zeit, bis ich am Flughafen sein musste.

Der Doktor bot mir an, mich nochmals zu meinem Onkel zu fahren, aber ein Besuch war genug. Für Onkel Walter und für mich. Also entschied ich, Nofretete meine Aufwartung zu machen. Nicht, dass sie mich erwartet oder meine Anwesenheit besonders geschätzt hätte, aber es war doch immer wieder schön, sie zu sehen. Bergner bat, mitkommen zu dürfen. Allmählich fragte ich mich, ob der Mensch denn gar kein eigenes Leben hatte. Ich war schließlich kein Unterhaltungskomitee. Und er nicht mein Privatchauffeur. Auf der anderen Seite störte er ja nicht wirklich, also sollte er halt mitkommen.

Auf dem Weg ins Museum erzählte er mir nochmals von der Ägypten-Reise mit seiner verstorbenen Frau. Meine leisen Hinweise: „Ja, das hatten Sie mir schon auf der Party erzählt", verhallten ungehört oder jedenfalls ohne merkbare Reaktion. So dozierte er unaufhaltsam über Pyramiden, Obelisken und Sphinxe, bis ich seine Erzähllust in Richtung Essen umlenkte. Da wir in Ägypten nur die ausgesprochen repetitive Touristenküche vorgesetzt bekommen hatten (ein weiteres Mysterium der Touristenabschreckung), war ich gespannt, was er zu erzählen hätte. Allerdings hatte die ägyptische Tourismusindustrie auch ihn geschlagen. Ich musste jedoch feststellen, dass auch ihm kein lukullisches Glück beschieden gewesen war.

Im Museum musste ich ihn dann allerdings abstellen. Es ist ja schön, wenn man viel weiß, aber man sollte es tunlichst vermeiden, dies auf dem Tablett zu präsentieren und noch mehr, es einem sich heftig wehrenden Opfer den Rachen runterzustopfen. Das macht man einfach nicht. Schon mal gar nicht, wenn nicht klar ist, ob das dergestalt zwangsbeglückte Opfer mehr weiß als man selbst.

Ich arbeitete mich langsam von den leisen Andeutungen über die Winke mit dem Zaunpfahl hin zum brachialen Dreinschlagen: „Ich weiß. - Ja, das habe ich auch gelesen. - Ja, das habe ich damals in der Schule gelernt. – War das nicht vor kurzem in der

Zeitung? - Davon war meine Nichte auch sehr beeindruckt." Als alles den Redeschwall nicht bremste, stellte ich mich ihm in den Weg und sah ihm in die Augen, soweit der Größenunterschied dies zuließ: „Herr Bergner, ich war selbst schon in Ägypten, ich habe viele Bücher darüber gelesen, Sie erzählen mir nichts Neues. Können Sie bitte einfach aufhören, damit ich einfach nur die Ausstellung genießen kann?"

„Nun gut, aber eins noch, wussten Sie, dass Echnaton ..."

Ich drehte mich um und ließ ihn stehen. Nach einer Schrecksekunde folgte er mir und dozierte weiter. Ich kam mir vor wie im Kindergarten. Dementsprechend wäre die einzige angemessene Reaktion wahrscheinlich gewesen, mir die Ohren zuzuhalten und „Lalala" zu singen, um ihn nicht zu hören, aber so weit wollte ich dann doch nicht gehen. Wo war das Oropax, wenn man es brauchte! Ich brauchte einige Minuten, um ihn aus meinem Bewusstsein auszuschalten. Was für ein Nervtöter! Irgendwann bemerkte dann auch er an meinem Schweigen, dass ich seine Beschallung mental auf ein Grundrauschen reduziert hatte, und er gab auf. So war ich am Ende unseres dann friedlich und fast schweigend fortgeführten Rundganges fast schon wieder versöhnt. Er schlug vor, essen zu gehen und da ich nun wirklich nichts vorhatte und mich auch etwas schlecht fühlte, ihn so abgewürgt zu haben, stimmte ich zu. Ich hatte es nie sonderlich gemocht, alleine zu essen.

Wir fuhren zu seinem Lieblingschinesen, bei dem er „eigentlich schon Teil der Familie" war, und wurden im fast leeren Restaurant an den Tisch zwischen

Küche und Klo gesetzt. Das Ambiente lag beim Gemütlichkeitslevel „Bahnhofshalle", also typisch chinesisch. Und die Gerichte, die der Doktor aussuchte, waren tatsächlich nicht nur authentisch, sondern lecker. Gutes Essen war eine gute Sache.

Der Doktor war beim nächsten Lieblingssujet angelangt: Seinem Job. Er erzählte von einem Mega-Deal, den er gerade einfädelte – die Maienwald-Gruppe würde 100 Hotels in Bulgarien kaufen, mit angegliederter Pflegestation, um deutsche Senioren zu betreuen. Augenscheinlich war das ein sehr kompliziertes, aber auch lukratives Geschäft, das nur ein wahres Genie unter Dach und Fach bringen würde. Mir war das Gespräch unangenehm. Diese internen Details gingen mich nichts an. Ich selbst sprach fast nie über meine Arbeit, schon gar nicht mit einer oberflächlichen Bekanntschaft. Leider ging er auf meine Versuche, das Thema zu beenden, nicht ein.

Es wurde spät, und ich unterbrach: „Herr Bergner, es ist wirklich sehr nett, mit Ihnen zu plaudern, aber ich muss allmählich zum Bahnhof Friedrichstrasse, meinen Koffer abholen, und dann zum Flieger."

„Ach, Prinzesschen, da kann ich Sie doch fahren! Der Bahnhof liegt auf dem Weg, der Flughafen Tegel auch. Das ist doch kein Problem."

Das stimmte natürlich, rein geographisch: „Gut, dann lade ich Sie aber zum Essen ein."

Er protestierte nicht. Also war das kein Date. Das war auch gut so. So sah ich das nämlich auch. Ich zahlte, und wir machten uns auf den Weg.

Ich war dann doch etwas überrascht, als er am Flughafen fragte: „Sagen Sïe, nächste Woche bin ich auf einer Tagung in Basel. Ich könnte ein Wochenende in Zürich dranhängen, das soll ja ein netter kleiner Ort sein. Sind Sie da?"

„Also, das kann ich so auf Anhieb gar nicht sagen. Da müsste ich in meine Agenda schauen."

Ich stieg aus und öffnete den Kofferraum. Als ich meinen Koffer herausgehoben hatte und das übliche Hupkonzert einsetzte, rief Bergner mir zu: „Ich muss! Rufen Sie mich an! Oder schreiben Sie! Sie haben ja meine Infos. Also bis nächste Woche, Principessa!" Er brauste davon. Und auch das war gut so.

Ich checkte meine Agenda. Am Sonntag hatte ich den Museumsbesuch geplant. Nun gut, da könnte er ja mitkommen. Das schrieb ich ihm dann auch, als ich in Zürich ankam.

Er antwortete umgehend:

„Liebste Principessa!

Ich freue mich sehr! Die Tagung endet um 16 Uhr am Freitag. Wollen wir uns in Basel treffen oder soll ich gleich nach Zürich kommen?

Voller Vorfreude auf den Freitag!

Ihr ergebenster

Dr. Roland Bergner"

Diese altmodische Förmlichkeit war nicht nötig, aber irgendwie niedlich. Da Freitag für mich ein normaler Arbeitstag war, würde 16 Uhr in Basel nicht klappen, also entschied ich mich für ein Treffen in Zürich. Ich würde ihm ein Hotelzimmer in der Nähe buchen.

So gerne ich meine Freunde sah, so schön war es auch, in mein Leben zurückzukehren. Zwar genoss ich die trauten Dreisamkeiten, aber mir war doch bewusst, dass es vergängliche Dreisamkeiten waren, mit mir als dem vergänglichen Teil.

Als ich meinen Koffer wieder im Keller abstellte, tropfte es von der Kellerdecke. Mist – Wasserrohrbruch.

Ich suchte die Nummer der Hausverwaltung. Das Telefon klingelte. Es war Samuel. Er fragte, wie es mir gehe, und da ich keine Lust hatte, Wasserstandsmeldungen mit ihm zu diskutieren, ging es mir: „Gut".

Schweigen.

Er fragte nochmals, wie es mir gehe.

Immer noch: „Gut."

Schweigen.

„Und, wie geht es dir, Samuel?"

„Mir geht es schlecht. Sehr schlecht."

„Oh, das tut mir leid. Wieso denn das?"

„Weißt du, es gibt Menschen, die bilden sich eine Meinung über andere Menschen. Und dann geben sie diesen anderen Menschen keine Chance mehr."

Ich hatte keine Zeit für diese Diskussion, während mein Keller gerade geflutet wurde. Und auch später würde ich keine Lust dazu haben. „Samuel, ich befürchte, ich gehöre zu diesen Menschen. Du, ich muss auflegen, tut mir echt leid. Mach's gut."

Ich kam mir vor wie eine Todesschwadron mit Lizenz zum Verbaltotschlag, aber es half ja nichts. Wenn ich nicht aufpasste, würde plötzlich sein Vater mit Sack und Pack bei mir vor der Tür stehen, um einzuziehen. Das wollte ich nicht. Und außerdem hatte ich tatsächlich gerade hier und jetzt ein drängenderes Problem.

Der herbeigeeilte Klempner sah sich den Schaden

an und schloss, dass das Problem beim Nachbarn im Erdgeschoss rechts liege. Als er sich anschickte, dessen Badezimmerwand aufzustemmen, wandte ich ein, dass mein Keller eher auf der linken Seite liege.

„Junge Frau, da lassen Sie mal den Fachmann ran. Ich mach das schon ´ne Weile, da waren Sie noch nicht mal geboren."

Ah ja. Ich fragte trotzdem, ob man nicht erst mal den Grundriss sichten könne oder vielleicht ihn den Keller gehen und an die Decke klopfen, um zu sehen, auf welcher Seite er war. So eine aufgestemmte Wand sei schließlich nicht nur unerfreulich, sondern auch teuer.

Der mitleidige Blick, den er mir zuwarf, verriet mir, dass ich keine Ahnung hatte, wovon ich sprach. Was Not tat, war ein Y-Chromosom. Zum Glück verfügte der Mieter, in dessen Bad wir standen, über diesen wesentlichen Kompetenzausweis. Als er vorschlug, er könne ja kurz in den Keller gehen und hören, ob er unsere Schritte hörte, fand der Klempner, das sei eine ausgezeichnete Idee. Ich sah zwar nicht wirklich, inwiefern sich das von meinem Vorschlag unterschied, musste aber zugestehen, dass es eine gute Idee sei.

Bei selbigem Fließtest stellte sich dann zwanglos heraus, dass auch Wasser der Schwerkraft folgt und im Zweifel vertikal fließt und nicht horizontal auf die andere Seite des Gebäudes. Mithin, das Problem lag in der linken Wohnung. Yippie! Die Männlichkeit hatte das Rätsel gelöst. Angesichts dieses bemerkenswerten Erfolges bedauerte ich dann fast, dass ich die Chance, einen so herausragenden Y-Chromosomisten wie Sam an mich zu binden, zurückgewiesen hatte. Aber nur fast. Nee, nicht wirklich.

So, das reichte dann auch für diese Woche.

Downing

Ich gönnte mir noch eine Woche Dating-Pause und schaffte es sogar, meinen Ringblick zu deaktivieren, also den automatischen Blick auf die Ringfinger der männlichen Bevölkerung. Ich mochte mich nicht, wenn ich den Partnerstatus so abcheckte. Die Pause war und tat gut.

Allmählich fragte ich mich auch, ob es die große Liebe, die vollkommene Harmonie und die ekstatischen Explosionen überbordenden gemeinsamen Glücks wirklich gab. War es vielleicht nur ein Mythos, der zwar seit Jahrtausenden bedichtet, besungen und gemalt, aber dadurch nicht wahrer wurde? Waren wir einer kollektiven Selbsttäuschung aufgesessen, und waren alle, die dieses Gefühl so wunderbar beschrieben, vielleicht selbst nur auf der Suche und sangen das Loblied umso lauter, je verzweifelter sie suchten? Wie ein Kind, das im Dunkeln pfeift, um sich nicht allein zu fühlen? Beschrieben sie, was sie suchten oder was sie gefunden hatten? Vielleicht waren die Gesellschaften, in denen die Eltern die Partner für ihre Kinder aussuchten, ja viel besser dran. Die Ehe dort war eine Zweckgemeinschaft, und wenn man Glück hatte, verstand man sich und lebte gemeinsam auf Wolke Drei oder Vier. Aber Wolke Sieben erwartete niemand. Schon gar nicht die US-Entsprechung, Cloud Number Nine. Zumindest waren die Koordinaten klar. Bei einigen meiner indischen Bekannten hatte ich den Eindruck, dass das sehr gut funktionierte, sofern die Eltern ihre Kinder und deren Bedürfnisse gut kannten und bei den Partnervorschlägen respektierten.

Egal, ich hatte Dating-Pause. Da machte es mir noch nicht einmal etwas aus, als ich eines Tages feststellen musste, dass mein ganz persönlicher Halbgott in Weiß aus der Unfallstation tatsächlich bei mir um die Ecke wohnte. Und bei offenem Fenster mit seiner Freundin oder so knutschte. Absolut jugendfrei, aber trotzdem kein Anblick, den frau gerne sieht.

Selbst als meine Kollegen eine Afterwork-Party vorschlugen, blieb ich gelassen. Da ich gerade nichts und niemanden suchte, konnte ich es locker angehen.

Wie zu erwarten, tummelten sich dort primär diejenigen, denen normale Discoabende zu spät und zu laut waren. Also Menschen meiner Altersgruppe. Der Tanzkaffee unserer Generation. Als wir noch jung waren, ging die Nacht los, wenn es dunkel wurde, nicht erst um Mitternacht.

Mit objektivem, nicht durch eigene Begehrlichkeiten und Sehnsüchte getrübtem Blick bemerkte ich die Männer, die ostentativ lässig vor sich hin tanzten, dabei jedoch die Frauen scannten, Beute suchend, unter schamloser Ausnutzung ihres Größenvorteils. Das war echt widerlich. Zumal mich keiner von ihnen ansprach. Typisch Mann!

Augenscheinlich hatte nicht nur ich diese Jagdaktivität bemerkt, denn unter den Auszubildenden unserer Abteilung entbrannte eine heftige Diskussion, welches Geschlecht bei der Balz die besseren Karten hätte. Jede Seite sah sich von der Natur benachteiligt. In grober und unfairer Weise. Man fragte sich, wie die Menschheit überlebte, wenn es doch augenscheinlich ein Ding der Unmöglichkeit war, einen Partner zu finden, und sei es für eine Nacht oder kürzer.

„Guck dir die armen Kerle doch nur an! Die pure Verzweiflung! Die wissen ganz genau, dass da nichts läuft. Ihr Frauen spielt uns wie die Marionetten."

„Ja, selbst schuld. Sieh dich mal um, lauter tolle Frauen hier, und was machen die Herren der Schöpfung? Warten, dass Claudia Schiffer sich ihnen an den Hals wirft. Dabei sind sie selbst wahrlich nicht perfekt. Macht doch selbst mal was!"

„Boah, nee! Hast du nie *A Beautiful Mind* gesehen? Wir wissen auch, dass wir uns nicht alle auf die blonde Bombe stürzen dürfen. So doof sind wir auch nicht."

„Und warum tut ihr's dann? Weil jeder denkt, er sei so ein Hengst, dass er das blonde Gift kriegt."

„Nee, wirklich nicht, aber wenn man sich schon ´ne Abfuhr einfängt, soll die sich wenigstens lohnen. Wer will schon von Aschenbrödels Schwestern doof angemacht werden?"

„Na ja, vielleicht würde sie ihn ja nicht doof anmachen."

„Genau. Und vielleicht würde Aschenbrödel dich auch nicht doof anmachen, wenn du nicht nur auf ihren Vorbau starren würdest."

„Jungs, wenn ein Mann sich mal traut, freut sich jede Frau. Außer, wenn der Spruch wirklich ausgesprochen dämlich ist. Aber heutzutage müssen wir

Frauen ja nicht nur die Initiative ergreifen, sondern euch auch noch das Gefühl geben, dass ihr den Takt vorgebt. Das ist dermaßen anstrengend."

„Ich fass es nicht! In welcher Traumwelt lebst du denn? Umgekehrt wird ein Schuh draus: Wenn eine Frau alle fünfhundert Jahre mal einen Mann anspricht, kann sie sagen, was sie will und Bingo. Und bei uns wird jedes Wort auf die Goldwaage gelegt. Was meinst du überhaupt mit 'dämlichem Spruch'?"

„Also, der dämlichste Spruch, den mir mal einer entgegengehaucht hat, war: 'Ach, du bist also schuld am Regen. Die Engel weinen, weil der schönste Engel hier unten ist.' Kotz!"

Eine Kollegin unterstützte, sich theatralisch in Szene werfend: „Ein anderer Klassiker: 'Oh, die Sonne blendet mich. Nein – das sind ja deine Augen. Hat dein Vater die Sterne vom Himmel geholt?' Boah, nee! Da wird mir so was von schlecht. Das geht ja schon mal gar nicht. Also wirklich nicht."

„Ihr Frauen wisst aber auch nicht, was ihr wollt. Erst sind wir euch nicht romantisch genug, dann geben wir uns Mühe, und dann passt es euch auch wieder nicht. Also, ich fände es super, wenn eine Frau mir so was Nettes sagen würde."

„Das ist doch jetzt nicht dein Ernst! Da rutscht man doch auf der Schleimspur aus. Nee, also echt!"

Die Diskussion um männlich / weibliches Balzverhalten kulminierte in einem Wettbewerb der eigenen Art: Wer innerhalb einer Stunde mehr Telefonnummern vom jeweils anderen Geschlecht sammeln würde, hätte einen Drink zugut. Jede Seite ernannte einen Repräsentanten / eine Repräsentantin.

Während unsere Kollegin schon nach gefühlten zwei Sekunden mit der ersten Karte wedelnd an uns vorbeitänzelte, brauchte er eine Weile, bis er einen erfolgreichen Bettelspruch beisammen hatte. Danach lief es. Augenscheinlich hatten sowohl Männer als auch Frauen genug Mitleid mit dem anderen Geschlecht, um es den Geschlechterkampf nicht verlieren zu lassen. Oder sie hofften tatsächlich auf ein Date. Nach einer halben Stunde lagen beide gleichauf. Je 47 Karten.

Wirklich verwundert war ich allerdings, was für Karten sie sammelten: Nicht nur die zu erwartenden (männlichen und weiblichen) Banker, IT Nerds, Werbefachleute, Versicherungs- und sonstige Vertreter, sondern auch ein Wissenschaftler vom CERN und ein Mitarbeiter aus Downing Street No. 10, der meiner Kollegin gleich ein Jobinterview anbot (*„We always need people with guts like you"*) und dann unter Beweis stellte, dass auch Engländer wissen, wie man sich ranschmeißt. Auch der männliche Kollege machte ähnliche Erfahrungen.

Was nicht alles passieren konnte, wenn man den eigenen Schutzwall überwand. Für heute war dieser Ansatz allerdings aufgebraucht. Und ich war ja sowieso im Datingurlaub.

Alma

Noch war mir nicht klar, ob ich am Freitag ein Date mit dem Doktor hatte oder ob er bloß die Gelegenheit auf eine gratis Stadtführung in Zürich zu nutzen gedachte. Da musste man schon differenzieren. Ich entschied mich für Letzteres, schließlich waren wir noch beim trauten Sie. Ich buchte ihm ein Hotelzimmer bei mir um die Ecke und schickte ihm die Adresse. Er möge mich doch anrufen, wenn er da sei.

Das tat er dann auch, und wir trafen uns in einem meiner Stammrestaurants zum Essen. Sonst gingen meine Kollegen und ich dort immer mittags hin. Augenscheinlich hatte der Wirt die Verschiebung auf den Abend und die Bitte nach einem Zweiertisch falsch verstanden. Er brachte uns Sekt und flüsterte mir ins Ohr: „Der geht aufs Haus." Wirklich lieb, der Schuss in den Ofen.

Bergner gefiel's: „Na, Principessa, das ist ja mal ein Willkommen. Was haben Sie ihm denn erzählt?"

„Dass ich einen Tisch für zwei Personen brauche." Der Ton macht die Musik. Aber natürlich nicht, wenn der Empfänger partialtaub vor sich hin grinste.

Nach einigem Hin und Her und ausgiebiger Kommentierung der Speisekarte entschied er sich für die Kutteln, das hatte ich mir schon fast gedacht. Dann strahlte er mich an: „Und für Sie nehmen wir das Züricher Geschnetzelte. Das ist bestimmt gut." Seine Aussprache des „Züricher Geschnetzelten" tat weh.

Ich ignorierte es: „Ja, das ist eine gute Idee, im Prinzip. Allerdings möchte ich lieber Fisch."

„Ach, nehmen Sie doch das Geschnetzelte."

„Nein, danke, mir ist nach Fisch. Vielleicht ein anderes Mal."

„Aber ich will das Züricher Geschnetzelte probieren."

„Dann nehmen Sie es doch."

„Nein, ich nehme ja die Kutteln. Ich will bei Ihnen probieren." Er machte einen Schmollmund und schaute mich mit gesenktem Kopf von unten an. Irgendjemand musste ihm gesagt haben, dass das unwiderstehlich süß sei. Vielleicht seine Mutter. Ich war nicht seine Mutter. Ich fand das nicht süß. Und auch nicht unwiderstehlich. Nur kindisch. Männer haben nicht süß zu sein. Frauen auch nicht. Noch nicht mal Kinder sollten bewusst süß sein.

„Sie können ja eine kleine Portion als Vorspeise bestellen oder Sie essen das halt morgen. Das gibt es in der Schweiz wirklich überall. Oder wir kommen nochmal hierher. Ich nehme jedenfalls den Fisch."

Er schmollte. Als der Ober kam, bestellte Bergner: „Ich kriege die Kutteln und die Dame das Züricher Geschnetzelte."

Der Ober wiederholte: „Kutteln und Zürcher Geschnetzeltes. Sehr gerne." Elegant, wie er das fehlende „i" betonte und darüber hinwegsah, dass Bergner gerade die Todsünde der Bestellformulierungen deutscher Gäste begangen hatte. Hier „kriegte" man nicht etwas, sondern man bat darum.

Bergner schaute mich in einer Weise an, die wohl „verschmitzt süß" sein sollte. Männer sind nicht süß. Hatte ich das schon erwähnt?

Ich korrigierte: „Die Dame hätte gerne den Fisch. Und eine große Flasche Mineral mit Kohlensäure. Könnten wir für den Herrn eine kleine Portion Geschnetzeltes als Vorspeise bestellen?"

„Für Sie machen wir das gerne." Na also.

„Aber mit zwei Tellern und Gabeln! Und eine Flasche Spätburgunder." Der Doktor schmatzte selbstzufrieden.

Ich wartete, bis der Ober gegangen war.

„Herr Bergner, warum machen wir es nicht einfach so, dass Sie essen, was Sie wollen und ich esse, was ich will. So bekommt jeder, was er will und gut ist."

Sein Grinsen verschwand: „Oh, das wusste ich nicht, dass Ihnen das so ernst ist. Entschuldigen Sie. Selbstverständlich. Wissen Sie, ich muss doch den ganzen Tag entscheiden, da ist das Gewohnheit. Bitte, nehmen Sie mir das nicht übel. Und vielen Dank für Ihre Hilfe. Das war sehr, sehr lieb. So mütterlich."

„Ist kein Problem. Ich achte einfach darauf, was ich esse. Ich habe gerade sehr abgenommen und will das nicht aufs Spiel setzen."

„Aber Sie müssen doch nicht abnehmen, Sie sind im besten Sinne des Wortes ein Weib, und das ist wunderbar. Ich hätte nie gedacht, dass das Gewicht für Sie ein Thema ist. Glauben Sie einem älteren Herrn mit viel Lebens- und Liebeserfahrung: Sie sind perfekt so, wie Sie sind. Und ein paar Kilo mehr würden daran auch nichts ändern."

„Also, da übertreiben Sie, aber ich danke Ihnen. Ich will einfach nicht so viel mit mir rumschleppen." Er hatte gerade meine jährliche Ration an Komplimenten abgedeckt.

Der Kellner kam mit Wein und Wasser. Der Doktor protestierte: „Nein, der Wein hat Kork. Wir brauchen eine andere Flasche."

Ich wusste nicht einmal, wie korkiger Wein schmeckte, bisher hatte ich wohl immer Glück gehabt. Allerdings amüsierte mich das Thema grundsätzlich, seit auf einem Flug nach New York einmal ein Fluggast darauf bestanden hatte, der Wein habe Kork. Dummerweise hatte die Flasche keinen Korken, sondern einen Drehverschluss. Egal: „Dann ist der Wein eben umgefüllt worden." Wie man das halt so macht mit gutem Wein. Möglichst viel Umfüllen! Seitdem war Kork für mich die Nessie unter den Geschmackserlebnissen – wenngleich ich kurz später gelesen hatte, dass „Kork" gar nicht vom Korken komme. Wieder was gelernt. Aber die Story vom umgefüllten Wein fand ich trotzdem nett.

Ich probierte auch, und mir schien der Wein in Ordnung. Aber, nun ja, ich wusste ja auch nicht, wie Kork schmeckte. Zum Glück war die zweite Flasche dann in Ordnung.

Der Doktor erhob sein Glas: „Lassen Sie uns anstoßen. Auf einen schönen Abend und ein noch schöneres Wochenende."

„Auf ein schönes Wochenende. Sagen Sie, wie war denn die Tagung? Hat sich die Reise gelohnt?"

„Nun ja, es war interessant. Am besten war allerdings das Rahmenprogramm. Ich meine, von so einer Tagung kann ich natürlich bei meiner Erfahrung nicht mehr wirklich profitieren, da profitiert eher die Tagung von mir. Kennen Sie das Kunstmuseum Basel? Das hatte ich gar nicht erwartet, so eine schöne Holbein-Sammlung in so einem kleinen Kaff. Raten Sie mal, wer alle Fragen von der Führerin beantworten konnte!" Er hob den Arm und schnipste, wie ein Primarschüler. Peinlich!

„Meiner einer! Tja, da soll noch mal einer sagen, der alte Doktor Bergner habe in der Schule nicht aufgepasst. Die Kinder heute lernen das ja gar nicht mehr, was meine Generation schon alles wieder vergessen hat. Wussten Sie, dass Hans Holbein, also der Jüngere, für Heinrich VIII das Bild der Anna von Kleve gemalt hat? Die hat der alte Heinrich dann ja auch geheiratet, aber sie war so viel hässlicher als das Bild, dass er die Ehe annullierte und Holbein praktisch feuerte."

„Nun gut, das war ja wohl Glück für sie. Ja, die Sammlung kenne ich, schließlich war Holbein Basler Bürger. Aber Basel war damals kein Kaff und ist es auch heute nicht."

„Na, da habe ich wohl den Schweizer Nationalstolz getroffen. Aber das war wirklich nicht böse gemeint. Man freut und wundert sich ja immer wieder, was für Schätze man an – sagen wir, versteckten Orten findet. In Zürich zum Beispiel." Er nahm meine Hand, küsste sie und strahlte mich an.

Der Ober unterbrach. Das Zürcher Geschnetzelte. Es verschwand schnell und ohne Hilfe.

„Ist Ihnen Kokoschkas *Windsbraut* aufgefallen? Mein Lieblingsbild."

Sein Blick sprach Bände. Lauter leere Seiten. Wie konnte einem Mann mit Kunstinteresse dieses Bild nicht auffallen? Zumal es am Kopfende einer langen Zimmerflucht hing, dem besten Platz im ganzen Museum. Na ja, vielleicht hatte er ja auch nur den Titel nicht gelesen.

„Das muss Ihnen aufgefallen sein. Im obersten Stock, ganz am Ende. Sie sind die ganze Zeit darauf zugegangen. In Blautönen. Ein Mann und eine Frau liegen in einem Boot, wie in großen, schützenden Händen, mitten im Sturm. Die beiden sind Oskar Kokoschka und Alma Mahler. Sie schläft, an ihn geschmiegt, und lächelt. So friedlich. Die Wellen bäumen sich hinter ihr auf, aber sie sind keine Bedrohung, denn sie ist bei ihm. Sie sind eher wie Engelsflügel. Er starrt in die Leere, die Hände verkrampft auf dem Bauch. Sie ist ganz bei ihm und doch ist er allein."

„Sie mögen das Bild wirklich, oder?"

„Ja, sehr. Wirklich sehr. Immer, wenn ich in Basel bin, besuche ich Alma und Oskar. Wobei ich mich frage, ob es nur bei den beiden so war."

„Dass was wie war?"

„Na ja, dass die Frau voll in der Beziehung lebt, während der Mann das nicht mal bemerkt und vor sich hin brödelt."

„Brödelt?"

„Den Eigenbrötler gibt. Also, er grübelt und sieht sie gar nicht, weil er so mit sich selbst und seinem Leben beschäftigt ist, anstatt sie zu spüren und zu lieben. Sie ist ganz da. Er nicht. Und so war es ja auch bei den beiden. Er war so eifersüchtig und besitzergreifend, dass sie ihn am Ende verlassen hat."

„Mit Verlaub, Sie widersprechen sich. Wenn er so eifersüchtig und besitzergreifend war, dann war er doch nicht mit sich beschäftigt, sondern dann drehte sich seine Welt um sie. Zumal Sie ja selbst gesagt haben, dass sie Flügel hatte, um die große Flatter zu machen."

„Also, zum einen sind die Flügel, also die Wellen, nicht zum Wegfliegen, sondern mehr wie eine Decke oder ein Schutzschild. Aber Sie haben das Gemälde ja nicht gesehen. Und zum anderen hat Eifersucht nichts mit dem anderen Menschen zu tun, sondern mit einem selbst. Man schaut ja nicht darauf, was der andere will oder was für ihn gut ist, sondern darauf, was man selbst will. Da geht es nicht um den anderen. Der ist nur Anlass."

„Einspruch, Euer Ehren! Wenn ich eine Frau nicht lieben würde, wäre es mir schließlich egal, was sie wo mit wem macht."

„Aber das heißt noch lange nicht, dass es um sie geht. Vor allem geht es um gekränkte Eitelkeit und um Besitzansprüche. Nicht um den anderen. Und das zeigt das Bild auch. Was echt interessant ist, weil schließlich Kokoschka selbst sich so gemalt hat."

„Dann muss ich es mir wohl mal ansehen. Aber nochmal zurück zu Holbein. Da fällt mir noch etwas ein. Ein Adeliger hat sich mal bei Heinrich VIII über Holbein beschwert und bekam die Antwort: „Wisset, dass ich aus sieben Bauern in einer Minute sieben Lords, wie Ihr es seid machen kann, dass ich aber aus sieben Lords von Eurem Schlage nicht einen einzigen Holbein machen kann." Das war natürlich noch vor dem Kleve-Desaster. Also, die Geschichte hat mir immer gefallen. Das denkt man doch vom ollen Heinrich gar nicht."

„Ja, wirklich. Das war ja fast ein republikanischer Ansatz oder ein meritokratischer."

„Ja, das finde ich auch. Und stellen Sie sich vor, die Führerin kannte die Story nicht einmal."

Also hatte er auch noch die Führerin belehrt. Na, das war ja ein ganz toller Hecht. Mit ihm brauchte man nicht mal einen pensionierten Studienrat in der Reisegruppe, um sich fremdzuschämen.

Nein, es war besser, diese Meisterleistung nicht zu kommentieren: „Aber wir sind abgeschweift. Wie war denn nun die Tagung? Worum genau ging es eigentlich, dass Sie dafür extra aus Berlin angereist sind?"

Es folgte eine Kritik zur Tagung (die ihm keine neuen Erkenntnisse gebracht hatte), den Vortragenden (die wirklich nicht besonders kompetent waren), den Teilnehmern (denen das nicht mal aufgefallen war) und der Fragestunde (in der er offensichtlich sowohl die Fragen gestellt als auch die Antworten gegeben hatte – Hecht eben). Nun ja. Schließlich kam er wieder auf die Kunst in Basel, Deutschland und der Welt. Das war tatsächlich ganz interessant, ab und zu unterbrochen von einem „Aha" oder „Interessant" meinerseits. Anscheinend brauchte er das. Und es war auch ganz angenehm, nicht die ganze Unterhaltung gestalten zu müssen. Wir mussten da nur noch eine bessere Balance finden.

Als er einigermaßen ausgeschossen war, sprach ich noch den folgenden Tag an: „Haben Sie sich Gedanken gemacht, was Sie morgen unternehmen wollen? Berge, Wälder, Flüsse, Seen, Zürich, eine andere Stadt, Museen? Das Wetter soll schön werden."

„Ich dachte, da wüssten Sie bestimmt etwas."

„Ja, natürlich. Aber ich muss schon die ungefähre Richtung wissen, um etwas Passendes vorzuschlagen."

„Ach, da habe ich volles Vertrauen in Sie."

Also lag es wieder mal an mir, zu raten, was den Besuch interessierte. Bei gutem Wetter wäre es eine Schande, ins Museum zu gehen, auch weil mein Bedarf an Kunstvorträgen gedeckt war. Wandern war problematisch mit seinem Knie und dem Gewicht. Außerdem schien er mir eher kurzatmig. Ich schätzte ihn auf Anfang bis Mitte 60, und wie die meisten Männer seiner Generation schien er sich primär per Auto fortzubewegen. Also mein Seniorenprogramm: „Wie wäre es mit einer Bahnfahrt auf die Rigi? Dort oben liegt jetzt schon Schnee, und die Aussicht auf die Berge ist atemberaubend. Dann mit der Luftseilbahn nach Vitznau und mit dem Boot nach Luzern."

„Wenn Sie das machen wollen, bin ich dabei."

„Nein. Ich kenne die Rigi. Für mich müssen wir das nicht machen. Ich versuche, etwas zu finden, das Ihnen Spaß macht."

„Was immer Sie wollen. Ich bin flexibel."

„Gut, dann gehen wir Wandern. Ich kann etwas suchen, wo es schon Schnee hat, dann können wir Schneeschuhlaufen gehen."

„Nein, das kann ich nicht."

„Wie wäre es dann mit Schlittenhundefahren? Das hat sowieso kaum jemand schon gemacht, da braucht man keine Erfahrung."

„Da sitzt man dann im Schlitten, und die Hunde ziehen?"

„Nein. Man steht hinten auf dem Schlitten und fährt. Wenn's bergauf geht, hilft man mit. Wenn's bergab geht, bremst man. Das macht echt Spaß, und die Hunde sind absolut super. Das ist im Muotathal, nur zwei Stunden von Zürich. Das wäre ein richtig voller, schöner Tag."

„Nein, das wäre nichts für mich."

„Normales Wandern? Flach, irgendwo am See?"

„Nein."

„Also, was IST denn etwas, das Ihnen Spaß macht?"

„Sie entscheiden. Ich will doch nicht, dass sich alles um mich dreht," unter Einschaltung des ‚süßen' Blicks.

Sämtliche Aktivitäten, die etwas anderes als Sitzen umfassten, fielen auf geschlossene Ohren. Also zurück zum Anfang: „Gut, dann fahren wir zur Rigi. Da muss man nicht viel laufen. Da ist zwar schon Schnee, aber es gibt überall Geländer."

„Sehen Sie, da haben wir doch was gefunden, was uns beiden gefällt."

Wieder bezahlte ich die Rechnung, was er kommentarlos passieren ließ. Also war es kein Date, Handkuss hin oder her.

Ich setzte ihn bei seinem Hotel ab, ein kurzer Abschied mit Schweizer Dreifachluftkuss und Tschüss.

Insgesamt hatte ich schon schlimmere Abende verlebt.

Dr. Bergner

Am nächsten Morgen wartete er bereits in der Hotelhalle. Mit Jeans (okay), Outdoor-Funktionsjacke, neu (okay) und hochglanzpolierten Büroschuhen (absolut und ganz und gar nicht okay). Er war ja nun wirklich aus dem Alter raus, in dem ihm jemand die Anziehsachen rauslegen musste. Trotzdem fragte ich: „Hatte ich erwähnt, dass da oben Schnee liegt?"

Er war leicht pikiert: „Ich darf Ihnen versichern, dass ich durchaus weiß, wie ein Berg aussieht."

„Gut, dann können wir ja los."

Im Zug holte er sein Telefon heraus und begann, es zu bearbeiten; hochkonzentriert, den Mund offen und die Zunge zwischen den Lippen, schwer atmend. Augenscheinlich war das harte Arbeit. Wie er über seine Brille schaute, erinnerte er mich an meine Großmutter, nur dass sie natürlich nie E-Mails geschrieben hatte und auch nie so unhöflich gewesen wäre, das auf einer gemeinsamen Zugfahrt zu tun.

Immerhin, das war eine Ansage. Ich stimmte in die elektronische Kommunikation mit Nichtanwesenden ein. Innerhalb von nicht einmal zwei Stunden friedlicher Koexistenz gelangten wir auf die verschneite Rigi, fast bis zum Gipfel. Und ich hatte meine samstäglichen E-Mails erledigt. Sehr gut. Die letzten Meter, im Sommer keine zehn Minuten, waren etwas matschig, aber zum Glück nicht vereist, so dass das Laufen kein Problem war. Außer, man trug Büroschühchen. Mein Angebot, nicht bis ganz nach oben zu stapfen, wies der Doktor brüsk von sich: „Gehen Sie vor, ich komme dann nach. Ich bin durchaus dazu in der Lage, so ein kleines Stück zu laufen. Nun gehen Sie schon!"

Jeder Schritt forderte ihm erhebliche Konzentration ab. Seine Zunge arbeitete angestrengt zwischen den Lippen, und auch als ich mich entfernte, hörte ich ihn eine ganze Weile schnaufen. Aber eben, er war erwachsen, und wenn er das so wollte, dann war das eben so.

Wir blieben auf dem Gipfel, bis der Doktor wieder Luft bekam. Obwohl ich schon oft hier gewesen war, boten die Berge immer wieder neue Perspektiven; heute blauen Himmel, Schnee und den Blick auf den See weit unter uns. Es war auch nicht schlecht, dass mein Begleiter seinen knappen Atem nicht auf Belehrungen verschwenden wollte..

Nach dem auch nicht geschwinderen Abstieg machten wir erst einmal Pause im Gipfelrestaurant, bevor wir mit Bahn und Luftseilbahn zum Schiff aufbrachen.

Allmählich taute der Doktor auf. Er erzählte von seiner Kindheit in der Nachkriegszeit und der Jugend in den fünfziger Jahren, von seiner affenliebenden Mutter, vom Sauerbraten mit Klößen am Sonntagmittag, von der Rückkehr seines Vaters aus der Kriegsgefangenschaft. Auch meine Eltern hatten sehr viel von dieser Zeit erzählt. Insofern war sie auch in meinem Leben immer präsent gewesen. Nicht nur, wenn mein Vater Großpackungen Kaugummi für die nächsten zehn Jahre kaufte, „weil man ja nie weiß". Als Kind hatte ich gedacht, Kaugummis seien immer eine krümelige, geschmacklose Masse, die nur Erwachsenen schmecken konnte. Wenn ich Filme über den Krieg sah, spürte ich immer noch die Angst in mir hochkriechen, die meine Eltern als Kind durchlitten hatten. Ich merkte aber auch, dass die paar Jahre Altersunterschied zwischen dem Doktor und meinem Vater jenem die schlimmsten Erlebnisse – Bombennächte, Evakuierung und Hunger nach dem Krieg – oder zumindest die Erinnerung daran erspart hatten. Ganz zu schweigen von den furchtbaren Erlebnissen der armen Jungen, die noch kurz vor Kriegsende eingezogen worden waren. So waren seine Kindheit und seine Erzählungen von dem Geist des „Alles wird besser" durchzogen.

Wenn ich es recht betrachtete, war seine Generation wohl die glücklichste der deutschen Geschichte. Zwar hatten sie die Auswirkungen des Krieges noch erlebt, aber sie waren zu jung gewesen, um an der Front verheizt zu werden. Dann ging es wirtschaftlich immer bergauf. So lange man sich anstrengte, gab es Arbeit, und wenn man nicht gerade silberne Löffel klaute, behielt man sie auch. Als 68er Studenten erkämpften sie sich die Vorrangstellung in der Gesellschaft, die sie dann auch nicht mehr abgaben. Ihre Kinder, also meine Generation, erzogen sie unter der Überschrift „antiautoritär", oft in Wahrheit laissez-faire, oder wir liefen nebenher, so dass sie sich ihrer Selbstverwirklichung hingeben konnten. Dann kam die große Zeit der Frühverrentungen, und jetzt erhielten sie mehrere Jahrzehnte Renten, von denen meine Generation nicht einmal träumen durfte, regelmäßig aufgestockt durch neue Renten- und Pflegegeldreformen, von denen wir außer den Beiträgen nichts haben würden. Zu allem Überfluss galten die Altersgenossen der Rolling Stones jetzt auch noch als cool – und das, obwohl wirklich nicht jeder ein Mick Jagger war.

Der Blick auf die Aussichten der heutigen Berufseinsteiger hingegen war deprimierend. Vielleicht auch deshalb drehte sich das Leben meiner Generation darum, den Kindern alles zu geben, was man konnte, vor allem eine Chance im Leben.

Irgendwie waren wir als Generation hingegen zwischen die Stühle gefallen.

Als ich also gerade über die Ungerechtigkeit des Generationenvertrages in seiner konkreten Ausgestaltung sinnierte, kam Rettung aus unerwarteter Richtung: „Sie sehen, meine Liebe, ich hatte ein wirklich reiches Leben. Und viel Glück. Natürlich habe ich hart gearbeitet, aber ich hatte eben auch viele Chancen. Ich bin jetzt 62. Nächstes Jahr lasse ich mich frühpensionieren und dann will ich etwas tun für andere. Der Gesellschaft etwas zurückgeben.

Vielleicht eine Stiftung für Kinder. Da liegt so vieles im Argen. Viele Kinder lernen ja heutzutage nicht einmal mehr richtig Lesen und Schreiben. Sie gehen nicht in die Schule, weil die Eltern ihren Kindern nicht vorleben können, dass Arbeit das Leben bereichert. Die Kinder haben Handy, Computer und den neuesten Fernseher, aber sie haben keine Chance im Leben."

Er sprach mir direkt aus dem Herzen. Und ins Herz: „Ja, da haben Sie recht. Mir tut es auch weh, wenn ich das sehe."

Er war noch nicht fertig, das Thema ging ihm nah: „Wissen Sie, als Gesellschaft haben wir die Verantwortung, den Kindern den richtigen Weg zu zeigen. Ich bin selbst Vater, und das Wichtigste war für mich immer, meinen Kindern Chancen zu geben. Ich erinnere mich noch, wie ich meinen Sohn das erste Mal hielt: so ein kleines Bündel Mensch. Man möchte ihm die Welt zu Füssen legen. Und ihn am liebsten einsperren oder in Watte packen, damit ihm nie jemand wehtut. Ich wünschte, ich könnte das noch einmal erleben. Es gibt kein größeres Glück als Kinder."

Ich schaute ihn an. Nein, kein süffisantes Grinsen, kein Schielen auf meine Aufmerksamkeit. Hier hatte der echte Dr. Bergner gesprochen und nicht sein Bild von sich. Ich mochte den echten Dr. Bergner. So viel mehr als die belehrende Langspielplatte vom Vorabend. Ich legte meine Hand auf die seine: „Herr Dr. Bergner, Sie überraschen mich. Ich wünschte, es gäbe mehr Menschen wie Sie."

„Na, na, zu viel der Ehre. Es ist ja nicht ganz uneigennützig. Wissen Sie, ich mache mir schon ein wenig Gedanken, was ich nach der Pensionierung anfange. Von 150 auf Null, das geht nicht, das kann ich nicht. Und das will ich auch nicht. Mit meiner Stiftung hätte ich eine sinnvolle Aufgabe und trotzdem Raum für eine neue Partnerin. Vielleicht habe ich ja Glück und finde eine Frau, die das gemeinsam mit mir aufbauen will und es dann auch weiterführt, wenn ich mal nicht mehr bin."

„Das ist bewundernswert. Eine sinnvolle Aufgabe zu finden, kann doch für Sie kein Problem sein. Vielleicht könnten Sie ja auch eine bestehende Organisation unterstützen, dann müssten Sie nicht die ganze Administration aufziehen und wären auch nicht alleine verantwortlich. Ich glaube, manche Stiftung wäre sehr dankbar für Ihre Unterstützung."

„Ja, das ist klar, dass die den ollen Dr. Bergner wollen. Ich möchte aber selbst bestimmen, was wie gemacht wird. Zusammen mit meiner Partnerin."

Er drückte meine Hand. Sie kribbelte, dann mein Arm, dann mein Bauch. Es fühlte sich gut an. Ich versuchte, seinen Blick aufzunehmen, aber er schaute aus dem Fenster. Wir schwiegen bis Luzern, mit Blick auf die Berge um uns herum. Lächelte er?

In Luzern besuchten wir das Löwendenkmal zu Ehren der in der französischen Revolution getöteten Schweizer Söldner. Es machte mich immer traurig, aber noch mehr, nachdem ich so viel von der Nachkriegszeit gehört hatte. Schlimm, so zu sterben, für eine Sache, die nichts mit einem zu tun hat. Kaum vorstellbar, dass die Schweiz damals so arm war, dass sich ihre Söhne als Söldner verdingen mussten. Und jetzt schien sie mir wie eine Insel der Glückseligen.

Leider waren wir bei unserem Besuch der Jesuitenkirche danach nicht allein, so dass ich nicht singen konnte, obwohl mir sehr danach war. Ich würde niemanden stören. Deshalb bremste ich auch die Doktorsche Aufklärungsarbeit zum Thema Jesuiten, zumal ich mich da schlicht besser auskannte. Vor einigen Jahren hatte mir der Freund einer Freundin, Jesuit, aus heiterem Himmel eröffnet, dass er aus dem Orden austreten wolle, um mit mir eine Familie zu gründen. Dass ich das wollte, hatte er als selbstverständlich vorausgesetzt. Fälschlich vorausgesetzt. Schließlich lief er als Mann außer Wertung. Die Bücher, die ich dann las, um die Jesuiten und damit ihn besser zu verstehen, hatten leider zum Thema Liebe nicht wirklich Aufschlussreiches preisgegeben. Was mich nicht wirklich überrascht hatte. Trotzdem hatten sie mir immerhin dabei geholfen, bei der Lösung am richtigen Ende anzusetzen. Beim Kopf. Er müsse die beiden Themen „Orden" und „Partnerschaft" trennen. Wenn er unabhängig von mir zum Entschluss käme, dass seine Zukunft außerhalb des Ordens lag, dann müsse er austreten. Und danach könne er auch nach einer Partnerin suchen. Ob ich das sein würde, wäre dann eine andere Frage. Eine offene Frage. Aber ich wollte keine solche Hypothek auf meinem Leben, ohne ihn überhaupt zu kennen – die Dornenvögel waren ja als Buch und Film ganz nett, aber nicht meins.

Von alldem erzählte ich Bergner natürlich nichts, sondern lotste ihn stattdessen in ein nahegelegenes Restaurant. Dort verschwand ich erst mal auf dem Klo. Ich musste etwas klären. Klara konnte ich nicht anrufen, also Florina. Ich erzählte ihr von dem Essen, dem Redeschwall, den von mir bezahlten Rechnungen, dem Menschen, der immer wieder hervorblitzte, der Hand, dem Schweigen – und der Rückkehr zum Redeschwall. Sowie dem Umstand, dass wir immer noch beim trauten Sie waren. Schließlich stellte ich die Frage, die ich beim besten Willen nicht beantworten konnte: Befand ich mich auf einem Date oder auf einem freundlichen Betriebsausflug?

Florina war sich sicher: „Date, ganz klar Date. Er will dich beeindrucken. Und vielleicht ist er auch ein bisschen nervös, deshalb redet er so viel. Warte mal!" Sie rief: „Malte! Liebling! Sage mal, Jo ist mit einem Mann unterwegs, der die ganze Zeit von sich erzählt, auch Privates, aber beim Sie geblieben ist. Sie hat die meisten Rechnungen bezahlt. Kein echter Körperkontakt. Date oder Nichtdate?"

„Na ja, wir Männer sprechen nicht ohne Grund über solche Sachen. Hat er von Kindern gesprochen?"

„Jo, hat er von Kindern gesprochen?"

„Yup."

„Ja, hat er. Und, was meinst du, Liebling?"

Malte war sicher: „Definitiv Date. Go for it, Jo!"

„Jo, hast du gehört? Also, er ist auf einem Date. Die Frage ist, ob du auf einem Date sein willst. Mit ihm. Sei offen. Das heißt ja nicht, dass du ihn heiraten musst. Erzähl von dir. Zeig ihm die tolle Frau, die du bist. Und vor allem: Leg jetzt auf. Sonst ist er weg, wenn du kommst, oder er schickt dir einen Rettungstrupp."

„Oh, shoot, du hast recht. Aber vielen, vielen Dank. Na, denn auf in den Kampf!"

Tatsächlich wartete er auf mich: „Na, Principessa, ich fing an, mir Sorgen zu machen. Ich hab schon mal einen Sekt bestellt, damit wir endlich auf das Du umsteigen können. Ich warte ja schon seit einer Weile drauf, dass Sie als die Dame mir das anbieten, aber ich glaube, wenn ich da nicht die Initiative ergreife, sagen wir noch Sie, wenn wir zusammen im Bett sind. Also, ich bin der Roland." Er nahm meine Hand.

„Und ich die Johanna." Das Telefonat hätte ich mir sparen können.

„Freut mich, meine liebe Johanna." Er beugte sich zu mir, zog meinen Kopf zu sich und küsste mich auf den Mund. Einlass begehrend. Feucht. Zu feucht. Und lange. Sehr lange. Schnaufend. Ich ließ es geschehen, verlängerte es aber nicht. Eigentlich mochte ich so nicht küssen.

Wie Florina vorgeschlagen hatte, erzählte ich dann auch von mir, und tatsächlich, er war interessiert, charmant, höflich, hörte zu, stellte Fragen, ergänzte, ohne zu monologisieren. Ich mochte ihn. Immer mehr. Vielleicht war ich wirklich zu zurückhaltend gewesen. Und er zu nervös.

Auf dem Weg zum Bahnhof hielt er meine Hand. Es kribbelte. Mein Telefon klingelte. Es war Christian. Während ich ihm kurz von meiner Woche erzählte, das Wochenende geflissentlich auslassend, legte sich Rolands Hand auf mein – Füdli, und er küsste mich im Nacken. Ich musste mich beherrschen, nicht zu kichern und vertröstete Christian auf den nächsten Abend, wenn ich mehr Zeit hätte. Im Zug saßen wir wieder einander gegenüber, weil Roland doch einigen Platz brauchte. Er klaubte sein Telefon hervor und begann, E-Mails zu schreiben. Nun gut. Auch gut. Er brauchte wohl eine Pause.

In Zürich verabschiedete ich mich: „Das war ein

richtig schöner Tag mit dir, Roland. Vielen Dank! Dein Hotel ist gleich da hinten. Also, wann sehen wir uns morgen?"

„Oh, das ist jetzt … Ich dachte … Äh, also, morgen. Ja, wollen wir bei mir im Hotel frühstücken?"

„Ja, das passt. Ich freue mich drauf. Um 9 Uhr?"

Ich ging auf ihn zu, fasste sein Gesicht und küsste ihn auf den Mund. Nicht feucht. Er küsste zurück. Lange. Noch zu feucht. Es fühlte sich trotzdem gut an und kribbelte. Gut genug für heute.

„Bis morgen dann." Ich drehte mich um und ging. Als ich zurückblickte, war er schon in das Hotel gegangen.

Roland

Wieder so eine Nacht. Ich wachte vom Klingeln an der Tür auf. Niemand an der Wohnungstür. Keine Antwort über die Gegensprechanlage. Niemand auf der Straße. Zurück ins Bett.

Dasselbe Spiel: Aufwachen – Wohnungstür keiner – Haustür keiner – Blick aus dem Fenster, Gehweg keiner – Bett.

Nochmals, dann nochmals. Heute Nacht ging mir das Schlafwandeln definitiv mehr auf die Nerven als sonst. Oder vielleicht gingen auch die Nerven mehr aufs Schlafwandeln als sonst.

Tatsächlich, als ich pünktlich im Frühstücksraum des Hotels auftauchte, grüßte Roland mich zwar mit einer Umarmung, ließ aber mit keiner Silbe erahnen, dass er vergeblich Einlass begehrt habe. Und ich war mir ziemlich sicher, dass er mich das hätte wissen lassen. Zum Glück war ich nicht auf die Straße geeilt, um zu schauen, ob er da Sturm klingelte.

Roland küsste mich (schon etwas besser). Er hatte Champagner geordert: „Auf uns!" Er strahlte mich an, beugte sich zu mir und flüsterte: „Also, meine Liebe, wie du mich da gestern hast stehenlassen, das war aber schon ziemlich hart. Vor allem, weil ich auch ziemlich hart war."

Er grinste. Wollte ich das wirklich wissen? Nein, nicht wirklich. Ich zog es vor, das zu ignorieren. Wir gingen zum Frühstücksbüffet. Er hatte Hunger. Oder wollte einfach alles probieren.

Leider mundete ihm das Ergebnis seines kulinarischen Beutezuges nicht wirklich: „Sage mal, wo hat denn der kochen gelernt? Hast du das Omelette probiert?" Ein Blick auf meinen Teller hätte ihm ja schon so irgendwie die Antwort verraten. „Der hat da Mehl reingetan. Das darf ja wohl nicht wahr sein. Ich dachte, in der Schweiz wüsste man, dass in ein echtes Omelette eben gerade kein Mehl gehört. Sonst hätte ich ja ein *Omelette à la farine* bestellt oder eine *farinette*. Oder einen Pfannkuchen. Also, wie kann ein Koch in einer angeblichen Weltstadt wie Zürich das nicht wissen? Ganz schön provinziell, deine neue Heimat. Also, das regt mich jetzt auf. Herr Ober!?"

Es war ja schön für ihn, dass er gleich drei Wörter für Omelette mit Mehl kannte – und auch noch so schön französische – aber das half ihm jetzt nicht wirklich. Ich zog seinen anklagend erhobenen, Aufmerksamkeit heischenden Arm herunter: „Roland, macht das jetzt wirklich so einen Unterschied? In der Schweiz ist das, was du da hast, eben ein Omelette.

Dann lass es doch einfach stehen. Oder bestell dir ein anderes mit dem deutschen Rezept. Das machen sie bestimmt. Und was die neue Heimat anbelangt: Wir beide sind alt genug, um zu erinnern, dass eine Neue Heimat eben nicht die Antwort auf alle Fragen bietet."

Es war eine schöne Abwechslung, mit jemandem zu sprechen, der eine Anspielung auf deutsche Wirtschaftsgeschichte verstand, auch wenn der Skandal um die Neue Heimat einige Jahrzehnte zurücklag. Das sollte verbinden.

Die Anspielung rauschte vorbei und hinterließ einen Schatten: „Was hat denn das jetzt mit meinem Alter zu tun? Wenn du da von dir sprechen willst, dann tu das, aber lass mich da raus. Und wenn du findest, dass ich zu alt bin, dann sag es einfach. Mir schmeckt es jedenfalls nicht. Wenn du es so toll findest, kannst du es ja essen."

„Nein, mir wird von Ei am Morgen schlecht. Lass es einfach stehen, das ist dann eben so. Schade um das schöne Omelette, aber da kann ja keiner etwas für."

„Wieso kann da keiner was für? Der Koch hätte mir sagen müssen, dass er Mehl ins Omelette gibt. Schließlich hat er gemerkt, dass ich Deutscher bin."

Ich seufzte und griff seine Hand: „Ach, Roland, es ist ein Omelette, kein Kernkraftwerk, keine Mondrakete und noch nicht mal ein Rehrücken."

„Wie kommst du denn jetzt auf Rehrücken?"

Er hatte den Köder geschluckt. Er hatte wahrscheinlich gar nicht mitbekommen, welches Drama die spontane Rede des stolzen Brautvaters auf Klaras Hochzeit heraufbeschworen hatte. Vielleicht könnte die Geschichte ihn aufmuntern. Ich berichtete also von Klaras Verzweiflung, als sie glaubte, dass 100 Portionen Rehrücken gerade im Ofen verbrutzelten, von ihren Killerblicken, von den Fotos – sowie der rettenden Suppe.

Jetzt musste auch der Doktor lachen – zum Glück. Ich gab ihm ein emotionales Ventil und fragte ihn, wie er denn sein Omelette zubereite. Wie erwartet: Er breitete alle Details der (einzig) korrekten Omelettierung vor mir aus. Ohne Mehl, selbstverständlich. Und während mich das Thema nun wahrlich nicht interessierte, lockte es wieder die sympathische Begeisterung hervor, die mir bei Klara in der Küche so gefallen hatte. Und als er dann erzählte, wie er seinen Kindern an den Wochenenden Omelette und Rührei und Pfannkuchen und Arme Ritter und alles was sie wollten gemacht hatte, bevor sie dann aufgebrochen waren zu Fahrrad- und Wandertouren, in den Zoo oder ins Museum, da hörte ich ihm richtig gerne zu.

„Aber am Liebsten mochten sie immer mein Omelette. Na, das mache ich dir dann, wenn du bei mir übernachtest."

„Wie gesagt, von Ei wird mir am Morgen schlecht."

„Aha – ich notiere: Gemeinsame Übernachtung ist gebucht."

Er grinste. Merkwürdigerweise regte sich in mir tatsächlich kein Widerspruch – obwohl das schon die zweite Bemerkung in diese Richtung war, und das auf dem ersten oder zweiten Date (wer wusste das schon). Vielleicht war das tatsächlich eine Option. Eventuell sogar heute, bevor er abreiste.

Aber erst einmal hatte ich noch den Ausflug ins

Kunsthaus organisiert.

„Du, Roland, ich hab doch für heute einen Besuch in der Picasso-Ausstellung geplant. Du kommst doch mit? Wir müssten dann auch bald los. Hast du deine Sachen schon gepackt?"

„Ach ja, das Museum. Ich hoffe doch ganz hart, dass sich das erledigt hat. Ich muss nämlich erst am Mittag das Bett räumen." Er griff meine Hand und grinste wieder.

„Roland, ich kann doch nicht bei meiner eigenen Veranstaltung fehlen."

„Du weißt ja nicht mal, ob überhaupt jemand kommt. Und ich finde das schon hart – sehr hart." Er versuchte, meine Hand an seinen Schritt zu ziehen. Ich zog sie zurück.

„Roland, das ist bestimmt nicht das erste oder das letzte Mal, dass das Leben hart ist. Ich würde mich freuen, wenn du mich begleiten würdest, aber wenn du nicht möchtest, ist das auch OK. Ich hab das einfach schon geplant, bevor ich wusste, dass du kommst. Aber bitte hör auf, darüber zu reden, wer oder was alles hart ist. Ich mag das nicht."

„Dann fahre ich jetzt nach Hause."

Er ließ meine Hand los, verließ den Raum – und kam nicht zurück. Nicht nach einer Minute, nicht nach fünf Minuten, nicht nach zehn Minuten.

Ich war zwar etwas verdattert ob seiner brüsken Reaktion, aber wahrscheinlich war das einfach nicht sein Tag. Nun gut, das war seine Entscheidung.

Auf dem Weg ins Museum hatte sich die Sonne durch die morgendliche Diesigkeit gekämpft, und ich genoss den Freiraum zum Denken.

Ich stellte mich mit einem Schild „Expats Forum" neben den Museumseingang und wartete. Und fühlte mich ziemlich lächerlich.

Tatschlich trudelten bis 11 Uhr sechs Kunstbegeisterte ein, darunter die Finnin von dem Tanzabend und drei Männer. So weit, so gut. Dummerweise hatte ich den Fluch der modernen Technik nicht einkalkuliert. Denn während ich mich geflissentlich über die Ausstellung informiert hatte, um eine Diskussion anstoßen zu können, verständigte sich die Gruppe telepathisch darauf, die Audioguides zu verwenden. Damit waren die Themen „Andere Leute kennenlernen", „Diskutieren" und „Gemeinsam" erledigt. Mist, daran hätte ich denken müssen.

Und auf einmal wusste ich, was wahre Menschenmassen, nein, Männermassen Nürburgring'schen Ausmaßes anziehen würde: Ein Stelldichein auf dem Truppenübungsplatz mit Harley Davidsons und Panzern, dekoriert mit Illustrationen aus dem Kamasutra, bei dem die Teilnehmer mit Laserschwertern und Streitäxten glorreich unsere und weitere Menschheiten sowie das Universum retten würden. Ein schönes Bild. Dumm nur, dass ich mich da so gar nicht drin sah. Auch gut, das konnten die Jungs dann mal 'ne Runde alleine organisieren.

Was die hiesige Realität betraf, an einem Sonntag im November im Kunsthaus Zürich: Wir trafen uns beim Ausgang mehr oder weniger zufällig wieder („mehr", weil wir das nicht verabredet hatten, „weniger", weil wir alle denselben Text hörten) und verabschiedeten uns, weil alle noch etwas Dringendes vorhatten. Na, super. Ich hatte wieder etwas gelernt: Technik gewinnt.

Mein Telefon brummte – ein SMS.

„Meine Liebste, Entschuldige den abrupten Abschied. Wenn, dann will ich Dich ganz. Allein. Ich verspreche, mich in Zukunft besser zu benehmen. Herzlichst oder hoffentlich mehr, Dein Roland"

Er wusste, was er wollte. Mich. Das hatte mir so noch keiner gesagt. Oder gezeigt. Er schien sich seiner Gefühle sicher. Ich war da wohl langsamer, obwohl mir das Kribbeln schon gefallen hatte. Vielleicht war ich schlicht nicht der Typ, bei dem die Liebe wie ein Blitz einschlug. Aber war es das jetzt? Fühlte sich so Liebe an?

Das Telefon brummte schon wieder. Ein SMS von Florina: „Und?! Was ist jetzt?!? Ich will Informationen!!!!!! In gespannter Erwartung, Flo"

Ich war mir nicht sicher, was jetzt war, und entschied, es im Ungewissen zu belassen: „Es war nett, habe aber nicht mehr zu berichten. Einen dicken Knuddel, Jo"

Florina antwortete prompt: „Schatz, mach Dir nichts draus! Irgendwo da draußen ist er. Hab Dich lieb, Flo".

Ein bisschen hatte ich gelogen, aber ein bisschen auch nicht. War er der Traummann? Oder hielt er sich nur dafür? Oder wollte ich nur, dass er es war? Ich entschied, die Antwort auf diese Fragen zusammen mit der Antwort auf sein SMS zu verschieben.

Es war schon spät, als Roland anrief: „Hallo, Johanna? Hast du meine Nachricht bekommen?"

Er klang müde und zerbrechlich. Kein Wunder, er war ja auch den ganzen Tag gefahren, der Arme. Mir wurde sehr mild.

„Salli, Roland. Ja, natürlich. Vielen Dank. Schade, dass du nicht geblieben bist. Ich hätte mich gefreut.

Und de facto wären wir auch allein gewesen."

„Ich gehe nun mal nur auf Dates, die exklusiv sind. Apropos: Wann sehe ich dich wieder? Und wo? Kommst du bald einmal nach Berlin?"

„Na ja, wenn du so fragst... Mein Onkel hat am Freitag Geburtstag. Ich war noch am Überlegen, ob es sich lohnt, dafür nach Berlin zu kommen, weil er ja nicht wirklich etwas davon hat. Aber wenn er sich jetzt freut, muss es mir halt egal sein, ob er sich fünf Minuten später noch daran erinnert. Also, langer Rede kurzer Sinn: Ich könnte am Freitag nach Berlin kommen."

„Oh! Oh! Das ist ja erfreulich. Hoch erfreulich sogar. Jetzt bin ich fast ein wenig überrumpelt. Eine Frau der schnellen Entschlüsse, das mag ich. Das liebe ich sogar. Lass mich schauen, wie das Wochenende bei mir aussieht. Aber ich denke, das sollte gehen. Wann kann ich dich abholen?"

„Die Feier ist bestimmt so um 19 Uhr vorbei. Dann muss er ins Bett."

„Na, dann hole ich dich um 19 Uhr ab. Vor dem Heim? Oder soll ich dich zur Feier begleiten? Schließlich kennt er mich ja."

„Nein, er wird sich nicht an dich erinnern, er vergisst ja alles sofort. Also, dann sehen wir uns am Freitag um 19 Uhr."

Roland schmatzte: „Na, ob er sich wirklich nicht an mich erinnert, das wage ich zu bezweifeln. Aber es wäre wohl schon komisch, wenn du mit deinem neuen Lover bei einer Familienfeier erscheinen würdest. Also: Ich freue mich drauf!"

„Ich mich auch. Also, dann am Freitag."

„Bis Freitag, meine Liebe!"

Ich hatte mich wohl gerade zum Beischlaf verabredet. Das müsste ich erst mal verdauen.

Ich buchte den Flug und ging schlafen. Ob ich von Roland träumen würde?

Onkel Walter

Nein, ich träumte nicht von Roland.

Stattdessen landete ein Schmetterling auf meiner Hand und flog wieder weg. Ich schaute ihn an und wusste, dass das meine Seele war, mein Herz - ich. Ich musste mich fangen, um ich zu bleiben. Vorsichtig, um mir nicht die Flügel zu brechen. Aber ich entkam mir immer wieder und tänzelte in tiefschwarzer Nacht durch die Luft vor mir her, auf der Flucht vor und auf der Jagd nach mir.

Als ich mich fragte, ob es wirklich Sinn machte, mitten in der Nacht durch mein dunkles Zimmer zu jagen, musste ich verneinen und schickte mich selbst ins Bett.

Aber von Roland träumte ich auch danach nicht, auch nicht in den folgenden Nächten. Und das trotz unserer allabendlichen Telefon-Dates. Ich verließ das Büro jeweils schon kurz nach der Dämmerung und nahm Arbeit mit nach Hause. Das war zwar ein wenig anstrengend, aber für Roland machte mir das nichts aus. Es kam mir vor, als hätte ich mich selbst auf der Überholspur überholt, und unsere stundenlangen Gespräche gaben mir den dringend nötigen Rückhalt.

Mein Job schien mir leicht im Vergleich mit dem, was Roland durchmachte, der Arme. Von außen sehen solche Großkonzerne ja immer sehr professionell und organisiert aus, aber je intensiver man hinter die Kulissen blickt, desto klarer wird, wie viel Energie von sinnlosen Machtspielchen und administrativen Albträumen aufgefressen wird. Auch in der Maienwald-Gruppe kämpfte augenscheinlich nicht nur jeder für sich, sondern auch gegen den anderen. Lauter eitle Pfauen, die mehr scheinen als sein wollten. Mitarbeiter, die nach mehr Verantwortung (und Beförderung) verlangten, sobald sie eine Überstunde gemacht hatten, obwohl sie nicht einmal mit ihrem gegenwärtigen Job klarkamen. Seine Sekretärin, deren Fachkompetenz nicht über das Kochen von Tee und das Vorbereiten von Obsttellern hinausging: „Sehr guter Tee, aber eben Tee." Ein CEO, der keine Entscheidungen fällte aus lauter Angst, am Ende Verantwortung tragen zu müssen. Und mittendrin Roland, dem es als Einzigem nicht nur um sich, sondern um das Unternehmen ging, um die Arbeitsplätze, die Aktionäre und die Hotelgäste. In wechselnder Reihenfolge. Aber jedenfalls nicht nur um sich. Ständig musste er sich umschauen, ob jemand ihm gerade ein Messer in den Rücken rammen wollte, und die Hälfte seiner Zeit verbrachte er mit Firmenpolitik. Obwohl er das hasste. Jeden Tag neue Intrigen und Machenschaften. Ich merkte, wie gut es ihm tat, jemanden zu haben, der ihm zuhörte und der für ihn da war. Auch wenn ich nicht verstand, wie diese Männer so sein konnten und mich immer noch nicht wohl dabei fühlte, so viele Interna zu kennen.

Manchmal sandte er mir dann nach unseren Telefonaten auch noch E-Mails zu den Dingen, die wir besprochen hatten: „Du erwähntest das Klausjagen in Küssnacht am Rigi. Wusstest du, dass dieser Brauch dort bereits seit der Neuzeit stattfindet und dass die Männer so genannte *Iffelen* durch den Ort tragen, aus Karton und Seidenpapier gefertigte, der Bischofsmitra nachempfundene und von innen beleuchtete Kopfbedeckungen? Diese können bis zu zwei Meter hoch sein."

Tatsächlich hatte ich Roland von diesem Brauch erzählt, was ein Indiz dafür hätte sein können, dass ich schon mal davon gehört hatte – und ich wusste auch, wie man googelt: „Roland, das wusste ich. Wie erwähnt, war ich schon dort. Und du brauchst dir nicht die Mühe zu machen, mir solche Sachen aus dem Internet zu schicken, das finde ich auch selbst, wenn es mich interessiert."

„Ja, aber ich finde das so interessant und wollte es mit dir teilen. Ich fühle mich Dir dann so nah."

Das war ja irgendwie auch lieb, obwohl ich diese Belehrungen nicht brauchte. Nach einigen Runden gab ich diese Diskussion auf und überflog seine E-Mails nur noch.

Am Freitag machte ich mich tatsächlich auf nach Berlin. Meinen Freundinnen hatte ich nicht Bescheid gesagt. Nicht mal Klara. Ich brauchte eine leere Agenda und ein ziemlich leeres Gehirn. Ich würde das später erzählen. Sie würde das verstehen. Und ich würde es nehmen, wie es käme.

Von gespannter Vorfreude beseelt, geriet ich an der freitäglichen Flughafenwarteschlange ins Gespräch mit einem amerikanischen Ehepaar. Ihnen waren am Vormittag die Rucksäcke mit allen Papieren gestohlen worden. Seitdem waren sie kreuz und quer durch die Schweiz gereist, um Ersatzpässe und neue Tickets zu besorgen, hatten kein Geld mehr und mussten auch noch einen mehrstündigen Zwischenstopp in Frankfurt überstehen. Das war wirklich mehr als gemein. Ich gab ihnen Schweizer Franken und die Euros, die ich dabei hatte, damit sie sich wenigstens etwas zu essen kaufen konnten, und spurtete noch schnell zum Sprüngli für ein paar Truffes. Für Roland und für das Ehepaar. Ich wollte nicht, dass jemand das Land, das ich so sehr liebte, negativ in Erinnerung behielt.

Diesen Nettigkeitsknopf schaltete das Leben allerdings kurze Zeit später wieder aus. Auf der langen Rolltreppe zum Gate hörte ich ein Poltern hinter mir. Ich drehte mich um und sah, wie die Leute einem Koffer auswichen, der die Treppe herunterratterte. Wodurch er natürlich immer schneller wurde. Na, super! Die Familie vor mir sammelte ihre Kinder ein. Ich hielt den Koffer an und wartete auf die Inhaberin, eine Blondine, beladen mit einem weiteren Koffer und einer Handtasche, die für einen mittelgroßen Umzug gereicht hätte. Für wettergerechte Kleidung hatte das Budget dann nicht mehr gelangt, der Rock war doch sehr kurz. Sie quälte sich ein „Thanks" heraus und entschwebte.

Noch tat meine Seite, in die der Koffer gedonnert war, nur weh, die blauen Flecken kamen später. Hartschale. Gern geschehen!

Das Engelchen sah ich dann erst im Flieger wieder. Yippieh, sie saß neben mir, ich am Gang, sie in der Mitte. Nachdem sie die Gepäckablage mit einem Koffer und der Tasche gefüllt hatte, schaltete sie in der nach oben offenen „Hilf-mir-ich-bin-das-hilflosekleine- Reh"-Skala einen Gang hoch und fragte, ob sie bei mir ausprobieren dürfte, ob der Koffer überhaupt unter den Vordersitz passen würde. Gesagt, getan. Er passte.

Sie legte nochmals eine Schicht drauf und flötete: „Ach, jetzt, wo er da so gut liegt, da können wir ihn doch auch da lassen. Das ist doch viel einfacher."

Dumm nur, dass ich kein Mann war und deshalb nicht wirklich auf hilflose Rehe stand. Außerdem hatte ich etwas gegen Leute, die ihren Hausrat im Handgepäck transportierten, während ich Idiot mich an die Regeln hielt.

Ich flötete: „Keine Sorge, ich bin mir sicher, dass er auch bei Ihnen passt."

Also musste Bambi selbst mit verknoteten Beinen fliegen. Ich war aber auch gemein! Und wurde mit Nichtachtung gestraft. Das geschah mir recht. Jawoll! Ich hätte schwören können, dass die Frauen um uns herum lächelten, während den Männern das Herz stellvertretend blutete. Ich Miststück!

Die Geburtstagsfeier fiel wesentlich kleiner aus als früher; nur die engsten Freunde und Verwandten. Offensichtlich hatte nicht nur ich mir vorgenommen, einen fröhlichen Abend zu verbringen, auch wenn uns eigentlich zum Heulen war. So ließen wir zunächst das Geburtstagskind hoch- und dann die seligen Erinnerungen an gesündere, glücklichere Zeiten aufleben. Onkel Walter schien zu lächeln, als er einnickte.

Wie vermutet, endete der Abend zu kinderfreundlicher Zeit. Ich brauchte eine Umarmung.

Roland wartete vor dem Heim: „Hallo, Schatz! Dein Lover wartet schon, wie bestellt."

Das brauchte ich gerade nicht: „Du, ich brauche

gerade einen Freund, nicht einen Lover. Das war eine eher traurige Veranstaltung."

„Entschuldige, meine Liebe! Ja, natürlich. Da hätte ich auch selbst dran denken können. Mich macht es auch immer traurig, wenn ich meinen Kollegen besuche. Und ich weiß ja, wie liebevoll und mütterlich du an deinem Onkel hängst. Mütterlichkeit als Tugend wird ja heutzutage völlig unterschätzt. Dabei…"

Ich unterbrach ihn: „Roland, bitte nicht. Ich möchte jetzt einfach ein paar Minuten verdauen. Gib mir fünf Minuten für mich. Danach kannst du mir dann alles erzählen, was du über die Mütterlichkeit weißt und denkst."

„Ja, natürlich, mein Liebes! Wirklich, da hätte ich dran denken müssen. Hast du ihn von mir gegrüßt? Hat er sich an mich erinnert?"

„Rooooland! Bitte! Fünf Minuten."

Er setzte zu einer Antwort an, besann sich aber eines Besseren und schwieg. Fünf Minuten. Genau.

Dann fragte er: „Darf ich wieder?"

Ich musste lachen. Wie er so dasaß, wie ein aus dem Leim gegangener Schuljunge, war er schon irgendwie süß. Wenngleich nicht so süß, wie er dachte.

„Ja, du darfst. Danke. Also, was wolltest du sagen?"

„Also, Mütterlichkeit. Ich finde ja, dass die Mütterlichkeit heutzutage völlig zu Unrecht unterschätzt wird. Ich meine, das ist doch die Kernzelle der Familie, ach was, des Lebens. Wusstest du, das die älteste Figurine einer Muttergöttin, die Venus vom Hohlefels, 35'000 bis 40'000 Jahre alt ist und am Fuße der Schwäbischen Alb gefunden wurde? Ganz in der

Nähe bin ich großgeworden. Ich persönlich bin ja auch ein Verehrer des Mütterlichen."

Mir war leider nicht nach einer Schulstunde: "Roland, an der Stelle muss ich als SINK naturgemäß passen."

"SINK? Du bist ein englischer Auguss?"

Ich musste lachen: "Single Income No Kids."

"Aber dass du noch keine Kinder hast, spielt doch für die Mütterlichkeit keine Rolle. Ich habe dich mit deinem Onkel gesehen, da ist mir ganz warm ums Herz geworden. Du hast mich so an meine Mutter erinnert. Ach, meine Mutti! Sie hat mich so geliebt. Egal, was ich getan habe, egal, was ich angestellt hatte, sie stand immer voll hinter mir. Sie war immer da, wenn ich nach Hause kam. Das Essen stand auf dem Tisch, und sie wollte jedes Detail wissen, was ich getan hatte oder gelernt hatte. Einfach alles. Egal, wie hart ihr Tag auf der Farm gewesen war. Ich war ihr Leben und ihr ganzes Glück." Er schaute mich an: "Das war der Moment, in dem ich mich endgültig in dich verliebt habe. Du wirst eine tolle Mutter. Da freue ich mich drauf."

"Nu mal langsam mit die jungen Pferde, Herr Doktor!" Ich musste lachen, und mir wurde warm ums Herz. Ich wollte ja auch Kinder.

"Na ja, nicht sofort, aber das kommt schon. Und, hat er sich an mich erinnert?"

"Du, ich hab dich nicht erwähnt. Es war ein Abend mit der Familie und mein Onkel lebt sowieso in der Vergangenheit."

Roland verschluckte seine Antwort.

Wir kamen bei seinem Haus an: hellblaue Jugendstilvilla, weiße Säulen neben dem Eingang, große, weiß umrandete Fenster und ein Turm. Was für ein wunderschönes Haus!

Er sah mich an: „Ich hab heute den ganzen Tag geputzt, aber ich glaube, richtig sauber ist es nicht. Bitte sei nicht böse. Du wirst sehen, es braucht wirklich eine weibliche Hand."

Tatsächlich war das Türfenster so dreckig, dass ich dachte, es sei gar kein Glas. Nachdem er eine Weile mit dem Schlüssel am Schlüsselloch genestelt hatte, öffnete er die Tür: „Du erwartest hoffentlich nicht, dass ich dich über die Schwelle trage. Das mag ich an euch selbständigen Frauen."

„Nun ja, wir sind ja nicht verheiratet. Wie gesagt: Langsam mit die jungen Pferde!"

Aber irgendwie berührte es mich auch, dass er daran dachte.

Wir traten ein und mich empfing eine Wolke abgestandenen Rauchs, gemischt mit Kohlgeruch. Ich hatte einen Hustenanfall.

Roland trat zu mir: „Hast du dich erkältet? Ach, du Arme! Und ich habe oben überall die Fenster aufgemacht, damit frische Luft reinkommt. Warte ich mach sie zu!"

Ich hielt ihn zurück: „Nein, lass, Roland, frische Luft ist gut. Mach doch hier unten auch auf. Wir sind ja jetzt da, da kommt keiner rein."

In der Diele lag Laub. Junggesellenverwahrlosung.

„Du, ich hab eine Gemüsesuppe gemacht. Das Essen in diesen Heimen ist doch nichts Gescheites. Da möchtest du bestimmt noch was Richtiges essen."

Das war wirklich lieb von ihm, und wie er so stolz vor mir stand, konnte ich ihn einfach nicht enttäuschen, obwohl ich eigentlich keinen Hunger mehr hatte. Da musste ich jetzt wohl durch, ich wollte den Abend ja auch nicht verderben: „Das ist ja lieb von dir. Eigentlich habe ich ja gegessen, aber probieren kann ich gerne noch."

Roland führte mich ins Speisezimmer. Er hatte gedeckt, mit fleckiger Tischdecke, Kerzenleuchter und Blumen. Lieb. Während er in der Küche werkelte, schaute ich mich um. Ich mochte Jugendstilhäuser mit ihren hohen Räumen, den Stuckverzierungen und den fließenden Formen. Das Speisezimmer hatte sogar einen Erker mit Ornamentglas. So schön! Ich schaute es mir aus der Nähe an – und musste leider feststellen, dass selbst zeitlose Schönheit und Eleganz erheblich getrübt werden, wenn sich auf der Fensterbank ein Schwarm toter Insekten versammelt. Fliegen, Bienen, in der Mitte ein Schmetterling, grau vor Staub, wie eine Motte. Traurig. Hoffnungslos. Wie in einem französischen Künstlerfilm. Hier fehlte nicht die „weibliche Hand", sondern eine Putzschwadron! Aber das ließ sich ja ändern.

Roland trat ein und sah meinen Blick: „Oh, das habe ich vergessen. Die Fensterbank. Und die Fenster. Weißt du, ich habe nach dem Tod meiner Frau alles so gelassen, wie es war. Das ist jetzt auch schon zehn Jahre her. Ich finde das ganz praktisch. Jeder Einbrecher denkt, dass hier nichts zu holen sei, wenn er das sieht."

„Und du meinst, dass das hilft? Dreckig und arm sind ja nicht dasselbe, noch nicht mal das Gleiche."

„Also, bisher ist noch niemand eingebrochen. Komm, setz dich!" Trotz meines Protests schenkte er mir Wein ein und füllte meinen Teller randvoll.

Er drängte mich zu probieren und, tatsächlich, die

Suppe war gut: „Mmmhhh. Sehr gut! Ein Lob dem Küchenchef! Sage mal, ist da Fenchel drin?"

„Ja, das ist mein spezielles Rezept. Also, ich habe noch nie woanders eine so gute Suppe gegessen. Und du weißt ja, dass ich ein echter Gourmet bin. Aber du sagst ja gar nichts. Sag doch, schmeckt es dir nicht?"

„Doch, doch, sie schmeckt sehr gut. Das hab ich doch gesagt. Wirklich sehr gut. Wie hast du sie denn gewürzt?"

„Also, wenn du da nicht drauf kommst, dann verrate ich das auch nicht. Wie gesagt, es ist ein Geheimrezept. Aber du kannst ja mal raten."

Er spitzte den Mund, legte den Kopf leicht in den Nacken, schaute mich von oben herab an, wackelte mit dem Kopf und summte.

So wahnsinnig spannend fand ich eine Suppe nun eigentlich nicht. Aber da es ihm so viel Freude machte: „Ich tippe auf frischen Koriander."

Er war enttäuscht: „Das stimmt. Wie bist du denn darauf gekommen?"

„Du, ich koche auch. Ich lade dann Freunde ein und wir essen und trinken und quatschen bis tief in die Nacht. Auf Englisch, Deutsch, Französisch oder manchmal auch in Sprachen, die ich nicht mal verstehe. Und wenn ich richtig gut drauf bin, steht das Ganze unter einem Ländermotto, und alle Gerichte kommen aus dem Land. Und Koriander ist einfach beim indischen oder asiatischen Abend immer drin."

„Da möchte ich auch mal dabei sein. Bisher liegt das einfach nicht drin in meinem Leben. Wenn das mit uns beiden etwas wird, dann habe ich nicht nur dich, sondern auch Freunde. Das wäre schön. Sehr."

„Ja, mich gibt es nur als Package Deal mit Anhang. Familientradition. So wie mein Bruder meine Schwägerin auch mit Anhang geheiratet hat. Ihre Tochter ist dann während der Trauung bei ihm auf den Arm geklettert und hat ihn so auch geheiratet. Aber keine Angst, meine Freunde klettern nicht auf dir rum."

„Ja, das wäre etwas schwer. Aber solange sie nicht klettern, ist es gut. Weißt du, ich kann mich bald frühpensionieren lassen. Dann ziehe ich zu dir in die Schweiz. Wir kaufen ein Haus, ich kümmere mich um unsere Kinder und fahre Fahrrad, und wenn du abends nach Hause kommst, habe ich schon gekocht. Und am Wochenende kommen unsere Freunde zu Besuch. Wir werden so glücklich sein."

Er hatte meine Hände gegriffen und zu sich gezogen, um sie zu küssen. Ich ließ es geschehen. Eigentlich ging mir das viel zu schnell. Eigentlich war schon mein Hiersein viel zu schnell für mich. Aber es rührte mich auch. Er ließ meine Hände los und wandte sich wieder der Suppe zu.

„Möchtest du noch mehr? Oder noch Wein?"

„Nein, danke. Du, ich hab doch schon bei meinem Onkel gegessen."

„Also, dann schmeckt sie dir nicht? Du hast ja auch gar nichts gesagt."

„Doch, doch, sie ist wirklich sehr gut, vor allem mit dem Koriander. Aber ich kann schlicht nicht mehr essen."

„Und der Wein?"

„Der ist auch wirklich gut, aber ich trinke einfach nicht viel."

„Also, ich nehme noch einen Teller. Und ich mache die Flasche leer. Mir schmeckt es nämlich." Seine

Stimme war erkaltet. Wie konnten Stimme und Stimmung so schnell kippen?

Sein Gang in die Küche genügte für eine Erhellung seines Gemüts: „Was für ein wunderbarer Abend mit dir, meine Principessa. Ich bin so dankbar, dass du da bist. Und ich freue mich darauf, dich näher kennenzulernen. Ich hoffe, du bist gut trainiert. Wenn dein Lover in Fahrt kommt, dann wirst du das nämlich brauchen. Und gut gestärkt ist er jetzt ja auch. Willst du nicht doch noch einen Teller?"

„Nein, lass man. Ich mag einfach nicht mehr. Und außerdem habe ich uns noch was mitgebracht." Ich holte die Trüffel: „Probier mal: Truffes du Jour vom Sprüngli. Die beste Schokolade der Welt. Und man muss sie schnell essen. Sie sind so frisch, sie halten nicht lange."

Roland legte nicht die erwartete Begeisterung an den Tag: „Also, das glaube ich jetzt nicht. Du lehnst meine Suppe ab und dann willst du Schokolade essen? Schokolade kommt mir nicht ins Haus. Na ja, jetzt hast du sie ja schon gekauft, aber im Prinzip gibt es hier keine Schokolade. Die macht nur dick." Er probierte und verzog genussvoll den Mund: „Mmmh, die sind wirklich lecker."

„Du, in Maßen geht alles. Wir tun sie in den Kühlschrank. Warte mal, wie gut sie dann sind."

„Also, ein Teller Suppe wird dich auch nicht umbringen. Aber, bitte, wenn du nicht willst, dann ist das schon in Ordnung." Er klang nicht, als ob er es in Ordnung fände.

Wir brachten die Teller in die Küche - ein Schlachtfeld der Kulinarik. Ich hatte nicht gewusst, wie viele Töpfe man für die Zubereitung einer Suppe benötigt.

Er zog mich zu sich und küsste mich. Am Nacken, auf den Mund, den Hals entlang. Seine Hände berührten mich, tasteten mich ab, von oben nach unten und zurück, berührten immer wieder meine Hände, die ihn ebenso erkundeten. Jetzt merkte ich erst, wie massiv er war. Ich konnte ihn nicht umarmen. Aber das war egal. Wie Strom lief es durch meinen Körper. Er zog mich ins Schlafzimmer, und wir liebten uns.

Leider berührte mich das nicht so, wie ich gehofft hatte. Shades of Grey Sex. One Shade. Of Grey. Ich hatte wohl zu viel erwartet und auch zu sehr gewollt, dass dies eine Nacht der Nächte würde. Vielleicht war es auch etwas zu viel Suppendiskussion gewesen.

Und ich musste ihn ja auch erst wirklich kennenlernen.

Roland lächelte wie ein gigantisches, zufriedenes Riesenbaby.

Als ich mich auf die Seite drehte, umschlang er mich, sein Kopf direkt hinter meinem: „Ich liebe dich. Danke, dass du hier bist."

Er brummte wohlig und begann zu schnarchen. Zwischen Presslufthammer und Düsenjet. Gefühlt ganz klar Düsenjet.

Je mehr ich versuchte, mich aus seiner Umarmung zu winden, umso fester hielt er mich. Ich weckte ihn und bat ihn, mich loszulassen und sich auf die andere Seite zu drehen, damit ich schlafen könne.

Er brummte: „Nein, ich schlafe gut. Ich will dich in den Armen halten. Ich liebe dich."

Nach einer Ewigkeit lockerte er den Griff so weit,

dass ich mich herauswinden und in ein anderes Zimmer ziehen konnte, in dem eine Matratze auf dem Boden lag.

Ruhe.

Beim Aufwachen sah ich in Rolands kleinen, tiefen, blassblauen Augen, die milde lächelten: „Hallo, Principessa. Habe ich dich vertrieben? Das tut mir leid. Schau, die Sonne scheint. Was möchtest du zum Frühstück? Ein Ei? Zwei? Omelette?"

„Guten Morgen! Ja, du hast ziemlich geröhrt. Bitte keine Eier, davon wird mir am Morgen schlecht. Lass mich erst mal aufstehen." Preußisch-hugenottische Morgenroutine.

Roland hatte bereits den Tisch gedeckt. Auf meinem Teller lag eine weiße Heckenrose: „Die letzte in diesem Jahr. Ich weiß auch nicht, wie sie bis jetzt überlebt hat, aber ich glaube, sie hat auf dich gewartet, mein Engel."

Daneben standen die beiden Froschkönig-Becher vom Flohmarkt. Wie lieb von ihm! Roland umarmte mich.

„Und, möchtest du nicht doch Omelette? Auch eines meiner Geheimrezepte. Wirklich deliziös."

„Nein, Roland. Ich hab doch gesagt, dass mir von Ei am Morgen schlecht wird. Genieß es, aber genieß es für dich. Bitte."

Tatsächlich war mir schon von dem Geruch speiübel, aber ich wollte ihm nicht den Morgen verderben und sah stattdessen zu, dass ich selbst etwas in den Magen bekam: „Sage mal, ist das Grüntee mit Minze? Das ist mein Lieblingstee. Das ist ja ein Zufall."

„Den hattest du auf der Hochzeit nach dem Essen,

und du hast so zufrieden ausgesehen, wie ein kleiner Buddha. Das habe ich mir gemerkt. Ich hab dich nämlich an dem Abend beobachtet."

„Echt? Das klingt jetzt etwas merkwürdig. Aber es ist lieb von dir. Vielen Dank! Der ist wirklich gut." Wenngleich – ich fühlte mich im Nachhinein unangenehm beobachtet.

„Grüntee richtig zuzubereiten, ist ja eine Kunst. Das Wasser darf nämlich nur höchstens 90° haben. Ich hab das im Wasserbad gemacht." Er strahlte.

Ein Blick in die Küche zeigte mir später, dass dies eine Konstruktion aus mehreren Töpfen, Tauchsieder und Thermometer erforderte und die Hälfte der Küche unter Wasser setzte.

„Das ist wirklich lieb, aber für mich musst du dir nicht so viel Stress machen. Mein Tee ist Kummer gewohnt." Ich hatte noch nie so viel über Essen geredet wie mit Roland.

„Das ist kein Stress, das mache ich gerne. Sehr gerne sogar. Also, was machen wir heute? Für den Abend habe ich Tickets für die Philharmoniker. Brahms' Deutsches Requiem. Wollen wir einfach ein wenig rumgammeln? Oder vielleicht ein Spaziergang am Grenzstreifen? Wir können auch Fahrrad fahren."

Ich umarmte ihn: „Die Philharmoniker? Mit Brahms' Requiem? Und dem Rundfunkchor?"

Er nickte.

„Das ist ja Wahnsinn! Ich liebe den Rundfunkchor. Der beste Chor der Welt. Hast du mal drauf geachtet, wie die die Konsonanten rüberbringen? Man versteht jedes Wort, jedes T, K oder F. Und die Dynamik, einfach genial. Und Brahms! Ich hab die

Aufnahme, und wir haben das auch gerade gesungen. Und du hast Tickets? Super, ich freu mich! Aber, sage mal, ich hab gar nichts zum Anziehen dabei."

„Ich habe noch nie jemanden gesehen, der sich so freuen kann wie Du, mein Frosch," lachte er. „ Und es ist ganz egal, was du trägst, ich werde dich immer lieben."

„Ich meine, mit Jeans und Pulli kann ich ja nicht in die Philharmonie gehen," beharrte ich.

„Natürlich kannst du. Das tun andere auch. Oder wir fahren zum Ku'damm und kaufen dir was. Ich brauche auch noch ein paar Pullover. Aber erst einmal die große Tour durch die Casa Bergner."

Er hatte nicht übertrieben. Er führte mich durch elf Zimmer auf drei Etagen. Ein Haus, viel zu groß für eine Person – und auch für zwei. Die meisten Zimmer standen mehr oder weniger leer, bis auf die Kleidung, Bücher und CDs, Computerkabel und Taschen, die sich auf dem Boden stapelten. Ein Haus, gebaut für eine Großfamilie, behaust von einem unordentlichen Nomaden.

„Ich habe alles so gelassen, wie es war, als meine Kinder ausgezogen sind. Jetzt ist mir das richtig ein bisschen peinlich, alles so leer und unordentlich. Aber jetzt bist ja du da. Schau mal, das hier ist mein schönstes Stück."

Ein Flügel. Er glänzte.

„Roland, der ist wirklich schön. Mein Vater hatte auch einen. Da musst du mir mal was vorspielen."

Ich legte die Hand auf die glatte, saubere Oberfläche. Ich liebte die kühl-warme, greifbare Eleganz des Schellacks.

Roland zuckte zusammen: „Nicht zerkratzen!"

Warum sollte ich das tun? Augenscheinlich ein heikler Punkt.

Ich wechselte das Thema: „Sage mal, dein Haus ist ja wirklich riesig. Aber du hast gar keine gemütliche Ecke zum Kuscheln, oder?"

„Oh Gott, eine Sofaecke. Sag bloß nicht, dass du eine Sofaecke willst. Meine Frau wollte das immer, aber da habe ich mich geweigert. Das ist ja so was von spießbürgerlich! Nein, so ein Ding kommt mir nicht ins Haus. Auf gar keinen Fall."

„Und wo willst du dann sitzen und kuscheln? Ich mag das."

Er schüttelte den Kopf und atmete laut aus. Er war nicht überzeugt. Aber das machte nichts, ich würde ja nicht hier einziehen. Und in Zürich hatte ich eine Sofaecke.

Roland führte mich zu einer Tür und senkte seine Stimme: „So, und jetzt zeige ich dir noch mein Allerheiligstes. Aber du musst ganz leise sein."

Ich war gespannt. Wir traten in seinen Wintergarten, einen lichten Raum voller verwilderter Topfpflanzen, parzelliert in zwölf badelakengroße Abteile, in jedem ein Schuhkarton mit Einstiegsluke

„Hier wohnen meine Igel. Ich hab sie bei meiner Futterstelle im Garten gefunden. Sie waren noch viel zu leicht und wären nie durch den Winter gekommen. Da hab ich sie reingenommen. Jetzt päpple ich sie auf, und wenn sie ihr Winterschlafgewicht haben, dann kommen sie in den Keller. Ich hab schon alles vorbereitet. Soll ich dir das mal zeigen?"

Er führte mich hinab in die Dunkelheit des Kellers und präsentierte mir den Raum für seine stachligen Untermieter. Mein Herz schlug bis zum Hals. Ich küsste ihn.

Am Nachmittag fuhren wir zum Ku'damm, Westberlins ehemaliger Shoppingmeile. Kindheitserinnerungen blitzten hier und da auf – selten allerdings, denn wie ganz Berlin hatte sich auch diese Gegend extrem verändert.

Also, Pullis für Roland. Wir wurden erstaunlich schnell fündig. Eine Frau mit entsprechender Übergröße würde mit einer eigenen Baumwollplantage oder einer Seidenraupenzucht wahrscheinlich am effizientesten an passende Anziehsachen kommen. Mann müsste man sein! Wieder mal.

Ich hatte seit Ewigkeiten nichts gekauft und war hoch erfreut, als ich in eine Größe 38 passte. Ich hätte die Welt umarmen können – oder eben Roland küssen, da gerade keine Welt zur Hand war. Ich sagte ihm nicht, warum. Er sollte mich so sehen, wie ich war und bleiben würde. Er war ein guter Küsser, nur zu feucht.

„Na, Schatz, du kannst ja gar nicht die Hände von deinem Lover lassen", flüsterte er mir ins Ohr.

„Roland, bitte lass das mit dem Lover. Das klingt so billig. Ich habe keinen Lover, sondern einen Partner, einen Geliebten, einen Freund."

„Aber natürlich, wenn du das nicht magst. Das liebe ich an dir. Du sagst, was du denkst. Du bist meine große Liebe. Weißt du das?"

So weit war ich nicht. Ich sagte nichts und küsste ihn. Wenn er das als Antwort nahm, war das auch in Ordnung. Das neue Kleid ließ ich gleich an, wir fuhren in die Philharmonie und flanierten durch das Foyer, Arm in Arm, ich in meinem neuen Kleid, er groß und kuschelig. Ein schönes, erfülltes Gefühl.

Das Konzert war wie erwartet ergreifend, berauschend und bewegend. War das jetzt Liebe oder wärmte sich mein Herz nur an Brahms' wunderbarer, hoffnungs- und liebevoller Musik, verbunden mit der Erinnerung an unser eigenes Konzert und dem wärmenden Gefühl, in einem perfekten Moment nicht allein zu sein?

Ich schaute Roland an. Er strahlte. Ich auch.

Ich saß hier und lauschte der wunderbaren Musik in perfekter Darbietung, neben mir der Mann, der mich liebte. Grund genug zum Glücklichsein.

Meine Nachbarin hustete und ich reichte ihr ein Ricola. Wie immer: Mit jeder Krankheit geht man zum Arzt. Nur mit einer Erkältung geht man zum Konzert. Zum Glück hatte ich vorgesorgt.

Auf dem Heimweg fragte Roland: „Ich hätte gar kein Konzert gebraucht, ich habe nur dich angesehen, das war Vorstellung genug. Du liebst diese Musik, nicht wahr?"

„Ja, ich liebe Brahms. Und das heute so zu hören, von diesem Chor und kurz nachdem ich das selbst gesungen habe, das war so ein großes Geschenk, das kannst du dir gar nicht vorstellen. Danke, mein Schatz."

„Ach, du hast das selbst gesungen? Wirklich? Seid ihr so gut?"

Warum musste er überrascht klingen?

„Ja, natürlich. Die meisten Chöre singen das. Das ist ein Standardwerk. Es war fantastisch. Standing Ovations und sehr gute Kritiken. Wobei, wir sind natürlich nicht der Rundfunkchor, aber trotzdem. Das einzig Traurige ist, dass man monatelang übt und das Stück dann nur einmal singt. Aber das ist es wert. Das ist so, als würde direkt mein Herz singen.

Dann ist da so viel mehr als nur das Hier und Jetzt. Dann bin ich ganz ich."

„Das hast du schön gesagt, meine Liebste. Ich hoffe, ich kann das auch einmal erleben."

In Rolands Haus angekommen, zog ich ihn ins Schlafzimmer. Wir umarmten, küssten und liebten uns, aber bei mir blieb es Grey. Roland sah den Regenbogen. Es lag wohl an mir, aber das würde ich schon noch hinbekommen.

Er lag mir zugewandt, die Augen geschlossen, den Mund geöffnet, die Zunge leicht herausgestreckt, die meine erwartend. Er erinnerte mich an die Geierschildkröte, die ich mal im Frankfurter Zoo gesehen hatte. Ein großer, dunkler Brocken von Schildkröte. Sie liegt im Schlamm, bewegt sich am liebsten gar nicht und lässt ihre Zunge im geöffneten Maul kreisen. Der Fisch, der die Zunge für einen Leckerbissen hält und anbeißt, hat Pech. Nicht gerade erotisierend.

Als ich das Schlafzimmer verließ, um schlafen zu gehen, öffnete er die Augen und rief mir hinterher: „Lass mich nicht allein, meine Liebste! Ich will dich im Arm halten, wenn ich einschlafe. Bitte! Bleib hier!"

Ich drehte mich um: „Roland, ich bin müde. Es tut mir leid, aber du schnarchst einfach zu laut."

„Wenn man sich liebt, dann macht das nichts. Komm, bleib bei mir."

„Das hat nichts mit Liebe zu tun. Ich will nur schlafen. Bis morgen, Schatz."

Ich ging.

Opa

Roland deckte den Frühstückstisch in der Küche, mit Blick in den Garten: „Mein liebster Platz im Haus. Ich sitze stundenlang hier und beobachte die Vögel. Und natürlich die Igel, aber die kommen erst in der Dämmerung. Und im Sommer sitze ich draußen auf der Terrasse, mit meiner Pfeife. Siehst du, da ist die Futterstelle. Die habe ich extra so gebaut, dann können die Eichelhäher nicht dran. Im letzten Jahr hatte ich 23 Brutpaare. Und ich stelle immer noch was raus für die Igel, falls sich doch noch so ein kleiner Kerl hierher verirrt und ein Winterlager braucht."

Er strahlte eine einnehmende Glückseligkeit aus. Einfach, weil er glücklich war. Ein glücklicher, liebevoller, zartfühlender Mensch. Normalerweise hätte ich ja gesagt, dass man Tiere nicht füttern solle, so lange kein Schnee liege und sie ihr Essen selbst finden könnten, aber man musste ja nicht alles kommentieren.

„Weißt du, Johanna, ich freue mich schon so auf den Sommer, wenn wir beide im Garten werkeln. Und dann repariere ich die Schaukel. Die hatten wir damals für unsere Tochter gebaut. Und bald sitzt dann wieder ein kleines Bergnerchen drauf und ich schubse es an. Ach, ich bin so glücklich, dass ich dich gefunden habe. Ich hatte schon fast aufgegeben."

Was er beschrieb, waren Tage, wie ich sie mit meinem Opa verbracht hatte. Dafür war ich zu jung, ich sah mich einfach nicht im Leben meiner Großmutter. Und außerdem würden wir ja in Zürich wohnen. Er sah aber so glücklich aus, und ich wollte ihm den Moment nicht verderben. Auf der anderen Seite – dies schien wichtig: „Du, Roland, so weit bin ich nicht."

„Wie weit?"

„Na ja, bei einem Garten und Kindern und Schaukeln."

„Aber, wieso denn nicht? Also, ich bin mir ganz sicher. Ich kann ja kaum glauben, wie viel Glück wir haben. Wir sind jetzt schon fast wie ein altes Ehepaar. Am zweiten Wochenende! Diese Routine müssen sich andere erst mühsam erarbeiten. Ich habe mich noch nie mit jemandem so selbstverständlich gefühlt wie mit dir. Wenn man so jemanden findet, dann muss man den Stier bei den Hörnern packen und zugreifen."

So hatte ich das bisher noch nicht gesehen. Routine als Beziehungsideal. Wirklich? Vielleicht erwartete ich einfach zu viel. Oder das Falsche. Vielleicht gab es ja im richtigen Leben gar kein Feuerwerk und keine Liebesglocken, sondern einfach ein Gefühl, dass man mit dem anderen auskommen könnte und ab und zu ein wenig Kribbeln. Ich mochte ihn, auch wenn mich seine Besserwisserei manchmal nervte. Aber da war eben auch dieses Gefühl des Aufgehobenseins, das beruhigende Gefühl des Zusammengehörens, das er ausstrahlte. War das Liebe? Fühlte ich mich mit ihm wohl? In seinem Haus definitiv nicht. Aber war vielleicht gerade das Liebe, dass ich trotzdem dort geblieben war? Und dass ich es hinnahm, dass er alles besser zu wissen glaubte? Und dass ich auf die Hoffnung baute, dass der Sex mit der Zeit das Grauspektrum verlassen würde? War er der Mann, der nicht perfekt war, aber perfekt für mich? Oder hätte ich das alles nicht nur hinnehmen, sondern gar nicht wahrnehmen oder sogar gut finden sollen? Vielleicht war es an der Zeit, meinen Mädchenträumen von der großen Liebe, die mit der Naturgewalt eines Tsunami über mich hereinbrechen würde, adieu zu sagen. Vielleicht hatte ich mich einfach nie genug auf einen anderen eingelassen und musste jetzt wirklich – wie hatte Roland gesagt? - den Stier bei den Hörnern packen, um zu sehen, wohin es führte. Und da war es vielleicht wirklich nicht schlecht, das mit jemandem zu tun, der sich seiner Sache ausgesprochen sicher war. Vielleicht würde die Zuneigung wachsen.

Roland sah mich erwartungsvoll an. Ich sollte wohl etwas sagen: „Ja, vielleicht hast du recht."

„Natürlich habe ich recht. Wir beide gehören zusammen, und es gibt nichts Entspannenderes als ein wenig Gärtnern. Was hältst du von einer Fahrradtour?"

Das war jetzt abrupt, und angesichts des Wetters und der Gespräche über igelige Vorbereitungen auf den Winterschlaf mangelte mir der wahre Enthusiasmus: „Du, ich bin eher eine Schönwetterradlerin und wir haben gerade mal zehn Grad draußen. Außerdem habe ich doch gar kein Velo und keinen Helm. Ein anderes Mal."

„Keine Sorge, wir fahren nur eine halbe Stunde, nur zum Warmwerden. Du kannst das Rad von meiner Tochter nehmen. Schau es dir doch einfach mal an."

Wir räumten das Frühstück weg

„Du, Roland, wo kann ich das Joghurtglas hintun?"

„Der Mülleimer steht da drüben."

„Nein, ich meine, wo tust du das Glas hin fürs Recycling?"

„Na, in den Müll. Schließlich wird am Ende sowieso alles zusammengeworfen und verbrannt. Das mit dem Recycling ist alles nur Betrug und Geldschinderei. Ich gebe den Müllmännern immer extra Weihnachtsgeld, dann nehmen sie alles mit. Man muss sich eben zu helfen wissen."

Rolands Blick schrie: „Ich bin so gut!", aber mein Blick verweigerte die offensichtlich erwartete Bewunderung. Ich fand dieses minimale Opfer an die eigene Bequemlichkeit ausgesprochen zumutbar. Es würde noch ein weiter Weg sein, bis ich ihn verstand, aber das wollte ich jetzt nicht diskutieren.

Auf zum Fahrrad!

Rolands Tochter fuhr ein schweres Mountainbike, er ein Rennrad: „Eine Spezialanfertigung, extrem leicht und schnell. Ich ziehe mich schnell um und bin gleich wieder da."

Roland erschien im enganliegenden, schwarzen Radleranzug. Es war das erste Mal, dass ich ihn bei Tageslicht sozusagen nackt sah. Wie eine große Spinne, mit massivem Körper, dürren Beinchen und Ärmchen und gelbem Helm. Ich schätzte ihn auf 150kg, unregelmäßig verteilt auf zwei Meter Körperlänge, sein Fahrrad tat mir etwas leid. Und eine Spinne beim Fahrradfahren sah schon ziemlich grotesk aus. Aber natürlich sagte ich nichts; es war ja gut, dass er Sport trieb. Mit der Zeit würde er bestimmt auch Gewicht verlieren.

Wir fuhren los in Richtung Wald, er voran, ich hinterher. Mit jedem Tritt in die Pedale vergrößerte sich der Abstand zwischen uns. Es begann zu nieseln. Was die Situation nicht verbesserte. Wir waren seit 20 Minuten unterwegs und ich wusste nicht, wo ich war. Ich trat in die Pedale, bis mein Herzschlag wie Peitschenhiebe in den Ohren dröhnte und holte Roland ein: „Roland, wir wollten eine halbe Stunde fahren. Fahren wir zurück? Es nieselt und es ist kalt."

„Och, Schatzele, wir sind ja nicht aus Zucker. Wir fahren etwas länger. Ich bin gerade so gut in Fahrt und die Bewegung ist gut für mein Herz. Du, ich fahre vor und warte am See. Fahr einfach immer geradeaus."

Er brauste davon, ich schlich hinterher. Das Mountainbike war schwer und schwerfällig. Das Nieseln verstärkte sich zu Regen. So hatte ich mir den gemeinsamen Ausflug nicht vorgestellt.

Nach einer weiteren Stunde fand ich Roland, am See unter einer Kastanie sitzend.

„Na, Schatz, was sagst du? Ganz schön flott, dein Lover, gelle? Tja, da musst du schon einen Gang zulegen, um mit mir mithalten zu können. Das soll mir mal einer nachmachen – schneller als meine dreißigjährige Geliebte!"

Er wirkte so stolz, dass ich ihn nicht verletzen konnte. Ich sagte also nicht, dass ich ihn nicht besiegen, sondern den Tag mit ihm teilen wollte, dass Männer mit Rennrad immer schneller waren als Frauen mit Mountainbike. Nicht, dass er einfach gemacht hatte, was er wollte statt das, was wir vereinbart hatten. Und auch nicht, dass ich den „Lover" als höchst albern empfand. Das hatte ich ihm ja schon gesagt. Auch gegen die „Geliebte" wehrte ich mich nicht. Ich ließ ihn strahlen und schwieg.

Die Rückfahrt war auch nicht erfreulicher, und als ich endlich in Rolands Haus ankam, war ich durchnässt und durchgefroren.

Er hatte mir ein heisses Bad eingelassen: „Mein armer Schatz! Du bist ja ganz durchgefroren! Komm, schnell in die Wanne. Ruh dich aus. Ich mache uns einen schönen Tee."

Eigentlich waren Vollbäder Wasserverschwendung, aber heute war mir das egal. Es tat gut. Richtig gut.

Als ich in die Küche kam, zog mich Roland ins Schlafzimmer und flüsterte: „Jetzt zeige ich dir, wie Ehepaare sich lieben. Richtige, wahre Liebe. Das Schönste, was es gibt."

Wir küssten uns, unsere Hände entdeckten den Körper des anderen und fielen aufs Bett.

„Dreh dich mal um, Schatz."

Ich drehte ihm den Rücken zu. Er legte den Arm schwer über mich, rückte ganz nah, seufzte und schlief ein. Und schnarchte.

Das war es jetzt? Das höchste der Gefühle? Na, super. Wieder war ich gefangen. Sein Arm erdrückte mich. Nach gefühlten Stunden drehte er sich endlich auf den Rücken, und ich konnte entkommen. Er lag mit offenem Mund da und schnarchte wie ein riesiges, zufriedenes Baby.

Ich ging in die Küche und trank einen inzwischen kalten Tee. Die Truffes du Jour waren alle. Augenscheinlich hatten sie Roland dann doch geschmeckt.

Ich rief bei meinem Bruder an. Das Gefühl der Beklemmung wich, auch als ich ihm von Roland erzählte.

Christian war überrascht, aber vor allem erfreut: „Endlich! Ich freue mich für dich! Du weißt, wie sehr wir uns einen Partner für dich wünschen. Also, wann kommt ihr her, damit wir ihn kennenlernen können?"

„Ach, du, das weiß ich jetzt nicht. Noch ist es doch ganz neu. Es ist ja erst unser zweites Wochenende. Aber wenn es sich positiv entwickelt, werde ich ihn euch auf jeden Fall vorführen. Ich bin doch auch gespannt, was du sagst."

„Gut, aber versprich mir, dass du auf dich aufpasst. Das ist jetzt alles schön und gut, aber du hast recht: Geh es langsam an, du hast keine Eile."

„Keine Sorge, ich lerne ihn jetzt kennen. Deshalb bin ich ja hier. Und ich habe nicht vor, nach Las Vegas abzuhauen und zu heiraten. Ich mag auch gar keine Elvis-Imitatoren."

„Jo, versprich mir einfach, dass du auf dich aufpasst. Und ich will dem Kerlchen auf den Zahn fühlen. Ich weiß, dass du erwachsen bist und alles, aber ich bin dein Bruder. Ich will nicht, dass er dir wehtut. Du hattest so lange keine Beziehung."

„Christian, er ist kein Kerlchen. Er ist Anfang 60."

„Was? Du datest einen Rentner? Jo, hast du dir das gut überlegt? Ich meine, sechzig!"

„Na ja, er sitzt ja nicht im Rollstuhl. Versprochen, ich pass auf mich auf und tue nichts, was du nicht tun würdest. Ich hab dich lieb."

„Ich dich auch, Jo. Tschüss. Pass auf dich auf. Und ruf mich an, wenn was ist. Oder komm zu uns."

Ich liebte Christian. Als Kinder hatten wir uns nur gestritten, aber jetzt war er einer der ganz wenigen Menschen, die ich immer hinter mir oder an meiner Seite wusste. Dass er so besorgt war, war lieb – aber er kannte Roland ja nicht. Schließlich war Roland bei allen kleinen Schwächen kein schlechter Kerl. Bestimmt hatte auch ich meine Macken, die ich nur deshalb nicht bemerkte, weil es halt meine waren. Und wenn er darüber hinwegsehen konnte, sollte auch ich dazu in der Lage sein.

Ich entschloss, mich auf ihn, auf uns einzulassen.

Am späten Nachmittag kam Roland nach unten. „Danke, Schatz, dass du zum Einschlafen bei mir geblieben bist. War das nicht schön? Viel schöner als Sex, oder? Weißt du, wenn man schon mal verheiratet war, dann weiß man, dass Sex überbewertet ist. Kuscheln ist viel schöner und auch viel wichtiger. Und der weibliche Orgasmus hat ja sowieso keine biologische Funktion."

Das hätte auch von meinem Opa kommen können. Obwohl er so etwas natürlich nie gesagt hätte.

„Nun ja, ohne gibt es halt nicht nochmal Sex und das ist dann auch nicht gut für die Arterhaltung."

„Ach so. So habe ich das noch nie betrachtet. Also, nächstes Mal treiben wir es so, dass du an der Decke klebst." Er umarmte mich und küsste meinen Nacken: „So, und jetzt koche ich uns was Feines."

„Kann ich dir helfen? Schälen? Schnipseln?"

„Nein, nein, ich koche lieber alleine, ich hab da so meine Vorstellungen."

Roland küsste mich und verzog sich in die Küche. Ich war zwar etwas überrascht, jetzt schon wieder alleine zu sein, aber ich wusste ja, dass er mir eine Freude machen wollte. Also zog ich mich in das Arbeitszimmer zurück und arbeitete ein wenig.

Nach zwei Stunden war Roland fertig. Der Fisch war exquisit. In Erinnerung an das Suppendesaster lobte ich jeden Bissen, hoffend, dass Roland dann wirklich sicher sein würde, dass es mir schmeckte.

Es wirkte. „Ach, hör auf! Sonst werde ich noch ganz rot."

Wobei er das schon war. Er schwitzte.

Nach dem Essen fuhr mich Roland zum Flughafen: „Vielen Dank für dieses wunderschöne Wochenende. Ich hoffe, dass du nicht zu sehr geschockt bist vom Haus. Man merkt halt, dass dort ein Junggeselle wohnt. Du kommst nächste Woche wieder?"

Ich küsste ihn: „Ja."

Es kribbelte.

Das Kribbeln hielt auch im Flugzeug an. Schön! Ich fühlte in mich hinein, um auch ja kein Anzeichen des Verliebtseins zu verpassen.

Augenscheinlich war das Kribbeln sichtbar, denn mein Sitznachbar sprach mich an: „Na, Sie strahlen aber. Geht's in den Urlaub? Ich habe gesehen, wie Sie Ihrem Vater zugewinkt haben."

Er sah nett aus. Sehr nett. Aus alter Gewohnheit fiel mir auf, dass er keinen Ring trug. Aber das sollte mich ja nicht interessieren.

Ich musste lachen. Roland hätte jetzt wohl gesagt, dass er mein Lover sei: „Nein, es geht nach Hause. Das war allerdings nicht mein Vater."

„Oh, *äxgüsi*, da bin ich wohl im Fettnäpfchen gelandet."

„Kein Problem. Sie sind auch Deutscher in der Schweiz?"

Mit der Zeit schlichen sich gewisse Schweizerismen ein, und „*äxgüsi*" gehörte definitiv dazu, genauso wie der erzwungene Verzicht auf das „ß". Den Buchstaben gab es hier nicht.

Ich lag richtig. Hannes war IT-Spezialist aus Berlin und lebte seit fünf Jahren in Zürich. Er liebte die

Schweiz ebenso wie ich, fuhr Velo, spielte Tennis, ging ins Kino, kochte für Freunde und wanderte. Wir schwärmten einander von unseren letzten Ausflügen vor, tauschten Filmtipps und Kochrezepte aus. Der Flug verging wie im ... nun ja, manchmal braucht es keine Analogie. Ich bedauerte es ein wenig, als wir landeten. Wir tauschten E-Mail-Adressen aus, vielleicht würden wir einmal essen gehen.

Zu Hause wartete schon eine Nachricht von Roland auf meinem Anrufbeantworter: „Schatz, ich habe es dir hoffentlich gesagt und gezeigt, aber wenn es nicht klar sein sollte, wollte ich das doch noch mal klarstellen. Weil ich bestimmt schon im Bett bin, wenn du nach Hause kommst. Ich bin so glücklich, dass ich dich gefunden habe. Ich danke dir für jede Minute und freue mich schon so sehr auf das nächste Wochenende. Schatz, ich liebe dich."

Ich freute mich über die Nachricht. Es war schön, geliebt zu werden. Schade, dass er schon schlief, sonst hätte ich ihn angerufen. Gut, dass er schon schlief. Was hätte ich wohl gesagt?

Xavier

Ich überlegte, ob ich meinen Freundinnen von Roland erzählen sollte. Wenigstens Klara. Aber wenn Desi davon erfahren würde ... Ich wollte ihr nicht wehtun, jedenfalls nicht, so lange es nicht sicher war.

Abends kam ich ohnehin nicht mehr dazu, mit ihnen zu sprechen. Mit jedem Tag wurden Rolands telefonische Berichte aus seiner Arbeitshölle detaillierter. Ich beneidete ihn nicht. Auf dem Papier hatte er alles erreicht. Aber was war schon „alles", wenn jeder Tag ein Kampf ums Überleben war?

Er erzählte aber auch von seiner Tochter Anna, die in Cambridge heimwehkrank Medizin studierte. Ich schlug ein CARE-Paket mit Kindheitserinnerungen vor, und jeden Tag berichtete Roland von neuen Trouvaillen: Brausepulver, Esspapier, Schwarzbrot, eine Berlin-DVD und sein Lieblingspullover, in den sie sich immer so gerne kuschelte. Was für ein lieber und liebender Vater! Das mochte ich. Den mochte ich.

Meinerseits hielt ich es kurz; vertrauliche Informationen hatten außerhalb meines Büros nichts zu suchen. Und ich wollte Roland auch nicht belasten.

Am Mittwoch unterbrach ein Anruf von Hannes meine abendliche Routine. Wir verabredeten ein Lunch Anfang Dezember. In der Schweiz pflegte man langfristig zu planen.

Richtig speziell wurde es dann allerdings am Freitagnachmittag: Eine armenische Familie begehrte ohne Anmeldung einen Termin mit mir. Anderenfalls würden sie vor dem Hauptsitz zelten. Nun gut. Sie hatten mir schon mehrfach geschrieben und behauptet, ein Vorfahr habe 1915 vom Zaren große Mengen Goldes erhalten und bei der Blau-Weiss Versicherung eingezahlt für eine Lebensversicherung. Wir hatten unsere Archive immer und immer wieder durchkämmt, aber nichts gefunden. Und jetzt also ein Treffen. Am Freitagnachmittag um vier Uhr.

Der Trupp, der mich im Besprechungszimmer erwartete, war bemerkenswert: Die Mutter der Kompanie war wohl mal als Matrjoschka konzipiert gewesen – äußerste Hülle. Allerdings verbarg sie in ihrem Inneren nicht viele schöne Überraschungen wie die russische Puppe, sondern sie war durch und durch unangenehm. Zumindest erklärte dies, woher ihr Sohn (Typ: Armenian Gigolo mit weißem Anzug, weißen Schuhen, Sonnenbrille und Haargel für die ganze Sippe) seinen ausgeprägten Geschmack hatte. Der Bruder/Onkel war demgegenüber unscheinbar. Der Übersetzer grüßte mich und fragte, ob die beiden Bodyguards draußen vor dem Gebäude warten sollten, weil sie Waffen dabei hätten. Ja, bitte, das fand ich noch begrüßenswert.

Das Treffen verlief dann zunächst so, wie ich es schon viele Male erlebt hatte: Die Mutter führte wortreich aus, dass ihr Verwandter tatsächlich das Gold geschenkt bekommen habe. Wenn es jetzt verschwunden sei, hätte ich es eben selbst gestohlen. Erstaunlich, wieviel kürzer doch diese Übersetzung war im Verhältnis zu dem Redeschwall, der sich gerade über mich ergossen hatte. Als ich ansetzen wollte, zu erklären, dass wir vergeblich nach dem Gold gesucht hatten, klingelte das Telefon des Sohnes. *You're my heart, you're my soul* von Modern Talking. Er warf dem Übersetzer einen Wortschwall entgegen, den dieser (kürzer) an mich weiterreichte: Ein Anwohner hatte die Polizei gerufen wegen der Bodyguards, die jetzt gerade verhört wurden. Konnte ich helfen?

Ich rannte aus dem Gebäude, erklärte der Polizei, dass die beiden Schätzchen zu mir gehörten und holte sie aus dem Mannschaftswagen. Firmierte das jetzt schon als Gefangenenbefreiung? Egal. Ich parkte die beiden an der Rezeption und bat, unseren Sicherheitsdienst zu informieren als Aufpasser.

Zurück bei meinem interkulturellen Intensiverlebnis, führte ich dann aus, dass wir die gesuchten Reichtümer nicht gefunden hätten und fragte, wie denn die Familie zur Annahme gekommen sei, dass es bei uns Gold für sie geben sollte, und zwar bei uns. Gab es irgendeinen Beleg? Wie zu erwarten, wurde diese wahrlich unverschämte Frage mit wüsten Anschuldigungen pariert, die sich auf Armenisch auch nicht netter anhörten als in jeder anderen Sprache. Leicht irritierend war es nur, dass der Onkel / Bruder mir während des Ausbruchs seiner Schwester zuzwinkerte und Küsse durch die Luft sandte. Dazu lächelte er so schleimig, dass er im Sitzen auf seiner Schleimspur auszurutschen drohte. Warum musste so was immer mir passieren?

Der Ausbruch endete dann in der Ankündigung: „Für dieses Gold sind viele Menschen gestorben. Jetzt sind Sie dran."

Diese Perspektive wurde auch nicht dadurch erhellt, dass der Übersetzer mich bei der Verabschiedung anlächelte: „Haben Sie verstanden, was ich übersetzt habe? Frau Alzerian hat gesagt, dass sie Sie wird umbringen lassen. Das tut mir leid."

Auch dass der Bruder / Onkel sich mit den Worten „Isch libbe disch" verabschiedete, kam bei mir eher als eine Drohung an, zumal er in Begleitung von zwei Männern war, die Liebe durch mehr als romantisches Werben einzuholen imstande waren. Ich war froh, dass ich den Sicherheitsdienst angefordert hatte und zumindest den Bodyguards nicht würde alleine gegenübertreten müssen. Auch da hielt das Leben jedoch nicht mit meiner Erwartung mit: Unsere Sicherheitsleute waren pünktlich zum

Feierabend nach Hause entschwunden. Wie beruhigend.

So blieb ich bis zur letzten Minute im Büro in der Hoffnung, dass sie nicht warten würden, und tatsächlich folgte mir niemand. So war es eine echte Erleichterung, als ich endlich zu Roland reisen konnte. Und als er mich abholte, gab es auch noch eine Überraschung: Nochmal Tickets für die Philharmoniker!

„Roland, das ist ja fantastisch. Wie bist du denn da rangekommen? Hast du ein Abo – für zwei?"

„Richard hat uns eingeladen. Nach dem Konzert gehen wir noch Essen. Das wird bestimmt schön. Schließlich will Xavier auch weiterhin Mandate von mir." Er lächelte mich an, seine Augen schienen nochmals blauer.

Auf dem Weg zu seinem Haus klingelte mein Telefon. Klara. Ich hielt es kurz und legte auf: „Lass das, Roland!" Rolands Hand hatte sich auf Wanderung begeben und war auf dem Weg zwischen meine Beine. Ich mochte das nicht. Die Hand landete wieder da, wo sie hingehörte. Ans Lenkrad.

In Rolands Haus erwarteten mich Wärme und der Geruch von – Qualm und Suppe.

Roland führte mich, kaum dass ich meinen Mantel ausgezogen hatte, in die Küche: „Du, ich hab dir eine Suppe gemacht. Du hast bestimmt nichts Gescheites gegessen."

Roland und seine Suppe. Er meinte es sicher lieb, aber eigentlich hatte ich schlicht keinen Hunger. Trotzdem - ich erinnerte mich an das letzte Suppenerlebnis und biss in den sauren Apfel: „Das ist wirklich lieb von dir, dass du dir die Mühe gemacht hast. Das wäre aber echt nicht nötig gewesen."

Roland tischte auf und machte sich schlürfend über seine Suppe her: „Weißt du, man muss Suppe schlürfen, damit sich der Geschmack voll entfaltet, nicht so mit spitzem Mund, wie du das machst. Wie beim Weinkosten. Der echte Kenner weiß das natürlich, aber deine Eltern haben dir das bestimmt aberzogen. Los, probier mal! Tu dir keinen Zwang an!"

Leider waren für mich geschmacklicher und akustischer Genuss verbunden und ich bevorzugte einen Geräuschpegel im gemäßigten Bereich. Ich probierte. Ohne zu schlürfen. Die Suppe war gut. Suppe halt. Roland strahlte mich erwartungsvoll an, und ich war bereit zu liefern: „Roland, die Suppe ist noch besser als letzte Woche. Sehr gut. Wirklich. Und wieder die Kräuter, also, absolut super."

Roland war selig. Er schlürfte weiter und sah mich nach einigen Löffeln an: „Du sagst ja gar nichts. Schmeckt es dir nicht?"

„Roland, ich hab doch schon gesagt, dass ich sie sehr gut finde. Und das ist sie auch. Was soll ich denn sonst noch sagen?"

„Also, wenn sie dir nicht schmeckt, dann kannst du es mir auch offen sagen. Das ist immer noch besser als wenn du halbherzig so tust als ob."

Augenscheinlich erwartete er Dauerloben. Hoffentlich würde sich das Ganze auf einem vertretbaren Maß einpendeln. Auch bei Kindern lobt man ja den Umstand, dass sie aufs Töpfchen gehen, nur bis zu einem bestimmten Zeitpunkt.

„Roland, die Suppe schmeckt wirklich extrem gut. Wie im Restaurant. Oder besser. Aber das habe ich wirklich schon gesagt. Stell dir einfach vor, ich würde das bei jedem Löffel sagen. Auch wenn ich es nicht immer sage."

Roland war stolz: „Das habe ich mir alles selbst beigebracht. Meine Mutter hat nicht so gut gekocht wie ich. Die Suppe ist doch wirklich gut, nicht wahr?"

Ich nickte. Ich kannte mich gut genug, um zu wissen, dass mein Begeisterungspotenzial für eine Gemüsesuppe begrenzt war.

„Roland, die Suppe ist wirklich sehr gut, und du bist ein fantastischer Koch. Tut mir leid, es ist fast Mitternacht, ich hatte eine anstrengende Woche und möchte jetzt eigentlich nur noch ins Bett. Lass es uns doch in Zukunft so machen, dass du so spät abends nicht kochst, ich bin einfach nicht mehr aufnahmefähig. In jeder Beziehung."

„Oh, mein armer Schatz! Ja, natürlich, du musst müde sein und dein Lover hält dich auch noch mit Essen auf. Komm, lass uns ins Bett gehen. Lass alles stehen, ich wasche dann morgen ab."

Er konnte so lieb sein.

Wir gingen ins Bett. Ach ja, ich sollte ja heute an der Decke kleben. Davon war allerdings erst einmal nichts zu spüren. Roland lag einfach da. Ich küsste und liebkoste ihn, bis er sich mir zuwandte und wir uns liebten. Allerdings sah ich keinen Unterschied zu unseren früheren Versuchen. Dieselbe Grauschattierung. Roland war's zufrieden. Merkwürdigerweise verzichtete er an dieser Stelle auf jedwedes Feedback.

Ich verzog mich. Wir brauchten getrennte Schlafzimmer, wenn ich ihn nicht hassen wollte, bevor ich ihn wirklich geliebt hätte. Er protestierte nur kurz, mit einem klagenden: „Schatzele, bittebittebitte, nicht allein lassen! Du hast mich doch lieb."

Na ja, jedenfalls wollte ich das können. Ich ging.

Zum Frühstück beobachteten wir wieder die Vögel und Roland zeigte mir die Seite an sich, derentwegen ich hier war. Er begrüsste jeden Vogel voller Freude und mit strahlenden Augen, schien jeden zu kennen. Ich fragte mich, wie viel von diesem herzensguten, liebenswerten Menschen in ihm steckte.

Diese Frage wurde unversehens akut, als ich ein Paket Truffes du Jour auf den Tisch stellte.

Roland stöhnte: „Johanna, ich habe dir gesagt, dass ich in meinem Haus keine Schokolade dulde. Warum machst du das?"

„Aber du hast die Truffes in der letzten Woche doch praktisch alleine gekillt. Da bin ich davon ausgegangen, dass sie dir geschmeckt haben und wollte dir eine Freude machen."

„Da hast du falsch gedacht. Ich habe ein oder zwei gegessen, weil sie da waren, aber das heißt noch lange nicht, dass ich noch mehr davon will. Ich will nicht dick werden."

„Gut, dann esse ich sie selbst."

„Gut, tu das, wenn du dick werden willst. Und bring nicht nochmal Schokolade mit. Ich will den Dreck nicht in meinem Haus."

Nun gut. Ich würde mir ein Geheimdepot für Schokoladennotfälle anlegen müssen. Am nächsten Morgen waren die Truffes alle. Als ich Roland danach fragte, grinste er auf mich herab, meinte: „Ich bin halt ein kleiner Schlingel," und schürzte die Lippen.

Wer hatte ihm bloß gesagt, dass Frauen auf „süße" Männer stehen?

Die Lippen blieben ungeküsst.

Am Samstag gingen wir einkaufen

„Du, die Verkäufer kennen mich alle. Die freuen sich richtig, wenn sie es mal mit einem echten Kenner zu tun haben. Die meisten Leute wissen ja gar nicht, was sie kaufen. Wenn ich komme, dann ist das wie ein Familientreffen oder ein Expertenkongress. Meine Spezialität sind übrigens Täubchen mit Leberfüllung. Die mache ich dir auch mal." Sein Strahlen schien sogar noch breiter als sein Gesicht.

„Nee, lass man. Ich mag keine Leber, die ist so schmierig. Aber ich mag dich so glücklich sehen."

Ich küsste ihn. Es kribbelte im Bauch. Gut so.

Leider waren Rolands Fans heute sämtlich abwesend, so dass wir ebenso freundlich bedient wurden wie jeder andere. Roland schien ein wenig enttäuscht.

Beim Markt passierte uns ein hupender Autokorso – eine Hochzeit. Roland stöhnte theatralisch: „Ach Gott, der Arme, wieder ein Mann auf dem Weg in sein Unglück."

Ich sagte nichts. Diesen „Witz" hatte auch mein Vater mehrere Jahrzehnte gemacht, und ich hatte ihn schon damals nicht lustig gefunden. Ebenso wenig wie meine Mutter.

Da wir nicht alles bekommen hatten, was auf Rolands Einkaufszettel stand, machten wir noch einen Abstecher in „meine" alte Gegend, in die Einkaufsstraße, in die ich als Kind mit meiner Mutter gegangen war. Ich freute mich, all die bekannten Gesichter zu sehen, und sie waren offensichtlich erfreut, mich zu sehen.

Roland schien erstaunt: „Sage mal, die kennen dich ja mit Namen und allem. Hast du mal hier gejobbt oder was?"

„Nein. Aber meine Mutter hat mich schon als Baby mitgenommen zum Einkaufen. Natürlich kenne ich hier jeden. Übrigens, ich muss noch was besorgen. Fahr du doch schon mal nach Hause, dann komme ich nach."

„Das können wir doch auch zusammen machen, Schatz."

„Nein, nein, das geht schon. Fahr einfach, ich komme dann nach."

Ich wusste nicht so recht, wie ich Roland erklären sollte, dass ich Putzmittel brauchte. Auf meinen Reisen hatte ich schon eine breite Palette hygienischer Standards erlebt, vom Stehklo in Italien oder China bis zum Plumpsklo im Namibianischen Okaukuejo Park, durch einen Zaun von den Löwen getrennt und begleitet von der Geräuschkulisse besorgter und besorgender Mitreisender, „Nu mach ma hinne, die Löwen gucken schon so!" In Mitteleuropa hingegen war mir ein seit mindestens einer Dekade nicht mehr gewischtes Bad noch nicht untergekommen. Ich musste Gegenmaßnahmen ergreifen, wenn ich mich auch nur annähernd wohlfühlen wollte. Und da Roland das klar nicht so empfand, musste ich eben ran an den Dreck. Dabei konnte ich mich nicht auf das Vorhandensein adäquater Hilfsmittel verlassen. Also kaufte ich Wischmopp, Putzmittel, Schrubber, Lappen und was sonst noch ich lieber nicht gekauft und schon gar nicht benutzt hätte an meinem freien Wochenende.

Als Roland die Tür öffnete, schrumpfte sein Lächeln auf Nasenbreite: „Och, Putzzeug? Ich dachte, du hättest eine Überraschung für mich. Außerdem habe ich doch schon geputzt."

„Ich weiß, Schatz, aber ich will noch ein wenig Feinschliff reinbringen. Keine Sorge."

Ich putzte, wie ich es noch nie hatte tun müssen. Nach einer Weile vernahm ich Klavierspiel; gutes Klavierspiel. Das musste Roland sein. Nach einer Stunde hörte er auf und kam zu mir: „Oh, mein Engel, was machst denn du hier? Ich dachte, du hättest es dir gemütlich gemacht und liest etwas. Ich fühlte mich dir gerade so nah. Ich am Flügel, du beim Lesen, zwischen uns das Band der Musik. Und dann finde ich dich hier oben, und du machst unseren Dreck weg. Das geht doch nicht. Lass das doch. Ich habe doch gesagt, dass ich geputzt habe. Das langt doch."

„Weißt du, ich fühle mich einfach nicht wohl, wenn im Bad alles klebt. Sieh mal, ich habe jetzt das dritte Mal das Wischwasser gewechselt, und man könnte es schon wieder als feste Nahrung verkaufen." Dass ich eine Diskussion über Wischwasser führen würde, hatte ich auch nicht erwartet.

Seine ohnehin dünnen Lippen verschwanden vollends. Er drehte sich ab: „Gut, wenn dir mein Haus nicht gut genug ist, dann tu dir keinen Zwang an."

Ich ließ ihn ziehen. Ich wollte nur fertig werden.

Wenig später zog der Geruch von Suppe durch das Haus. Aufgewärmt. Ich lehnte ab. Er protestierte. Ich blieb dabei.

Der Abend mit REX kam näher. Ich war ein wenig nervös: „Du, Roland, weiß Herr Xavier, dass ich komme? Und wer ich bin?"

„Johanna, das ist kein Problem. Xavier kenne ich schon seit wir ganz junge Anwälte waren. Das waren vielleicht Zeiten! Wir Jungspunde haben gerackert wie die Doofen. Nur Richard hat einfach nur beobachtet und war immer irgendwie dabei, wenn es wichtig wurde. Und irgendwie hat er es geschafft, dass alle geglaubt haben, er wäre der absolute Topjurist. Weil er ja immer am Tisch saß, egal, worum es ging. Dem kannst du auch sagen, er soll einen Vortrag über mittelalterliche Raketentechnik halten und der macht das so gut, dass du glaubst, spätestens Leonardo da Vinci sei zum Mond geflogen. Er hat mir dann auch meinen Job vermittelt. Und ich gebe ihm gerne Mandate, weil er die Arbeit ja nicht selbst macht, sondern delegiert an Leute, die etwas davon verstehen. Er geht halt essen und so. Und das kann er."

„Das wusste ich nicht. Aber jetzt, wo du es sagst: Stimmt, ich habe nie auch nur einen Satz gelesen, den er selbst geschrieben hat. Aber, sage mal, woher nimmt der denn dann seine Arroganz?"

Roland lachte: „Er ist zwar ein lausiger Jurist, aber er kann Leute für sich gewinnen, hat ein erstklassiges Beziehungsnetz und kann eben Leonardo zum Mond schicken. Das kann nicht jeder. Das gibt es sogar wesentlich seltener als gute Juristen. Das ist eine Gabe, eine echte Gabe."

„Trotzdem. Er sollte doch ganz still und leise in seinem Büro sitzen und seinem Schicksal, Karma oder wasauchimmer danken, statt so den dicken Mann zu markieren und Leute zusammenzustauchen. Abgesehen davon, dass niemand das tun sollte."

„Das darf er. Er ist schließlich der Chef. Und es geht nicht ums Juristische und auch nicht um den

Mandanten. Das glaubt nur ihr Frauen. Wenn ihr die Wahl habt, die Nacht über zu arbeiten, bis alles perfekt ist oder mit dem Kunden einen trinken zu gehen, bis ihm die Fehler egal sind, dann macht ihr die Nacht durch und arbeitet. Deshalb macht ihr auch nicht Karriere. Mindestens die Hälfte meines Tages mache ich Sachen, die nichts mit Juristerei zu tun haben. Wenn wir abends telefonieren, habe ich die Drinks mit den Kollegen schon hinter mir, aber das ist eben Tel des Jobs."

Sein Schicksal schien mir plötzlich wesentlich weniger bedauernswert als bisher. Obwohl ich mir eingestehen musste, dass er wohl wirklich recht hatte: „Okay, ich sehe ein, dass das ein Talent ist. Und ich sehe auch, dass es nicht immer um die Sache geht. Aber richtig ist das nicht."

„Schatzele, so ist die Welt nun mal. Ihr Frauen seid glücklich damit, in zweiter Linie zu stehen. Ihr liefert super Arbeit ab, aber wenn es darum geht, aufzustehen und das dann auch zu verkaufen, dann macht es ein Mann und ihr wundert euch, weshalb alle den Mann genial finden und nicht euch. Aber das ist ja auch gut, dass die Geschlechter unterschiedlich sind."

Roland stand auf, zog mich hoch und nahm meinen Kopf in beide Hände. Er sah mir in die Augen: „Schatz, ich liebe dich. Du bist die Liebe meines Lebens. Meine große Liebe. Ich weiß nicht, wie ich ohne dich gelebt habe und wie ich jetzt ohne dich leben könnte. Aber eins musst du wissen: Für das, was du beruflich machst, kann ich dich nicht achten. Das, was du da machst, das kann jeder. Nimm es mir nicht übel, das ist einfach so. Aber das ist auch egal, denn ich liebe dich. Ich liebe dich so sehr, wie nur ein Mann eine Frau lieben kann. Aber nicht als Juristin, sondern als Frau und bald als Mutter meiner Kinder."

Er zog mich zu sich und küsste mich heftig. Ich war zu überrascht, um mich zu wehren, und ich hatte auch noch nicht ganz verarbeitet, was er da gerade gesagt hatte.

Erst auf dem Weg in die Philharmonie dachte ich nochmals darüber nach. Ich war Volljuristin mit Doktortitel, leitete ein Team mit 15 Mitarbeitern in einer internationalen Versicherung, hielt Vorträge auf internationalen Konferenzen in drei Sprachen – und er konnte mich dafür nicht achten? Wusste er vielleicht gar nichts von alldem? Hatte ich nicht genug von mir und meiner Arbeit berichtet? Oder hatte er nur nicht zugehört? Und warum musste er mir das sagen? Um zu zeigen, wie fantastisch ehrlich er war? Oder dass er mich so sehr liebte, dass es ganz egal war, was ich machte? Oder war er einfach nur unbeholfen in zwischenmenschlichen Dingen? Oder abgestumpft? Ich fand, dass jeder Beruf seine Herausforderungen hatte und Achtung verdiente. Ich hätte es sehr anstrengend gefunden, den Tag über im Supermarkt an der Kasse zu sitzen, Patienten zu pflegen, Kinder zu betreuen oder den Müll abzutransportieren. Jeder Mensch verdiente Achtung in seinem Beruf. Das musste ich wirklich nochmals aufnehmen. Aber nicht jetzt. Beim Autofahren konnte ich Roland nicht ablenken. Und ich wollte mir auch nicht das Konzert verderben.

In der Philharmonie zog Roland zum Aufgang.

„Roland, das ist Eingang D. Ich glaube, wir sitzen

in Region A rechts."

„Schatzele, ich weiß schon, wo ich hin muss. Ich bin schließlich nicht zum ersten Mal hier."

Für den wissenden Blick, den er mir zuwarf, hätte ich ihn erwürgen mögen, aber ich hatte mich vor langer Zeit entschieden, Menschen, die zu wissen glaubten, wo es lang ging, nicht dreinzureden. Das fanden sie dann früher oder später schon selbst heraus. Auch Roland musste letztlich umkehren, als uns die Platzanweiserin zu Block A rechts schickte. Dort wartete REX bereits im Kreise zweifelsohne wichtiger Personen.

Roland knipste sein strahlendstes Lächeln an: „Ah, Richard! Schön, dich zu sehen. Darf ich vorstellen: Johanna Lenné, meine reizende Begleiterin."

„Sehr erfreut, meine Liebe. Sagen Sie, haben wir uns schon mal irgendwo gesehen? Irgendwie kommen Sie mir bekannt vor."

Ich war im falschen Film gelandet. Einem schwarz-weiss-Film. Einem sehr alten. Ich war bestimmt nicht reizend, ich war auch nicht seine Liebe – und, ja, wir hatten uns schon mehr gesehen als aus meiner Sicht nötig gewesen war. Zum Glück schien er unsere letzte Begegnung nicht zu erinnern.

Roland merkte wohl mein Unbehagen und unterbrach: „Ja, das muss in der Kanzlei gewesen sein. Johanna hat da vor Jahren mal gearbeitet. Ich glaube, wir müssen uns jetzt auch setzen, es fängt gleich an. Wir haben ja dann nachher noch Zeit zum Reden."

Wir zwängten uns durch die Reihe, wobei Roland seinen Hintern an den Anwesenden vorbeischrubbelte. Von Älteren erwartete ich eigentlich automatisch ein besonders gutes Benehmen, aber das war eben auch ein Vorurteil.

Dummerweise kam mir mein Nachbar zwar bekannt vor, aber ich erkannte ihn nicht. Und da er mich geflissentlich ignorierte, hatte ich auch nicht wirklich eine Chance, das Rätsel zu lösen. Roland unterhielt sich mit seiner Nachbarin – Susanne. Hatte Susanne nicht gekündigt? Sie sah mich und lächelte. Aber nicht wirklich glücklich, heiter oder zufrieden.

Zum Glück waren wir ja nicht zum heiteren Namensraten hier, sondern für ein Konzert. Wie so oft mit koedukativem Ansatz: Im ersten Teil ein Komponist hart an der Grenze zur Lärmbelästigung, dessentwegen man wohl nicht hier wäre, im zweiten Teil dann Mozart.

In der Pause blieben wir bei REX und seinen Gästen. Er stellte uns vor. Mein Nachbar war der Sohn des ehemaligen Innenministers. Deshalb war er mir auch nur so halb bekannt vorgekommen. C-Politprominenz sozusagen. Ich zog Susanne beiseite für einen Update. Sie arbeitete wieder für REX. Er hatte ihr Gehalt um 50% erhöht und sie zur Feier ihres Wiederanfangs zum Konzert eingeladen – zumal er eine weibliche Begleitung brauchte. Und so war sie hier gelandet. Fühlte sich aber nicht sonderlich wohl.

„Und, meine Liebe, wie hat es Ihnen gefallen?"

REX' „Liebe" war wohl ich: „Nun ja, das war wohl das, was man als interessant bezeichnet. Ich finde,…"

Roland unterbrach mich: „Also, nein, Schatz, so eine Höflichkeitsantwort, das ist nicht angemessen. Ich fand das Werk ausgesprochen inspirierend. Aber um das zu beurteilen, muss man natürlich etwas von

Musik verstehen. In aller Bescheidenheit darf ich das wohl von mir behaupten, ich spiele ja seit frühester Kindheit Klavier."

REX lachte.

„Das ist ja schön für dich," antwortete ich: „Die Frage war aber, wie es mir gefallen hat. Und das kannst du nicht beurteilen. Das kann nur ich."

„Also, Schatzele, was ich meinte, ist natürlich, dass ich ein ganz anderes Musikverständnis habe als du. Und auf der Basis kann ich ein wesentlich profunderes Urteil abgeben. Man muss eben in den unbekannten See springen, um den verborgenen Schatz zu finden. Es gibt aber nicht immer nur Allerweltsmusik von Mozart und Brahms, wie du sie singst."

Merkte er nicht, dass er sich immer tiefer unter die Gürtellinie redete oder war es ihm einfach egal?

„Roland, ich singe seit meiner Kindheit. Insofern bin ich durchaus in der Lage, zu beurteilen und zu begründen, ob und warum mir ein Stück gefällt. Und wenn du es genau wissen willst, empfinde ich es als arrogant, wenn ein Komponist vom Publikum erwartet, ein Musikstudium zu absolvieren, um den Zugang zu den hehren Sphären seiner Musik zu finden. Mozart hatte genau eine Chance, die Leute zu überzeugen. Und die hat er genutzt. Und am Tag nach der Vorstellung sangen die Menschen seine Musik in den Straßen. Das beeindruckt mich. Nicht Kopfgeburten elitärer Schnösel, die vor lauter Ehrfurcht vor ihrem eigenen Genie zusammenbrechen, wenn sie einen Ton hören, den sie auch schon mal verwendet haben."

REX lachte: „Na, Roland, die Kleine gibt ja ordentlich kontra. Ich hoffe, die ist auch sonst so agil."

„Herr Xavier, ich …" „bin keine Kleine und ob ich agil bin, das geht Sie absolut nicht das Geringste an", wollte ich sagen, aber Roland drängte mich zu meinem Platz: „Schatz, es hat geläutet." Das hatte es. In der Tat und in mannigfacher Weise.

Was bildete sich dieser arrogante alte Gramusel ein? Widerwärtig. Nun gut, von REX hätte ich nichts anderes erwartet. Aber was war mit Roland? Erst dieses Respektdings, dieses überhebliche Getue und dann die offene Beleidigung. Nicht nur mir gegenüber, sondern auch ihm, denn REX hatte ja auch ihn in eine Schublade gesteckt, in der sich ein Mann heutzutage wirklich nicht wohlfühlen konnte. Störte ihn das nicht? Er zog mich an sich und drückte mir einen Kuss auf die Wange: „Schatz, das musst du ignorieren. Er versteht das einfach nicht. Aber er ist ein Freund. Alte Männer eben."

Er hatte wahrscheinlich recht. Wichtig war, dass wir uns verstanden. Einen alten Mann wie Xavier konnte man ohnehin nicht mehr ändern, eine Diskussion wäre vergebene Liebesmüh. Und Roland hatte wohl nur böse Miene zum bösen Spiel gemacht, aber er wusste, was richtig war. Das beruhigte mich. Ich konzentriere mich auf das Konzert. Mozart. So schön! Ich Dummerle.

Mrs Andersen

Den kurzen Abschied zwischen Konzert und Restaurant überstanden wir glücklich ohne weitere Peinlichkeiten. Susanne fuhr mit uns ins Restaurant.

Roland erkundigte sich nach ihrem Sohn, der Arbeit und danach, wie ihr das Konzert gefallen habe. Auch beim Abendessen saß er zwischen Susanne und mir, auf ihrer anderen Seite REX, dann die Politikersohnsgattin und ihr Mann, daneben Mr Andersen, ein amerikanischer Anwalt, der den Kreis schloss.

Als er hörte, dass ich bei der Blau-Weiss Versicherung arbeitete, verfiel Mr Andersen reflexartig in ein Verkaufsgespräch und schilderte mir seine mannigfachen anwaltlichen Errungenschaften – zu denen allerdings weder ein Schweizer Anwaltspatent noch Kenntnisse des Versicherungsrechts oder sonst irgendwelche für mich relevanten Fähigkeiten gehörten. Dummerweise fand er trotzdem, dass wir unbedingt besprechen mussten, „ob wir nicht mal was zusammen machen könnten" und ließ sich in diesem vergeblichen Bemühen weder abstellen noch auf andere Themen lenken. Roland war leider keine Hilfe. Er war auf Susanne geeicht – ebenso wie Frau Politikersohnsgattin, über REX hinweg. Garten- und Kinderpflege, Waschmaschinenreparaturen, die Vorzüge von Tiefkühlgemüse, Urlaub in Tirol und ähnliche Themen. REX ließ den Abend mit Sicherheit über das Firmenkonto laufen unter dem Vorwand, neue Mandanten zu finden. Und dann redeten all diese wichtigen Menschen über Gefrierbroccoli.

Immerhin, das Restaurant war als Politikerklause bekannt, auch wenn davon nichts zu spüren war. Aber selbst wenn man unterstellte, dass dem so war, war mir schleierhaft, warum dem so war. Am Essen konnte es nicht liegen, auch wenn Roland es fast so sehr lobte wie seine Suppe. Dann doch lieber Gefrierbroccoli lutschen.

REX orderte Wein. Eine Flasche nach der anderen.

Mit zunehmendem Alkoholpegel verlor Mr Andersen seine kommerziellen Absichten aus den Augen. Immerhin etwas.

Er war lange für die US Air Force in Japan stationiert gewesen – und hatte dort augenscheinlich Erstaunliches bewirkt. Oder, besser gesagt, seine Frau hatte das Land in seinen Grundfesten verändert, jedenfalls, wenn man Mr Andersen Glauben schenken konnte: „Wissen Sie, die meisten Amerikaner bleiben im Ausland ja am liebsten unter sich. Mrs Andersen und ich sind da ganz anders. Wir wollen immer das Land kennenlernen und die Kultur erleben. Und in Japan, da haben es uns vor allem die Sumo Ringer angetan. Haben Sie das mal gesehen?" Mein Nicken nahm er augenscheinlich nicht wahr: „Das sind regelrechte menschliche Schlachtrösser, die in einer Art Unterhose in einem Sandkreis miteinander ringen. Also, eigentlich sieht es ein bisschen aus wie eine Windel. Und, eben, sie versuchen dann, sich aus dem Ring zu schubsen. Nach uralten Regeln. Immer sonntags. Direkt an der Arena sind die besten Plätze, in Logen, auf Kissen, wie in der Oper. Man trinkt Tee, isst Kekse und Häppchen, alles sehr gediegen. Man wettet auf die Ringer und unterhält sich. Aber die Zuschauer sind trotzdem voll bei der Sache. Als wir das erste Mal bei so einem Ringkampf waren, war Mrs Andersen richtig schockiert, weil alle so ruhig waren. Na ja, aber ihr ist ein Ringer aufgefallen, so ein ganz Junger. Den hat sie ins Herz geschlossen. Und von da an ist sie zu allen seinen Kämpfen gegangen und hat ihn angefeuert. Also, richtig, wie sich das gehört. Mit Aufstehen, Rufen, Klatschen, Pfeifen, das volle Programm. Beim ersten

Mal haben die Leute um uns herum sie angestarrt wie eine Wahnsinnige. Aber Mrs Andersen hat das natürlich absolut kalt gelassen. Sie kennen Mrs Andersen ja nicht, aber so ist sie eben. Jedes Wochenende ist sie zu den Kämpfen gegangen und hat sich die Seele aus dem Leib geschrien für ihn. Und nach und nach haben auch die anderen mitgemacht und haben ihre Ringer angefeuert, und als wir nach drei Jahren Japan verließen, war der Ring ein echtes Tollhaus. So wie in Amerika beim Boxen. Und so hat Mrs Andersen eine jahrtausendealte Tradition geändert. Tja, das ist eben meine Frau!"

Er blickte stolz in beipflichtende Mienen. Nur ich gab den Stinkstiefel: „Das muss Ihnen ja wahnsinnig unangenehm sein, wenn eine Tradition Tausende von Jahren überlebt, und dann kommen Sie und machen sie kaputt."

Augenscheinlich war ihm diese Überlegung so fremd, dass er sie lieber ignorierte. Roland trat mich unter dem Tisch und erdolchblickte mich über dem Tisch.

Auch sonst schien die wunderbare Welt der internationalen Sitten und Gebräuche dem Herrn eher fremd. Nach dem Essen legte er Messer und Gabel quer gegeneinander auf den Teller. Der Ober schlich um den Tisch wie ein Hund ums Fressen, aber das Besteck regte sich nicht. Nach einer gefühlten Ewigkeit wurde Herr Andersen ungeduldig – und teilte erst mal aus: „Wir sind jetzt seit einer Viertelstunde fertig und sitzen immer noch vor den leeren Tellern. Und das soll ein Spitzenrestaurant sein?"

Ich mischte mich ein: „Legen Sie doch mal Messer und Gabel auf vier Uhr nachmittags, so wie alle anderen am Tisch."

Nach der zu erwartenden Gegenwehr tat er endlich wie geheißen und, voilà, der Ober stürzte sich auf die Teller wie der Falke auf die Feldmaus und das Problem war gelöst. Fremdsitten müsste man können!

Dummerweise war der Anwalt nicht der Einzige, der sich im Verkaufsmodus befand. Auch der Politikersohn suchte die vermeintliche Gunst der Stunde zu nutzen und entlud eine Werbeveranstaltung zu steuerbegünstigten Immobilien über der anwesenden Männerwelt: „Also, das finanziert sich praktisch von selbst. Voll kreditfinanziert, und die Kreditkosten kann man von der Steuer abziehen. So zahlt Väterchen Staat mir meine Immobilien. Der Eigenfinanzierungsquotient ist minim. Im Alter lebe ich dann von den Mieteinnahmen. Und zur Krönung spare ich mir die Miete, weil ich ja die Wohnung habe. Ich habe das schon mehreren Freunden empfohlen, alle sind hochzufrieden."

Ich hatte schon miterlebt, wie solche vermeintlichen Schnäppchen Menschen in den Ruin getrieben hatten, deshalb gefiel mir Rolands interessiertes Gesicht gar nicht. Fragen kostet ja nichts, wenngleich Antwort manchmal nicht so billig ist: „Entschuldigen Sie, aber das verstehe ich nicht. Entweder Sie wohnen in der Wohnung oder Sie bekommen Mieteinnahmen. Beides geht doch gar nicht. Und außerdem, wenn Sie die Kreditkosten abziehen können, dann heißt das, dass sie das Geld erst mal bezahlen müssen. Und dann beschäftigt sich Väterchen Staat in Höhe Ihres Spitzensteuersatzes an den Zinsen. Aber er bezahlt Ihnen nicht die Wohnung. Die bezahlen Sie selbst. Und meistens werden diese

Wohnungen zum doppelten Preis verkauft von dem, was sie wirklich wert sind. Mindestens. Nicht umsonst heißt das Ganze Schrottimmobilienmodell."

Herr Politikersohn war meinen Ausführungen augenscheinlich nur bis etwa Wort elf gefolgt und verlegte sich auf Angriff: „Nun ja, das glaube ich schon, dass das etwas schwer zu verstehen ist. Es ist ja auch fast zu gut, um wahr zu sein."

Ich ignorierte Rolands Staccatotritte gegen mein Bein: „Also, ich denke, ich habe das schon verstanden. Es gibt ein altes englisches Sprichwort: *If it seems too good to be true, it probably is not true.* Warum sollte der Staat Ihnen so ein Geschenk machen?"

Das war zu viel für Roland: "Entschuldigen Sie, Herr Müller. Meine Begleitung ist in finanziellen Dingen etwas unerfahren. Vielleicht sollten wir das Thema wechseln."

Einsatz REX: „Na, es ist ja auch noch nicht so lange her, dass sie sich so einen dicken Fisch geangelt hat. Aber daran gewöhnt sie sich schon noch."

Gemessen an der Reaktion am Tisch, war das augenscheinlich ein richtig guter Scherz. Ein wahrer Brüller.

Roland hatte sich von mir abgewandt, sein Gesicht konnte ich nicht sehen. Also war ich allein: „Ja, mit Krediten bin ich tatsächlich unerfahren, ich pflege sofort zu zahlen. Deshalb bin ich ja auch froh, einen Partner gefunden zu haben, der mich nicht nur wegen meines Geldes liebt."

Staccatissimotritte. Was für ein musikalischer Abend!

Frau Politikersohnsgattin übernahm die Regie: „Nun lassen Sie uns den schönen Abend doch nicht durch Geschäftliches verderben. Also, Susanne, Sie erzählten doch gerade von Ihrem Urlaub in Griechenland. Sagen Sie, waren Sie denn auch schon in der Türkei?" Kinder, Urlaub, Küche – die gute alte KUK-Dreifaltigkeit der guten Frau. Ich klinkte mich aus.

Das Restaurant leerte sich, die Ober deckten die Tische ein und stellten die Stühle hoch. Augenscheinlich war man in einem Politikerrestaurant keine langen Abende gewohnt. Endlich reagierte Roland dann auch auf meine Bitte zu gehen. Unser Abgang läutete das Ende des Abends ein.
REX protestierte: „Susanne, bleiben Sie doch noch. Kommen Sie, die Flasche ist noch halb voll und der Abend noch jung. Fast so jung und schön wie Sie!"
Susanne zögerte, aber Roland sprang ihr bei: „Richard, Susanne wohnt doch bei mir um die Ecke. Ich nehme sie am besten mit, dann kann ich sie vor der Haustür absetzen."
Wir gingen, eine erleichterte Susanne im Schlepptau. REX blieb alleine sitzen, an der abgedeckten Tafel, mit einer halben Flasche Wein und sich selbst. Ich beneidete ihn nicht um die Gesellschaft. Und auch sonst nicht.
Allerdings war das jetzt lieb gewesen von Roland. Um das Schweigen im Auto zu beenden, schob ich eine CD unseres Chores ein. Rutters *Requiem* – eine Mischung aus Disney und Schönberg. Und einfach schön. Das sollte eigentlich das Richtige sein für Roland, den Experimentierfreudigen.
Roland schaltete nach wenigen Takten aus: „Was ist denn das für ein Lärm?" Er wechselte zu Mozarts Kleiner Nachtmusik. Welch musikalische Entde-

ckungsreise! Nun ja, es gab mir Zeit zum Runterkommen.

Als wir Susanne abgesetzt hatten, sprach ich Roland an: „Was für ein merkwürdiger Abend. Weißt du, REX tut mir leid. Er hat ..."

„WER tut dir leid? Rex?"

„Na ja, REX – Richard Ernst Xavier. REX halt."

„Du nennst ihn Rex? Also „König"?"

„Auch ein beliebter Hundename. You pick. Wusstest du das nicht? Das tun alle im Büro."

Roland lachte: „Also, das muss ich ihm erzählen. Das wird ihm gefallen. König Richard. Wie nennt ihr denn mich?"

„Da musst du deine Kollegen fragen. Aber, was ich sagen wollte, er tut mir irgendwie leid. Weißt du, er hat Geld, einen Wohnsitz auf Jersey, damit er keine Steuern zahlen muss, ein Weingut in der Toskana, jeden möglichen Frequent Flyer- und Kreditkartenstatus, unzählige Leute, die um ihn herumschwänzeln und tausend Telefonnummern in seinem Adressbuch. Aber für so ein Dinner kommt er mit seiner Sekretärin. Wenn er mal stirbt, gibt es bestimmt eine riesige Trauerfeier und vielleicht ist sogar der eine oder andere traurig. Wobei, jedenfalls niemand aus dem Büro. Aber niemand wird trauern. Als Mensch wird er niemandem fehlen. Das ist doch echt traurig. Auf dem Papier so erfolgreich, aber so eine leere Existenz."

Roland setzte an, schluckte aber herunter, was auch immer er sagen wollte. Er brauchte einen Moment: „Ja, Richard hat definitiv nicht so viel Glück wie Dass du in mein Leben getreten bist, ist ein Wunder. Eine Chance. Meine letzte Chance. Du bist meine große Liebe. Meine letzte Liebe. Das weißt du doch, oder? Du darfst mich nie verlassen. Das wäre das Ende."

Ich kämpfte mit mir. Sollte ich ihm jetzt sagen, dass er eine merkwürdige Art hatte, mir das zu zeigen? Dass er mich den ganzen Abend ignoriert oder in schlimmster Machomanier als Dummchen dargestellt hatte? Oder würde ich damit einen Moment zerstören, der wunderschön sein könnte? Nein, Schweigen konnte nicht die Basis einer Beziehung sein: „Roland, du hast den ganzen Abend nicht mit mir gesprochen. Das verstehe ich nicht. Und das sehe ich auch nicht als Liebesbeweis."

Roland starrte auf die Straße: „Und dass du mich vor meinen Freunden lächerlich machst, sehe ich nicht als Liebesbeweis. Aber wie du gemerkt hast, trage **ICH** es dir nicht nach."

„Wie bitte? Wann habe ich dich denn lächerlich gemacht?"

„Die Diskussion in der Pause war ausgesprochen unangemessen. Mir *coram publico* zu widersprechen, das hat sich noch keine rausgenommen, mir das zu bieten."

Eigentlich war ich sprachlos, aber dem durfte ich nicht nachgeben: „Roland, wenn ich eine andere Meinung habe als du und das auch äußere, heißt das nicht, dass ich dich lächerlich mache. Das ist ein normaler Austausch unter Erwachsenen. Wenn du jemanden suchst, der dich als Gottvater anbetet, dann bin ich nicht die Richtige. Dann musst du wieder zu deinen Verflossenen, die sich nicht trauen, dir zu widersprechen."

„Schatzele, ich hab doch gesagt, dass ich dir verzeihe. Es sollte halt nur nicht wieder vorkommen.

Und jetzt muss ich mich auf die Straße konzentrieren."

„Es gibt nichts zu verzeihen. Und es wird definitiv wieder vorkommen. Was nicht wieder vorkommen darf, ist, dass du mich als Dummchen darstellst. "

„Schatzele, nicht jetzt."

Nach einigen Minuten unterbrach Roland unser Schweigen: „Aber eins noch: Ich musste schließlich meine Nachbarin unterhalten. Und das mache ich sehr gut. Das musst du schon zugeben. Dein Lover ist schließlich ein Gentleman."

„Roland, lass das mit dem Lover - bitte. Das ist einfach lächerlich. Und ein Gentleman schafft es, auch gegenüber zwei Personen an einem Abend Gentleman zu sein."

Dieses „Lover"-Ding ging mir auf die Nerven. Wer so einen Titel auf dem Tablett vor sich herträgt, muss auch liefern. Das tat Roland nicht. Da sollte er doch froh sein, dass ich ihm das nicht ständig vorhielt. Wenigstens konnte ich heute gut schlafen, trotz des Düsenjets, der direkt neben mir startete, sobald er im Bett gelandet war. Danke, lieber Wein!

Don Camillo

Roland weckte mich mit einem Kuss: „Schatzele, Frühstück wartet." Er war bester Laune. Ich entschied, dies auch zu sein. Blauer Himmel, Sonne - nichts wie raus!

Nach Frühstück und einem trotz seiner Einseitigkeit intensiven Austausch über Vögel und Igel verkündete Roland, dass er Fahrradfahren würde. Ich ließ ihn ziehen. Auf ein Solorennen seinerseits hatte ich keine Lust. Wenn sich meine Missstimmung so leicht vermeiden ließ, würde ich das tun, auf seinem Hometrainer radeln und dabei Klara anrufen. Nach dem üblichen WiegehtesdirWieistdasLebenWasmachstduso ließ ich die Bombe platzen: „Du, Klara, du errätst nie, wo ich bin. Bei Roland. Roland Bergner."

Klara quiekte: „Super! Hat es geklappt? Du, ich freue mich für euch! Mensch, Jo, ich hoffe, das wird was mit euch beiden."

„Moment mal! Wieso 'Hat es geklappt?'. Was meinst du denn damit?"

„Na ja, er ist ja ein Freund von Konrads Familie, und nach der Hochzeit hatte er Konrad und dann mich über dich ausgequetscht. Keine Sorge, ich hab ihm natürlich nicht alles erzählt. Und dann haben wir das eben arrangiert mit Halloween und dem Markt und allem. Aber er hat mir nicht gesagt, dass ihr jetzt zusammen seid."

„Na, dann wird mir einiges klar, Herr Frosch. Aber warum hast du mir denn nichts gesagt? Dann hätte ich mich doch darauf einstellen können."

„Eben. Du hättest dich darauf eingestellt. Ich kenne dich, Johanna Lenné. Wenn du merkst, dass einer Interesse hat, sezierst du jedes seiner Worte und alles, was er tut, um sicher zu sein, dass er der absolut Richtige ist. Du gibst den Männern gar keine Chance. Und dann geht es natürlich schief. Den absolut und 100 Prozent Richtigen gibt es nämlich nicht. Jeder hat seine Macken. Du auch. Selbst Konrad ist nicht absolut perfekt. Nur perfekt für mich.

Und darauf kommt es an."

„Was? Bin ich wirklich so schlimm? Echt? Aber wenn es nicht passt, dann macht es doch gar keinen Sinn. Ich meine, wenn das von Anfang an klar ist, dann muss ich doch nicht drei Monate daten, nur damit es dann doch kommt, wie es kommen muss."

„Siehst du, du machst es schon wieder. In der Liebe gibt es keine Vollkaskoversicherung. Du musst dich drauf einlassen und dran arbeiten. Das Fundament muss stimmen, nicht jedes Detail. Aber das ist ja jetzt auch egal, es hat ja geklappt. Du bist bei ihm. Also, sag, wie läuft es? Ich war etwas unsicher, weil er doch so viel älter ist. Aber auf der anderen Seite scheint er für sein Alter ziemlich aktiv, und du brauchst ja einen Mann, der dir gewachsen ist. Also, wie ist es?"

„Ich glaube, das muss ich erst mal verdauen. Aber, eben, wo stehen wir? Weißt du, er hat so liebe Seiten, wenn er über seine Kinder spricht oder seine Igel bevatert. Und er sagt mir immer, wie sehr er mich liebt. Und er interessiert sich für dieselben Dinge wie ich: Musik, Kochen, Radfahren. Das ist schon schön. Auf der anderen Seite doziert er ständig. Dabei ist er es, der sich wie ein Kind benimmt. Für seine Kochkünste erwartet er stundenlange Lobeshymnen. Beim Fahrradfahren geht es nicht um das Gemeinsame, sondern er will gewinnen. Egal, ob ich überhaupt an seinem Rennen teilnehme. Und das Haus ist so dreckig, das ist einfach eklig."

„Also, zusammenfassend: Er ist ein Mann. Fangen wir von hinten an. Ich war noch nie bei ihm, aber das mit der Sauberkeit, das findest du öfter bei Männern. Die sehen das einfach nicht. Auch wenn sie es jeden Tag sehen. Und wenn sie es sehen, sehen sie nicht den Sinn darin, etwas sauberzumachen, was sofort wieder dreckig wird. Das Gute daran ist, dass sie dir nicht dreinreden. Und das mit dem Wettkampf, das ist einfach genetisch. Männer sind so. Lass sie gewinnen und sag ihnen, dass sie das ganz toll gemacht haben und so süß und knuffig sind und sie sind happy. Ist dir noch nie aufgefallen, dass es zwar das Kind im Manne gibt, aber kein Kind in der Frau? Die Frau muss die Erwachsene in der Beziehung sein und es ihn nicht merken lassen. Das ist einfach so."

„Klara, ich suche doch kein Kind, sondern einen Partner. Ich will zwar Kinder, aber die will ich mit einem Mann, nicht in der Gestalt von einem Mann. Roland ist in der Geschäftsleitung eines DAX-Konzerns, den kann ich doch nicht wie einen kleinen Jungen ständig loben."

„Oh doch! Das ist genau das, was er braucht. Großes Tier hin oder her. Sieh mal, wer lobt ihn denn sonst? Beim Job wird er bewundert und vielleicht gefürchtet, aber keiner sagt ihm, wie toll er ist. Die anderen großen Tiere finden ja auch, dass sie die beste Erfindung seit quadratischer Schokolade sind, da sagt keiner dem anderen was Nettes."

Ich unterbrach: „Klara, das hat doch nichts mit Mann und Frau zu tun. Bei mir kommt auch keiner, um mir Lorbeer in die Locken zu flechten."

„Ja, aber du bist das genetisch gewohnt. Das war für Frauen schon immer so. Wenn das alles ist, dann go for it. Hätschel und tätschel ihn ein wenig, sag ihm, was er für ein toller Hecht ist, das tun wir alle. Und eines musst du wissen: Männer heiraten Frauen, weil sie denken, dass sie genauso bleiben, wie sie sind, und dann ändern sich die Frauen doch. Und

Frauen heiraten Männer, weil sie denken, dass sie sich noch ändern, aber Männer ändern sich nicht. Das ist Geschäftsgrundlage. *The man you see is the man you get.*"

„Ach, du Schande. So hab ich das noch nicht gesehen. Aber du hast wohl Recht, es macht Sinn. Mein Vater war genauso. Na ja, bei einigen Sachen. Aber ich weiß eben nicht, ob es nur das ist. Müsste ich nicht immer an ihn denken und Herzflattern kriegen und alles? Weißt du, ich habe Momente, wo ich ihn wirklich gern habe und umarmen und küssen möchte. Und dann wieder nicht. Und wenn ich mir unsere Wochenenden ansehe, komme ich mir vor wie ein altes Ehepaar. Und das schon jetzt."

„Also, du musst natürlich auf das hören, was du fühlst. Aber ich kann dir sagen, dass dieses romantische 'Du, du, nur du allein' sowieso nicht ewig anhält. Letzten Endes willst du ja nicht einen heißen Lover oder jemanden zum Anhimmeln, sondern einen Partner, mit dem du das Leben verbringen kannst. Und wenn ihr diese Vertrautheit schon von Anfang an habt, dann ist das doch gut. Da muss man dann halt auch Kompromisse machen. Ihr passt so gut zusammen. Und du willst nicht den Mann, der dich über den See rudert, die Laute zückt und Liebeslieder klampft, während das Boot voll Wasser läuft, du willst den Mann, der euch ans Ufer bringt."

„Na ja, ich hatte eigentlich gehofft, dass es auch Männer gibt, die Laute spielen können, ohne Schiffe zu versenken. Aber vielleicht ist das wirklich zu viel verlangt."

„Jo, du bist eine selbständige Frau, da geht ein Mann einfach davon aus, dass er sich das ganze Romantik-Zeugs sparen kann. Nimm Susanne. Erinnerst du dich an ihren Mann? Mit Schatz hier und Schatz da und mein Liebling und Tür-Aufhalten und Tasche-Tragen und allem Pipapo?"

„Ja, dunkel. Sehr dunkel."

„Also, der hat das ganze Programm aus den Jungmädchenträumen gefahren. Mit Picknick im Wald, Bootsfahrt, Heiratsantrag im Sonnenuntergang, riesigem Verlobungsring, Hochzeit in Weiß, Kutsche, Riesentorte, blablabla."

Ich musste grinsen: „Also wie du und Konrad."

„Bei Konrad ist das was anderes, bei ihm ist das echt. Konrad ist sowieso die Ausnahme, aber das wissen wir ja. Jedenfalls hat Susannes Mann dann, als das Kind da war, gemerkt, dass er nicht mehr die Nummer Eins war und zu Plan B gewechselt. Besser gesagt, Plan Y. Yvonne. Yvonne wusste nichts von Susanne. Jetzt ist er wieder verheiratet, und Susanne ist allein mit ihrem Sohn. Und bezahlt den Kredit für die Hochzeit ab. Und den Ring. Für den hatte er das gemeinsame Konto überzogen. Also, dann doch lieber einen Pragmatiker. Weißt du, das ganze Kribbeln im Bauch und die himmelhoch jauchzenden Gefühle, die sagen letztlich nichts darüber aus, ob ihr als Paar funktioniert und passt."

„Funktionieren" – wenn das eine Routine bedeutete, dann funktionierten wir: „Danke, Klara. Wahrscheinlich hast du Recht. Du hast mir echt geholfen."

„Kein Problem. Wofür sind Freunde da?"

„Gut, meine Süße, ich meld mich wieder. Ach ja, eins noch. Ich glaube, Desi …"

„Desi weiß Bescheid. Ja, sie hatte schon ein Auge auf ihn geworfen, aber das ist kein Problem. Du siehst, du hast einen guten Fang gemacht. Du musst nur mal aufhören, ständig alles zu zerknüseln."

Klara hatte mir einiges zum Nachdenken gegeben. Tatsächlich brauchte ich nicht primär einen Lover, auch wenn es natürlich schön gewesen wäre, wenn Rolands Selbsteinschätzung zugetroffen hätte. Wenigstens ein kleines bisschen. Und bei objektiver Betrachtung hatten wir schon sehr passende Interessen. Ich war fast 40 und hatte bestimmt meine Macken. Vielleicht gab es nicht den richtigen Deckel, sondern man musste einen nehmen, der wenigstens nicht abfiel und im Gleichklang durchs Leben scheppern.

Ich holte meine Chornoten, um für unser Konzert zu lernen. Singen befreit und ich war wieder im Lot.

Als Roland zurückkam, verschwitzt und glücklich, setzte ich Klaras Rat in die Tat um. Loben! Bewundern! „Na, mein Held! Wie schnell bist du gefahren? Hast du wieder alle überholt?"

Tatsächlich: „Du - glaubst - es - nicht! Also, natürlich glaubst du es, du kennst mich ja. Ich hab all die jungen Kerle überholt, einen nach dem anderen. Locker. Tja, der ist eben noch von altem Schrot und Korn, dein Lover."

Ich verkniff mir einen Lover-Kommentar. Daran würde ich mich wohl gewöhnen müssen.

Beim Mittagessen (nein, keine Suppe) meinte er dann unvermittelt: „Sage mal, Johanna, wollen wir nicht noch im Januar heiraten, vor deinem Vierzigsten? Das würde mir wirklich viel bedeuten."

War das jetzt der Antrag? Der Ritter in der weißen Rüstung, der vor mir kniete, mir seine ewige Liebe zu Füßen legte, die Vögel zum Singen und die Geigen zum Klingen brachte?

Das hatte ich mir trotz aller Rationalität definitiv anders vorgestellt. Und im Schneematsch wollte ich nicht heiraten. Mal ganz abgesehen davon, dass das viel zu kurzfristig sein würde für meine Familie und Freunde. Es war schließlich schon Ende November.

„Sage mal, war das jetzt ein Antrag?"

„Du als emanzipierte Frau wirst ja wohl nicht von mir erwarten, dass ich auf die Knie falle und um deine Hand bettle. Letztlich geht es darum, dass du und die Kinder versorgt sind, wenn mir was passiert. Ich habe einen extrem großzügigen Rentenplan."

Eigentlich sollte das einer der schönsten Momente meines, unseres Lebens sein. Stattdessen fuhr ich die Krallen aus: „Also, erstens kann man auch ohne Kniefall so fragen, dass es nicht klingt wie die Anbahnung einer Unternehmensfusion. Wobei selbst die romantischer sein können. Zweitens haben wir keine Kinder. Drittens sehe ich keinen Grund zur Eile. Und viertens werde ich dich nicht wegen deiner Rente heiraten. Schon gar nicht wegen einer Witwen- und Waisenrente. Schönen Dank auch."

„Na, na, da musst du nicht so heftig reagieren. Das mit den Kindern kann sich ja nun wirklich jeden Tag ändern. Also, nur am Wochenende natürlich."

„Na, derzeit jedenfalls nicht."

„Wie? Was meinst du denn damit? Nimmst du etwa die Pille? Du willst kein Kind von mir? Habe ich das richtig verstanden?"

Ich war sprachlos, brachte aber immerhin ein Nicken zustande.

„Also, das hatte ich nicht erwartet. Im Ernst? Du willst kein Kind von mir? Ich hatte noch nie Sex mit einer Frau, die unten zu war."

Ich war baff. Aus welchem Jahrhundert stammte der Mann? „Roland, wir sind bei großzügiger Auslegung einen Monat zusammen. Natürlich will ich da kein Kind von dir. Und auch eine Hochzeit ist viel zu früh. Wir kennen uns doch gar nicht. Wir sind doch erst in der Testphase."

„Wieso Testphase? Ich weiß, dass du das bist, was ich will. Und stell dir mal vor, was meine Kollegen sagen, wenn ich eine Frau in den Dreißigern heirate!"

„Also, das ist doch jetzt nicht dein Ernst. Willst du mir sagen, dass ich dir mit 40 zu alt bin? Darf ich dich daran erinnern, dass du über 60 bist?"

Der Frequenz, mit der er auf seiner Unterlippe herumbiss, entnahm ich, dass es sein voller Ernst war: „Also, bei einem Mann ist das schon noch was anderes." Er fand keine Spur der Zustimmung in meinen Augen und lenkte ein: „Ach, Schatz, du hast ja recht. Es eilt nicht. Ich will doch nur, dass du versorgt bist, wenn mir was passiert. Und du bist wunderbar, das weißt du doch. Mit 39 und mit 40. Es hätte mir halt nur sehr viel bedeutet." Er senkte den Kopf und schaute mich von unten mit seinem Bin-ich-nicht-süß-Blick an.

Es dauerte eine Weile, bis er merkte, dass dies nicht die gewünschte Reaktion hervorrief: „Sage mal, wie hattest du dir denn Weihnachten vorgestellt? Anna und Frank kommen, damit ihr euch kennenlernt. Ist das in Ordnung für dich? Oder bist du bei deinem Bruder?"

„Nein, er wohnt in Kalifornien, das ist zu weit. Als Single bekomme ich ja nicht frei zu Weihnachten."

„Schön, dann bist du bei uns. Und vielleicht kannst du als Verlobte ja doch frei bekommen. In jedem Fall, ich freue mich. Ihr werdet euch gut verstehen. Das ist mir wirklich wichtig. Die Kinder sind doch das Wichtigste im Leben. Und meine Kinder sind wunderbar."

Da war er wieder, der zugewandte und liebende Roland, in den ich mich verlieben konnte. Endlich: „Das sehe ich auch so. Ich freue mich auf deine Kinder. Und ich verspreche dir, dass ich dich nie vor die Wahl stellen werde – sie oder ich."

Roland strahlte und es rutschte mir raus: „Ich liebe dich." Hatte ich das jetzt gesagt? Wohl schon, wenn ich sein strahlendes Gesicht sah.

Mir wurde rührselig, ich lenkte ab: „So, was wollen wir jetzt noch mit dem Nachmittag anfangen? Soll ich bei Klara und Konrad anrufen, ob wir uns sehen? Schließlich sind sie ja nicht ganz unbeteiligt an unserer Situation, wenn ich das richtig sehe."

„Ach, es ist doch viel schöner, wenn wir es uns hier gemütlich machen. Und am Abend mache ich dir eine Suppe und bringe dich dann zum Flughafen."

„Nein, nein, ich brauche heute keine Suppe mehr. Und bitte mach dir auch sonst nicht die Mühe, wenn ich abends komme. Ich esse…"

„Aber, Johanna, so eine Suppe ist doch…"

„Bitte lass mich ausreden. Ich esse so spät schlicht und ergreifend nicht mehr."

„Gut, wenn dir meine Suppe nicht gut genug ist."

Warum musste ein schöner Moment wieder in eine Suppendiskussion münden? „Roland, das habe ich nicht gesagt. Aber du musst dir die Mühe nicht machen, weil ich am Abend keinen Hunger mehr habe."

„Also, das macht nichts. Ich koche ja nicht extra für dich. Die würde ich auch nur für mich kochen."

Das machte die Situation nicht besser: „Roland, wenn du für dich Suppe kochen willst, dann steht dir das selbstverständlich frei. Genieße sie und freu dich. Aber ich werde sie nicht essen und das darf dich nicht verletzen. Das muss einfach klar sein."

Ich hatte keine Lust mehr, über Suppe zu reden. Er schien getroffen, aber das ließ sich wohl nicht vermeiden. Auch zum Verletzen gehörten augenscheinlich Zwei. Ich hatte nichts Schlimmes gesagt. Nur nicht die gebührende Anbetung der greatest soup in the history of mankind und ihres Schöpfers geleistet.

Er fing sich wieder: „Gut, wie du meinst. Lass uns einen Film anschauen. Komm ins Schlafzimmer."

Also ins Bett. Ich erwartete nicht wirklich, dass er einen Film sehen wollte. Im Bett. Mittags. Aber genau das hatte er vor. Klar, er hatte ja kein Wohn- und Wohlfühlzimmer. Keine Rückzugsmöglichkeit, keine lauschigen Ecken. Und überall Zeugs.

Roland schlug Don Camillo und Peppone vor. Den hatte ich seit bestimmt 25 Jahren nicht gesehen. Er startete auf Französisch. Roland bearbeitete die Fernbedienungen: „So ein Mist! Also, entweder die DVD ist kaputt oder der Player oder beides. Oder der Fernseher. Da kann man nicht mal die Sprache einstellen."

„Also, das kann ich mir echt nicht vorstellen. Gib mal her."

„Nein, da kannst du auch nichts machen. Das bescheuerte Teil ist kaputt. Ich meine, ich habe natürlich kein Problem mit Französisch, aber für dich wäre Deutsch doch einfacher."

„Du, Französisch ist kein Problem." Dieser Satz pflegte an dem Ort, an dem wir uns befanden, eine andere Bedeutung zu haben, aber mir war es ganz recht, dass nur mir das auffiel.

Nach wenigen Minuten ein erneuter Ausbruch: „Das ist ja so genuschelt, da versteht man ja gar nichts. Irgendwas ist kaputt. So ein Scheißteil." Roland drückte sich wieder und wieder durch das Hauptmenü und fand die Spracheinstellung nicht.

Meine Hinweise, er solle doch mal ins Submenü gehen, ignorierte er: „Roland, soll ich mal probieren?"

„Da kannst du auch nichts machen. Das Scheißding ist einfach kaputt. Oder die Idioten haben es falsch programmiert."

„Roland, es ist nicht alles Mist oder kaputt, nur weil es nicht so läuft, wie du dir das denkst. Also, wenn du fertig bist, dann gib mir einfach die Fernbedienung und ich versuch es mal."

Jede Mutter wusste: Ruhig bleiben, wenn die lieben Kleinen sich hochschaukeln! Ich ließ ihn noch eine Weile herumprobieren, bis er mir die Fernbedienung gab, nicht ohne auf die Aussichtslosigkeit meines Unterfangens hinzuweisen.

Ich ging in das Submenü und zur Sprachauswahl.

Roland griff nach der Fernbedienung: „So, jetzt musst du da auf „Deutsch" drücken. Gib mir mal, ich mach das schon."

Ich wandte mich ab: „Roland, jetzt sei nicht kindisch. Ich hab dir nicht reingefunkt. Und jetzt lässt du mich bitte auch machen."

Roland verzog sich in seine innere Schmollecke und wir sahen den Film. Auf Deutsch.

Leider vergab mir Roland dann sehr schnell, und beglückte mich mit einem Vollkommentar: „So, jetzt kommt gleich die Frau von Peppone in die Kirche und will das Kind taufen lassen. Auf Lenin. Und Don Camillo erlaubt das nicht. Und dann kommt Peppone und dann…"

„Bitte nicht, Roland, ich will den Film sehen."

„Oh. Tschuldigung."

„Siehst du, da kommt Peppone. Und dann prügelt er sich mit Don Camillo. Und Don Camillo gewinnt und…"

„Bitte nicht, Roland, ich will den Film sehen."

„Oh. Tschuldigung."

Augenscheinlich war meine Kommunikation nicht klar.

„So, und jetzt sagt Don Camillo, wenn der Kleine wenigstens Camillo heißt, dann darf er auch noch Lenin heißen, denn neben einem Camillo verschwindet auch ein Lenin."

Ich hielt den Film an, wandte mich zu Roland, nahm sein flächiges Gesicht in meine Hände und sah direkt in seine kleinen blauen Augen: „Roland, hör mir bitte zu. Ich möchte den Film sehen. Bitte hör auf mit deinen Vorhersagen. Wenn du lieber erzählen willst, dann schalten wir aus und du kannst erzählen."

„Oh. Tschuldigung. Aber der Film ist einfach so witzig und die Dialoge sind wirklich spannend."

„Das verstehe ich. Und genau deshalb möchte ich auch den Film sehen und die Dialoge hören. Was einfach nicht geht, wenn du die ganze Zeit redest. Also, bitte keine weiteren Ankündigungen." Kindergärtnerin wäre auch eine Variante.

Das hielt eine Weile. Aber leider nicht auf Dauer: „Siehst du den Aushang da? Da hat jemand „Esel" draufgeschrieben, weil Peppone so viele Rechtschreibfehler gemacht hat."

Ich stand auf und verließ das Schlafzimmer. Roland rief hinter mir her: „Bringst du mir ein Mineralwasser mit? Und ist noch was von der leckeren Schokolade übrig?"

Ich brachte ihm ein Wasser und ging wieder. Schokolade hatte er schon gehabt. Alles.

„Schatz, willst du nicht mehr gucken? Gefällt er dir nicht?"

„Roland, ich hab dir jetzt zig Mal gesagt, dass es mir so keinen Spaß macht. Und da du das augenscheinlich nicht respektieren kannst, mache ich jetzt was anderes."

„Oh. Tschuldigung. Aber das konnte ich doch nicht wissen, dass du das so ernst meinst."

Ich ging. Roland folgte mir. Er kam und umfasste mich: „Mein Schatz, der kleine Roland möchte sich ganz hart bei dir entschuldigen, damit du dem großen Roland nicht mehr böse bist."

„Sag dem kleinen Roland, dass das eine Sache zwischen mir und dem großen Roland ist." Ich drehte mich um: „Roland, ich weiß nicht, wie ich das noch klarer hätte sagen können. Wenn du das nicht verstanden hast, dann haben wir ein echtes Kommunikationsproblem. Was hätte ich noch tun sollen, damit du es verstehst? Es mir auf die Stirn tätowieren? Oder dir?"

Roland sah, dass es mir ernst war: „Nein, Schatz. Weißt du, im Beruf gebe ich halt den Ton an. Ich muss erst lernen, jemandem zuzuhören. Dir zuzuhören. So wie unserem CEO. Du bist mein CEO."

„Mehr als eurem CEO. Roland, ich bin nicht eines von deinen Büro-Groupies, die jedes deiner Worte wie Manna dankbar und voller Bewunderung von deinen Lippen pflücken. Ich weiß, dass du es gewohnt bist, den Ton anzugeben, aber das bin ich auch. Wenn das mit uns etwas werden soll, dann bin ich deine Partnerin. Auf gleicher Stufe."

Roland nahm Anlauf, mich zu unterbrechen, aber ich legte ihm die Hand auf den Mund: „Eine Beziehung funktioniert nur, wenn beide sich respektieren, zuhören und das, was der andere sagt, auch wirklich wahrnehmen. Du bist ein toller Mann, intelligent, witzig und alles, sonst wäre ich nicht hier. Aber ich werde dich nicht hemmungslos anbeten."

Er umarmte mich: „Schatz, bitte verzeih. Gib mir noch eine Chance. Ich brauche dich. Mit dir geht es mir so viel besser. Ich schlafe besser. Und ich achte mehr auf mich und bewege mich mehr. Ich esse weniger und habe schon abgenommen. Und ich trinke auch weniger. Ich bin viel ruhiger und ausgeglichener. Sogar meine Sekretärin hat das bemerkt. Bitte, Schatz, sei mir gut. Ich gebe mir auch Mühe. Aber ich bin nicht mehr der Jüngste, da geht das nicht über Nacht."

Als er das so sagte, fiel mir auf, dass ich mit ihm schlechter schlief, mehr ass, mehr trank und keine Zeit mehr für Sport hatte, zugenommen hatte und generell gestresster war.

Aber er hatte schon recht, in seinem Alter war eine solche Umstellung schwierig. Immerhin war ihm klar, dass er sich ändern musste. Und da er ein intelligenter Mann war, würde er das auch schaffen: „Roland, deswegen habe ich es ja gesagt. Weil mir etwas an dir und an uns liegt und weil ich es mit uns versuchen will. Sonst wäre ich jetzt weg. Aber es reicht nicht, mir zu sagen, dass du mich liebst, du musst es leben. Auf Augenhöhe. Wollen wir noch ein wenig rausgehen? Die Sonne scheint."

„Ich lege mich erst noch eine halbe Stunde hin. Komm, lass uns ins Bett gehen. Ich schlafe so viel besser mit dir in meinen Armen."

Nein, dazu hatte ich nun wirklich keine Lust, und ich blieb auch stehen, als Roland versuchte, mich mitzuziehen. Er trollte sich und befeuerte die Dampflok. Und ich putzte das Bad.

Als ich ihn wecken wollte, reagierte er nicht. Egal, wie laut ich rief, wie stark und oft ich ihn schubste, er schnarchte weiter. Ich gab auf.

Als ich am frühen Abend ins Schlafzimmer trat, saß Roland nackt auf dem Bett und schaute aus dem Fenster. Ich hustete, um ihn nicht zu erschrecken. Er zuckte zusammen, drehte sich aber nicht um. Die Szene berührte mich und ich machte ein Foto. Als ich es ihm zeigte, meinte er: „Was für ein schönes Foto. Das musst du mir schicken. Der weise Mann, denkend, sinnierend. Das Bett zerwühlt, wie nach einer Nacht mit der Geliebten. Wirklich schön."

Ich fand das Foto eher traurig. Ein einsamer alter Mann, auf sich reduziert, der der „Liebe seines Lebens" den Rücken zudrehte, weil er sich in der Pose des Dichters und Denkers gefiel. Kokoschka. Aber vielleicht las ich auch zu viel hinein. Warum sah ich so das Negative? Weltliteratur und Kinos waren voll von Paaren, die sich trotz Anfangsschwierigkeiten fanden, das sollte ich doch auch schaffen.

Auf dem Weg zum Flughafen besprachen wir das kommende Wochenende. Roland würde nach Zürich kommen, da er ohnehin in Frankfurt zu tun hatte und so auch beim Adventskonzert unseres Chores dabei sein konnte. In der Tonhalle, Zürichs Konzerthaus. Ich freute mich darauf. Auf das Konzert und auf Roland.

Für den Freitagabend schlug ich allerdings vor, dass er in Frankfurt blieb und den Abend mit seinem Sohn verbrachte. Schließlich sah Frank seinen Vater nur selten, und wir würden ja das ganze Wochenende für uns haben.

„Und bevor ich komme, gehst du zum Juwelier und suchst dir einen Verlobungsring aus. Jeder soll sehen, dass du zu mir gehörst. Ein Smaragd wäre schön, passend zu deinen Augen. Und so brauchen wir auch nicht so lange rumzurennen."

Das hieß dann wohl, dass wir verlobt waren. Aber nicht im Januar heiraten würden. Die Frage „Willst du mich heiraten?" würde es also in meinem Leben nicht geben. Vielleicht war es ja gut, dass er sich seiner Sache so sicher war und mich mitzog.

Zu Hause rief ich Christian an, um ihm mitzuteilen, dass ich allem Anschein nach verlobt war.

„Jo, ich freue mich für dich. Wenn es das ist, was du willst. Für ihn ist das klar, etwas Besseres als du kann ihm nicht passieren. Ich hoffe, er weiß das."

„Ich glaube schon. Er hat es jedenfalls gesagt."

„Das ist ja schon mal was. Weißt du, Johanna, es steht mir nicht zu, dir da reinzureden. Und nach dem, was du so erzählst, scheint Roland ein netter Kerl zu sein und dich zu lieben. Aber einmal muss ich es sagen, ich bin schließlich dein Bruder und liebe dich schon länger als er dich je lieben wird. Ich mache mir Sorgen wegen seinem Alter. Du wolltest immer Kinder. Er wird das nicht mehr wollen, und wenn, dann wäre er eher Opa als Vater. Willst du das? In ein paar Jahren braucht er Pflege. Dann bist du nicht nur alleinerziehende Mutter, sondern auch noch Pflegerin und wie ich dich kenne, daneben noch voll berufstätig. Ich meine, er muss glücklich sein, dich zu kriegen, also verstehe ich, was er sich erhofft. Eine bessere Altersvorsorge kann er nicht kriegen so kurz vor Toresschluss. Aber was hast du von ihm? Das Geld kann es ja nicht sein. Dafür bist du nicht der Typ und im Zweifel hast du mehr als er."

„Ach, Christian, über all das hab ich auch schon nachgedacht. Nicht nur einmal. Aber, weißt du, er ist der erste Mann, der mich will. Also, wirklich will. Und ich bin jetzt fast vierzig."

„Jo, ich weiß doch auch, wie sehr du dich nach einer Familie sehnst. Aber Torschlusspanik ist kein guter Ratgeber. Er kommt aus einer ganz anderen Zeit, und anscheinend ist er nicht einmal so gepolt wie unsere Eltern, sondern wie unsere Großeltern. Und du wirst immer die Nummer Zwei sein hinter den Kindern. Also, jedenfalls ist das oft so."

„Christian, das weiß ich, aber das mit der Nummer Zwei ist für mich nun wirklich kein Problem. Das wäre bei mir auch so. Vom Partner kann man sich trennen, die Kinder bleiben."

„Also, bevor du irgendwas entscheidest, musst du auf jeden Fall die Kinder kennenlernen. Und außerdem hab ich dir ja schon gesagt, dass ich ihn sehen will. Als Mann hab ich dann schon noch eine andere

Perspektive. Hast du ihn schon deinen Freunden vorgestellt, also außer Klara und Konrad? Deine Freunde kennen dich, sie können das beurteilen, sie wollen auch nur, dass du glücklich bist. Und wie sind seine Freunde so? Daran sieht man ja auch, wie ein Mensch ist. Hol dir alle Informationen, die du kriegen kannst, du weisst ja, wie man das macht. Das ist der wichtigste Entscheid in deinem Leben, du musst dir sicher sein."

Ich wusste nicht, ob Christian mein Seufzen gehört hatte. Er fuhr fort: "Aber es ist deine Entscheidung. Ich kann nur hinterfragen. Es ist natürlich schon so, dass eine Beziehung immer Arbeit und Kompromiss ist. Und wenn du meinst, dass du mit ihm eine solche Beziehung aufbauen kannst, dann tu, was sich richtig anfühlt."

„Ich hab dich lieb. Und du hast recht. Das ist genau das, was ich versuche. Und ich werde ihn meinen Freunden vorstellen, das ist eine gute Idee."

Das Gespräch hatte mich trotz aller Bedenken beruhigt. Wahrscheinlich waren meine Zweifel und inneren Widersprüche ganz normal. Ich musste mir nur mehr Mühe geben.

Am Montag berichtete ich auch Lilo, dass ich glaubte, ich sei verlobt. Das hatte ich ihr schließlich nach dem Samuel-Desaster versprochen.

„Wie, du glaubst, du bist verlobt?"

„Na ja, ich werde wohl heiraten."

„Wie, wann, wen?"

Ich gab ihr eine Kurzversion, und alles als Tatsache zu schildern statt als eine Option, gab mir ein merkwürdiges Gefühl der Bestätigung. Nur als Lilo nach seinem Geburtstag fragte, war es schon ein wenig merkwürdig, denn er war ja doch ein ganz erhebliches Stück älter als ich. Nun gut, das war eben so.

In der Mittagspause kam Lilo dann mit einem dicht beschriebenen Zettel und einem grossen Grinsen in mein Büro: „Hast du eine Minute? Gut! Also, du weißt ja, dass ich mich mit Numerologie und Astrologie beschäftige. Ich habe eure Daten verglichen, und wenn ich das alles so anschaue, sieht es wirklich gut aus. Also, die Sterne sind auf eurer Seite."

Eigentlich glaubte ich ja nicht an die Macht der Sterne über unser Leben. Aber auf der anderen Seite war das eine zu gute Prophezeiung, um nicht an sie zu glauben. Was, wenn es wirklich Schicksal war? Trotz aller Aufgeklärtheit gab mir Lilos überweltlicher Beistand eine merkwürdige Form von Bestätigung.

Wenn mein Leben ein Film wäre, würde er wohl an dieser Stelle enden. Im Abspann würde man dann unsere Hochzeit sehen, in einem sonnendurchfluteten Garten irgendwo in Italien, wir glücklich inmitten unserer ebenso glücklichen Freunde, beim Anschneiden der Torte, ein fliegender Brautstrauß, wir auf dem Weg in die Flitterwochen. Im Film war das so. Immer. Ich war gespannt, ob auch mein Leben dieses mir tausendfach gegebene Versprechen einhalten würde.

Florence

Der 1. Dezember. Ein ganzes Wochenende mit Roland, fernab seines Hauses und damit ohne Putzen, tote Insekten, Spinnweben und lange Anreise. Ohne Suppe. So gefiel mir das wesentlich besser. Und unser Weihnachtskonzert in der Tonhalle. Darauf hatten wir nun seit Monaten hingearbeitet. Zwar war ich wegen Roland nicht ganz so gut vorbereitet wie sonst, aber Philippe, unser Dirigent würde uns schon sicher leiten. Ich mochte Philippe. Er lebte Musik, wusste genau, was er wollte und meistens auch, wie er es bekam. Der schlimmste Grad der Kritik war: „Sehr gut improvisiert. Jetzt versuchen wir es so, wie es der Komponist geschrieben hat. Und dann entscheiden wir, welche Version uns besser gefällt." Das Ganze mit einem Lächeln und französischem Akzent.

Diesmal schlief Roland natürlich bei mir. Er kam am Vormittag an, ausgestattet mit Parkmünzen und strikter Weisung, diese zu benutzen. Die Zürcher Parkwächter merkten es immer, wenn mein Besuch zwei Minuten ohne Parkschein parkte. Ich wusste nicht, wie sie das herausfanden, aber es funktionierte immer.

Auf Rolands Kopfkissen lag der Adventskalender, den ich für ihn gebastelt hatte: 24 Karten, jede mit einem Spruch oder Zitat über die Liebe. Es hatte mir Spaß gemacht, diese Gedanken für ihn zusammenzustellen, an ihn zu denken und im Konzept der Liebe zu schwelgen. Außerdem war das so schön greifbar. Er freute sich sehr und erzählte mir dann vom Abend mit Frank und seiner Partnerin am Vorabend: „Du, das war eine gute Idee von dir. Frank hat sich wirklich gefreut. Er hat mir auch seine Verlobte vorgestellt. Ein feines Mädel. Sehr gut ausgestattet, kurzer Rock, das sieht man natürlich als

Mann gerne. Aber auch nicht auf den Kopf gefallen. Sie erinnert mich ein bisschen an dich, obwohl sie dir natürlich nicht das Wasser reichen kann." Er drückte mir einen Kuss auf die Wange: „Aber das ist ja auch logisch, dass Frank einen ähnlichen Geschmack hat wie ich. Die Bergner-Männer eben. Weißt du, ich war ja skeptisch, als er unbedingt Jurist werden wollte. Das ist ja immer so eine Sache, wenn man ständig mit dem Vater verglichen wird, vor allem, weil er da nur schlecht abschneiden kann. Aber jetzt macht er sich doch ganz gut. Anna natürlich auch, aber bei Frank überrascht es mich mehr."

Als Vater war Roland augenscheinlich eine ziemliche Herausforderung: „Hauptsache, deine Kinder haben einen Beruf gefunden, der ihnen Spaß macht. Ich freue mich auf die beiden. Ich hoffe, dass alles gut geht."

„Da mach dir keine Sorgen. Du bist mir wichtig, und deshalb bist du auch für meine Kinder wichtig. Sie werden dich lieben. Wie könnte jemand dich nicht lieben? Du bist wundervoll, mein Engel. Komm, lass uns den Ring abholen, von dem du mir erzählt hast."

Auf dem Weg zum Juwelier kamen wir an Rolands Auto vorbei – samt Bußgeldbescheid: „Das darf doch nicht wahr sein! Ich soll 50 Franken für Falschparken zahlen!"

„Nein, das kann echt nicht wahr sein. Du hast doch bezahlt, da können die dir doch keinen Strafzettel verpassen."

„Nein, ich habe nicht gezahlt. Ich sehe gar nicht ein, dass ich hier auch noch Parkgeld zahlen soll. Die sehen doch, dass ich aus Deutschland bin und sollten sich freuen, dass ich überhaupt komme und Geld ausgebe. Schließlich hab ich schon die Autobahnvignette gekauft. Das ist eine Unverschämtheit und das werde ich auch nicht zahlen."

„Aber Roland, ich hatte dir doch extra Kleingeld gegeben. Und die Straßenverkehrsordnung gilt nun mal ..."

„Das ist mir egal, das bezahle ich nicht." Er zerknüllte den Strafzettel und warf ihn auf die Straße.

Ich las ihn auf, als Roland nicht schaute. Dann würde ich eben zahlen.

Beim Juwelier ging es schnell: Roland gefiel der Ring, und so war der Kauf rasch vollzogen. Jetzt war ich also verlobt. Richtig verlobt.

Roland wollte mit Austern und Champagner feiern. Ich mochte den Gedanken nicht, etwas Lebendiges zu essen, aber Roland meinte, das sei schließlich in der Natur auch so. Und Austern hätten sowieso gar kein vollständiges Gehirn und würden deshalb nichts empfinden. Ich war nicht überzeugt und schmeckte auch nicht viel – eigentlich nur Salzwasser. Roland hingegen genoss sichtlich und das freute mich.

Auf dem Weg zum Tram kamen wir an einer singenden Sammeltruppe der Heilsarmee vorbei. Und wer schmetterte im Tenor? Francis, Nummer M7 vom Speeddating, Zürichs einsamstes Herz. Er schien die Welt gnädig zu belächeln. Ich wusste nicht, ob er mich erkannt hatte, beschleunigte aber vorsichtshalber. Er passte nicht zu Austern und Champagner.

Ich musste ohnehin los zur finalen Generalprobe, Roland würde zu mir fahren und ein Nickerchen einlegen. Ich hatte ihm aufgeschrieben, was für ein Trambillett er brauchte und wo er hinfahren musste, da konnte nichts schiefgehen.

Als ich einige Stunden später im Chor die Bühne betrat, entdeckte ich Roland, er winkte mir zu und ich war glücklich. Es war immer ein besonderer Moment, wenn am Ende alles zusammenkam – wir, die Musik, der Konzertsaal, das Publikum. Und dazu jetzt auch noch Roland. Ein Mensch, für den ich sang. Jede gesungene Note machte mich glücklich, wenngleich sie auch eine Note weniger war, die wir noch singen würden.

Die Musik verfehlte ihre Wirkung nicht, Standing Ovations, ein voller Erfolg.

Danach trafen sich Chor, Orchester und Zuschauer im Foyer.

Roland umarmte mich: „Ein schönes Konzert. Sehr interessant."

„Ach, Roland, ich bin noch irgendwo in den Wolken! Das war so schön. Und dann zu wissen, dass du da bist, das war … ach, Roland." Ich umarmte ihn. Ich hätte die Welt umarmen können. Ich war glücklich.

„Schatz, ich hab die ganze Zeit nur dich angeschaut. Ich bewundere dein Selbstbewusstsein. Wenn du etwas anderes gesungen hast als deine Nachbarin, hast du einfach weitergemacht, als ob nichts wäre. Und ich bin mir natürlich sicher, dass sie falsch gesungen hat und nicht du."

Ich wich dem verbalen Eimer Kaltwasser aus: „Natürlich hat Sieglinde etwas anderes gesungen als ich. Sie singt Sopran, ich Alt. Irgendwo muss ja die Grenze sein. Und wenn der Alt sich teilt, dann singt nochmal die Hälfte was anderes. Und du hast recht, da muss man schon Selbstbewusstsein haben und genau wissen, was man tut."

Ehe Roland antworten konnte, trat ein älterer Herr zu uns: „Da sind Sie ja. Ihnen hat das Konzert aber wirklich Spaß gemacht. Sie haben so geleuchtet und den Dirigenten so angestrahlt, ich konnte gar nicht die Augen von Ihnen lassen. Was muss ich tun, damit Sie mich so anstrahlen?"

Was für ein wunderschönes Kompliment! Heute passte einfach alles, Rolands Spitze hin oder her: „Das freut mich. Ja, das war wirklich schön. Und wenn ich Sie so anstrahlen soll wie unseren Dirigenten, gibt es nur eins: Dirigieren!"

Der Herr lachte, zwinkerte Roland zu, drückte meine Hand und verließ uns.

Roland hatte sich wieder gefangen: „Schatz, ich freue mich, dich so glücklich zu sehen. Genieße es!"

Ich stellte Roland meinen Chorfreunden vor. Wie erwartet, freuten sie sich für mich. Sie gratulierten, bewunderten meinen Ring und sorgten dafür, dass sich Roland sichtlich willkommen und wohl fühlte. Er versprühte Charme, plauderte und machte Witze, und je mehr ihn meine Freunde zu mögen schienen, desto froher wurde ich, ihn an meiner Seite zu haben. Sieglinde nahm mich beiseite, um mir zu sage, wie sehr sie sich freute, dass ich jemanden gefunden hätte, nach all den Jahren des Single-Lebens. Und sie versprach mir, dass der Chor singen würde bei meiner Hochzeit.

Auch Philippe gesellte sich zu uns, hörte kurz zu und meinte dann zu Roland: „Wow, sie könnten wir im Bass gut gebrauchen. Kommen Sie doch einfach mal zur Probe. Wir haben die nettesten Sängerinnen und Sänger in ganz Zürich. Vor allem im Alt. Aber ich glaube, das wissen Sie schon. Ich freue mich sehr, dass sich Jos lange Wartezeit gelohnt hat."

Er lachte, Roland lachte mit. Mein Zivilstand schien mehr Menschen beschäftigt zu haben, als mir bewusst gewesen war. Und alle freuten sich mit mir über Roland.

Auf dem Heimweg meinte er: „Du, Schatz, deine Chorkollegen, die sind ja wirklich nett. Die haben dich richtig gern. Ich freue mich darauf, sie kennenzulernen, wenn ich erst mal in Zürich wohne. Und ich habe jedes Wort verstanden, so schwer ist Schweizerdeutsch wirklich nicht. Aber das war mir natürlich sowieso klar, wenn du das verstehst, dann verstehe ich das natürlich schon lange."

„Roland, das war kein Schweizerdeutsch, das war Hochdeutsch mit einem starken „k" und „ch". Nicht Schweizerdeutsch. Aber wenn wir das mal beiseitelassen: Der Chor ist schon speziell. Also, speziell sympathisch. Du hast ja Philippe gehört: Warum singst du nicht mit, wenn du nach Zürich gezogen bist? Eine schöne Stimme hast …"

„Also, wenn ich was mache, dann muss das schon Hand und Fuß haben. Bestimmt nicht in einem Chor, sondern richtig."

„Wie jetzt? Meinst du, dass wir nicht ‚richtig' singen? Wir nehmen alle Gesangsunterricht und singen vom Blatt, und einige treten auch solo auf."

„Also, ich würde solo singen."

„Mark! Es ist nicht so, dass wir nicht solo singen KÖNNEN, sondern wir WOLLEN das nicht. Wir wollen einfach sozial Singen."

„Trotzdem, wenn ich singen würde, dann nur solo," grummelte er.

„Ach so, wie Florence Foster-Jenkins. Klar."

„Florence wer?"

„Florence Foster-Jenkins. Die schlechteste Sängerin aller Zeiten."

Rolands tiefes Einatmen zeigte mir, dass er verletzt war.

"Das war gemein. Verzeih, Roland. Ich hab dich ja noch nie …"

„Ja, das war wirklich gemein. Aber heute ist so ein schöner Tag, ich verzeihe dir. Also, weshalb war sie die schlechteste Sängerin aller Zeiten?"

„Na ja, sie war grottenschlecht und hat es nicht gemerkt. Sie konnte sich selbst nicht hören. Ihr Mann hat für sie ein Konzert in der Carnegie Hall organisiert und sie angeschmachtet, während sie die Königin der Nacht malträtierte. Es klingt, als würde jemand ein Schwein lebendig durch den Wolf drehen. Das musst du mal im Internet anhören. Aber die Carnegie Hall war ausverkauft, weil sich die besseren Kreise auch mal amüsieren wollten."

„Nein, wie peinlich. Er hätte sie lieber einsperren sollen. Also, wenn das meine Frau wäre!"

„Du, irgendwie hat das Ganze doch auch eine sympathische Seite. Er hat sie halt sehr geliebt. Über die Blindheit hinaus direkt in die Taubheit. Wenn das ihr großer Traum war und für sie beide stimmte, warum nicht?"

„Großer Traum, großer Traum! Sie hat sich und ihn öffentlich zum Affen gemacht. Und so bleiben sie jetzt für immer im kollektiven Gedächtnis der Menschheit. Selbst du kennst sie! Furchtbar."

„Weißt du, Roland, es kommt ja nicht nur darauf an, ob man etwas perfekt macht, sondern auch darauf, warum man etwas macht. Zum Beispiel als Klara gesungen hat, das war wunderschön, auch wenn sie dafür bestimmt keine Goldene Schallplatte bekommen wird."

„Findest du?"

„Ja, finde ich. Das war eine Liebeserklärung und hat sie viel Überwindung gekostet. Aber für Konrad hat sie es gemacht. So was tut man eben, wenn man den anderen liebt."

„Also, wenn du bei unserer Hochzeit unbedingt ein Liedchen trällern willst, dann tu dir keinen Zwang an."

Wow, seine Begeisterung kannte wirklich keine Grenzen. Nun ja, Zeit für ein neues Thema: „Roland, stell dir doch mal vor, du könntest alles machen, was du willst und hättest jedes Talent, das du dir wünschst. Was würdest du dann machen? Was wäre dein Traum?"

Langes Schweigen, dann: „Das ist eine dumme Frage."

„Was? Du hast keine Träume?"

„Nein. Wirklich nicht. Nein. Warum sollte ich? Ich hab schließlich alles erreicht. Und jetzt hab ich auch noch dich." Er ergriff meine Hand.

„Aber man braucht doch Träume. Ich meine, das Leben von Florence und ihrem Mann war so bestimmt viel spannender und reicher."

„Du meinst reicher an Peinlichkeit. Nein, das brauche ich nicht. Komm, lass uns was essen. Hattest du nicht einen Chinesen erwähnt, bei dem du oft isst?"

„Dann nehme ich mal zur Kenntnis, dass wir an der Stelle einfach unterschiedlicher Meinung sind.

Mein Chinese ist da hinten rechts, in dem Hotel, aber, sage mal, wir waren doch heute schon essen."

„Ich bin eben ein Glückskind. Wunschlos glücklich. Nur Hunger hab ich jetzt. Also, komm, schauen wir mal, ob dein Chinese wirklich so gut ist."

Herr Jian empfing uns, besser gesagt, mich, wie immer: Mit breitem Lächeln, offenen Armen und einem Ecktisch. Ich ließ Roland gewähren, als er das Essen wählte. Und er musste eingestehen, dass es besser schmeckte als bei seinem „Freund" in Berlin.

Ich hatte noch nichts für seine beiden Kinder zu Weihnachten, und da Roland keine Ideen hatte, bat ich ihn, mir nochmals von ihnen zu erzählen.

Ganz Jurist, ging Roland es systematisch an und begann bei den Schwangerschaften: „Es gibt nichts Schöneres als eine schwangere Frau im Haus. Eine Frau ist niemals schöner und weiblicher. Und der Sex ist einfach fantastisch. Ich hab die Schwangerschaften noch vor meiner Frau bemerkt. Weißt du, ich bin einfach ein lebender Schwangerschafts-Detektor. Ich sehe das sofort, diese Weiblichkeit. Ihr seid dann irgendwie voller und glüht regelrecht vor Hormonen."

Aber auch die Zeit nach den Schwangerschaften schien einer Werbeveranstaltung des Familienministeriums entsprungen: Da tappelten kleine Kinderfüßchen über das Parkett, huschten am Sonntagmorgen ins Bett der Eltern zum Kuscheln, da trug der Vater sein fieberglühendes Baby fürsorglich und schützend durch die Nacht. Roland liebte seine Kinder. Und mein Herz schlug wärmer.

Als wir nach Hause kamen, küsste ich ihn und zog ihn ins Bett. Während Roland die Sterne sah, verblieb ich im Nebel. Wenige Minuten später schnarchte er und ich verzog mich in mein Gästezimmer zum Schlafen. Dort stand der Qualm. Roland hatte geraucht. Na, super!

Zora

Für den Sonntag hatten Florina und Malte zum Brunch geladen. Ich freute mich auf die beiden, auf Maltes Sohn Karl und die gemeinsame Tochter Zora und darauf, Roland vorzuzeigen. Sprießender Besitzerstolz.

Auf dem Weg zum Tram trafen wir meine Nachbarin, ebenfalls eine zugezogene Berlinerin - hochschwanger. Das Baby konnte jeden Tag kommen und sie hatten auch schon einen Namen gewählt: „Maurice mit ´nem Düddelchen".

„Was ist denn ein Düddelchen?"

„Na ja, so ein Strich über dem E."

Ihr Finger zeichnete ein *Accent égu* in die Luft.

„Ja, aber dann heißt der Kleine doch Mauricé, also mit einem langen Eee am Ende. Mauriceeeeee."

„Nein, nein, das ist nur, damit es schöner aussieht. Mein Mann hat das auch, und jetzt machen wir das zur Familientradition."

Nun gut, ihr Mann hieß André. Mit langem Eee am Ende. Da bot sich das Düddelchen noch an. Meine Familie hatte ja auch so eine Tradition, was bei dem Nachnamen Lenné allerdings ziemlich automatisch kam. Ich hoffte, dass ein Schweizer Standesbeamter sich an dieser Stelle durchsetzen würde und ließ es auf sich beruhen. Kein Kind sollte als Düddelchen durchs Leben gehen...

Wir gingen weiter, und Roland schien zufrieden: „Siehst du, ich habe natürlich sofort gesehen, dass sie schwanger ist. Ein Mann merkt das eben. Und ein Schwangerschaftsdetektor sowieso. Und, sag selbst, das ist doch wirklich extrem erotisch."

Dazu fiel mir nichts mehr ein.

Als er seine Tramkarte stempelte, sah ich, dass er die falsche Karte gekauft hatte – zum vierfachen Preis: „Was hast du denn da gekauft, Roland? Und warum?"

„Eine ZürichCard. Die ist viel besser als die Karte, die du wolltest. Die Verkäuferin war aus dem Tessin, und da habe ich natürlich Italienisch mit ihr gesprochen. Als sie gemerkt hat, dass sie es quasi mit einem Landsmann zu tun hat, hat sie mir den Geheimtipp mit der ZürichCard gegeben. Du, die hat mich gemocht."

„Roland, du brauchst keine ZürichCard. Die ist deshalb so teuer, weil da alles drin ist, Museen und sonstwas. Dafür haben wir gar keine Zeit. Das war kein Insider Tipp, sondern du hast die falsche Karte gekauft."

„Wie? Du meinst, sie hat mich reingelegt? So eine verdammte blöde Kuh!"

„Nein, sie hat dich nicht reingelegt, sondern du hast sie falsch verstanden. Der Tessiner Dialekt ist eben nochmal was anderes als das normale Italienisch. Das ist alles."

Roland biss sich auf die Unterlippe. Ich hatte wohl gerade seine Italianità in Frage gestellt. Autsch.

Im Tram setzte sich Roland, ohnehin voluminös, so breitbeinig hin, dass er fast die ganze Bank belegte. Ich quetschte mich neben ihn und er legte den

Arm um mich.

Als ich in der ersten Kurve fast von der Bank fiel, stand ich auf.

„Oh, müssen wir schon raus? Dann hätten wir..."

„Nein, wir fahren noch eine Weile."

„Na, dann bleib doch hier bei mir, Schatzele!" Roland griff meine Hand und zog mich zu sich.

„Du, es ist ein bisschen eng."

„Also, ich weiß nicht, was du hast. Ich sitze sehr kommod."

Eben.

Im Restaurant stürmte Zora uns entgegen: „Hallo, Tante Jo! Wer ist das denn?"

„Das ist Roland. Roland ist ein ganz lieber Freund von mir."

Roland war direkter: „Also, ‚Freund' ist nicht ganz richtig. Ich bin Tante Johannas Verlobter. Wir werden bald heiraten. Und du wirst Blumenmädchen."

Zora stürzte zu Florina: „MamiMamiMami, Tante Jo heiratet. Und ich werde Blumenmädchen. Mami, bekomme ich dann ein Kleid? In rosa? Und mit so Rüschen? Mami, ich will ein ganz grosses, wie eine Prinzessin. Und einen Blumenkranz im Haar? Bitte, Mami! Karl, ich werde Blumenmädchen!"

Karl war klar unterbeeindruckt.

„Langsam, langsam, Zora. Erst mal muss ich mit Tante Jo sprechen. Für Kleider und Kränze haben wir dann noch genug Zeit. Jo? Stimmt das? Oder hat Zora das falsch verstanden?"

Florina schielte nach meiner Hand und ich drehte sie ein wenig, damit sie das corpus delicti sehen konnte.

Sie fiel mir um den Hals: „Jo, das ist ja Wahnsinn! Warum hast du mir denn nichts gesagt?! War das dein Klo-Date? Erzähl! Malte! Jo heiratet!"

„Also, wenn du mich kurz loslassen würdest, dann könnte ich ihn dir vorstellen," lachte ich: „Florina – Roland. Roland – Florina."

Roland streckte die Hand zum Gruß aus. Florina umarmte ihn: „Roland, ich freue mich so für euch – Jo, jetzt musst du mir alles erzählen. Malte, du quetschst Roland aus, nachher wird verglichen."

Florina wusste, was sie wollte.

Also berichtete ich, wie wir uns auf Klaras Hochzeit getroffen und auf ihrer Halloween-Party kennengelernt hatten, vom Anruf auf dem Klo – „Wusste ich's doch. Malte, er ist das Irgendwie-Date! Also, weiter im Text!" – von Onkel Walters Geburtstag und von Rolands Entschluss zu heiraten.

Florina war begeistert: „Johanna Lenné, ich freue mich für dich. Siehst du, ich hab dir doch immer gesagt, dass der Richtige schon kommt. Du musstest halt nur ein bisschen länger warten. Ich freue mich! So sehr!"

Zeit für Umarmungen. Zu spüren, dass all meine Freunde sich so für mich freuten und so viel Zutrauen in Rolands Entscheid hatten, gab mir ein gutes Gefühl und knabberte an dem Zweifelsklumpen, der auf meiner Brust sass, mal mehr, mal weniger. Das war immerhin eine sehr grosse Entscheidung, und ich hatte das ja noch niemals gemacht. Woher sollte ich also wissen, ob ich das Richtige tat?

Mir schien, dass Florinas Jeans ein wenig enger saß als sonst. Und ihr Gesicht wirkte auch voller. Unter Freundinnen gab es keine peinlichen Fragen:

„Wo wir gerade beim Gratulieren sind, sehe ich das richtig, dass ich euch bald auch gratulieren kann?"

„Woher weißt du? Sieht man es schon so? Echt? Mensch, Jo, das ist noch nicht offiziell. Versprich mir, dass du es nicht weitersagst! Wir wollen es auf Maltes Geburtstag ankündigen, wenn die erste Hälfte rum ist. Vorher bringt das Unglück. Versprich's mir! Sieht man es wirklich schon?"

„Keine Sorge. Ich glaube, ich bin in der Hinsicht derzeit einfach über-aufmerksam. Roland schwärmt dauernd von meiner Schwangerschaft."

„Oh, das ist ein ziemlich eingeschränktes Vergnügen. Jeden Morgen über der Kloschüssel, das ist echt nicht das Wahre. Manche Männer finden das schon toll, mit dem großen Busen und so. Besitzerstolz. Sie müssen die Kugel ja nicht schleppen. Aber, sage mal, heißt das, du willst ein Kind von ihm? Ich meine, das ist doch noch sehr frisch. Und er ist ja nicht der Jüngste. Also, ich will dir da jetzt nicht zu nahe treten, und er ist bestimmt ein toller Kerl, aber ich meine..."

„Nee, da hast du absolut recht. Das wäre mir noch viel zu früh. Erst mal muss das alles in Tüten sein. Wir können natürlich nicht ewig warten, dafür sind wir beide zu alt, aber zumindest bis wir verheiratet sind und zusammen wohnen. Er zieht nach Zürich."

„Ein Glück, ich dachte schon, ich müsste immer nach Berlin kommen, um dich zu sehen." Knuddel. „Und, habt ihr schon einen Termin?"

„Er wollte im Januar heiraten, aber das ist mir zu schnell. Seh ich auch keinen Grund für. Vielleicht im Sommer. Weißt du, er ist sich viel sicherer als ich. Ich meine, er wird schon recht haben, aber ich bin eben ein bisschen langsam. Ich war ja auch noch nie in der Situation. Ist halt so."

„Jo, es muss für dich richtig sein. Nicht nur für ihn. Aber weiß er das? Ich meine, er heuert ja sogar schon Blumenmädchen an. Du kennst doch Zora, die fängt an mit der Kleidersuche, sobald wir zu Hause sind."

„Ja, das war echt nicht sehr intelligent von ihm. Ich sag ihm das noch. Aber es stimmt, wir müssen das in Ruhe besprechen. Vielleicht zu Weihnachten. Die Wochenenden gehen immer so schnell vorbei, und das müssen wir wirklich gut überlegen."

„Du machst das schon, Jo. Hör einfach auf dein Herz. Ich freue mich jedenfalls für dich. Denk immer dran, was er für ein Glück hat, dich zu kriegen."

Ja, das war wohl Teil des Problems: Mein Herz war dieser Tage ausgesprochen maulfaul.

Malte kam zu uns: „Jo, ich gratuliere. Der scheint echt nett zu sein, dein Lover. Und er schwärmt von dir – meine Güte, ich wusste gar nicht, was für eine Ehre es ist, dich zu kennen."

Florina knuffte ihn: „Also, Malte, ich hoffe, dass du mich auch so preist." Malte küsste sie. Auch eine Antwort.

Wir wandten uns den anderen Themen und dem Buffet zu.

Auf dem Weg nach Hause sprach ich Roland an: „Sage mal, findest du nicht, dass es etwas früh ist, Blumenmädchen zu engagieren? Wir haben nicht mal einen Termin, und Cordelia und Leanne werden das auch wollen."

„Ach, Schatzele, das habe ich doch nur gesagt, damit sie sich freut. Kinder vergessen so was gleich."

„Zora nicht. Sie wird Florina ab heute Abend beknien wegen des Kleides. Und das braucht Florina jetzt wirklich nicht auch noch."

„Ach, das hat die Kleine schon lange wieder vergessen. Und außerdem wird deine Freundin das schon aushalten."

„Bitte mach keine Versprechungen, die du nicht halten kannst. Am Allerwenigsten gegenüber Kindern. Für Kinder ist es viel schlimmer, enttäuscht zu werden. Und wenn ich jemals schwanger sein sollte, erwarte ich auch mehr Rücksicht."

„Schatzele, jetzt übertreibst du. Und außerdem, wie kommst du jetzt auf Schwangerschaft? Du bist doch nicht schwanger. Oder doch?" Er lächelte fragend.

Augenscheinlich hatte das Schwangerschaftsradar nicht ausgeschlagen. Auch gut: „Nein, bin ich nicht. Aber wenn ich es jemals werde und wir Kinder haben, darfst du unseren Kindern niemals falsche Versprechen machen. Wenn wir jemals Kinder haben."

„Wieso wenn? Egal: Versprochen, mein Schatz. Aber, weißt du was? Vielleicht ist es ja auch ganz gut, dass das jetzt so hochgekommen ist. Wir müssen wirklich die Hochzeit planen." Er zog mich zu sich und küsste mich.

Wenn wir uns küssten, war es gut.

Am Nachmittag glichen wir Terminkalender ab, buchten Flüge und machten Pläne. Die zeitgemäße Form trauter Zweisamkeit. Ich würde die verbleibenden Wochenenden des Jahres bei ihm sein und natürlich zu Weihnachten. Und dann jeweils zwei Wochenenden Berlin, eines Zürich. Und ein paar „freie" Wochenenden. Wir mussten ja auch mal Papierkram erledigen. Und auch der Haushalt musste ja gemacht werden. Das auch noch in eine ohnehin schon volle Arbeitswoche zu quetschen, hatte sich für mich als schwierig erwiesen.

Zur Hochzeit hatte sich Roland schon Gedanken gemacht: „Also, wir publizieren unsere Geschäftsergebnisse im Mai. Am 15. Mai ist Hauptversammlung. Bis dahin geht gar nichts, da bin ich absolut zu. Lass uns am 16. Mai heiraten, das ist ein Freitag. Und am Samstag fahren wir dann in die Flitterwochen."

„Also, bis zum 15. hast du für nichts Zeit. Am 16. willst du heiraten und am 17. in die Flitterwochen."

„Ja, das wäre doch super. Heiraten und, zack, weg sind wir."

„Und wie bereiten wir alles vor?"

„Also, ich brauche keine großen Vorbereitungen, von mir aus können wir auch zu zweit aufs Standesamt gehen. Alles, was du darüber hinaus willst, musst du auch selbst organisieren."

„Natürlich will ich mehr als das. Ich werde schließlich nur einmal heiraten. Christian und seine Familie kommen extra aus Amerika und meine Freunde von überall her. Da sag ich nicht am nächsten Tag Tschüss und haue ab."

Rolands gequälte Seele fand den Weg in sein Gesicht: „Aber das ist doch meine Hochzeit und nicht die von deinem Bruder," stöhnte er: "Wenn die extra kommen, dann ist das doch nicht mein Problem. Ich erwarte ja auch nicht, dass mich fremde Leute bespaßen. Wir können ja am Freitag feiern, wenn es dir so wichtig ist, aber am Samstag rauschen wir ab. So richtig wie ein modernes junges Paar. Die kommen schon ohne uns klar."

„Roland, das sind doch keine Fremden. Das sind Freunde und Verwandte. Auch von dir."

„Was sind denn das überhaupt für Freunde? Stellen die was dar oder sind das nur Wohlfühlfreunde?"

„Wohlfühlfreunde? Natürlich fühle ich mich mit meinen Freunden wohl. Dafür sind Freunde doch da."

„Nein. Freunde müssen dich vor allem voranbringen. Zum Wohlfühlen brauche ich nur dich. Wenn wir schon einladen und all das Geld ausgeben, dann muss das auch was bringen."

„Vielleicht ist das ja der Grund, weshalb du keine Freunde hast."

„Doch, ich habe Freunde. Ich rede nur nicht dauernd von ihnen und ich muss sie auch nicht ständig sehen oder mit ihnen telefonieren. Ich hab auch schon eine Liste gemacht."

Augenscheinlich hatte ich einen wunden Punkt getroffen. Das hatte ich gar nicht geplant.

„Na, das ist doch sehr gut. Also willst du auch nicht nur zu zweit zum Standesamt gehen. Siehst du, und das andere kriegen wir auch hin. Wir müssen nur gut planen. Also, wo wollen wir heiraten? Zürich, Berlin oder ganz woanders?"

„Das hängt davon ab. Wo kannst du die besseren Gäste bringen?"

„Die BESSEREN Gäste?"

„Also, deine Geschäftskontakte sind ja wohl in Zürich und deine Berliner Freunde dürften Schulkameraden sein und so, eben Wohlfühlfreunde."

„Bitte, sag das nicht. So, wie du das sagst, klingt das so negativ. Ich mag meine Freunde, die sind alle tolle Menschen, jeder einzelne. Und sie kommen dahin, wohin ich sie einlade. Sie fühlen sich nämlich auch wohl mit mir."

„Das habe ich mir gedacht."

„Hoffentlich auch. Das ist es nämlich, was Freunde ausmacht. Wie wäre das: Standesamtlich in Berlin und kirchlich in Zürich. Und meine Freunde und deine strategischen Allianzen kommen, wo sie wollen."

„Kirchlich? Meinst du etwa in Weiß und mit Hochzeitskutsche und allem? Also, Weiß kommt gar nicht in Frage. Das hatte ich schon. Und ausserdem ist das lächerlich. Ich war vor kurzem bei einer Hochzeit, da wurde dann auch gleich noch das Kind des Paares getauft. 'Traufe' nennt sich das dann. Und die Braut in jungfräulichem Weiß. So was Lächerliches. Das mach ich nicht mit."

„Roland, ich werde bis dahin kein Kind haben und auch nicht schwanger sein. Natürlich heirate ich in Weiß."

Roland sah nicht glücklich aus: „Ich dachte, ihr jungen Leute wärt cooler. Komm, lass es uns ganz lässig machen. Wir gehen in Jeans zu Trauung, feiern ganz locker in einem Gartenlokal und hauen dann ab. Ohne das ganze traditionelle Brimborium. Wenn du mich wirklich liebst, dann heiratest du nicht in Weiß. Du bist doch sowieso keine Jungfrau mehr."

„Roland, das 'traditionelle Brimborium', das sind Sachen wie die weiße Kutsche, Stämme sägen, Brautentführung, Schleiertanz und so. So wie bei Klara und Konrad."

„Also, das kommt sowieso nicht in Frage. Die Hochzeit muss ein Vermögen gekostet haben. So einen Luxus-Event veranstalte ich nicht für fremde

Leute. Nein, wir machen das im ganz kleinen Kreis. Maximal zehn. Du und ich. Nur wir sind wichtig. Das ist unser Tag." Er streichelte meine Hand.

„Roland, ich brauche keinen Luxus und ich brauche auch nicht das ganze 'traditionelle Brimborium'. Aber ich möchte es mit den Menschen teilen, die mir wichtig sind. Und das sind mehr als zehn."

Roland aktivierte seinen Hundeblick: „Aber der wichtigste Mensch, das ist doch dein Roland. Willst du denn nicht, dass dein Rolli glücklich ist?"

Hundeblick hatte auf mich schon immer eine ernüchternde Wirkung gehabt. Selbst ein Erpressungsversuch sollte noch einen gewissen Stil haben, da war sogar die Mafia subtiler: „Roland, du hast mir immer wieder gesagt, wie sehr du dich auf meinen Freundeskreis freust. Das ist eben die Folge davon, wenn man Freunde hat."

Roland war angespannt, wir in einer Sackgasse.

„Roland, wir müssen das auch nicht jetzt entscheiden. Jetzt wissen wir erst mal, wo wir starten und können überlegen, wo wir uns treffen. Jedenfalls terminiere ich nicht nach deiner Hauptversammlung, ich mach nicht alles alleine und ich mache mich auch nicht sofort aus dem Staub."

„Also, du entscheidest das. Und wo bleibe ich?"

„Das ist kein Entscheid, das sind logische Vorgaben. Wie du gemerkt haben wirst, habe ich keinerlei Brimborium erwähnt. Nicht mal das Brautkleid. Insofern mache ich von Anfang an Kompromisse. Das einzige, was ich schön fände, wäre der Brautwalzer."

„Das geht nicht. Mein Knie. Schatz, ich bin müde, was hältst du von einem Mittagsschlaf?"

Der ultimative Ausweg. Nun ja, vielleicht war die Diskussion wirklich zu intensiv gewesen für ihn.

„Du, ich bin noch nicht müde. Aber leg dich ruhig ein Weilchen hin."

„Schatz, ich will aber mit dir in meinen Armen schlafen," Anknipsen des Hundeblicks: „Das ist das Schönste, was es gibt. Komm, Schatz, ich schlafe so viel besser, wenn du neben mir liegst. Wenn du mich liebst, dann kommst du mit."

Die Vorstellung von 160 Kilo Körpermasse, die hinter mir liegen würden, direkt in mein Ohr schnarchend, mit einem Bleiarm auf mir, ohne Entrinnen, erdrückte mich: „Ja, aber ich kann dann überhaupt nicht schlafen. Sieh mal, du hast auch schon wieder fast ne ganze Flasche Wein getrunken."

„Mir schmeckt es eben."

„Ja, aber je mehr du trinkst, desto lauter schnarchst du."

Er schien ehrlich überrascht: „Was? Wo hast du das denn her?"

„Hast du das Schnarchen noch nie mit deinem Arzt besprochen? Alkohol, Übergewicht und Schlafen auf dem Rücken machen das Schnarchen schlimmer. Und das ist nun mal bei dir alles gegeben."

„Wieso Übergewicht? Also, du willst ja wohl nicht sagen, dass ich zu dick bin. Wenn ich in den Spiegel sehe, dann sehe ich einen sehr stattlichen, gut gebauten, richtigen Mann. Und wenn du nicht da bist, dann sage ich mir das auch."

„Wie, du stehst vor dem Spiegel und machst dir Komplimente?"

Frauen, selbst die Schönsten, inspizierten und kritisierten jedes Kilo. Und er fand seine Wampe „stattlich"?

„Ja, natürlich. Gut, vielleicht könnte ich so fünf Kilo abnehmen, aber im Prinzip stimmt das alles."

„Roland, du machst mir Angst. An die Fünf musst du noch eine Null dranhängen, dann nähern wir uns ganz allmählich der Sache."

Als er geschwärmt hatte, dass er dank meiner Gewicht verliere, hatte ich nicht gemerkt, dass er sich quasi am Ziel wähnte statt gerade mal hinter dem Start.

„Also gut, wenn du meinst, dann schlafe ich eben alleine."

Er klang verletzt. Er drehte sich um, aber ich hielt ihn zurück: „Roland, ich wollte dir nicht wehtun. Wirklich nicht. Aber ich möchte noch eine Weile was von dir haben und mit dem Gewicht und dem Rauchen und dem Wein mache ich mir Sorgen um dich."

Er sah mich an: „Mein Gewicht ist meine Sache. Das Thema ist hiermit beendet."

Mein Vater hatte mir schon als Vierjährige vermittelt, dass sein „Meckern" ein Zeichen seiner Liebe und Sorge sei. Ich hatte das verstanden. Aber das jetzt zu sagen, würde weder Roland noch mir helfen. Er verzog sich ins Schlafzimmer und begann zu schnarchen. Die Diskussion hatte ihn wohl zu sehr angestrengt. Hatte ich ihn überfordert? Verlangte ich zu viel? Es stimmte, es war unsere Hochzeit, nicht Christians. Aber es war eben unsere, nicht nur Rolands. Und auch wenn ich meinen Bruder aus der Gleichung herausnahm, blieb es dabei, dass Rolands Autistenhochzeit mit zweckgebundenem Publikum nicht meiner Vorstellung von einem rauschenden

Fest mit Freunden entsprach. Und ich wollte und konnte auch nicht alles alleine vorbereiten, insbesondere nicht, wenn er schon eine Einladungsliste in der Hinterhand hatte, die ich dann betreuen sollte. Letztlich ging mir das alles einfach viel zu schnell. Man musste doch erst mal das Zusammenleben ausprobieren. Eine Hochzeit wäre dann das Tüpfelchen auf dem i, nicht der Startpunkt. Ich würde das Thema ruhen lassen. Die Suche nach einer gemeinsamen Wohnung oder einem Haus in Zürich war viel wichtiger.

Ich rief bei Klara an. Und war überrascht, als Jacqueline antwortete

„Hallo, Jacqueline, was machst du denn an Klaras Telefon?"

„Hallo, Johanna. Hat Klara nichts gesagt? Ich wohne bei ihr und Konrad. Nur vorübergehend, bis ich etwas gefunden habe. Ich habe Bernd verlassen."

„Was? Du hast Bernd verlassen? Wieso das denn?" Meine wirkliche Frage war natürlich, wie sie es so lange mit ihm ausgehalten hatte.

„Na ja, ich hatte dir doch von Bernds Schlangen erzählt. Da war einfach kein Platz für eine zweite Person in unserer Ehe. Nur für ihn und die Biester. So ein Leben habe ich nicht verdient. Und dann ist mein Vater gestorben…"

„Natürlich verdienst du das nicht. Das mit deinem Vater tut mir leid."

„Das ist lieb. Jedenfalls hat Bernd sofort angefangen, Kataloge zu wälzen, weil er sich jetzt endlich eine Giftschlange kaufen wollte. Die ganze Ausrüstung ist ziemlich teuer, deshalb konnte er sich das bisher nicht leisten."

„Wie, jetzt, er wollte sich von <u>deinem</u> Erbe eine

neue Schlange kaufen?"

„Ja, und er ist auch gleich nach Holland gefahren, weil man die Viecher dort wohl ohne Bewilligung bekommt. Ich hab ihn angefleht, das nicht zu tun, aber er meinte nur, ich sollte mich nicht so anstellen. Er habe sich das so lange gewünscht, jetzt wolle er endlich mal was für sich tun."

„Eine Giftschlange. In eurer Wohnung. Von deinem Geld. Nein, da wäre ich auch weg. Das kann ich verstehen. Das ist ja wirklich krass. Und dann bist du einfach gegangen?"

„Ja, als er zurückkam, war ich weg. Ich hab noch einmal alle gefüttert. Die können ja nichts dafür. Aber die restlichen Nager habe ich ins Tierheim gebracht."

„Und, wie hat er es aufgenommen? Ich meine, er war ja besitzergreifender als ein Possessivpronomen."

„Na ja, bei ihm ist immer alles größer und besser und jetzt eben schlimmer. Und possessiv. Er wird drüber hinwegkommen. Er kann ja mit der Giftschlange kuscheln."

„Na, denn ist ja gut. Aber wie geht es dir jetzt?"

„Du, mir ging es seit Jahren nicht mehr so gut. Eigentlich seit unserer Hochzeit. Ich kann tun und lassen, was ich will, ich muss nicht mehr ständig um-wer-fend aussehen, ich …"

Ich musste lachen und fand, dass ich das erklären sollte: „Aber dafür hat er dich auf Händen getragen. Das muss doch auch ganz nett sein, wenn man so bewundert und angebetet wird."

„Na ja, aber eher als Trophäe, wenn andere dabei waren. Wenn wir unter uns waren, war da nicht mehr viel. Im Bett lief gar nichts, wenn ich nichts gemacht hab. Ich bin jung, und ich möchte auch begehrt werden und mich als Frau fühlen. Bis zur Hochzeit hat es zwischen uns auch geklappt, aber seit er die Schlangen hat, merke ich einfach, dass er für mich nie dieselbe Begeisterung empfinden wird wie für diese Scheißbiester."

Das mit dem Nachtleben kam mir bekannt vor.

Jacqueline fuhr fort: „Und ich heiße auch nicht mehr Schakweline. Also, insgesamt geht es mir bestens. Wobei, ich hab natürlich Glück mit Klara und Konrad."

„Ja, das stimmt. Die beiden sind großartig. Du, sag Bescheid, wenn ich dir helfen kann oder wenn du einfach mal jemanden zum Reden brauchst oder ein paar Tage nach Zürich auswandern willst. Ich hab ein Gästezimmer."

„Das ist lieb, Jo. Aber ich hab ja Klara und Konrad, mir geht's gut. Und ich muss ja auch noch alles mit meinem Vater erledigen. Aber du wolltest bestimmt Klara sprechen. Ich sag ihr, dass du angerufen hast."

Da ich schon mal Zeit hatte, klingelte ich bei Christian durch, dann bei Tina. Das Baby war noch nicht da, aber es gab Neuigkeiten: „Jo, sage mal, erinnerst du noch meinen Chef? Rodolfo de Cropolati? Du wirst es nicht glauben, sie haben ihm gekündigt."

„Nein! Erzähl! DetailsDetailsDetails!"

„Ich hatte dir doch erzählt von der Chefin Rechnungswesen, seinem neuen Single-Arbeitsbienchen. Adele Schmittke. Also, seit kurzem filtert unsere Firma alle E-Mails, um sexuelle Belästigung zu verhindern. Und das hat der gute Rodolfo nicht mitgekriegt. Kunststück, er ist ja auch nie da. Na, jedenfalls hat man nach Wörtern wie ‚sexy' oder ‚geil' gesucht und auch nach sehr spezifischen Verben. Und da ist dann die Korrespondenz von ihren Arbeits-E-Mails mit Adele.Labelle@Irgendwas.de und HotRod@Sonstwo.com aufgefallen. Und das war's dann."

„Oh Mann, da muss man aber wirklich schön blöd sein, so was über das Büro-E-Mail laufen zu lassen. Oder sexy und geil. Dem gehört ja schon wegen purer Dummheit gekündigt."

Tina lachte: „Ja, das war er wohl. Alles. Ich meine, Lars würde sowieso nie so was schreiben, aber wenn, dann nie ins Büro. Das weiß man doch."

„Nein, das kann ich mir bei Roland auch nicht vorstellen." Und ich war mir auch ziemlich sicher, dass er mich nicht betrügen würde. Wir hatten zwar unsere Meinungsverschiedenheiten, aber das war ja auch normal, wenn man sich erst so kurz kannte.

Am Abend deponierte ich noch ein Nikolauspäckchen in der Außentasche von Rolands Koffer. Mit feinem weißem Tee und der Aufschrift „Bitte am 6. Dezember öffnen." Ich wusste, dass er sich über die Überraschung freuen würde.

Bevor er sich am Morgen auf den Weg machte, umarmte Roland mich und murmelte: „Ich bin so froh, dass ich dich habe. Ich weiß ja, dass du recht hast. Ich habe unrecht. Immer. Ich liebe dich so sehr. Ich will nur, dass du glücklich bist. Wenn es mit uns nichts wird, dann suche ich jemanden, der dich glücklich macht. Und ich bleibe für immer allein. Nach dir kann es keine andere geben."

„Roland, sag das nicht. Lass uns schauen, dass wir

das hinbekommen."

„Das will ich doch auch, mein Schatz. Das mit der Hochzeit, das kriegen wir hin. Genauso, wie du es dir wünschst. Das soll der schönste Tag in deinem Leben werden. Ich bin ein alter Einsiedler, aber ich will ein Leben mit dir, mit deinen Freunden und mit deiner Familie. Und unseren Kindern. Du bist mein Schmetterling, so fröhlich und so bunt und so lebendig. Und deshalb sollst du auch nicht in Weiß heiraten. Aber wir machen es, wie du willst. Von jetzt an wird alles anders. Und wenn ich in meinen alten Trott zurückfalle, dann musst du mich treten."

Er konnte so ein Schatz sein.

Wir küssten uns und starteten in unseren Single-Alltag. In dem Wissen, keine Singles zu sein.

Am Abend rief Roland an. Er hatte das Päckchen gefunden und gleich aufgemacht: „Du, ich hab aber nichts für dich. Ich wusste nicht, dass ich dir zum Nikolaus was schenken muss. Bist du mir böse?"

„Roland, beim Schenken geht es doch nicht ums Müssen. Sondern darum, dass man dem anderen eine Freude machen will. Das macht doch …"

„Also, jedenfalls habe ich nichts. Und wenn ich ganz ehrlich bin, mag ich auch nicht so unter Druck gesetzt werden."

Wieder ein Schuss nach hinten losgegangen: „Roland, ich wollte dich nicht unter Druck setzen. Tut mir leid. Dann leg es einfach beiseite und wir betrachten das als Weihnachts …"

„Nein, ich geb doch mein Geschenk nicht her. Geschenkt ist geschenkt. Wiederholen ist gestohlen."

Für jemanden, der kein Geschenk wollte, verteidigte er es ziemlich vehement. Ich lenkte das Gespräch um auf weniger heikle Themen als lieb gemeinte Geschenke meinerseits. Massenmörder oder so.

Hannes

Einige Tage später ging ich als Nicht-Single ganz ohne irgendwelche beziehungstechnischen Hintergedanken entspannt mit meiner Flugzeugbekanntschaft Hannes essen. Obwohl mich das eigentlich nicht interessierte, konnte ich seine Attraktivität nicht übersehen: Strahlend grüne, tiefe, klare Augen, volle Lippen, ein warmes Lächeln, das seinen Mund selbst dann umspielte, wenn er nicht lachte, Sportlerfigur – und unter dem Hemd bestimmt ein Sixpack. Er war begeisterter Tennisspieler, und trotz meiner wiederholten Warnung, dass ich seit 20 Jahren nicht gespielt hätte und daher bestimmt keine gute Partnerin sein würde, verabredeten wir uns. Er lachte: „Da mach dir man keine Sorgen, solange ich auf dem Platz stehen und auf kleine gelbe Bälle hauen darf, geht es mir gut. Du weißt doch, wir Männer sind einfach gestrickt."

Tatsächlich, einige Tage später standen wir auf dem Tennisplatz und Hannes schlug auf Tennisbälle ein. Nun ja, „einschlagen" war nicht das richtige Wort. Er lupfte sie vor meinen Schläger, so dass wir sogar einige längere Ballwechsel hinbekamen. Immerhin, er musste rennen – was leider ausschließlich meiner mangelnden Kontrolle über diese gemeinen kleinen Filzkugeln geschuldet war.

Nach dem Austausch Tag ließen wir den Abend

entspannt ausklingen, und es wurde später als geplant; wir plauderten und lachten glatt über meine Telefonzeit mit Roland hinweg. Dummerweise hatte ich mein Telefon in der Umkleidekabine vergessen und sah es erst im Bus: Roland hatte fünfzehn Mal versucht, mich zu erreichen und hatte mir auch zwei SMS geschickt: „Schatz, wo bist Du? Ich kann Dich nicht erreichen. Ich mache mir Sorgen. Ruf mich an! Dein Roland", und, eine halbe Stunde später: „Schatz, ich kann Dich nicht erreichen. Bitte ruf an. Mit wem bist Du zusammen? Roland".

Zu Hause rief ich ihn sofort an und, tatsächlich, er war noch wach.

„Hallo, Roland, hier ist Johanna. Entschuldige, dass ich incommunicado war. Ich habe Tennis gespielt. Mit Hannes. Ich dachte, ich hätte das erwähnt. Tut mir ..."

„Wer ist dieser Hannes? Wie alt ist er? Sei ehrlich! Du hast doch nicht den ganzen Abend Tennis gespielt. Und außerdem heißt das incommunicada, schließlich bist du eine Frau."

Meine Güte, das war jetzt wirklich wichtig! Ich ignorierte den Oberlehrer und versuchte, den Menschen zu erreichen: „Schatz, ich hab dir doch von ihm erzählt, ganz sicher. Meine Flugzeugbekanntschaft. Nein, wir haben erst Tennis gespielt und dann noch ein wenig zusammen gesessen."

„Aha, so nennt man das jetzt also. Bisher hat sich das alles ganz harmlos angehört und jetzt..."

„Jetzt ist es immer noch ganz harmlos. Ich habe mir nichts vorzuwerfen und du hast mir auch nichts vorzuwerfen. Ich frage ja auch nicht jeden Abend, mit wem du einen trinken gehst, während ich noch arbeite."

Klick. Roland hatte aufgelegt.

Eine Viertelstunde später summte das Telefon.

„Schatzele, es tut mir leid. Du, sei nicht böse. Das war dumm von mir. Weißt du, ich hab einfach solche Angst dich zu verlieren. Du bist doch meine Liebe. Meine große Liebe. Du darfst mich nie verlassen. Versprich mir das."

Das fiel ihm bestimmt nicht leicht. Er tat mir leid: „Schatzele, wenn ich mich für jemanden entschieden habe, dann ist das so. Du brauchst dir keine Sorgen zu machen. Hannes ist nett und ich mag ihn, aber du musst mir vertrauen. Ich vertraue dir doch auch."

„Wie, du bist gar kein bisschen eifersüchtig?"

„Nein."

„Meinst du, dass ich keine andere kriegen kann? Dass ich zu alt bin? Wenn du das meinst,…"

„Roland, das hat nichts, aber auch gar nichts mit dem Alter zu tun. Es hat nicht mal was mit dir zu tun. Ich vertraue dir, weil du mein Partner bist. Das ist für mich Geschäftsgrundlage, das hinterfrage ich nicht. Und wenn du dieses Vertrauen jemals missbrauchst, dann war es das."

„Wie, du würdest nicht um mich kämpfen?"

„Nein, ich würde gehen. Ich wäre weg. Punkt."

„Wie – einfach so gehen? Du würdest nicht um mich kämpfen?"

„Nein. Null. Ich bin da oder ich bin weg. Aber ich bin nicht eifersüchtig und ich kämpfe auch nicht. Das gibt's im Film, aber nicht in meinem."

Roland hatte augenscheinlich eine andere Reaktion erwartet. Immerhin war das Thema Hannes fürs erste erledigt.

Am nächsten Morgen lief mir meine Nachbarin

über den Weg. Mit Kinderwagen. Das Kind war entgegen aller Erwartung ein Mädchen und würde Doreen heißen. Ohne Düddelchen. Auch schön. Allerdings hatte sich die neugebackene Mutter das mit dem Kinderglück irgendwie anders vorgestellt – glücklicher: „Wir sind jetzt schon seit drei Tagen zu Hause und sie hat noch nicht eine Nacht durchgeschlafen. Ich bin völlig fertig."

Sollte ich sie aufklären, dass das Monate so bleiben würde und Jahre so bleiben konnte? Nein, das überließ ich dem Leben.

Schließlich hielt das Leben für uns alle immer wieder Neuigkeiten parat. Oder bestätigte das, was wir schon wussten.

So las ich auf meinem nächsten Flug nach Berlin eine Umfrage zum Thema „Ich liebe es, Single zu sein, weil...". Das klang spannend – leider waren die Antworten nicht wirklich überraschend. Augenscheinlich genossen es überzeugte Single-Frauen vor allem, sich nicht mehr zu schminken, zu essen, was sie wollten und sich nicht mehr über alle möglichen Dinge zu ärgern – just diejenigen Dinge, die die Hardcore Single-Männer am meisten genossen. Die Männer hatten jede „übertriebene" Körper- und sonstige Hygiene aufgegeben, genossen voller Wollust das ganze Spektrum körperlicher Laut- und sonstiger Emissionen und hatten jegliches Grünzeug (essbar oder dekorativ) des Hauses verbannt.

Ich hoffte, dass die Auswahl dieser Antworten nicht repräsentativ war. Allerdings fiel mir ein Date aus uralten Zeiten ein, bei dem mich die Unterhosen des jungen Mannes fröhlich von der Wohnzimmerlampe schwingend begrüsst hatten. Ich war nicht weiter ins Detail gegangen, ob die guten Teile irgendeinem Reinheitsgebot entsprochen hatten. Immerhin musste ich sagen, dass Roland, was das Grüne anging, angenehm aus dem Rahmen fiel. So schien sogar die Gemüsesuppe einigermaßen sympathisch. Einigermaßen. Jedenfalls von der Ferne und in der Theorie.

Rolands Woche war so anstrengend gewesen, dass ich ein Taxi vom Flughafen nahm. Das Haus begrüßte mich mit intensivem Suppengeruch. Warum spielte auf einmal die Suppe so eine Rolle in meinem Leben? Ich lehnte ab, trotz Rolands mehrfachen Insistierens und erst recht, als er sich ostentativ durch die Tonlagen schlürfte. Er antwortete einsilbig auf meine Fragen und Bemerkungen, sogar auf die kleine Anekdote von meiner Nachbarin und ihrem Baby, so dass ich froh war, als wir ins Bett gingen. Um ihm einen Gefallen zu tun, legte ich mich zu ihm, aber als er zu schnarchen begann, verzog ich mich auf meine Matratze. Mein liebstes Möbelstück.

Beim Aufwachen sah ich direkt in Rolands Gesicht. Ich lächelte ihn an. Er lächelte zurück. Nach einigen Minuten schweigenden Lächelns stand ich auf und ging ins Bad.

Beim Frühstück fragte Roland: „Sage mal, willst du deinen Lover nicht mehr?"

Ich entschied mich, den „Lover"-Teil zu ignorieren.

„Wieso?"

„Na ja, als du gestern mit ins Bett gekommen bist, da dachte ich natürlich, jetzt gibt's Versöhnungssex. Und dann hast du einfach dagelegen. Und ich hab gewartet wie bestellt und nicht abgeholt. Und heue morgen auch wieder."

„Du hättest ja auch was machen können."

„Nein, das geht nicht. Ich muss mich begehrt fühlen. Ich brauche das Gefühl, dass du richtig scharf bist auf deinen Lover. Sonst geht gar nichts."

Tatsächlich hatte bis auf unser erstes Mal immer ich die Initiative ergriffen. Und das eigentlich ohne befriedigenden Grund.

„Aber das heißt dann ja, dass ich mich nie begehrt fühlen werde," stellte ich wohl doch mit einer gewissen Verwunderung fest.

Er machte sein „Ich kleiner Schelm"-Gesicht: „Ja, wenn du deinen Rolli liebst, dann ist das so. Und außerdem weißt du ja, wie sexy du bist. Sonst würde ich mit dir nicht ins Bett gehen. Also, wenn ich mir vorstelle, die Frau von meinem Chef, die ist schon fast 60. Das könnte ich nicht. Schon allein der Gedanke – die lasche Haut und die Falten… widerlich. Das könnte ich nicht."

Und wieder einmal hatte er es geschafft, mich so ganz nebenbei zu überraschen. Für mich war also ein über 20 Jahre älterer Mann mit Bauch, Falten und welker Haut ein begehrenswertes Gottesgeschenk, für ihn war eine einige Jahre jüngere Frau in zweifelsohne besserem Zustand eine widerliche Zumutung. Ich hatte eigentlich gedacht, dass ihm bewusst wäre, dass ich nicht den Prinzen, sondern die Kröte küsste, das aber hinnahm, weil in jeder Beziehung mal der eine, mal der andere den besseren Deal hat. Dem war aber augenscheinlich nicht so. Während ich noch darüber nachdachte, hatte Roland das Zimmer verlassen.

Wenig später hörte ich ein fröhliches „Ich geh dann Fahrradfahren, Schatz! Bis heute Abend!"

Das hatte ich so nicht erwartet. Nicht, dass es mich störte, schließlich waren wir kein siamesisches Paar, das an der Hüfte zusammengewachsen war. Aber wenn ich das gewusst hätte, hätte ich etwas mit meinen Freunden vereinbaren können. So kurzfristig waren sie natürlich schon verplant.

Aber ich hatte Glück, in der Deutschen Oper lief eine Einführungsveranstaltung zur Oper *Die Zarenbraut*. Die kannte ich nicht, das passte also.

Der Weg in die Innenstadt war mit den öffentlichen Verkehrsmitteln noch viel länger als er mir schon im Auto vorgekommen war. Meine Güte, Roland lebte echt in der Pampa! Aber wir würden ja bald in Zürich zusammenziehen. Wir hatten zwar schon seit einer Weile nicht mehr darüber gesprochen, aber das war ja auch nicht nötig. Es war ja alles klar: Roland würde sich frühpensionieren lassen und in die Schweiz ziehen. Und da ich wusste, wie sehr er seinen Garten liebte, suchte ich schon nach einem Haus für uns, was allerdings angesichts des Immobilienmarktes in Zürich ein ziemliches Unterfangen war.

Immerhin hatte ich so Zeit, um mich einzulesen. Die Story war, wie es sich für eine russische Oper gehört, tragisch: Marfa, eine junge, schöne Kaufmannstochter steht kurz vor der Hochzeit mit ihrem geliebten Lykow, als der Zar die schönsten Mädchen zu sich beorderte, um sich eine Braut auszusuchen. Es kommt, wie es kommen muss: Er erwählt Marfa, und in dem Liebespentagon, das sich inzwischen entwickelt hat, stirbt nicht nur sie, sondern auch Lykow und ihre Nebenbuhlerin – und für deren Geliebten sieht es auch nicht gut aus. Ist schon alles

Mist.

In der Oper erwartete mich dann ein für kulturelle Veranstaltungen typisches Bild: Zwei Männer und zwölf Frauen. Nun ja.

In den folgenden Stunden lasen und hörten wir Auszüge aus der Oper, spielten und tanzten – und, ja, sangen auch ein wenig, allerdings mit begrenztem künstlerischem Wert. Der Blick hinter die Kulissen und das Singen auf der Bühne waren tatsächlich spannend.

Ein wenig merkwürdig war es dann, als die eine Hälfte der anwesenden männlichen Bevölkerung sich entschied, die Marfa zu spielen. Schließlich sei das eine Grenzerfahrung, und wenn man sich auf so etwas einlasse, müsse man auch wirklich jede Grenze hinter sich lassen. „Und als Mann ist es ja auch wichtig, mit seiner weiblichen Seite in Kontakt zu treten."

Alles klar, als Frauen bekamen wir natürlich regelmäßig die Chance, unsere männliche Seite zu erkunden, zum Beispiel wenn wir tanzen wollten. Da waren wir natürlich klar im Vorteil gegenüber den in ihrer Rolle verhafteten Männern.

Seine Marfa war dann ein verhuschtes, schüchternes Geschöpf mit engen Bewegungen, die den Blick kaum vom Boden hob und höchstens flüsterte. Warum sich alle Männer nah und fern in ein solches im wahrsten Sinne des Wortes nichtssagendes Mädchen verlieben sollten, blieb als ewiges Geheimnis im Busen der holden männlichen Maid begraben.

Als sie dann fast alle tot waren und ich auf dem Weg nach Hause, erhielt ich eine Nachricht von Roland. Er hatte den Tag auf dem Fahrrad und auf einer Bank am See verbracht – zum Nachdenken.

Jetzt sass er in einem seiner Lieblingsrestaurants und fragte, ob ich auch kommen wollte. Ich antwortete, dass ich zu einem Workshop in der Oper gewesen sei und noch in der Bahn sässe. Da würde ich es nicht ins Restaurant schaffen. Roland antwortete, ich solle nicht aufbleiben. Es werde spät. Als er dann kam, stieg er dann erst in die Dusche und danach ins Bett. Und schnarchte sofort.

Der Rest des Wochenendes verlief ruhig. Um nicht zu sagen stumm. Augenscheinlich hatte ich etwas falsch gemacht. Auch wenn mir nicht klar war, was das war. War das jetzt mein Leben?

Urs

Noch zwei Wochen bis Weihnachten! Ich streifte durch die Läden und hoffte, auf Dinge zu stoßen, die zu dem einen oder anderen passten. Das war natürlich umso leichter, je besser ich den Menschen kannte. Für Rolands Kinder war es eine Herausforderung, für Roland gar kein Problem.

Ich konzentrierte mich auf Elektronisches: Einen temperaturverstellbaren Wasserkocher für seinen Tee, ein Solar-Ladegerät für sein Telefon, ein Gerät zum Sichern seiner SIM-Karte. Dazu Fahrradkarten für die Gegend um Berlin und ein Schweizer Taschenmesser. Eine Tischdecke, die meine Urgroßmutter gehäkelt hatte; schließlich würden wir bald eine Familie sein. Und noch dies und das. Definitiv keine Schokolade. Einen Teil der Geschenke kaufte ich auch gleich für Christian. Wenn es um technischen Schnickschnack ging, waren doch alle Männer gleich. Ich fühlte mich Roland mit jedem Geschenk näher. Den Gedanken an seine Reaktion auf mein Nikolausgeschenk verdrängte ich. Wahrscheinlich hatte er einfach so lange keine echten Geschenke bekommen, dass er das erst wieder lernen musste. Aber das würde ich schon hinkriegen. Und ich würde ihm auch zeigen, dass ein anderer Mann unsere Beziehung nicht bedrohen konnte.

Ich war erleichtert und überrascht, als Roland mich nach meinen Wünschen fragte. Also war Weihnachten als Geschenke-Gelegenheit akzeptabel. Spontan fiel mir nur eins ein: „Ich wünsche mir, dass eine professionelle Putztruppe kommt und das Haus saubermacht. Eine Woche lang, von oben bis unten. Mindestens vier Leute. Ich bezahle es auch, ich organisiere es, ich überwache es. Von dir wünsche ich mir nur, dass sie kommen dürfen." Bis ich Roland kennenlernte, hatte Waschenbügelnputzen keine spezielle Rolle in meinem Leben gespielt. Das stellte natürlich einen erheblichen Eingriff in Rolands Privatsphäre dar. Deshalb sollte es auch mein einziger Wunsch sein. Allerdings sah ich keinen anderen Ausweg, denn das Haus war einfach zu groß, als dass ich es nur an den Wochenenden von Grund auf reinigen und dann auch noch Rolands Wochendreck beseitigen konnte. Und das wollte ich auch nicht. Es konnte nicht sein, dass ich selbst eine Putzfrau bezahlte und dann an den Wochenenden Roland hinterherwischte. In Zürich musste er sich ohnehin an meine Putzfrau gewöhnen. Das würde noch ein Stück Überzeugungsarbeit werden.

Roland brauchte eine Weile: „So schlimm?"

Ich nickte nur und umarmte ihn, denn ich wusste, dass jedes Wort verletzend wäre.

„Aha. Na, wenn das so ist." Ich nahm dies als Zustimmung. Am liebsten hätte ich das natürlich schon vor Weihnachten durchgezogen, damit sich die Kinder und ich wohlfühlen konnten, aber ich wusste, dass Roland das erst einmal verarbeiten musste.

Auch Rolands Kinder lernte ich beim Geschenkekaufen besser kennen. Natürlich musste die Situation für sie merkwürdig sein. Auch ohne den Altersunterschied - sie standen mir ja altersmäßig näher als er – musste es fremd sein, ihren Vater mit einer neuen Frau zu sehen. Ich machte mir schon etwas Sorgen, wie sie mich aufnehmen würden, aber Roland versicherte mir, dass sie sich freuen, mich kennenzulernen. Trotzdem oder gerade deshalb wollte ich ihnen das Fest so schön machen wie möglich, ohne mich als ihre Ersatzmutter aufzuspielen. Insgesamt ein potenziell heikles Unterfangen, aber mit Rolands Hilfe würde das schon klappen.

Ich kaufte auch für die beiden Schweizermesser und ließ ihre Namen eingravieren, dazu ein paar Kochbücher, ein Seidentuch aus China für Marie, eine Krawatte aus Thailand für Frank, das sollte passen. Und natürlich keine Schokolade, stattdessen Basler Läckerli, eine Art Lebkuchen.

Bei einem meiner Ausflüge in die Bahnhofstrasse, in der die weihnachtlichen Lichterketten unzählige Sterne vom Himmel regnen ließen, schaute ich auch nach einem festlichen Kleid. Nicht, dass ich Weihnachten im Ballkleid feiern würde, aber einfach mal schauen. Vielleicht für einen Abend in der Philharmonie. Der Laden würde in zehn Minuten schließen, aber für einen Blick sollte es reichen. Im obersten Stockwerk mit den großen Roben war ich noch nie gewesen – und wurde daher von den Brautkleidern überrascht. Ein Brautkleid! In Weiß. Ich schaute mich um. Ich war allein. Niemand würde es merken. Ich könnte ja ein Kleid anprobieren, das mir zu klein wäre, dann würde es auch nicht so wehtun, wenn ich Roland nachgeben und auf diesen Traum verzichten würde. Er machte jetzt abfällige Bemerkungen über jedes weiße Kleidungsstück, und er wechselte die Straßenseite, wenn wir an dem Brautmodenladen bei ihm um die Ecke vorbeikamen. Es war ihm sehr, sehr wichtig, dass ich keine Braut in Weiß wäre. Trotzdem, einmal wollte ich so ein Kleid auf meiner Haut spüren. Nur einmal. Braut sein.

Zitternd nahm ich einen Traum aus Seide, Rüschen und Tüll von der Stange und zog ihn über den Kopf in der sicheren Erwartung, dass er nicht passen und ich mich dann ärgern würde über meinen dummen Traum. Aber das Kleid passte. Perfekt. Der Stoff war kühl und angenehm auf der Haut. Das ganze Kleid raschelte, als ich den Rock anhob, um ihn ja nicht dreckig zu machen. Ich hörte die Verkäuferin: „Entschuldigen Sie bitte, wir schließen gleich. Kann ich Ihnen helfen?" Ich trat aus der Umkleidekabine. Nur ein paar Schritte laufen. Das Rascheln hören. Sie sprang mir zur Seite: „Warten Sie, ich mache die Schleife zu. So, jetzt ist es perfekt. Oh, was für eine wunderschöne Braut! Schauen Sie, ich halte Ihnen den Spiegel, dann können Sie sich von allen Seiten sehen. Es ist perfekt für Sie. Das habe ich auch selten. Wir müssen gar nichts ändern." Ich schloss die Augen. Ich wollte mich nicht sehen. Das Kleid zu spüren, war schon genug. Zu viel. Aber ich musste es ja ausziehen. Und in der Kabine stand auch ein Spiegel. Unerbittlich. Sie hatte recht gehabt. Wie sehr ich auch versuchte, mir einzureden, dass ich aussähe wie eine lächerliche Sahnetorte, was ich sah, war eine wunderschöne Braut. Die Braut, von der ich schon als Kind geträumt hatte. Raus, ich musste raus. Nur weg hier.

Als ich am Freitag bei Roland eintraf, zeigte ich ihm meine Ausbeute für die Kinder. Er meinte: „Du, das ist wirklich lieb von dir. Aber das musst du nicht machen, das erwarten sie nicht. Und bring ihnen nichts Süßes mit, ich will nicht, dass sie dick werden."

„Schatzele, ich habe extra keine Schokolade gekauft. Ich weiß, wie sehr du das hasst. Aber deine Kinder sind schließlich erwachsen. Das können sie bestimmt einschätzen. Auf den Fotos sah …"

„Na ja, Frank ist schon etwas pummelig. Und ich finde, als Vater muss ich darauf achten."

Das hatte schon eine gewisse Komik, dass der stattlich bewampte Roland, der die Truffes du Jour inhaliert und inzwischen auch meinen Schokoladenvorrat gefunden und vernichtet hatte, jetzt dem Übermaß so abhold war: „Roland, wenn sie das bis jetzt nicht gelernt haben, wirst du an den paar Tagen im Jahr, an denen du sie siehst, auch keinen großen Unterschied machen. Da solltest du nicht an ihnen rumerziehen, sondern die gemeinsame Zeit genießen. Und bald drehen sich ja sowieso die Rollen um."

„Wie meinst du denn das?"

„Der Lauf der Zeit. Irgendwann geben die Kinder die Richtung vor. Und das müssen die Eltern lernen anzunehmen."

„Also, das sollten sich meine Kinder lieber nicht herausnehmen."

„Wie war das denn bei dir und deinem Vater? Hast du ihm nicht auch mal einen Rat gegeben?"

„Das war was ganz anderes. Ich war der erste in der Familie mit Studium, da war ich natürlich das Familienoberhaupt."

„Tja, und deine Tochter wird in Gesundheitsfragen das Familienoberhaupt sein. Das ist eben so. Und das ist nichts anderes als bei dir und deinem Vater."

„Doch, das ist es."

Ich lachte und umarmte ihn: „Deshalb, weil du die Krone der Schöpfung bist, nicht wahr, mein Schatz?" Ich küsste ihn auf den Mund, aber er küsste nicht zurück. Dann eben nicht. Vielleicht war er ja auch noch verletzt wegen unserer allabendlichen Suppendebatte.

Am Samstag putzte ich wieder, während Roland mit dem Fahrrad unterwegs war. Die Kinder sollten sich wohl fühlen, und es war nur noch eine Woche bis Weihnachten. Mit der Aussicht auf den Putztrupp war es auch nicht mehr so schlimm – zumal diese Leute nicht denken sollten, dass das alles mein Dreck sei. Und ich hatte ein Funktelefon gekauft, so konnte ich beim Saubermachen mit meinen Freundinnen und mit Christian telefonieren.

Am Abend gingen wir aus. Das Rheingold. Zum Glück konnte ich Rolands Vortrag im Auto relativ schnell abwürgen, und während der Aufführung übernahmen unsere Sitznachbarn die Kontrollfunktion.

Am Sonntag fuhr Roland wieder Fahrrad, während ich auf dem Hometrainer strampelte. Roland wollte nicht, dass ich in ein Fitnessstudio ging: „Na, so weit kommt es noch, du mit diesen durchtrainierten Affen, die dich anstarren. Wenn du mich liebst, gehst du da nicht hin. Ich will auch nicht, dass du das in Zürich machst." Ich zog es vor, nicht zu antworten. Ich kam ja tatsächlich kaum noch ins Training.

Mittags kochte Roland wie immer aufwändig und alleine, quer durch seine Lieblingsgerichte, einschließlich Täubchen mit Leberfüllung. Offensichtlich hatte er unser Gespräch vergessen. Ich lobte, was das Zeug hielt und ass um die Leber herum. Roland ass meine Reste, einschließlich Leber. Manchmal löst sich ein Problem eben von selbst. Auch zwischendurch sandte er mir voller Stolz Fotos seiner lukullischen Meisterleistungen und ich lobte, allerdings war das weniger anstrengend, weil meistens eine Runde reichte. Das konnte er ja immer wieder lesen. Vielleicht sollte ich mir Schilder basteln wie die Ringrichter beim Eiskunstlauf, die ich dann nur noch hochhalten könnte: „Wie lecker!" „Das Leckerste, was ich je gegessen habe." „Wo hast du nur kochen gelernt?" „Wie machst du das nur? Niemand kocht so gut wie du!" „Nieder mit Bocuse! Lang lebe Bergner!" Ich glaube nicht, dass er solche Schilder als Weihnachtsgeschenk witzig fände. Ich schon.

Wir hatten inzwischen unseren Wochen- und Wochenendrhythmus, unterbrochen von den obligaten Weihnachtsfeiern. Nicht mehr die rauschenden Feste in teuren Restaurants wie früher, aber wenigstens konnte ich wieder einmal mit Kollegen sprechen, die ich in den Alltag nicht auch noch einschieben konnte.

Bei der Feier unserer Abteilung kam Urs auf mich zu, strahlend und gut aussehend wie immer. Ich war Tinas Rat gefolgt und hatte mich nicht mehr bei ihm gemeldet. Und, wie erwartet, auch von ihm nichts gehört: „Hey, Jo! Wie geht's? Meine Güte, wir haben uns ja schon Ewigkeiten nicht mehr gesehen. Mindestens seit dem Sommer, oder? Was machst du so?"

„Ja, das ist wirklich schon gar nicht mehr wahr. Du, mir geht es gut."

„Ist das ein Verlobungsring? Heiratest du?"

„Ja, ich bin verlobt."

„Echt? Das ist ja ein Zufall. Ich bin auch verlobt. Weißt du, ich hatte ja mal gedacht, dass das mit uns beiden was werden könnte, aber du hast nie was gesagt. Und dann habe ich auf einer Hochzeit meine Verlobte kennen gelernt. Anke. Wir haben uns sofort verstanden und am nächsten Tag hat sie um meine Hand angehalten. Im Juni ist es so weit."

Ich war geplättet: „Also, du hast auf einen Antrag von mir gewartet?"

„Na, Jo, du weißt doch, wie es ist: Männer heiraten nicht, Männer werden geheiratet. Ohne Anke würde ich Single bleiben. Aber, erzähl, kenne ich ihn?"

„Du, entschuldige, Urs, da hinten ist gerade Vincenz, ich muss noch was mit ihm besprechen." Das Gespräch hatte schon lange genug gedauert. Den Rest des Abends mied ich Urs. Und es war mir auch egal, ob er es merkte. Auch ich hatte eine Grenze.

In der Nacht schlief ich nicht gut. Das Licht im Haus gegenüber fand seinen Weg in meinen Schlaf.

Ich war davon überzeugt, dass ich umziehen müsste in diese hell erleuchtete Wohnung, und das sofort. Dieser Gedanke machte mir Angst. Ich wachte von meinem eigenen Schreien auf.

Amélie Bastet

Und dann war es da: Das Wochenende vor Weihnachten. Ich war aufgeregt, endlich Rolands Kinder zu treffen. Ich hatte es tatsächlich geschafft, zwischen Weihnachten und Neujahr Urlaub zu bekommen, weil ich ja sozusagen Familie hatte. So freute ich mich auf mehr als eine Woche Ferien. Ich war gespannt – so viel Zeit hatten Roland und ich noch nie am Stück miteinander verbracht.

Roland holte mich vom Flughafen ab, „damit du den Koffer nicht alleine schleppen musst." Wobei er mir mit seinem Knie natürlich nicht helfen konnte.

Ich hatte gehofft, dass er mir die Suppendebatte ersparen würde, sozusagen als vorgezogenes Weihnachtsgeschenk, aber so viel Glück war mir nicht vergönnt. Immerhin muckte er danach nicht auf, als ich auf meine Matratze entschwand.

Am Samstag kaufte Roland dann ein wie für das Trainingscamp einer Kochakademie. Nur ohne Schokolade.

Wir kamen an einer Lotto-Annahmestelle vorbei. Es winkte ein 52-Millionen-Euro Jackpot.

„Hast du das gesehen, Roland? 52 Millionen! Stell dir mal vor, wenn man da gewinnen würde! Komm, lass uns spielen! Nur zum Spaß."

„Ich weiß, dass ich nicht gewinnen werde. Weil ich nicht spielen werde."

„Roland, sei doch nicht so ein Muffel. Also, wenn du gewinnen würdest, was würdest du machen?"

„Aktien kaufen vielleicht. Aber weißt du überhaupt, wie hoch da die Wahrscheinlichkeit ist? Null."

„Das weiß ich auch. Aber ich erwarte ja nicht, dass ich gewinne, sondern ich kaufe mir ein bisschen Träumen. Und das kann mir keiner nehmen, selbst wenn ich nicht gewinne. Und wenn ich was gewinne, umso besser. Also, meine Mutter hat immer gespielt. Und von ihren Gewinnen sind wir essen gegangen und sie hat sich was Neues zum Anziehen gekauft und ..."

„Was, so viel hat sie gewonnen?"

„Nein, eben nicht. Aber das war ja gerade der Punkt. Sie hat nicht zwanzig Mark gewonnen, sondern ein wenig Unvernunft."

„Dann hat sie also das Geld zum Fenster rausgeworfen?"

„Nein. Sie hat sich einen Traum gekauft. Und den hat sie dann ein bisschen gelebt."

„Mit Verlaub, so was Blödes hab ich lange nicht gehört."

Ich wollte nicht aufgeben: „Aber jetzt nimm doch einfach mal an, du hättest auf einmal zig Millionen. Was würdest du machen?"

„Ich sagte doch, das weiß ich nicht. Aktien vielleicht."

„Aber Aktien machen doch keine Freude, wenn du sowieso schon genug Geld hast. Und du hast mir doch gesagt, du wolltest etwas für Kinder tun. Eine

Stiftung, eine Schule oder so. Im November, auf dem Boot nach Luzern. Dein großer Lebenstraum." Der erste Moment, in dem ich mich ihm so nah gefühlt hatte, schien auf einmal weit entfernt.

„Ja, vielleicht," blaffte er.

Wahrscheinlich musste er sich gerade auf den Straßenverkehr konzentrieren. Dafür hatte ich Verständnis. Ich wartete, bis wir bei ihm waren und ließ ihn noch ein wenig mit dem Gedanken spielen.

„Und, ist dir was eingefallen?"

„Was sollte mir eingefallen sein?"

„Was du mit dem Geld machen würdest. Aus der Lotterie."

„Johanna, das Thema hatten wir doch nun."

Vielleicht fehlten ihm wirklich die Ideen. Mir nicht: „Also, ich weiß, was ich machen würde. Ich würde erst mal ein richtig schönes Haus für meinen Bruder kaufen. Mit Gästewohnung für mich. Und für alle meine Freunde, die Kinder haben, auch Häuser. Und für die Kinder das Studium finanzieren. Für Anna natürlich auch. Und ich würde mit dem Chor irgendwo auftreten, wo wir sonst nie hinkommen würden und alle meine Freunde und Verwandten einladen. Vielleicht in der Oper in Sydney oder der Philharmonie. Oder im Amphitheater von Epidauros, dann tun wir auch gleich noch was gegen die Griechenland-Krise. Du, da habe ich mal gesungen, da muss ..."

„Oder die Carnegie-Hall. Das scheint mir passender." Rolands Ton fetzte das Hochgefühl, in das ich mich gerade geredet hatte, in Stücke.

„Roland, das war gemein."

„Ich bin nur ehrlich. Deine kleinen Sängerknaben

und -mädels in der Oper in Sydney. Das glaubst du doch selbst nicht. Und überhaupt: Wenn ich gewinne, dann ist das mein Geld und damit mache ich, was ich will. Ich sehe überhaupt nicht ein, warum ich das mit irgendwem teilen soll. Und im Übrigen ist das Theater in Epidauros kein Amphitheater. Ein Amphitheater bildet nämlich einen geschlossenen Kreis, während das Theater in Epidauros offen ist."

Interessierte mich das jetzt? War das das große, edle Herz, mit dem das meine im Einklang schlagen wollte?

Wir verstauten die Einkäufe und Roland meinte fröhlich: „Schatzele, jetzt machen wir es uns richtig schön, nicht wahr? Ich freue mich so auf das Weihnachten mit dir."

Wir waren schon jenseits der Mittagszeit, so dass sich Roland zum Kochen zurückzog und ich – nun ja, ich putzte.

Am Sonntag, nach Rolands Fahrradtour, kam das schon lange erwartete SMS von Lars: „Liebe Freunde, Amélie Bastet ist endlich da! Das perfekteste Geschenk, das wir uns wünschen konnten. Mutter und Kind sind wohlauf, Mutter und Vater überglücklich und kaputt!"

Ich zeigte das SMS Roland. Er umarmte mich: „Schatz, das wünsche ich mir auch! Eine Schwangerschaft, das ist das größte Geschenk, das eine Frau einem Mann machen kann. Es muss auch gar nicht zu Weihnachten sein. Was meinst du?" Er küsste mich.

„Wann wollen wir die beiden besuchen, Roland? Nein, die drei, natürlich. Vielleicht am 27.?"

„Mal schauen. Jetzt ist erst mal Weihnachten."

Irgendwie fehlte Roland die wahre Begeisterung, wenn es darum ging, meine Freunde zu sehen. Auch das Thema Hochzeit hatten wir nicht weiter besprochen, und das war mir derzeit auch ganz lieb. Damit stellte sich auch das Kinderthema nicht akut.

„Du, wir sollten schon die Chance nutzen, sie zu sehen, wenn ich schon mal in Berlin bin. So oft bin ich ja nicht hier, und bald immer weniger."

„Ach, gut, dass du es ansprichst, Johanna. Wir sollten auch anfangen, einen Job für dich zu suchen. Am Jahresanfang wird meistens ein ganzer Schwung neuer Jobs ausgeschrieben. Irgendwo bei einer Behörde, damit du geregelte Arbeitszeiten hast, wegen der Kinder", strahlte Roland mich an. „Ich gehe mal nicht davon aus, dass du aufhörst zu arbeiten, nicht wahr? Das wäre mir sehr lieb. Ich fühle mich einfach sicherer mit zwei Einkommen, und wenn wir unseren Lebensstandard trotz Kindern halten wollen, dann brauchen wir das auch. Am Haus muss auch einiges gemacht werden." Er strahlte immer noch.

Ich atmete tief durch: „Roland, das haben wir so nicht vereinbart. Du wolltest in die Frührente gehen und zu mir nach Zürich ziehen."

„Ach, Schatz, ich habe es mir halt nochmal überlegt. Und ich verdiene doch auch viel mehr als du."

„Roland, das ist das genaue Gegenteil von dem, was wir abgemacht hatten. Und woher willst du wissen, wie viel ich verdiene? Darüber haben wir nie gesprochen. Du hattest …"

„Schatzele," unterbrach er mich: „nun sei doch nicht böse mit deinem Rolli. Bittebitte."

„Roland, hier geht es nicht um Bösesein mit meinem Rolli, hier geht es um …"

„Bittebittebitte, nicht böse sein."

„Roland, unterbrich mich nicht dauernd. Hier geht es nicht um die Frage, ob wir am Sonntag ins Kino gehen, sondern um ..."

„Bittebittebittebitte, sei wieder gut."

„Roland, ich versuche, eine Kommunikation unter erwachsenen Menschen zu führen. Wenn du dazu nicht in der Lage oder willens bist, dann macht das keinen Sinn."

Rolands Mund sprach klein und spitz auf mich herab: „Das hat überhaupt nichts mit erwachsen zu tun, sondern nur mit Liebe. Wenn du mich liebst, dann ziehst du zu mir."

Ich nahm sein Gesicht in beide Hände und schaute ihm in die Augen in der Hoffnung, dass er mir dann zuhören würde. Er fühlte sich nicht wohl und bat mich wortlos, ihn in Ruhe zu lassen und einfach zuzustimmen. Aber da musste er jetzt durch: „Roland, ich will nichts sagen, was mir nachher leidtut, schon gar nicht, wenn bald Weihnachten ist. Aber ich sage dir trotzdem, dass ich in dieses Haus nicht ziehen werde. Hier geht es um einen Basisentscheid in unserer Beziehung, den wir gefällt haben, wobei die Idee sogar von dir kam, den kannst du nicht so einfach einseitig umstoßen."

„Auch gut." Roland kniff die Lippen zusammen, drehte sich um und hinterließ mich sprachlos.

Unser Gespräch hatte nicht gerade zu einer festlichen Stimmung beigetragen, so dass ich meine mentale rosarote Brille nur mit Gewalt krampfhaft auf die Nase bekam. Es war schwer, mich zu überzeugen, dass mich Marks Bemerkung nicht so verwirrte und verletzte wie es nun leider der Fall war. Wahrscheinlich stand Roland einfach unter Stress, so kurz vor meinem ersten Treffen mit seinen Kindern. Ich wollte es nicht schlimmer machen für ihn. Aber ich wollte auch nicht mein ganzes Leben aufgeben und schon gar nicht in dieses Haus ziehen. Mist, wo war die doofe Brille schon wieder hin?

Roland hatte sich in sein Arbeitszimmer verzogen und rauchte. Ich wusste, wie sehr ihn solche Diskussionen anstrengten und ließ ihn zur Ruhe kommen. Kurz danach hörte ich ihn schnarchen. Ich ließ ihn schlafen und nutze die Zeit, um Geschenke zu verpacken, zu telefonieren und – zu putzen.

Und in der Nacht dann wieder so ein Traum. Diesmal wuchs das Haus um mich herum, wie eine Bazille, die sich immer und immer wieder teilte; mehr und mehr Zimmer kamen dazu. Und weil das Grundstück nicht mitwuchs, wurde es immer enger, und die äußeren Zimmer drängten über die inneren. Und ich lag in der Mitte. Ich stand auf und suchte den Ausweg, aber um mich herum waren nur Wände. Wände, die näher kamen. Wände, die mich erdrücken würden. Ich schrie.

Roland rannte ins Zimmer, erstarrte und starrte mich an. Ich hatte ihm erzählt, dass ich schlafwandelte. Dann müsste er nur sagen: „Es ist alles in Ordnung. Ich kümmere mich darum. Geh du ins Bett." Das half immer. Das hatten schon meine Eltern so gemacht.

Stattdessen umklammerte er mich, zerrte mich in sein Schlafzimmer, ins Bett und hielt mich fest. Ich erstarrte, sortierte meine Gedanken und brachte mein in Panik rasendes Herz unter Kontrolle, bis ich die Ruhe fand, mich aufzuwecken. Jetzt flüsterte er auf einmal: „Ganz ruhig. Ganz ruhig. Ich bin ja da. Dein Roland ist da. Schlaf einfach weiter." Nach einigen Minuten schnarchte er. Nach einer quälenden Ewigkeit konnte ich mich aus seinen Armen winden und in mein Bett gehen.

Am nächsten Morgen ließ ich ihn ausschlafen und machte das Frühstück. Als Roland herunterkam, umarmte er mich und lächelte mich stolz an: „Weißt du, dass du in der letzten Nacht schlafgewandelt bist? Ich hab da mal einen Artikel gelesen. Schlafwandler darf man nicht wecken, deshalb habe ich dich einfach ganz festgehalten, und alles war gut. Na, wie hab ich das gemacht?"

Falsch. Alles falsch hast du gemacht. Du hast mich in Panik versetzt, und wenn ich nicht auch im Halbschlaf bewusster wäre als du, hätte ich mich gewehrt und die Kinderfrage gleich mitgeklärt. Für dich final. Nein, das warf ich ihm natürlich nicht an sein stolz erhobenes Haupt. Stattdessen erwiderte ich: „Roland, das war bestimmt lieb gemeint, aber ein Zeitungsartikel ist ein Zeitungsartikel. Ich hatte dir ja gesagt, dass ich manchmal schlafwandle. Und ich hatte dir auch gesagt, was du dann machen sollst."

„Ja. Ich soll dich wieder ins Bett schicken."

„Und warum hast du das nicht einfach gemacht?"

„Davon stand nichts in dem Artikel. Und außerdem darf man Schlafwandler nicht ansprechen."

„Es geht hier aber nicht um den Schlafwandler an sich, sondern um mich. Und ich kenne mich am besten. Jedenfalls besser als irgendein Zeitungsartikel. Im Übrigen ist es auch ein Märchen, dass Schlafwandler am Morgen nichts erinnern."

Das Frühstück war ein leises, ebenso wie der Tag.

Frank

Ich wachte in dem Bewusstsein auf, dass es ein besonderer Tag war. Aufgeregt, fast wie als Kind. Nur, dass es nicht um den Heiligen Abend, die festliche Stimmung oder die Geschenke ging, sondern um einen wirklich großen Schritt. Ich würde Rolands Kinder kennenlernen.

Roland brachte mir Rührei an die Matratze. Mir wurde schlecht und ich stürzte aufs Klo.

Roland lief mir hinterher: „Schatzele, was ist denn? Ist dir schlecht? Schatzele, heißt das ... oh, das ist das schönste Weihnachtsgeschenk. Schatz, du machst mich so glücklich."

Ich schloss die Klotür. Bei gewissen Dingen will man schlicht alleine sein. Als ich wieder herauskam, stand Roland vor der Tür und umarmte mich so stark, dass mir wieder schlecht wurde: „Meine Liebe, meine große Liebe! Siehst du, jetzt wird alles gut."

Ich unterdrückte den Brechreiz und entwand mich der Umarmung: „Roland, was meinst du damit?"

„Na, weißt du das denn nicht, mein Dummerle? Eine Frau, mein Frauchen, dem morgens schlecht wird – da schlägt mein Schwanger-o-Meter kilometerweit aus."

„Roland, ich nehme die Pille. Und ich habe dir auch gesagt, dass mir von Eiern am Morgen schlecht wird. Ich vertrage den Geruch nicht und essen kann ich sie schon gar nicht."

Rolands Energie entwich wie die Luft aus einem angestochenen Luftballon. Ich glaubte sogar, ein „Pfft" zu hören. Ich wollte ihm nicht wehtun, aber ich konnte ja nicht schwanger werden, nur um ihm eine Freude zu machen. Zumal Roland in letzter Zeit nur noch von meiner vorzugsweise schnell und wiederholt herbeizuführenden Schwangerschaft sprach, nicht aber von den daraus resultierenden Kindern.

Ich nahm das am Frühstückstisch auf: „Roland, du sprichst ja immer wieder davon, wie sehr du dir wünschst, dass ich schwanger werde. Aber so eine Schwangerschaft führt ja zu etwas, und mir ist noch nicht ganz klar, ob du eigentlich Kinder willst. Immerhin hast du schon zwei und wirst vielleicht bald Großvater."

Roland schaute mich an, kniff die Augen leicht zu, grübelte nahezu hörbar und sagte nach einer gefühlten Ewigkeit: „Das weiß ich nicht."

„Wie, das weißt du nicht?"

„Das heißt, ich weiß nicht, ob ich nochmal Kinder will."

„Roland, aber du willst doch, dass ich die Pille absetze. Und du weißt nicht, ob du Kinder willst?"

„Na ja, dass du die Pille absetzt, heißt ja erst mal nur, dass du mich liebst und ein Kind von mir willst. Ob es dann klappt, ist eine andere Frage."

Ich bemühte mich, liebevoll und ruhig zu klingen: „Roland, ich kann doch nicht die Pille absetzen, nur um dir zu zeigen, dass ich dich liebe."

„Doch. Und dann schauen wir, ob etwas passiert."

„Nein, Roland. Das kann nur Peter Pan im Nimmerland. Wenn etwas passiert, bin ich schwanger und deine Twen-Kinder bekommen ein Geschwisterchen. Und du bist Vater von einem Baby, mit allem, was dazugehört. Willst du das? Richtig Vater sein, gleichberechtigt?"

„Das weiß ich nicht. Na ja, ich meine, ich wäre dann eher so etwas wie ein Opa."

„Und, willst du das, ein Kind, das dich als Opa ansieht?"

„Mein Gott, wenn du das so sagst, dann klingt das so hart. Ich hätte halt eine andere Rolle. Vorlesen und auf dem Schoß sitzen lassen und all das. Und ich würde immer zu dir und dem Kind stehen."

„Definiere 'zu mir und dem Kind stehen', bitte."

„Ich war immer ein guter Vater. Da kannst du auch meine Kinder fragen. Ich würde euch nie im Stich lassen, dem Kind würde nie etwas fehlen. Ich würde immer zahlen."

Nachdem Roland mir so oft von seinen Erlebnissen mit den Kindern erzählt hatte, hatte ich ihn eigentlich weniger als bloßen Zahlvater gesehen: „Natürlich würdest du zahlen. Und es ist gut, dass du das auch so siehst. Aber das ist das Minimum. Das macht dich nicht zu einem guten Vater."

Das Unverständnis senkte sich über Rolands Augen wie eine Jalousie. Ich sah ihm an, dass er mir nicht folgen konnte. Aber ich wusste, dass wir keine Kinder haben würden. Meine ungezeugten Kinder hatten einen Vater verdient, der sie wollte, der sie aufheben würde, wenn sie fielen. In jedem Sinne. So wie Christian seine Larissa und seine Leanne, Lars seine Amélie, Jon seine Cordelia und Malte seinen Karl und seine Zora. Zum Glück hatte ich das in der Hand. Wir mussten das nicht vertiefen.

„Sage mal, Roland, hast du denn deine Geschenke schon verpackt?"

„Nee, das mache ich nicht. Das ist zu viel Aufwand. Und außerdem reißt man die Packung sowieso auf und dann ist es nach zwei Minuten vorbei und man sitzt im Müll."

„Oh, super! Roland, der Umweltschützer. Klasse. Ist aber auch kein Problem. Ich nehme jedes Jahr dieselben Geschenktüten. Oder Kalenderblätter. Und außerdem hatte ich eine Idee für die Bescherung, damit es nicht so ratzfatz geht und wir uns etwas kennenlernen."

„Und was?"

„Na ja, ich habe das Spiel des Wissens mitgebracht. Wenn man eine Frage richtig beantwortet, darf man ein Paket öffnen. Was meinst du?"

„Na, wenn du meinst."

„Schatz, wir müssen das nicht machen. Ich dachte nur, es wäre noch eine schöne Idee, weil wir so etwas zum Reden haben und uns nicht betreten anschweigen. Was macht ihr denn zu Weihnachten?"

„Geschenke, Essen und Lesen. Aber ich finde deine Idee gut, lass es uns so machen."

„Also, wir besprechen das einfach mit den Kindern und dann entscheiden wir gemeinsam. Es soll ja allen Spaß machen."

„Das ist lieb von dir, dass du so an die Kinder denkst. So machen wir es." Wir küssten uns.

„Roland, soll ich deine Geschenke für die Kinder verpacken? Ich habe genug Tüten und Bänder und alles dabei."

„Also, wenn du schon dabei bist. Warte schnell, ich hole die Sachen."

Roland brachte mir einen flauschigen lila Kaschmirpullover für Anna und verschwand wieder. Kurz darauf hörte ich ihn: „Scheiße! So ein Mist! Das kann doch nicht wahr sein! Wo ist das Scheißding? Ich hab sie doch ... Schatz! Kommst du mal?"

Er stand vor seinem Kleiderschrank, seine Anzüge lagen auf dem Boden, dazwischen Pullover, Jeans und Schuhe: „Schatz, ich finde die Manschettenknöpfe für Frank nicht. Ich hatte ihm dieselben gekauft wie ich sie trage. Und jetzt finde ich sie nicht."

Der Kleiderschrank war leer – dort würde auch ich sie nicht finden: „Gut, erinnerst du dich, dass du sie in den Schrank getan hast?"

„Ich habe alle Geschenke in den Schrank getan."

„Erinnerst du dich, ob die Knöpfe dabei waren?"

„Nein."

„Wann hattest du sie zuletzt, also ganz sicher?"

„Im KadeWe, im Bulgari-Laden, da habe ich sie gekauft und die Verkäuferin hat sie in eine Tasche gepackt."

„Welche Farbe hatte die Tasche?"

„Schwarz."

„Wo bist du nach dem Bulgari-Laden hingegangen?"

„In die Feinschmecker-Abteilung. Zu den Austern."

„Da hattest du die Tasche noch?"

„Ja, ich habe sie auf den Boden gestellt, und dann – Mist, ich habe sie stehen lassen."

„Na gut, dann rufen wir jetzt beim Kundendienst vom KadeWe an und fragen, ob die Tasche abgegeben wurde."

Leider war der Finder augenscheinlich nicht vom weihnachtlichen Geist christlicher Nächstenliebe erfüllt gewesen. Niemand hatte die Tüte oder die Schachtel mit den Manschettenknöpfen abgegeben. „Stell dir einfach vor, dass sich jemand freut, der sich so etwas Teures nie hätte leisten können," versuchte ich, ihn aufzuheitern: „Vielleicht ist das erste Mal, dass er Glück hatte im Leben. Er hätte es abgeben sollen, aber immerhin."

„Blödsinn. Das ist ein gemeiner Dieb."

„Du hast ja recht. Aber versuch doch, eine positive Geschichte drum herum aufzubauen, wenn du es eh nicht ändern kannst. Du hast die Wahl, ob du dich ärgerst. Aber jetzt, wo es so ist, wie es ist, was machen wir? Wollen wir nochmal los?"

„Nein, danach ist mir jetzt wirklich nicht. Und bis wir in der Stadt sind, sind die Läden zu."

Da hatte er recht: „Gut, was hast du denn sonst noch für ihn?"

„Nichts. Aber ich hab ihm ja die Knöpfe gekauft."

„Ja, hast du. Aber das bringt ihm ja nichts. Du willst ihm schließlich etwas schenken."

„Ja. Und ich habe ihm etwas gekauft. Ich habe das Geld ausgegeben und das bekomme ich schließlich nicht wieder."

„Roland, du kannst doch nicht nichts haben für Frank. Und wenn du das verschusselt hast, dann musst du eben nochmal was kaufen. Oder gib ihm heute deine Manschettenknöpfe und kauf seine dann mit ihm nach Weihnachten. So macht ihr noch was zusammen und er bekommt genau das, was ihm gefällt."

„Johanna, halt dich da bitte raus. Das Ganze ist ärgerlich genug ohne deine guten Ratschläge. Ich habe einmal etwas gekauft, das reicht. Frank versteht das."

Zum Glück wurde unser Gespräch durch lautes Klingeln unterbrochen. Anna, ein hochgeschossener, blonder Twen mit einem schüchternen Lächeln. Sie gab mir die Hand: „Hallo, Johanna. Darf ich Johanna sagen?"

„Aber, sicher doch. Du bist Anna, nicht wahr? Ich freue mich, dich kennenzulernen."

Anna verzog sich in ihr früheres Kinderzimmer – mein Zimmer. Mir war klar gewesen, dass ich in den kommenden Nächten neben Roland würde schlafen müssen, aber diese Vorlaufzeit machte die Perspektive nicht angenehmer.

Frank kam eher nach Roland – allerdings schien er Sport zu treiben: „Wow! Dr. Johanna Lenné – das ist jetzt stark!"

„Hallo. Frank?"

„Wow, ich freue mich. Ich war in deinem Vortrag in London. Ich war echt schwer beeindruckt."

Roland war offensichtlich verwirrt: „Frank, das verwechselst du. Johanna hat keinen Doktor. Oder? Das hättest du mir doch erzählt, oder?"

„Doch, ich habe einen Doktor. Aber das müsstest du eigentlich wissen. Ich laufe ja nun nicht rum und stelle mich mit Titel vor. Der steht auf meiner Karte, an der Haustür, dem Briefkasten und meinem E-Mail-Absender."

Roland verschwand in der Küche. Anna, Frank und ich machten die Betten. Anna freute sich: „Sage mal, hast du hier sauber gemacht? Und die Fenster geputzt? Also, so schön war es hier nicht mehr, seit Mama tot ist. Danke! Das ist lieb von dir. Frank, schau, sogar die Fensterbretter! Und der Schmetterling, der im Speisezimmer lag?"

„Das tut mir leid. Er war so alt und verstaubt, dass er zerfallen ist."

Inzwischen war auch Frank an das Fenster getreten: „Ach, das macht nichts, Johanna. Weißt du, das ist so viel schöner. Ich meine, jetzt könnte ich sogar meine Freundin mitbringen. Bisher mochte ich das nicht, das war mir zu peinlich. Und ich kann ihr ja nicht die Augen zubinden."

Die beiden fingen an, mich auszufragen, erzählten von sich. Sie kennenzulernen war wesentlich unkomplizierter, als ich befürchtet hatte. Vor allem Anna hatte es mir angetan. Ein kluges Mädchen, zutraulich und doch schüchtern, vor allem aber herzlich. Schon bei der Begrüßung war mir aufgefallen, wie liebevoll sie ihren Vater anschaute. Das hatte mir Hoffnung gegeben, dass Roland vielleicht doch ein besonders guter Vater war. Ich war gespannt darauf, ihn mit seinen Kindern zu erleben.

Zunächst einmal verbrachte er jedoch den Tag in der Küche, Eindringlinge verscheuchend und Hilfe ablehnend. Auch gut. So konnte ich die Kinder besser kennenlernen.

Sie berichteten mir von ihrer Kindheit mit ihrer Mutter. Roland kam nur am Rande vor, was bei Vätern seiner Generation aber ja auch nicht ungewöhnlich war. Ich fragte mich, ob sie überhaupt wussten, wie sehr er an ihnen hing.

Also kehrte ich den Spieß um und berichtete ihnen, mit wie viel Liebe ihr Vater von ihnen gesprochen hatte und dass das einer der Punkte gewesen war, an denen ich begonnen hatte, mich in ihn zu verlieben. Beide schauten mich ebenso erfreut wie ungläubig an: „Wirklich? Papi hat das gesagt? Im Ernst?"

Augenscheinlich lernten sie ihren Vater gerade von einer neuen Seite kennen. Auch ein Weihnachtsgeschenk.

Zu Mittag gab es Suppe. Und ich fand meine Meister in punkto Suppenlob. Beide Kinder schlürften laut und vernehmlich und wechselten sich in ihren Lobpreisungen ab: „Papi. Ich habe mich schon so auf deine Suppe gefreut. Den ganzen Flug über konnte ich kaum an etwas anderes denken. Und dann kam die Stewardess mit ihrem Pappbrötchen, und ich habe nur gesagt: 'Nein, danke, ich bekomme gleich was Richtiges zu essen.'"

„Papi, ich habe all meinen Kommilitonen von dir und deiner Suppe erzählt. Und alle beneiden mich um meinen tollen Vater."

„Ach, Papi, es gibt doch nichts Besseres als die Suppe zu schlürfen. Wenn ich mit Mandanten esse, geht das ja nicht, und dann muss ich immer an dich denken und wünschte, ich wäre bei dir."

Sie schielten ab und zu nach mir, aber als ich nichts sagte, fuhren sie fort: „Papi, die Suppe wird wirklich mit jedem Löffel besser." „Papi, sage mal, hast du ein neues Gewürz ausprobiert? Ich schmecke da irgendetwas heraus, aber ich weiß nicht ganz, was es ist."

Ich sollte wohl doch etwas sagen: „Schmeckt sehr gut, Roland. Sehr fein. Vielen Dank, dass du uns so verwöhnst."

Für mich war alles gesagt – und mehr -, aber die Kinder fuhren fort. Roland war selig. Bis sein Blick auf mich fiel: „Ich freue mich, dass es euch so schmeckt. Nun ja, Johanna mag meine Suppe nicht.

Sie weigert sich normalerweise, sie zu essen. Insofern ist das wohl ein Weihnachtsgeschenk für mich, dass sie sich dazu herablässt."

Ich wollte nicht das Fest verderben. Also blieb ich ruhig.

„Seht ihr, Kinder, kein Kommentar."

Die Kinder inspizierten ihre Teller.

Ich bemühte mich um den weichsten mir möglichen Ton: „Lass es doch einfach gut sein. Die Suppe ist sehr gut, und das haben wir dir ja auch gesagt. Sage mal, du hattest doch diesen leckeren Rohmilchkäse gekauft. Das wäre doch jetzt eine gute Idee, oder nicht? Kann ich dir helfen?"

Roland stand wortlos auf und ging in die Küche.

Anna starrte weiter auf ihren Teller: „Johanna, diesen Suppenstreit hatte Mama auch immer mit ihm. Wenn du Frieden willst, mach einfach mit."

„Anna, eure Lobpreisungen sind völlig übertrieben. Ich meine, es ist eine Suppe, nicht das Heilmittel gegen Malaria."

„Ja, aber wenn du Frieden willst, mach es wie wir," stimmte Frank widersprechend zu.

„Und schau doch nur, wie er sich freut. Du willst doch auch, dass er glücklich ist."

Ich war baff. In dieser Familie waren definitiv die Kinder die besseren Eltern.

Roland kam mit einer Käseplatte herein, und obwohl er den Käse nicht hergestellt, sondern nur gekauft hatte, wiederholte sich das Spiel. Diesmal stimmte ich in den Kanon ein und Rolands Laune schnellte in unbekannte Höhen.

Als Roland wieder in der Küche verschwand, um den Rehrücken vorzubereiten, kam Anna zu mir: „Du, Johanna, vielen Dank für das mit dem Käse.

Weißt du, solche Sachen kriegen wir eigentlich nicht. Papi hat immer Angst, dass wir dick werden."

Ich sah Anna mit ihren Modelmaßen an: „Aber du bist doch wirklich das Gegenteil von dick! Und Frank ist auch nicht dick. Das ist doch abwegig."

Mir lag auf der Zunge zu sagen, dass ein Vater seine Kinder verwöhnen sollte und nicht kujonieren und dass er sich doch freuen sollte, dass sie seine Liebe für gutes Essen geerbt hatten. Und dass er nun wirklich kein Beispiel an Selbstbeherrschung und Gewichtskontrolle war. Aber ich hätte ihr wohl kaum etwas Neues erzählt.

„Also, ohne dich hätten wir nichts von dem Käse bekommen. Wir treffen uns dann immer nachts in der Küche und probieren, wenn Papi schläft."

Ich biss mir auf die Zunge. Dass die eigenen Kinder sich wie Diebe in die Küche stehlen mussten zum Essen, das war schlimm. Auf der anderen Seite hatte ja auch ich mein Schokoladendepot angelegt – und verloren. Insofern ging es mir nicht besser als ihnen. Die Erkenntnis tat weh.

Ich zeigte den beiden das Igellager im Keller, auch wenn dort seit Wochen nicht wirklich etwas zu sehen war. Während Anna und Frank im Haus herumlungerten und Roland kochte, rief ich bei Christian an. In den USA war ja noch lange nicht Weihnachten, obwohl Leanne natürlich versucht hatte, ihre Eltern davon zu überzeugen, dass sie als Halbdeutsche zwingend bereits am 24. Dezember Weihnachten feiern und vor allem ihre Geschenke erhalten müsste. Ihre Eltern beharrten an dieser Stelle jedoch leider auf Einhaltung der lokalen Gepflogenheiten. Über diese Enttäuschung half auch der Anruf einer wohlmeinenden Tante nicht hinweg.

Als ich aufgelegt hatte, klingelte das Telefon.

Es war Dr. Xavier: „Guten Abend, Gnädigste. Könnten Sie mich bitte mit Herrn Dr. Bergner verbinden?"

Ich brachte das Telefon zu Roland. Was konnte REX am Heiligen Abend von ihm wollen? Ich wollte nicht lauschen und ging raus, aber als ich mir einen Tee machte, wurde ich halb ungewollt Zeugin der Unterhaltung: „Nein, Richard, ich kann heute nicht bei dir vorbeikommen. Es ist Weihnachten. Hast du niemanden sonst? – Nein, das Recht hast du auch als Arbeitgeber nicht. – Ja, ich verstehe, dass du das Schreiben heute noch abschicken möchtest, aber wenn du ehrlich bist, geht es doch nicht darum. Richard, es ist Weihnachten. Lass sie gehen. Ihr Kind wartet."

Roland lächelte mir zu. Dass er so für Susanne einstand, das war wirklich lieb. Ich umarmte und drückte ihn. Das Gespräch würde noch eine Weile dauern, und ich ließ ihn in Ruhe.

Allmählich wurde es dunkel. Wir bereiteten die Bescherung vor, mit den Geschenken auf dem Sideboard und dem Spiel des Wissens auf dem Tisch. Anna und Frank hatten der Idee mit dem Spiel sofort zugestimmt. Erst als ich die Geschenke für Frank sah, fiel mir wieder ein, dass Roland ja wirklich nichts für ihn hatte. Mir fiel aber nichts ein, was ich hätte tun können.

Zum Auftakt öffnete jeder ein Geschenk, ohne Fragen beantworten zu müssen. Die Kinder wählten die Geschenke, die sie einander gemacht hatten. Roland nahm das Paket mit dem Solar-Ladegerät und riss den Karton entzwei: „Scheiß-Verpackung! Da kommt man ja gar nicht ran."

Nun gut, er hatte wohl noch nie einen Karton gesehen, bei dem man das Innenteil herausschiebt. Also Gewalt. Immer wieder ein probates Mittel.

Ich öffnete ein Geschenk von Roland: Eine Anti-Falten-Creme. Nun ja.

Roland zündete eine Pfeife an, begleitet von den Kommentaren der Kinder: „Papi, da hab ich mich so drauf gefreut! Wenn du deine Pfeife schmökerst, dann wird es gemütlich. Dann ist Weihnachten."

Ich sagte nichts. Alles hatte seine Grenzen.

Schon in der ersten Runde zeigte sich, dass meine Idee mit dem Spiel des Wissens zwar im Prinzip gut gewesen sein mochte, ich aber ein wesentliches Detail übersehen hatte: Das Spiel war 20 Jahre alt. Fragen wie „Welche Athletin gewann die meisten Medaillen bei den Olympischen Sommerspielen in Los Angeles?" zeigten mir, wie alt ich war und uns allen, wie schnell der Ruhm verblasste. Auch als ich die Lösung vorlas (Kristin Otto), wusste Frank nichts mit dem Namen anzufangen. Und ich eigentlich auch nicht. Auch auf die Frage „Wer war der erste Neger mit einer Comedy-Show im US Fernsehen?" fiel ihnen außer dem Umstand, dass diese Frage politically nicht korrekt war, nichts ein. Roland und ich waren klar im Vorteil. Theoretisch. In der Praxis erinnerte auch ich viele Tagesaktualitäten nicht mehr, und Rolands so umfangreiches Wissen wies nur eine geringe Schnittmenge mit demjenigen der Fragesteller auf. Das wunderte mich schon. Noch verdutzter war ich aber, als er zunehmend quengeliger seine Geschenke einforderte, während seine

Kinder und ich uns auf der Reise in die Vergangenheit amüsierten.

Nach einer Stunde mit eher geringer Ausbeute (die Kinder und Roland hatten die Taschenmesser ausgepackt, Roland dank großzügiger Auslegung seiner Antworten den Teekocher und ein Buch von Frank, ich eine CD von Anna, eine Creme gegen Augenfalten und ein Parfum von Roland) brachen wir das Experiment ab und öffneten die restlichen Geschenke ohne weitere Spiele.

Wie erhofft, kamen meine Gaben gut an. Auch die Kinder hatten sich Gedanken gemacht, für Roland und für mich. Leider bekam ich keinen Reinigungs-Gutschein. Statt dessen fand ich eine in Leder gebundene Ausgabe von Rolands Dissertation auf dem Gabentisch. Zum russischen Bergwerksrecht. Wie es zu kommunistischen Zeiten gewesen war. Roland umarmte mich: „Schatz, die habe ich extra für dich neu einbinden lassen. Und wenn du abends darin liest und an mich denkst, dann bin ich ganz nah bei dir und du bei mir. Und wenn du etwas nicht verstehst, dann rufst du mich schnell an und dann sind wir uns noch näher." Er tänzelte zur Stereoanlage, legte Annas Jazz-CD ein und tanzte grinsend durchs Wohnzimmer wie ein Gorilla mit epileptischen Zuckungen. Anna schaute ihn an wie eine Mutter, die ihr Kind zum ersten Mal tanzen sieht.

Frank ging mehrmals zum Sideboard, schaute darunter, daneben – und fand doch nichts von seinem Vater. Anna half beim Suchen. Ich fühlte mich hilflos. Was sollte ich sagen? Dass sein Vater sein Geschenk verloren hatte und fand, das sei eben so? Nein, das war nicht meine Baustelle. Das war zwischen den beiden.

Nach einer Weile kam Roland zurück an den Tisch und Frank fragte: „Papi, sag mal, fehlt da noch was?"

Roland sah kein Problem: „Nein, wieso?"

„Na ja, dein Geschenk für mich …"

„Ach ja. Das. Nein, da fehlt nichts. Weißt du, ich hatte für dich Manschettenknöpfe gekauft. Sehr teure übrigens. Die, die ich auch trage. Und die habe ich im KadeWe stehen gelassen. Das ist jetzt doof, aber es war ja keine Absicht. Der Gedanke zählt, und der war da."

Frank biss sich auf die Unterlippe.

Als Roland wieder in die Küche entschwunden war, sprach Frank mich an: „Johanna, mach dir keine Gedanken. Das ist nicht schlimm. Immerhin hat er dieses Jahr etwas für mich gekauft. Er muss dich wirklich sehr lieben, dass er dich so beeindrucken will. Und vielen Dank, dass du dir so viel Mühe gegeben hast. So habe ich ja etwas bekommen. Das geht schon in Ordnung."

Es war schwer für mich, hier loyal zu sein. Ich wusste, dass ich Roland kritisieren würde, sobald ich den Mund aufmachte, also nahm ich Frank nur in den Arm.

Nein, mit Roland würde ich keine Kinder haben.

Roland kam wieder herein, wir aßen sein Meisterwerk und ich erzählte von Klaras Hochzeit und dem Rehrücken – natürlich alle fünf Sekunden unterbrochen von Roland, aber das war mir gerade egal.

Nach dem Essen fragte ich: „Wie verbringt ihr denn sonst den Rest des Abends? Es ist ja erst neun Uhr."

„Also, wir beide gehen immer zur Christnacht um elf," erwiderte Anna: „Und danach treffen wir uns noch mit Freunden."

„Aber das werdet ihr heute natürlich nicht machen, nach allem, was Johanna für euch getan hat. Da wollen wir doch zusammenbleiben", warf Roland ein.

„Aber, Papi, das machen wir doch jedes Jahr. Und unsere Schulfreunde sind heute alle hier bei ihren Eltern. Wir haben sie jetzt ein Jahr nicht gesehen."

„Wenn ihr jetzt geht, dann bildet euch nicht ein, dass ihr danach wieder hier reinkommt. Dann habt ihr getrunken und seid laut und geht ins Bad und weckt mich auf. Ich will schlafen. Also, wenn ihr jetzt geht, dann bleibt auch weg."

Anna brach in Tränen aus, rannte ins Bad und schloss sich ein. Ich war zu perplex, um irgendetwas zu sagen. Roland sah mich an: „Nicht wahr, du willst doch auch schlafen."

„Roland, es ist nur eine Nacht, und wenn sie ihre Freunde sonst nie sehen." Ich verkniff mir die Bemerkung, dass ich sowieso nicht würde schlafen können.

„Nein. Die kommen dann nach Hause und gehen aufs Klo und duschen und ich kann nicht schlafen. Das sehe ich überhaupt nicht ein, schließlich sind sie zu Besuch. Besuch hat sich anzupassen."

Frank ging zu Anna. Ich griff Rolands Hand: „Roland, sie sind deine Kinder. Sie sind keine „die" und sie sind auch nicht zu Besuch, sie sind zu Hause."

Roland presste die Lippen zusammen und setzte sich mit verschränkten Armen kerzengerade hin, so dass er auf mich herabblickte: „Wenn die jetzt gehen, können sie morgen wiederkommen. Nicht heute

Nacht. Ich will schlafen."

„Roland, sie können nichts dafür, dass das einzig benutzbare Bad neben dem Schlafzimmer liegt. Bitte."

„Jetzt fang nicht schon wieder an, an meinem Haus rumzumeckern. Ich liebe mein Haus. Und das Bad ist immer neben dem Schlafzimmer. In jedem Haus."

Es würde die Situation nur noch schlimmer machen, wenn ich sagte, dass ich das so nicht kannte.

Roland rührte sich auch nicht, als Frank Anna wieder an den Tisch brachte, Anna verheult, Frank mit gesenktem Kopf: „Papi, wir haben Freunde angerufen. Wir können bei ihnen schlafen."

Roland ließ nur ein „Gut, wenn ihr das so wollt" vernehmen. Anna fing wieder an zu weinen. Es tat mir weh, dem zuzusehen. Aber ich würde hier nichts erreichen und wollte Roland auch nicht vor seinen Kindern kritisieren, gleich bei unserem ersten Zusammentreffen. Nein, nie Kinder mit ihm.

Die Kinder verließen das Haus, wir gingen ins Bett. Roland schnarchte sofort. Er umschlang mich von hinten. Mir dröhnte der Kopf und ich wusste nicht, ob das nur an Rolands Lautstärke lag.

Was machte ich hier eigentlich? Hatte ich mich in Roland verliebt oder in eine Sammlung der kurzen positiven Momente mit ihm? Und war ich überhaupt verliebt? Oder wollte ich nur verliebt sein und redete mir hier etwas ein?

Oder war das ein normales Auf und Ab? Schließlich hatten wir beide genug Leben hinter uns, um eben auch unsere Ecken und Kanten zu haben. Und war es nicht normal, dass man sich auch mal kabbelte und wieder zusammenraufte? Erwartete ich zu viel? Oder zu wenig? War es vielleicht der Weihnachtsstress? War das einfach alles zu viel für ihn?

Ich entwand mich der Umklammerung und sah ihn an. Wie er da so neben mir lag, wie ein riesiges, zufriedenes Baby, da hatte er etwas Rührendes, und ich wünschte mir, ich könnte ihn verstehen. Vielleicht gab es ja einen Grund dafür, dass er sich prima facie so egoistisch verhielt, und vielleicht würden wir das gemeinsam meistern können. Schließlich hatte ich auch seine andere, liebevolle und sensible Seite gesehen, vor allem, wenn er von seinen Kindern erzählt hatte. Ich glaubte ihm, dass er sie auf seine Art liebte.

Irgendwann schlief ich dann doch ein. Ich ruderte auf dem Tegeler See in Berlin. Um mich herum sprangen Fische aus dem Wasser, einer direkt in mein Boot. Er wuchs und wuchs, bis schließlich Roland mir gegenüber saß und ebenfalls ruderte. Er strahlte mich an und sagte: „Schatz, gemeinsam schaffen wir das. Ich bin so froh, dass ich dich habe. Du bist meine große Liebe. Große Liebe. Große Liebe."

Wir ruderten weiter, und Roland gab den Takt vor: „Große Liebe. Große Liebe. Große Liebe."

Aber ich merkte, dass er in eine andere Richtung ruderte als ich. Ich schlug doppelt so schnell, aber er lachte nur und zog die Ruder weiter ruhig durchs Wasser. Das Boot folgte in seine Richtung, egal wie verzweifelt ich auch ruderte. Über die Fische hinweg. Die Fahrrinne färbte sich rot. Wir wurden immer und immer schneller, bis wir zu schnell waren, um noch aus dem Boot zu springen. Ich schrie. Mein Schreien weckte mich. Roland legte seinen Arm schwer über mich, drückte mich an sich und murmelte: „Keine Angst, mein Schatz, ich bin ja da."

Fini

Am Morgen waren Roland und ich tatsächlich allein im Haus. Er schnarchte. Ich stand auf und machte Tee. Mit kochendem Wasser. Wie normale Leute normalen Tee machen. Roland kam in die Küche und umarmte mich: „Bist du deinem Rolli noch böse?"

„Guten Morgen, Roland. Roland, es geht nicht darum, ob ich böse bin oder nicht. Es geht um deine Kinder. Ich bin nicht böse. Aber ich verstehe dich nicht."

„Aber, Schatz, du müsstest das doch eigentlich verstehen. Du sagst doch immer, dass die Familie das Wichtigste ist, und ich wollte eben nicht, das sie am Heiligabend weggehen."

„Roland, hör auf. Du wolltest nicht in deiner Ruhe gestört werden, das ist alles. Es ging hier nicht um die Kinder oder die Familie, auch nicht um mich, sondern um dich. Ganz allein um dich. Ich bin nicht blöd."

Roland ließ mich los: „Augenscheinlich weißt du sowieso besser als ich, was ich will." Er ging ins Bad.

Die Kinder kamen zum Brunch. Sie erwähnten den Abend nicht, Roland auch nicht. Ich auch nicht.

Roland tischte auf, was die Küche hergab – nur an den Käse musste ich ihn erinnern. Anna stieß mich unter dem Tisch an und grinste. Während Roland in der Küche war, meinte Frank: „Johanna, vielen Dank nochmal für gestern. Das war lieb von dir. Und der Abend war richtig schön. Ich bin froh, dass Papi dich gefunden hat. Er ist viel lockerer, als er mit Beate war. Du bist in Ordnung."

„Wer ist denn Beate?"

„Beate war die letzte Freundin von Papi, also bis vor einem Monat oder so. Aber die haben wir nicht so gemocht. Die war nur hinter Papis Geld her."

Also war Roland noch in einer Beziehung, als er mit mir zusammenkam? Das war neu. Ich hätte mich niemals mit ihm eingelassen, wenn ich das gewusst hätte. Gebundene Männer waren tabu. Und Männer, die eine Partnerin in der Hinterhand behielten, während sie die Nächste klarmachten, waren widerlich. Mir dämmerte, weshalb er so enttäuscht gewesen war, dass ich nicht zur Eifersucht neigte: Er hatte zumindest seiner letzten Partnerin Grund dazu gegeben. Aber vielleicht war er ja auch völlig unschuldig und alles ganz harmlos und die Kinder wussten nur nicht, dass er sich schon viel früher von Beate getrennt hatte. Das musste ich mit Roland besprechen. Aber nicht jetzt, nicht zu Weihnachten. Nicht vor Anna und Frank.

Nach dem Frühstück verabschiedeten sie sich. Ich mochte sie.

Roland ging in die Küche.

Ich setzte mich in Rolands Arbeitszimmer und öffnete meine Weihnachtspost. Das war eines meiner Rituale: Meine Briefe waren für mich ein Weihnachtsgeschenk, in vielen Jahren das einzige.

Ich musste vor allem über Hannes' Karte lächeln:

„Liebe Johanna

Manchmal meint es das Leben gut mit einem. Mit mir meinte das Leben es sehr gut, als ich dich kennenlernen durfte. Du bist ein wundervoller Mensch, und dein Verlobter ist ein Glückspilz. Ich hoffe, er weiß das nicht nur, sondern weiß es auch zu schätzen.

Ich wünsche euch ein wunderschönes, fröhliches Weihnachtsfest und hoffe, dass wir bald wieder einmal ein paar Bälle wechseln. Zur Not auch Schneebälle.

Liebe Grüße

Hannes"

Ich freute mich. Sehr. Ich legte meine Karten zu Rolands.

Dabei fiel mir der Absender auf dem obersten Umschlag auf: Beate Schmitz, Berlin. Das musste sie sein. Aber ich würde nicht hinter ihm her spionieren.

Endlich fand ich auch die Zeit, um die Zeitschriften zu lesen, die ich für den Flug gekauft hatte. Und im Literaturteil – ein Interview mit Jon. Mit Bild. Es ging um sein neues Buch, das bereits ins Deutsche übersetzt worden war: *„Frieden und Freiheit – Verbündete oder Kontrahenten?"* Das würde Roland gefallen. Freunde, mit denen er über die großen Themen der Menschheit philosophieren konnte.

„Roland, schau mal, hier ist ein Foto von meinem Londoner Freund in der Zeitung. Jons neues Buch ist gerade in Deutschland herausgekommen. Du, wie wäre es, wenn wir zu Ostern nach London fliegen?"

Roland warf nur einen kurzen Blick auf das Foto. Seine Reaktion brach über mich herein, immer lauter und schneller, am Ende brüllend: „Immer du und deine Freunde! Und wo bleibe ich? Wann geht es um mich? Und jetzt willst du auch noch nach London fliegen, und dann pennst du bei dem und dann kommt der hierher und pennt hier. Und ich muss für deine tollen Freunde kochen und die saufen meinen Wein, und dann kann ich in meinem eigenen Haus nicht mehr tun, was ich will. Dann kann ich nicht mehr nackt rumlaufen und nicht mehr rülpsen und furzen, wie ich will. Dann muss ich hier im Bademantel rumlaufen und kann nicht ich selbst sein. Und alles nur, damit du da umsonst pennen kannst. Bei diesem geschniegelten Typen. Und dann kommen auch noch die Freunde von denen und dann komme ich abends nach Hause und das ganze Haus ist voller fremder Leute. Du meckerst nur rum an meinem Haus und an mir und an meinem Leben, aber in Wirklichkeit wartest du doch nur darauf, hier einzuziehen und gratis zu wohnen, und dann lädst du deine Scheiß-Wohlfühlfreunde ein und machst Party. Und ich muss morgens früh raus und das ist dir völlig egal. So wie meine Kinder. Wenn ich einmal um ein wenig Rücksicht von denen bitte, dann stehst du zu ihnen und nicht zu mir. Ein Mal, ein einziges Mal bitte ich um etwas. Für unsere Familie. Und, was kriege ich? Kritik! Glaub bloß nicht, dass ich nicht gemerkt habe, dass du jedes Wochenende danach gierst, deine Scheiß-Freunde einzuladen. Und dann muss ich sie bewirten und ich muss für alles zahlen und für sie kochen. Und alles nur, damit du da umsonst pennen kannst. Glaubst du wirklich, ich habe keine Freunde? Ich habe auch Freunde, ich gebe bloß nicht so damit an. Ich habe auch Freunde. Und meine Freunde sind wichtig. Nicht so wie deine. Die suchen doch bloß ´nen Idioten, der für sie zahlt und bei dem sie pennen können. Aber nicht mit mir! Oh nein, nicht mit mir!"

Roland stand vor mir, keuchend wie ein Sprinter nach dem 100-Meter-Lauf.

Ich sah mein Leben vor mir, mit einem äußerlich alten, innerlich uralten, nackten, rülpsenden und furzenden Mann, dessen physische und psychische Präsenz mir die Luft zum Atmen nahm, in einem dreckigen Haus ohne Tür, in einer Beziehung ohne Platz für eine zweite Person. Ohne Freunde. Ohne Familie. Nur er. Und was auch immer von mir überleben würde.

Ich fühlte in mich hinein, suchte nach Liebe und Verständnis. Aber jegliche Gefühle für ihn waren ausgeknipst. Außer vielleicht Mitleid. War da mal was anderes gewesen? Oder hatte ich mir nur eingeredet, dass da etwas sei? Mir war schlecht. Ich wollte nur weg.

Roland japste: „Ich bin müde. Ich gehe schlafen."

Ich umarmte ihn und küsste ihn auf die Wange. Wie einen guten Bekannten: „Schlaf gut."

Roland ging ins Schlafzimmer und schloss die Tür. Ich packte meine Sachen. Er schnarchte. Ich ging. Ins Freie. An die Luft.

Konrad

Nach den vergangenen Monaten, in denen ich immer wieder gezweifelt und nach Antworten gesucht hatte, war jetzt auf einmal alles klar. Ich war ruhig und geradezu euphorisch.

Ich rief bei meinem Refugium an: „Hallo, Konrad.

Ein schönes Weihnachtsfest wünsche ich dir. Sag mal, Klara hatte gesagt, ich könnte zu euch kommen zu Weihnachten. Steht das Angebot noch?"

„Hallo, Johanna. Das ist jetzt etwas überraschend, aber ja, klar. Sicher. Aber, sage mal – ist was passiert? Geht es dir gut?"

Ich bejahte.

„Dann ist ja gut. Das wollte ich wissen. Du erzählst uns dann schon, was los ist. Geht es? Soll ich dich irgendwo abholen? Das mach ich gerne, Klara ist sowieso gerade am Kochen, ich hab also Zeit."

Ich schaute mich um. Es schneite: „Nein, das geht schon. Ich nehme den Bus, der kommt in fünf Minuten, dann bin ich in einer halben Stunde bei Euch. So um 14 Uhr."

„Okay, aber ruf an, dann hol ich dich wenigstens von der Bushaltestelle ab." Konrad war einfach ein Lieber.

„Ist gut, also dann bis nachher."

Konrad holte mich ab. Inzwischen trug er wieder Bart – na ja, irgendwie. Klara empfing uns mit offenen Armen und Händen, verklebt von Teig: „Maus, was ist passiert? Wie geht es dir? Bist du in Ordnung? Nun sag doch was? Soll Konrad rausgehen, dass wir erst mal reden können?"

Konrad pflichtete bei: „Ich wollte sowieso noch ein bisschen an die frische Luft."

„Mensch, ihr beide seid doch einfach ein paar Schätze. Nein, nein, wirklich nicht. Es geht mir gut. Wirklich. Alles in Ordnung. Ich habe mich von Roland getrennt. Aber das ist wirklich kein Big Deal. Ich bin auch nicht irgendwie am Boden zerstört oder so. Ich habe einfach gemerkt, dass wir unterschiedliche Werte und Vorstellungen haben, und dass ich mit ihm nie glücklich sein würde. Und das ist es."

„Wirklich? Das ist es? Einfach so? Wie geht es dir?" Die beiden standen besorgt vor mir wie Eltern, deren Kind gerade vom Baum gefallen war und jetzt abwog, ob es weinen sollte.

„Ja, wirklich, es ist alles in Ordnung. Und mir geht es gut. Ich muss nicht heulen, es tut nicht weh, es ist einfach gut so, wie es ist."

Klara war noch nicht überzeugt: „Ich kauf dir das nicht ab. Egal, du bleibst jetzt bei uns, solange du willst. Und jetzt backen wir Plätzchen und du erzählst uns erst mal alles. Ich rolle den Teig aus, ihr beide stecht die Sterne aus."

Und so berichtete ich den beiden von den vielen kleinen und großen Puzzleteilchen, die heute ein Ganzes ergeben hatten, mit dem ich nicht leben wollte und konnte. Von den Altmännerkommentaren, von REX, der Suppe, von dem Nichtgeschenk für Frank und der Übernachtungsfrage, von Beate und dem Wunsch nach einer Schwangeren, die nie gebären möge, von Berlin und Zürich, von Wohlfühlfreunden und strategischen Allianzen. Klara und Konrad unterbrachen nur selten, und als ich fertig erzählt hatte, meinte Klara: „Na ja, das war dann wohl kein Verlust. Du, ich fühle mich regelrecht schuldig, dass ich dich mit ihm zusammengebracht habe. Aber du musst mir glauben, mir gegenüber hat er sich ganz anders gegeben, ich habe wirklich gedacht, dass er zu dir passen könnte. Ich hatte echt keine Ahnung, dass er innerlich so ein alter Knacker ist."

„Du, ich habe mich ja auch getäuscht. Und vielleicht habe viel mehr ich mir selbst was vorgemacht als er mir. Egal, es war gerade so rechtzeitig."

Mein Telefon piepste, ein SMS: „Schatz, du hast dich aus dem Haus geschlichen wie ein Dieb. Wie ein Dieb. War es das mit uns? Wo bist Du? Dein Dich liebender Roland."

Ja, das war es wohl gewesen mit uns. Trotzdem fand ich es unangemessen, per SMS Schluss zu machen und antwortete: „Roland, ich würde gerne morgen vorbeikommen. Passt 10 Uhr? Lieben Gruß, Johanna"

„Ja, natürlich. In Liebe, Dein Roland"

Nachdem ich die Geschichte einmal erzählt hatte, war sie zwischen Klara, Konrad und mir gar kein Thema mehr. Wir quatschten bis tief in die Nacht, aßen viel zu viele Kekse und gingen hundemüde ins Bett.

Am nächsten Morgen fuhr mich Konrad zu Roland und wartete trotz meiner Proteste draußen: „Du, Johanna, ich fühle mich so einfach wohler. Ich spaziere ein wenig auf und ab und habe ein offenes Ohr. Und wenn du in einer halben Stunde nicht wieder draußen bist, komme ich rein. Das muss ich tun, sonst reißt mir Klara den Kopf ab."

Roland hatte Tee gekocht und wir setzten uns an den Tisch in der Küche. Keine Vögel an der Futterstelle.

Roland wirkte traurig, aber ruhig: „Das war es dann wohl." Ich nickte. Roland fuhr fort: „Weißt du, unser Fehler war einfach, dass wir nicht schnell genug geheiratet haben. Und dass du die Pille genommen hast. Sonst wärst du jetzt schwanger, wir würden heiraten und du könntest nicht mehr raus, und dann wäre es auch gut."

Er hatte gerade unwissentlich meinen Entschluss

bestätigt. Ich fand nicht, dass eine Antwort etwas bringen würde: „Wenn du meinst, Roland. Du, ich wünsche dir einfach, dass du die Frau findest, die deine Vorstellungen vom Leben teilt und dass ihr dann zusammen glücklich werdet. Und pass auf deine Kinder auf. Sie sind beide wirklich toll. Ich pack noch meine restlichen Sachen und dann verschwinde ich auch."

Roland brachte mich zur Tür und gab mir die Hand: „Tschüss, Johanna. Mach's gut. Und wenn du es dir anders überlegst, sag Bescheid. Ich werde hier sein. Immer."

„Tschüss, Roland. Mach's gut."

Epilog

September. Die Spätsommersonne schien durch die hohen Fenster des Schlosses Kartzow auf den gedeckten Tisch und brachte das Besteck zum Funkeln. Desi hatte bestätigt, dass sie kommen würde. Ich war gespannt.

Seit meiner Trennung von Roland hatte ich die gezielte Suche nach einem Partner beendet und stattdessen Dinge gemacht, die mir Spaß machten. Ich war fast jedes Wochenende Wandern oder Velofahren gewesen und hatte es genossen, mit Männern einfach so, ohne Hintergedanken reden zu können. Mindestens zweimal im Monat lud ich Freunde zum Abendessen ein, ebenfalls einfach so zum Reden, ohne die Erwartung der Hauslieferung eines möglichen Partners. Ich organisierte Museums- und Kinobesuche über das Internet, und bei unserem Besuch im Verkehrshaus war sogar MomInZurich dabei, samt ihren Kindern. Sie lebte gerade in Scheidung, was auch ein etwas anderes Licht auf unseren weniger erfreulichen Austausch warf. Im Chor hatte sich ein neuer Bass dazugesellt, single und sehr sympathisch, und wir waren ein paarmal ausgegangen, bis wir wussten, dass aus uns nicht mehr werden würde. Das war in Ordnung so. Hannes und ich spielten regelmäßig Tennis und gingen danach essen. Ich mochte ihn und genoss die Zeit mit ihm, egal, ob daraus nun „etwas" werden würde oder nicht. Urs und Anke luden mich zu ihrer Hochzeit ein. Ein fröhliches Fest mit einer resoluten Braut und insgesamt einem Single über 30 im Raum. Auch das störte mich nicht.

Da ich ja nun schon so viele Flüge nach Berlin gebucht hatte, besuchte ich Klara und Konrad, Tina, Lars und Amélie und wurde auch Amélies Patin. Nur Desi hatte nie Zeit.

Jacqueline besuchte mich in Zürich mit ihrem neuen Partner, einem netten und unaufdringlichen Klaus. Ob Bernd von seiner Schlange gebissen wurde, würde ich wohl nie erfahren. Im Sommer verbrachten Anna und ich ein langes Wochenende in den Bergen, wie Freundinnen. Roland hatte eine neue Partnerin. Eine nette. Auch das war in Ordnung so.

Insgesamt lief mein Leben also weiter in den altbekannten Bahnen und ich bereute meinen Entscheid keine Sekunde. Das Wissen, dass nicht jeder Frosch ein Prinz ist, hatte mir die Gelassenheit geschenkt, die ich brauchte, um die Vorzüge des Singlelebens zu genießen. Das Leben war gut. Es war ein Single-Leben, und Silvester würde wohl nie mein Lieblingsfest werden. Aber auch das war in Ordnung so.

Tatsächlich hatte ich lange nicht an Roland gedacht, und als ich das vergangene Jahr Revue passieren ließ, musste ich sagen, dass es ein gutes gewesen war. Ich war gespannt, was sich bei Desi ergeben hatte. Als sie das Restaurant betrat, erübrigte sich die Frage: Desi war schwanger. Sie sah glücklich aus.

„Desi, sage mal, sehe ich das richtig? Echt? Erzähl! Wer ist der Vater?"

„Hallo, Johanna. Sieht man das schon so deutlich?

Ja, ich bin schwanger. Und ich bin verheiratet, aber ich hoffe du verstehst, wir haben dich nicht eingeladen und Klara und Konrad auch nicht. Das wäre unpassend gewesen, nach allem, was passiert ist."

Ich fühlte und Desi sah, dass sich das Unverständnis wie eine Jalousie über meine Augen senkte. Sie schob nach: „Johanna, ich weiß natürlich, dass du mit Roland zusammen warst und er hat mir auch gesagt, dass er dich verlassen hat, weil du keine Kinder wolltest. Ich wollte schon immer Kinder. Und jetzt bekommen wir eins. Das ging alles sehr schnell. Ich weiß, das ist für dich jetzt bestimmt sehr befremdlich. Für mich auch. Aber ich hoffe, dass wir trotzdem in Kontakt bleiben können."

„Desi, das ist in Ordnung so. Absolut in Ordnung so."